编目（CIP）数据

（英）艾米莉·勃朗特著；宋兆霖译
江文艺出版社，2018.5（2024.1 重印）
学名著名译典藏）
7-5702-0315-4

· Ⅱ. ①艾… ②宋… Ⅲ. ①长篇小说－英
①I561.44

图书馆 CIP 数据核字（2018）第 062078 号

杨　岚　　　　责任校对：毛季慧
刘　垒　　　　责任印制：邱　莉　　王光兴

长江出版传媒 | 长江文艺出版社

市雄楚大街 268 号　　　　邮编：430070
文艺出版社
—87679360
cjlap.com
鸿发印务实业有限公司

毫米×1230 毫米　　1/32　　　　印张：11.5
8 年 5 月第 1 版　　　　2024 年 1 月第 2 次印刷
千字

定价：42.00 元

世界文

呼

［英］艾米莉·

长江出版传媒

图书在版编

呼啸山庄
-- 武汉：长
（世界文学
ISBN 978-

Ⅰ．①呼…
国—近代 Ⅳ.

中国版本

责任编辑：杨
封面设计：刘

出版：长
地址：武汉
发行：长江
电话：027-
http://www.
印刷：长沙

开本：880
版次：201
字数：288

译本序

宋兆霖

现在，艾米莉·勃朗特已被公认为英国文学史上一位伟大的天才，她的长篇小说《呼啸山庄》是“唯一一部没有被时间的尘土遮没了光辉的杰出作品”，有着永久的艺术魅力。

可是，这位仅仅在世上度过三十个春秋的女子，她的一生是非常不幸的，郁郁寡欢，孤寂凄凉。命运没有给过她一丝微笑，一缕爱情，一点荣誉，就连她呕心沥血写成的《呼啸山庄》，出版后也没有得到公正对待，甚至被评论界的某些人斥责为“一部骇人听闻、荒谬绝伦、毫无意义的作品”“一部恐怖的、令人作呕的小说”“小说充满阴森恐怖、病态心理和异教思想”。

直到将近半个世纪以后，人们才逐渐认识到这部作品的内涵和本质，承认它是一部奇书，一部富有独创性和超前性的伟大作品，从而把它列入世界文学名著之列。

一

艾米莉·勃朗特（1818—1848）1818 年 7 月 30 日出生于英国约克郡一山区小镇桑顿。和她的姐姐夏洛蒂一样，她曾就读于柯恩桥学校和伍勒小姐学校，还曾跟夏洛蒂一起去比利时布鲁塞尔的埃热夫人学校学习，但她更多的时间还是在哈沃斯的家中自学。艾米莉从小就爱好写作，十二岁时就开始和妹妹安妮一起，创作贡达尔史诗。还写了大量的抒情诗。她们三姐妹用笔名在 1846 年出版的《柯勒、埃利斯、阿克顿·贝尔诗集》，就是在夏洛蒂偶然发现了艾米莉的诗稿后，才决定自费结集出版的。接着，艾米莉写成长篇小说《呼啸山庄》，并且继姐姐夏洛蒂的《简·爱》之后，跟妹妹安妮的《艾格妮斯·格雷》一起，在1847年12月出版。可惜的是仅仅一年之后，艾米莉就于1848年12月19日病逝，结束了自己短促而凄苦的一生。

曾经有人认为，在勃朗特一家的生平研究中，还存在着五大悬案，其中之一便是艾米莉的性格之谜，甚至还断言，这将永远是个不解之谜。由此可见，艾米莉的性格是个颇为复杂的问题，而且它和《呼啸山庄》的创作有着密切的关系。

艾米莉继承了凯尔特人的血统，出身于牧师家庭，长年居住在偏僻的山乡，过着斯多噶式的生活，因而养成了外表沉静、内心刚强的性格，外表如冰，内心似火，意志坚强，宁折不弯。夏洛蒂就说她“比男人还要刚强，比小孩还要单纯”。她独立不羁，充满激情，有着非凡的想象才能和突出的独创精神。她的老师埃热先生曾经说过：“艾米莉具有一种逻辑的头脑，一种辩论的才能，这在男人身上已不同寻常，在女人身上则更属罕见。她真该是个男人——是个伟大的航海家。她那强有力的理智会从原有的知识中推演出新发现的天地。”如此看来，《呼啸山庄》在题旨和手法上的独创性和超前性，和她的这种性格及才能，显然有着密切关系。

但另一方面，艾米莉又偏于沉郁、孤傲，藏而不露，自我遏制，这种性格又使得她不善交往，不愿合群。她渴望爱，但又得不到爱，不被理解，遭到冷落。加之看到现实社会中的种种恶行和弊端，更使她感到人生的痛苦和失望。她在1837年5月27日的一首诗中，就有这样的诗句：

> 世上唯独我，活着无人
> 关心，死后也无人哀悼；
> 自从出世，没人为我生
> 一缕忧愁，露一丝微笑。

就在同一首诗中，还有这样的两个小节：

青春的梦想首先幻灭，
想象的彩虹随之消亡；
经验也向我谆谆告诫，
“真”在人们心里从未生长。

多么沉痛啊，想到世人
尽皆虚假伪善而奴态；
更痛惜只信任自己的心，
却发现那儿同样腐败。

这不仅为自己的孤寂、失落而哀叹，为世人的虚伪、奴态而痛心，进而也否定了自我。显然，艾米莉对整个社会、整个人类，包括她自己在内，都带有强烈的叛逆情绪和深深的悲观意识。实际上，从《呼啸山庄》的主人公希思克利夫和凯瑟琳身上，同时通过她所写诗歌的引证，基本上可以使我们看清她的性格，她的内心，她对世界的看法，她对自由的向往，她的反抗，她的追求，她的失望和她的悲凉。

二

《呼啸山庄》是一部震撼人心的奇特作品，它也给人们留下了不少难解的困惑，其中之一也是“五大悬案”中的一个，即谁是《呼啸山庄》的作者。人们怀疑的是：一个蜗居山乡，从不接触异性的二十多岁未婚女子，怎么能写出爱得这么深、恨得这么透的爱情和复仇小说呢？她的体验从何而来？

确实，三十年来，艾米莉除了求学和短期任教外出总共不到两年外，全部时间都是在哈沃斯那座牧师住宅里度过的。她离不开自己那间冥想的小小幽室，离不开她所热爱的可供她自由翱翔的荒原。正因为她长期生活在那狂风呼啸的荒原，通过耳濡目染，她了解家乡和家乡那片土地上的人们，听过不少那些荒凉村落中的奇闻轶事和民俗传说，熟悉荒原农民和荒原乡绅的衣食住行和喜怒哀乐，了解他们那性情狭隘和感情不羁的生活。这一切，都为艾米莉创作《呼啸山庄》积累了丰富的素材。她本人虽未涉足爱河，可是她的姐妹兄弟都有爱情的痛苦经历。

其次，艾米莉是个好学勤思的女子，她从小博览群书，家中就拥有数量不少的藏书，而且还可以向附近的凯利机械学院的图书馆和庞登府的私人图书室借阅。书本丰富了艾米莉的知识，增长了她的创作才能。而且早在写出《呼啸山庄》以前，她就已和妹妹安妮一起写过贡达尔史诗，还独自创作了许多抒情诗，留下了近两百首堪称“诗中精英”的诗歌。

艾米莉本质上是位诗人，她有着极其丰富的想象力，极其强烈的激情和极其深刻的内心体验，她的诗有着非凡的独创性和突出的超前性。她的小说《呼啸山庄》和她的诗是一脉相承的，在本质上也是一首诗。英国著名小说家、评论家毛姆说：“人们只有读了艾米莉的诗，才能猜到那导致她写《呼啸山庄》以缓和剧烈痛苦的情感经验是什么。”这是很有见地的。从艾米莉的诗歌中可以看出，早在创作《呼啸山庄》之前，她在小说中所反映的那种愤世嫉俗的精神，认为现实世界是个使人堕落的世界，是个苦难的深渊的观点早已确立。如在一首诗中她这样写道：

何必问何时何地?
那儿住着我们人类，
从远古便崇拜权力，
对成功的罪恶膜拜顶礼，
对孤苦无援的弱者横加迫害，
摧残正义，尊崇邪恶，
假如邪恶强大，正义虚弱。

至于书中希思克利夫的那种强烈的复仇意识，也早已有淋漓尽致的诗句：

皈依的时刻早已过去，
仁慈受尽轻蔑和挑衅；
为了最终倾吐出愤怒，
抛却因高傲冷酷的灵魂。

那愤怒永不会宽宥，
也决不生一丝怜悯，
将嘲笑受害者疯狂的哀求，
因他的痛苦而喜悦欢欣。

那受诅咒的人将永远
见不到造物主的微笑。
怜悯占上风只有瞬间，
复仇才是永恒的基调。

显然，《呼啸山庄》只是作者在诗歌中表达出的人生哲学的延续和发展而已。

由此可见，艾米莉所以能写出《呼啸山庄》这部“人间情爱的最宏伟史诗”，其体验来自直观的现实生活，来自广博的书本知识，特别是来自丰富的想象和深刻的内心体验。作为一个作家，其创作源泉必然也来自这几方面，只是艾米莉比同时代的一些作家有更丰富的想象力，更深刻的内心体验，有更为卓越的“用生动强烈的现实事物来体现想象事物的才能”。因为我们已经说过，她本质上是个诗人。至于说什么《呼啸山庄》出自其兄勃兰威尔之手或兄妹俩合作写成之说，显然是没有根据的。

三

从情节来看，《呼啸山庄》所叙述的是一个爱情和复仇的故事。

呼啸山庄的主人、乡绅恩肖先生带回来一个身份不明的孩子，取名希思克利夫，他夺去了主人对小主人亨德利和他妹妹凯瑟琳的宠爱。主人死后，亨德利为报复把希思克利夫贬为奴仆，并百般迫害，可是凯瑟琳跟他亲密无间，青梅竹马。后来，凯瑟琳受外界影响，改而爱上画眉田庄的文静青年埃德加。希思克利夫愤而出走，三年后致富回乡，凯瑟琳已嫁埃德加。希思克利夫为此进行疯狂报复，通过赌博夺走了亨德利的家财。亨本人酒醉而死，儿子哈里顿成了奴仆。他还故意娶了埃德加的妹妹伊莎贝拉，进行迫害。内心痛苦不堪的凯瑟琳在生产中死去。十多年后，希思克利夫又施计强使埃德加的女儿小凯瑟琳，嫁给自己即将死去的儿子小林敦。埃德加和小林敦都死了，希思克利夫最终把埃德加家的财产也据为己有。复仇得逞了，但是他无法从对死去的凯瑟琳的恋情中解脱出来，最终不吃不喝苦恋而死。小凯瑟琳和哈里顿继承了山庄和田庄的产业，两人终于相爱，去画眉田庄安了家。

这样一个来自现实生活的不算太奇特的故事，怎么会引起人们的震撼的呢？

首先是《呼啸山庄》完全不同于当时流行的作品，作者用不同的方式，不同的视角阐述了这样一个主题，它没有经过城市文明的熏陶和浸染，是完全用山乡荒原的自然色调绘成的。故事的背景是一片狂风呼啸的荒原，故事中的人物保留着大自然的风貌和原始的本性：质朴、粗犷、率直、刚强，感情奔放不羁，举止疯狂无度，爱起来不顾一切，恨起来不计后果。这在温文尔雅的谦谦君子看来，自然显得野蛮而奇特。至于书中希思克利夫的复仇行为，就更显得阴森恐怖了。

当然，使《呼啸山庄》成为不朽之作，成为“人间情爱最宏伟的史诗”的，是作者艾米莉·勃朗特丰富的想象力和强烈的激情，以及把主题提高到哲理高度的才华。希思克利夫和凯瑟琳的生死恋，爱得这样强烈，这样真挚，真是“和山峰一样不变，和闪电一般凶猛”，是文学史上的任何一本文学作品中所没有见过的。

凯瑟琳在对艾伦·丁恩讲到她爱希思克利夫时说：“我这么爱他，并不是因为他长得英俊，内莉，而是因为他比我自己更像我自己。不管我们的灵魂是什么做的，他的和我的是完全一样的。”她还有过下面这样一段自白：

> “在这个世界上，我最大的悲苦就是希思克利夫的悲苦……我活着的最大目的，就是他。即使别的一切全都消亡了，只要他留下来，我就能继续活下去；而要是别的一切都留下来，只有他给毁灭了，那整个世界就成了一个极其陌生的地方，我就不再像是它的一部分了。我对林敦的爱，就像林中的树叶。我很清楚，当冬天使树木发生变化时，时光也会使叶子发生变化。而我对希思克利夫的爱，恰似脚下恒久不变的岩石……我就是希思克利夫！……他并不是作为一种乐趣（我对他没有比对我自己更感兴趣），而是作为我自身存在我的心中。”

希思克利夫则说：“两个词就可以概括我的未来了：死亡和地狱。失去了她，活着也在地狱里。”为了要见凯瑟琳一面，他半夜去挖开凯瑟琳的坟墓。他撬开她的棺材一侧，还买通教堂执事，待他死后把他的棺材一侧也撬开，以便相通。直到最后睁眼闭眼都只见到凯瑟琳而死去。这样的爱，是自然之爱，原始之爱，精神之爱，灵魂之爱，因为他们俩的灵魂曾经是一个不分彼此的整体，只不过是肉体有两个而已。

可是，画眉田庄宁静、温存、柔弱的诱惑，五个星期的调教，把凯瑟琳调教成了一个文雅的淑女，使这个两人的整体发生了分裂。凯瑟琳爱上埃德加的年轻、英俊、活跃、有钱，嫌希思克利夫没钱，身份低下。希思克利夫亲耳听到凯瑟琳说嫁了他就降低自己的身份，便愤而出走。三年后他归来发现凯瑟琳已嫁埃德加，深深的爱由此产生深深的恨，他决心进行报复。正是希思克利夫的复仇意识和复仇行动，为当时的社会所不容，引起评论界一些人对该书和它的作者进行指责。可是，是谁剥夺了他的爱？是什么扭曲了他的人性？在维多利亚时代，贵族富豪踌躇满志，世俗等级观念到处横行，身份第一，金钱至上，人们的精神受到强烈的压制，人性被残酷地扭曲。正因如此，具有强烈反叛意识和自由思想的艾米莉，通过作品中的主人公，对罪恶现象给予揭露，起而抗争，把自己的正义、自己的激情、自己的愤怒都融入了这部作品之中。作者为主人公所取名字希思克利夫，系由意为“长满石楠的荒原”和“陡崖”两词构成，这不也给我们泄露了她一丝内心的隐秘吗？艾米莉酷爱长满不畏狂风、倔强生长的石楠的荒原，也敬仰高耸突兀、巍然傲立的陡崖。从这里也可看出她对希思克利夫寄予怎样的感情了。更何况，希思克利夫的爱毕竟还是战胜了自己的恨，当他的复仇计划一一实现时，他并没有胜利的喜悦，还是在茫茫荒原上漫游，最后不吃不喝，安然死去。这样一个饱受苦难和屈辱的人物，对爱情至死不渝的渴求，对命运不屈不挠的抗争，真是一生追求，死而无悔，尽管复仇手段显得残忍，但读来还是让人感到苍凉和悲壮。

为了摆脱生存的困境，保持人性的尊严，获得心灵的自由，人们面临着多么严峻的挑战，经受着多么残酷的考验，面对着多么艰难的抉择啊！艾米莉愤世嫉俗，酷爱自由，她曾在 1841 年 3 月 1 日的一首诗中写道：

我若祈祷，那唯一

启动我双唇的祷文只有：
“请别扰乱我的心，
给我自由。”

是的，短暂的生命已近终点，
这是我唯一的祈求——
无论生死，但求心灵无拘，
又有勇气承受！

可是，艾米莉发现，只有死亡才能摆脱生存困境，心灵才能获得自由，才能从罪恶中解脱，重归大自然，才能得到净化，求得永恒。她在《呼啸山庄》中给主人公希思克利夫和凯瑟琳的命运安排，以及她自己病重时拒绝治疗，拒绝服药，不能不说是这种人生观、生死观的形象体现。

四

《呼啸山庄》的独创性、超前性也反映在作者的艺术构思和叙事手法上，这种构思和手法使作品有了超常的深度和力度。

《呼啸山庄》通过三十多年的时间跨度，叙述了恩肖和林敦两家两代人的感情纠葛这样一个错综复杂、惊心动魄的故事。如果按当时的传统手法来写，很可能会落入单线结构的窠臼，而且势必洋洋大观，才能交代清楚。艾米莉打破传统，率先采用了基本倒叙法，即小说的主体部分采用倒叙，只有开头的三章和结尾的四章是顺叙。一上来就让读者看到了这场爱情复仇风暴的基本格局，把呼啸山庄的那种荒凉、败落的环境和人际间冷漠、紧张的气氛，呈现在读者的面前，使读者和洛克伍德一起产生了种种疑团。通过洛克伍德夜宿山庄的所见所闻和可怕的梦魇，有了一种悲凉和神秘的色彩，更加增加了悬念，迫使读者非去寻根问底、弄个水落石出不可。而且开头这序幕式的三章极为重要，特别是第三章中洛克伍德睡进那张柜式的卧榻，看到窗台上画的“凯瑟琳·恩肖、凯瑟琳·希思克利夫和凯瑟琳·林敦”三个名字，梦见幽灵要进房间，以及希思克利夫朝窗外哀声呼唤“进来吧！凯茜，来呀！”等情节，都是和整个故事遥相呼应的，而且还有着象征意义。

至于叙述故事的人，作者也设置得极为巧妙。除了一个和读者处于同等地位的局外人洛克伍德外，主要是原来的女仆、后来的管家艾伦·丁恩（虽说十五章后改由洛克伍德据她所说复述）。她从小就生活在呼啸山庄，是个知情人，虽为女仆，但有文化，而且既是旁观者，又是不少事情的亲身经历者，她的叙述完全可信，可是她的是非标准显然和作者有所不同，这是作者有意把她和自己做了疏离。除他们之外，参加叙述的还有凯瑟琳、伊莎贝拉·林敦、小凯瑟琳、女仆齐拉等人。他们从各自的角度，用口述或文字向读者共同叙述了故事的全过程，使得故事层次分明，丝丝入扣，互为补充，互相引证，从而使整个叙述更加真实，更加生动，更有说服力。而作者本人，则一直深藏在背后，既不出场说教，也不出面评论，是非曲直完全让读者自己作出判断，给读者留下了充分的想象空间。这种多视角的叙事方法，以及作者不做全知全能上帝、深藏背后和读者疏离的做法，完全是现当代文学中的叙事手法，而艾米莉早在一百五十年前就开始采用了，这不能不说是一种创新，一种超前。

从人物的设计来说，《呼啸山庄》中主要有两个三角模式，一个是凯瑟琳、希思克利夫、埃德加，一个是小凯瑟琳、哈里顿、小林敦，都是一女二男，但是反映的是两代人不同的爱。如果我们把这两种爱称为原始爱和文明爱的话，第一代的爱是原始爱最终超过了文明爱，凯瑟琳不仅病中思念呼啸山庄，临终前终于投入希思克利夫的怀抱，紧搂着希思克利夫，而且死后成了孤魂，还迫切盼望回到呼啸山庄，发出“我回家来了，让我进去吧！”的苦苦哀求。而第二代的爱是文明爱超过了原始爱，小凯瑟琳则日思夜盼地想回到画眉田庄，在她教育改造了哈里顿、使他摆脱了愚昧和粗野之后，终于双双回到了象征文明的画眉田庄。

第二个三角的故事，写得显然不如第一个三角，而且小说最后的这一“幸福”结局，从作者的人生哲学和整体的情思来看，这样的设置总显得较为勉强。也许是怕读者觉得太压抑了，给他们一点安慰，一线希望，也许是囿于当时的流行手法，从俗一下，来个小团圆作为结局，也许还出于别的考虑，反正对艾米莉来说，我觉得似乎都是一种无奈的举措，一种痛苦的抉择。

《呼啸山庄》不仅结构奇巧，手法独特，而且在细节的描写和语言的运用上，也有其独到之处。不管是景色、器物还是人物外表，描写都极为鲜明精细，如对两个庄园周围的自然景色和内部的家具布置的描写等，就连故事情节的年月日，也都非常确切严密，甚至可以列出一张精确的年代表。所用的语言质朴、生动、明快、流畅、不事雕琢，但又遒劲、凝练、简洁，惜墨如金，从而使作品大大地加强了真实感人的生活气息，渲染了强烈浓厚的思想感情，丰富了奇特超凡的主观想象。再加上梦幻、象征、预兆、隐喻的运用，以及神秘、怪诞的哥特式手法，使作品更加富有诗意，加强了深度和力度。

由于《呼啸山庄》的复杂性和多义性，一百五十年来，对它的评述和研究卷帙浩繁、歧见纷陈。20世纪以来，桑格的研究肯定了作品的严谨结构和作者的准确想象力。塞西尔的“风暴和宁静”说，运用自然哲学的概念做了阐释，认为该书写的是风暴和宁静的冲突和复归，艾米莉是个神秘主义者，她所依据的哲学基础是超验世界。凯特尔的“被压迫者的反抗”说，认为希思克利夫的复仇是被压迫者的“以其人之道还治其人之身”。弗洛伊德主义者认为，艾米莉的创作动机是“出于受压制的性饥渴”。新批评的“窗子喻象”说，通过对《呼啸山庄》的阐释，说明野蛮对文明的威胁。结构主义则通过对此书的阐释，进一步证实“文本内在的多义性事实”，同时也指出了“现代文明的危机”。除此之外，还有解构主义批评，女权主义批评，新历史主义批评等等。总之，对《呼啸山庄》，各种理解和阐释层出不穷，正如有人说的那样，《呼啸山庄》是一部奇书，也是20世纪文学批评界的一部宠书，从对它的评论中，可以看出文学批评理论流派的演变；对它和它的作者的评论，简直就是一部20世纪文学批评史的缩影。可以想见，对《呼啸山庄》这样一部“神秘莫测”的作品，今后还会出现更多的阐释，更多的评述研究著作。真是说不完的《呼啸山庄》，道不尽的艾米莉·勃朗特。

1995年10月

于浙江大学求是村

主要人物表

凯瑟琳·恩肖	小说女主人公，乡绅恩肖先生的女儿，亨德利的妹妹，与希思克利夫有着世上难寻的强烈爱情，但却嫁给了富有的埃德加·林敦，以为那样可以帮助希思克利夫摆脱亨德利的压迫。
希思克利夫	小说男主人公，本为恩肖先生拾来抚养的孤儿，因未与心爱的凯瑟琳成亲而开始报复行动，并成为呼啸山庄与画眉田庄的主人，最后却绝食而死。他酷似弥尔顿《失乐园》中的撒旦，有着坚深的爱与恨、情与愁，爱得激烈，恨得刻骨。
埃德加·林敦	画眉田庄的主人，凯瑟琳·恩肖的丈夫，为人随和，是希思克利夫的仇人之一。
亨德利·恩肖	呼啸山庄的主人，凯瑟琳·恩肖的哥哥，小时候虐待希思克利夫，后在妻子死后开始酗酒，直到被希思克利夫迫害而死。
伊莎贝拉·林敦	埃德加·林敦的妹妹，和希思克利夫私奔并结婚，婚后却遭摧残，后逃走并生有一子。
凯瑟琳·林敦	凯瑟琳·恩肖和埃德加·林敦所生的女儿，先被希思克利夫强行嫁于小林敦，后与哈里顿结为连理。

哈里顿·恩肖	亨德利的儿子，因受希思克利夫的管制而目不识丁，但却有着一颗宽宏大量的心，且性情淳朴，有上进心。
林敦·希思克利夫	希思克利夫和伊莎贝拉的儿子，性格古怪刁钻，自私残忍，但身体虚弱以致早夭。
艾伦·丁恩	画眉田庄的女管家，小说故事情节的主要讲述者。
约瑟夫	呼啸山庄的仆人，性格古怪、守旧。
洛克伍德先生	画眉田庄的房客，小说的线索人物，听丁恩太太讲述故事的人。

目录

Contents

第一章

一八〇一年。那一天，我刚去拜访了我的房东回来——就是那位后来让我伤透脑筋的孤僻的邻居。这儿真是个美丽的山乡！在整个英格兰境内，我不信我还能找到一个与尘嚣这般隔绝的地方了。这是个厌世者的理想天堂。希思克利夫跟我，正好是非常般配的一对，我们可以分享这一片荒凉了。真是个绝妙的人！在我骑马来到他跟前时，只见他眉毛下那对乌黑的眼睛满含猜忌地冷冷瞅着我，看来他一点也没有想到，我心里对他有着多大的热情。待我对他通报自己的姓名时，他的手指满怀戒心地往背心袋里插得更深了。

“是希思克利夫先生吧？”我问道。

他点了点头，作为回答。

“我是洛克伍德，您的新房客，先生。我一到这儿，就急着前来拜访您，是想向您表明我的心意，但愿我这样再三要求租下画眉田庄，没有给您带来什么不便。昨天我听说您打算……”

“画眉田庄是我自己的产业，先生。”他皱起眉头，慌忙打断我的话，“只要我能办到，我是决不容许任何人让我不便的。进来吧！”

这一声“进来”是咬牙切齿地、带着“去你的！”这种情绪说出来的，就连他挨着的那扇栅栏门，也没有对他这句话做出响应而有所动作。我想，正是这种情况促使我决定接受这一邀请。对这样一个人物，我感到很有兴趣，看来他比我还要矜持多哩。

待到看见我的马儿的胸膛快要碰上栅栏，他倒也伸手解开了门链，然后很不乐意地领我走上石铺路。我们一进院子，他就大声喊道：

“约瑟夫，来把洛克伍德先生的马牵走，另外再拿些酒来！”

“我看，这家人家就这么个仆人了吧，”听了他那个双料命令，我暗想，“怪不得石铺路上长满了草，树篱也得靠牛羊来修剪了。”

约瑟夫是个上了年纪的人，不，应该说是个老头——也许已经很老了，虽说身子骨倒还硬朗结实。

“老天爷，帮帮我们吧！”当他牵过我的马时，怨声怨气地低声嘟哝着，还朝我狠狠地瞪了一眼，使得我好心地猜想，他该是需要老天爷帮忙他消化肚子里的饭食吧，他的这声虔诚的祈求，跟我的突然来访是毫不相干的。

呼啸山庄是希思克利夫先生住宅的名称。“呼啸”一词，在当地来说有着特殊的含义，它形容在狂风暴雨的天气里，这座山庄所经受的风呼雨啸。当然，住在这儿，清新纯净的气流是一年四季都绝不会少的。只需看一看宅子尽头那几棵生长不良、过度倾斜的枞树，还有那一排瘦削的、全都把枝条伸向一个方向，就像在向太阳乞求布施的荆棘，你就能捉摸出从旁刮过的北风该有多大威力了。多亏当年的建筑师有先见之明，把这幢宅子盖得非常结实，狭窄的窗子深深嵌在墙里，墙角都砌有凸出的大石块保护着。

在跨进门槛之前，我驻足观赏了一下布满宅子正面、特别是大门周围的那些奇形怪状的雕刻。在大门的顶上，在那些破损剥落的怪兽和不知害臊的小男孩中间，我还发现了“一五〇〇”这个年份和“哈里顿·恩肖”这个姓名。我原本想就此发表一点意见，还想向这位坏脾气的主人请教一下这座山庄的简单历史，可是从他站在门口的那副架势看，分明是要我马上进去，要不就干脆离开。我可不想在进屋参观之前，就把主人给惹恼了，弄得他更加不耐烦。

不用经过任何穿堂或过道，我们一跨步便进了这家人家的客厅。这儿的人把这叫作“正屋”，是很有见地的。它通常包括厨房和客厅。不过我认为，在呼啸山庄，厨房一定给挤退到另一间去了。至少，我听出喋喋不休的说话声和碗盘的相碰声，是一直从里面传出来的；而且在大壁炉的旁边，看不到有烤炙、烧煮或烘焙的迹象，也不见墙上有什么铜锅和锡淘盆在闪闪发光。只有在屋子的另一头，有一个橡木的大碗橱，上面一排排摆着无数白镴盘子，摞得快到房顶，其间还杂放着一些银壶、银杯，倒是它们反射出闪烁的光芒和热气。这个碗橱毫无遮拦，它的整个构造，让人一览无遗。只有一处地方，让一个搁有燕麦饼、牛腿、羊肉和火腿之类的木架子，遮挡住了一部分。在壁炉的上方，挂着几支蹩脚的杂式旧枪，还有一对马枪。壁炉台上，一字儿排着三只画得艳丽俗气的茶叶罐，算是装饰品。地是平滑的白石铺砌的。椅子的结构简陋，高背，漆成绿色。暗处还有一两张笨重的黑椅子。在碗橱底下的圆拱里，躺着一只硕大的酱色母猎狗，身边围着一窝尖声叫着的小狗；还有几只狗则躺卧在别的隐蔽的地方。

这样的屋子和陈设，要是属于一个普通的北方农民，有着一张倔强脸膛和一双适合穿短裤、扎绑腿的壮腿的庄稼汉，那也就没有什么奇特的地方。只要你选的正好是刚吃过饭的时间，你在这山区方圆五六英里的地方走上一圈，包你随处都可以看到这样的人物，安坐在他的扶手椅里，面前的圆桌上放着一大杯浮着泡沫的麦芽酒。可是，希思克利夫先生跟他的住宅和生活方式，却形成了一个奇怪的对比。从外貌看，他像个皮肤黝黑的吉卜赛人，可是从衣着举止看，他又像位绅士——也就是说，像许多乡下的乡绅那样的绅士——也许有点衣冠不整，但他的不修边幅看上去并不刺眼，因为他有一个挺拔、漂亮的身材。他那张脸却颇为阴郁。也许有人会认为，他多少带点儿缺乏教养的傲慢。我倒对此有所理解，觉得完全不是这么回事。我凭直觉知道，他的这种矜持，是出于对卖弄感情——对互相表示热情的厌恶。他把爱和恨全都放在了心里，而且还认为，被人爱和恨也是一件很不体面的事。不，我的结论下得太早，我这是把自己的品性过分慷慨地送给他了。希思克利夫先生遇上一个想要跟他相识的人时，尽量地把手藏起来，也许有他自个儿的理由，和我所想的完全不同。但愿我的这种本性称得上是特别的吧。我那亲爱的母亲常说，我永远不会有一个舒适的家。直到去年夏天，我才证实自己确实完全不配有那样一个家。

当时，我正在海滨享受着一个月的好天气，偶尔认识了一位最迷人的姑娘——在她还没有理会我之前，在我的眼里，她是一位真正的天仙。我从没有用语言表达过自己对她的爱慕之情，可是，如果眉目确能传情的话，一个最傻的傻子也能看出，我已经深深地坠入情网了。后来她终于懂得了我的爱意，回送了我一个秋波——一个任你想象有多甜蜜的秋波。可是我怎么样呢？说来丢脸，我就像一只蜗牛似的，冷冰冰地缩回来了。而且对方每向我送一次秋波，我就越冷淡，往里缩得越紧，最后害得这天真的姑娘怀疑起自己的感觉来，以为自己搞错了，窘得不知所措，只好恳求她妈妈赶紧带她一溜了之。

就因为有这种古怪的脾性，我得了个冷酷无情的名声。多么冤枉啊，只有我自己心里明白。

我在壁炉旁的一把椅子上坐下，我的房东也走到对面的一把椅子跟前坐了下来。为了填补这短暂的沉默时刻，我伸手想去抚摸那条母狗。这时它已离开那窝崽子，像狼似的偷偷溜到我小腿后面，噘起嘴唇，白白的牙齿上馋涎欲滴。

我的爱抚却惹起它打从喉头发出的一串长狺。

“你最好别去理这条狗，”希思克利夫和着狗狺，粗暴地大声说道，同时用力跺了一下脚，把那更凶的狺声给止住了，“它不习惯受人溺爱——我养的不是玩赏的宠物！”

接着，他大步走近边门，再次高声叫道：“约瑟夫！”

约瑟夫在地下室的深处，含混不清地咕哝了几句什么，但是不见有上来的动静，于是主人就亲自下去找他了，留下我和那条凶恶的母狗面对面地厮守着。另外还有一对狰狞的蓬毛牧羊犬，也和它一起留神地监视着我的一举一动。

我并不急于想跟它们的牙齿打交道，所以也就一动不动地静静坐在那儿。然而，不幸的是，我原以为它们一定不懂无声的咒骂，就对它们挤眉弄眼，做起鬼脸来。我的某个脸相竟惹恼了狗太太，它勃然大怒，纵身跳上我的膝盖。我立即把它推了下去，慌忙拉过一张桌子来挡在中间。这一下可激起了公愤，六只大小不同、年龄不一的四脚恶魔，一窝蜂似的从藏身处窜了出来，扑向一个共同的目标。我发觉我的脚跟和衣边尤其成了攻击的对象，便尽可能有效地挥动那根拨火棒，挡开那几位较大的斗士，同时不得不大声求援，吁请这家人家的人赶快来重建和平。

希思克利夫和他的仆人，令人恼火地依旧不慌不忙爬着地下室的阶梯。尽管壁炉前又是撕咬，又是狺吠，已经闹得天翻地覆，可我觉得他们的步子并没有比平时快上一丁点儿。

多亏这时从厨房里迅速奔出一个人来——一个健壮的女人，她撩起衣裙，光着胳臂，两颊火红，挥舞着一只煎锅，冲到我们中间。她就凭着这件武器，还有她的舌头，达到了目的，出奇地平息了这场风暴。待到她的主人上场时，只留下她了，她正像大风刮过的海洋那样喘息着。

“见鬼，到底是怎么回事？”他问道，朝我瞪了一眼。刚才受到那样不友好的对待，现在还得看这样的眼色，真让人受不了。

“是啊，真是见鬼了！”我嘟哝着说，“就是有鬼附身的猪群①，也没有您家的这班畜生凶哩。您倒不如把一个生客丢给一群猛虎呢！”

“不去碰它们，它们是不会惹事的。”他说着，把酒瓶放到我的面前，把拖开的桌子搬回原处，“狗是应该保持警觉的。喝杯酒吧。”

“不，谢谢。”

“没给咬着吧？”

“要是我给咬着了，我就要在那咬人的东西上打下印记了。”

---

① 据《圣经》记载：耶稣要鬼从一个被他们附着的人身上出来，“鬼央求耶稣，准他们进入猪里去，耶稣准了他们。鬼就从那人身上出来，进入猪里去。于是那群猪闯下山崖，投在湖里淹死了。”详见《圣经·新约·路加福音》第8章第29—33节。

希思克利夫绷紧的脸上转而露出了一丝笑意。

“得啦，得啦!”他说，“您受惊了，洛克伍德先生。来，喝点酒吧。我这屋子难得有客人来，我愿意承认，我和我的狗都不大懂得该怎样来接待客人。祝您健康，先生!”

我鞠了一个躬，举杯回敬了一句祝词。我开始意识到，为了一群狗的失礼，坐在这儿生闷气，实在有点犯傻。再说，我也不愿让这家伙再拿我取笑，因为现在他的兴致已经转到取笑人方面来了。

他，也许已经转而察觉到，得罪一个好房客是愚蠢的。因而态度方面有所缓和，语气也不再那么简慢，而且还提起了一个他以为会让我感兴趣的话题——有关我目前隐居的这个地方的优点和缺点。

我发现，他对我们谈及的这个话题，是非常有见识的。临到告别的时候，我竟然如此兴致勃勃，主动提出明天还要来拜访他。

他显然不希望我再来打扰。可是尽管如此，我还是要来。说来奇怪，跟他一比，我发觉自己是多么爱交际啊。

第二章

昨天下午天很冷，又有雾。我本想在书房的炉火边度过这半天时间，不打算踩着荒原上的杂草污泥到呼啸山庄去了。

可是，当我用过正餐（请注意：我在十二点到一点之间用正餐，我的女管家——一位稳重的太太——是租房时讲明必须一起雇下的，她总是不能，也许是不愿理会我的要求，把正餐放在五点钟①），怀着这一懒惰的打算，上了楼，跨进书房时，却见一个女仆跪在那儿，身边放着扫帚和煤斗，她正在用大量的煤灰压住火苗，弄得满屋子扬满了灰尘。这一景象立刻驱使我回了头。我戴上帽子，走了四英里路，来到希思克利夫家的花园门口。这时开始飘起雪花，我正好躲过了今年的第一场鹅毛大雪。

在那荒凉的山顶上，土地由于结着黑冰冻得坚硬，凛冽的寒气冷得我四肢直打战。我打不开花园的门闩，就跳了进去，顺着两边杂乱地长着醋栗树丛的石路，直奔屋门。我白白地敲了半天门，直到我把指关节都敲疼了，引得那群狗也狂吠起来。

“这样糟糕的人家！”我心里直嚷，“凭你们这样无礼待客，就该

① 在英美，中等以下人家通常把午餐称为正餐，中等以上人家则把晚餐称为正餐。

让你们跟人类永远隔离。至少，在白天我还不会把门闩得这么死死的。我才不管哩——说什么我也要进去！”

打定主意，我就抓住门闩，使劲摇动起来。脸色乖戾的约瑟夫，从谷仓的一个圆窗洞里探出头来。

“你干吗？”他大声叫嚷着，“主人在羊圈里。你要跟他说话，就打谷仓的那头绕过去。”

“屋里没人开门吗？”我也大声应答道。

“除了太太，一个人也没有。你就是闹腾到夜里，她也不会来开门的。”

“为什么？你不能告诉她我是谁吗，呃，约瑟夫？”

“别找我！我才不来管这种事哩。”咕哝了这么两句，那脑袋就不见了。

雪开始下大了。我抓住门把，又试了一回。这时，后面院子里出现了一个扛着干草杈、没穿外套的小伙子。他招呼我跟着他走。于是，我们穿过洗衣房，经过一个石头铺的院场（那儿有一间堆煤的棚屋，一台水泵，还有一个鸽子棚），终于来到了头天接待过我的那间暖和、敞亮的大屋子。

壁炉里，煤块、泥炭和木柴混合燃起的熊熊炉火，烧得正旺，闪耀出明亮、欢快的光辉。在等待摆上丰盛晚餐的餐桌旁，我很高兴地见到了那位“太太”，以前，我从没想到他家还有这样一位人物。

我对她行了礼，然后等待着，以为她会请我坐下。可她只是朝我打量了一下，就往后朝椅背上一靠，一动不动，默不作声。

“刮暴风雪了！”我说，“希思克利夫太太，我怕是因你的仆人贪闲，让你家的大门受累了。我费了好大的劲，才使他们听到我在敲门！”

她始终不吭一声。我注视着她——她也注视着我。反正她一直就用一种冷漠的神色盯着我，让人甚感窘迫，极不愉快。

“坐下吧！”那小伙子粗声粗气地说，“他就要来了。”

我依他的话坐了下来，然后轻咳了一声，对那条凶狗朱诺叫唤了一声。这第二次见面，它总算赏脸，摇了摇尾巴尖，表示承认我是它的相识。

“好漂亮的狗!”我又开了个头，“你打算不要这些小狗吗，太太?”

“它们不是我的。”这位可爱的女主人说。那腔调比希思克利夫的答话还要让人感到不快。

“啊，你疼爱的一定在这一堆里了!”我转身朝着一只不太能看清的靠垫接着说，那上面伏着几只猫一样的东西。

“疼爱这些东西那可真是怪了!”她轻蔑地说。

真倒霉，那原来是堆死兔子。我又轻轻清了清嗓子，向壁炉靠近些，再次说起今晚天气不好之类的话来。

“你本来就不该出门的，”她说着，站起身来，伸手到壁炉台上去拿那两个彩色的茶叶罐。

她原本坐在光线被挡住的地方，这会儿我可把她的整个身材和面貌都看得一清二楚了。她身材苗条，显然还是个少女。体态真是好极了，还有一张我生平没有福气见到的俊美小脸，五官细巧，非常漂亮。淡黄色的鬈发，或者不如说是金黄色的鬈发，披散在她细嫩的脖子上。至于那双眼睛，要是表情欢快的话，你就怎么也没法抗拒了。是我这颗容易动情的心有幸，此时它们流露出的，只是徘徊在轻蔑和有几分绝望之间的神色，这看上去特别显得不自然。

她几乎够不到茶叶罐。我想动手帮她一下。她猛地朝我转过身来，就像一个守财奴看到有人要想帮他清点金子一样。

“我不用你帮忙，”她厉声说，“我自己拿得到。”

“对不起，”我连忙回答。

“是请你来喝茶的吗?”她在自己那整洁的黑衣裙上系上一条围裙，然后站在那儿，手里拿着一匙茶叶正准备往茶壶里倒，问道。

“能喝杯热茶真是太高兴了，”我应声说。

“是请你来的吗?”她又问了一句。

“不，”我脸带一点笑容说，“你就是请我的人呀。”

她蓦地把茶叶倒回罐里，把匙子和茶叶罐一丢，使性子地坐回到自己的椅子上。她前额紧蹙，朱唇噘起，就像一个快要哭出来的孩子。

这时，那小伙子已经穿上一件相当破旧的外衣，站在壁炉跟前，从眼角里瞅着我，那神气，就像是我们之间有着什么未了结的深仇大恨似的。我开始怀疑起他到底是不是一个仆人来了。他的衣着和谈吐都很粗俗，一点也没有希思克利夫先生和他太太身上所能看到的那种优越气派。他一头浓密的棕色鬈发，蓬乱得像个野人，他的胡子像头熊似的布满双颊，他的双手就像普通劳动者那样黝黑。可是他的态度举止很随便，几乎还有点旁若无人，一点也没有表现出家仆伺候女主人应有的那种小心殷勤。

既然无从判定他在这家人家中的地位，我觉得还是不去理会他那奇怪的举止为好。过了五分钟，希思克利夫先生进来了，多少总算把我从这种不自在的场面中解救了出来。

"您瞧，先生，我说话算数，真的来了！"我装出高兴的样子，大声说道，"不过我怕要让这天气困上半个小时了——要是您容许我在这儿暂避一下的话。"

"半个小时？"他说着，抖落衣服上的雪片，"我真不懂，你为什么要选这么个大风雪天出来闲逛呢。你知不知道你会有陷入沼泽的危险？就连熟悉这些荒原的人，在这样的夜晚，常常也会迷路。我还可以告诉你，眼下这种天气是不会转好的。"

"也许我能在您的仆人中找一位向导吧，他可以在画眉田庄过夜，明天早上再回来——您能抽出一个给我吗？"

"不，不行。"

"哦，真是！好吧，那我只好靠我自己的本领了。"

"哼！"

"你是不是该准备茶了？"那个穿破旧衣服的小伙子问道，他那恶狠狠的目光，从我身上移到了年轻太太身上。

"他得算一个吗？"她问希思克利夫。

"去准备就得了，行不行？"这就是回答，他说得如此蛮横，真把我吓了一跳。这句话的语气，充分暴露出他的坏脾性。我再也不想把希思克利夫叫作绝妙的人了。

茶准备好了，他是这样邀请我的：

“呃，先生，把你的椅子移过来吧！”

于是，我们几个，包括那个粗野的小伙子，全都拖过椅子，围坐在桌边。在饮用茶点时，席面上一片肃静。

我心里想，如果这片乌云是我引起的，我就有责任尽力来驱散它。他们不可能每天都这么沉着脸，一声不吭地坐着。不管他们的脾气有多坏，总不会成天都板着脸的吧。

“说来奇怪，”喝完一杯茶，接过第二杯时，我开始说道，“真是奇怪，习惯对我们的情趣爱好和思想观念的形成，竟会有这么大的影响。一定有许多人没法想象，希思克利夫先生，像您这样过着与世完全隔绝的生活，还有什么幸福可言。可是我敢说，您生活在这样一个家庭里，又有您这位可爱的夫人像女神般卫护着您的家庭和心灵……”

“我可爱的夫人！”他打断了我的话，脸上浮现出几近狰狞的讥笑，“她在哪儿——我可爱的夫人？”

“我说的是希思克利夫太太，您的夫人。”

“嗯，没错——啊！你是说，尽管她的肉体已经不在，她的灵魂依然还站在保护天使的岗位上，卫护着呼啸山庄的好运。是这意思吗？”

我发觉自己已经搞错了，便想改正过来。我本该看出他们双方的年龄差距过大，不像是夫妻。一个已四十来岁，正是心智最成熟的时期，男人在这个时期很少会抱有幻想，误以为女孩子是为了爱情才嫁给他的——那种美梦是留给我们老年时聊以自慰的。那另一个呢，看上去还不到十七岁。

这时，一个念头在我心头闪过：“那个在我胳臂旁捧着盆子喝茶，手没洗就抓面包吃的乡巴佬，也许就是她的丈夫吧。不用说，是小希思克利夫了。这就是隐居的结果：只因为她全然不知道天下还有更好的男人，就让自己投进了这么个乡巴佬的怀抱，真是太可惜了——我得留点神，别引起她对自己的选择产生后悔了。”

这最后的想法似乎有点抬高自己，其实倒也不是。坐在我旁边的这一位，一看到就简直让我厌恶。根据经验，我知道自己还是有点吸引力的。

“希思克利夫太太是我的儿媳妇，”希思克利夫的话，证实了我的猜测。说着，他掉过头去朝她看了一眼，这是一种特别的眼光，一种非常憎恨的眼光——除非他那一脸肌肉生得完全反常，不会像旁人那样表达出心灵的语言。

“啊，不用说，这下我明白了，你真有福分，这位仁爱的仙女原来是属于你的。”我转过头来对我身旁的那一位说。

比刚才还要糟糕！这年轻人蓦地满脸通红，他紧握拳头，摆出了像要动武的架势。可是他似乎立即就控制住了自己，用一句骂人的粗话压下了心头的怒火。这句话是冲着我来的，不过我假装没有听见。

“不幸你猜得不对，先生！”我的主人说，“我们两个都没有这种福分占有你的这位好仙女。他的男人死了。我说过，她是我的儿媳妇，因此，她当然是嫁给我的儿子啦。”

“那么这位年轻人是……”

“当然不是我的儿子啦！”

希思克利夫又笑了起来，那意思仿佛是把他当作这头笨熊的父亲，这玩笑未免开得太荒唐了。

“我的名字是哈里顿·恩肖。”那一个怒声叫嚷道，“而且我劝你要尊重它！”

“我并没有表示不尊重呀。”这是我的回答，心里却在暗笑他报出自己的姓名时那种庄严神气。

他的目光一直盯着我，盯得我都不愿再去回瞪他了，我怕我会忍不住赏他一个耳光，或者给他逗得笑出声来。这时我才开始清楚地感觉到，在这个舒适的家庭中，我实在有点格格不入。这种精神上的阴郁气氛，不仅抵消了，而且还压倒了我周围温暖的物质上的舒适。我告诫自己，第三次有胆量再来这家人家时，一定得多加小心。

吃喝完毕了，没有人说一句应酬话。我走到一扇窗子跟前，观察一下天气情况。

我看到的是一片凄凉景象：黑夜已提前降临，天空和群山混成一片，淹没在暴风雪卷起的可怕旋涡中。

“没有人带路，眼下我怕是回不了家了。”我禁不住叫了起来，“道路大概都给埋上了，就是还露出在外的话，我也没法看清该往哪儿迈步了。”

“哈里顿，把那十几只羊赶到谷仓的门廊里去，要是让它们留在羊圈里过夜，就得给它们盖点东西，前面也得挡块木板。”希思克利夫说。

“我该怎么办呢？”我接着说，心里更焦急了。

谁也没来搭理我。我朝四周看了看，只见约瑟夫给狗提来了一桶粥，希思克利夫太太则俯身在炉边，在烧火柴玩，这堆火柴是方才她放回茶叶罐时，从壁炉台上碰落下来的。

约瑟夫放下粥桶，用挑剔的目光朝屋子里打量了一圈，接着扯开他的破嗓子大声说道：

“我真弄不懂，大伙全出去干活了，你怎么能待在这儿闲着！你可是实在没出息，跟你说了也白搭——你那坏毛病，一辈子也改不好了。你是一心要去见魔鬼了，跟走在你前头的你妈一样！”

一时间，我还以为这番滔滔不绝的话是冲我来的，我大为生气，便径直朝这个老混蛋走去，打算一脚把他踢出门外。

可是，希思克利夫太太的答话，把我给拦住了。

“你这个造谣生事、假正经的老东西！”她反驳说，“你这样来提到魔鬼，难道不怕给活捉去吗？我警告过你，要你别来惹我，要不，我就要请魔鬼特地帮个忙，把你给捉了去。站住，约瑟夫！你瞧这儿，”她接着说，并从书架上取下一本黑封面的大书，“我要让你瞧瞧，我的魔法已经有多大，用不了多久，我就可以完全精通了。那头红毛母牛不是无缘无故死掉的。你那风湿病还算不上上天给你的惩罚哩！”

“哦，恶毒呀！恶毒呀！”老头喘着气说，“求主拯救我们脱离邪恶吧！”

“不，你这个恶棍！上帝早把你给抛弃了——滚出去，要不，我就要你大吃苦头！我要用蜡，用泥把你们全都捏成小人儿①，谁先越过我规定的界限，我就要——我暂且不说他会受到怎样的处置——可是，瞧着吧！去，我正在盯着你呢②！”

这个小女巫，在自己那美丽的眼睛中，增添进一种恶意嘲弄的神色。约瑟夫吓得直发抖，急忙逃了出去，一边逃一边祷告，还嚷着：“恶毒呀！恶毒呀！”我认为，她这种行为一定是由于闲得无聊闹着玩的。现在，屋子里只剩下我们两个了，我想对她诉说一下我眼前的困境。

“希思克利夫太太，”我恳切地说，“我打扰您了，一定得请您原谅。我敢于来打扰您是因为，您既有这样的容貌，我敢说您的心肠也一定很好。请您给我指出几个路标吧，我也好找到回家的路。我一点也弄不清该怎么走，就像您弄不清去伦敦该怎么走一样！”

“顺你来的路回去就得了，”她回答说，依旧安然地坐在椅子里，面前点着一支蜡烛，还有那本摊开的大书，“这是个简单的劝告，可也是我能提出的最好主张了。”

“那么，要是您以后听说我被人发现冻死在积满雪的沼泽或泥坑里，您的良心会不会低声指责您，说这里也有您的一份过错呢？”

“怎么会呢？我又不能送你。他们不许我走到花园围墙的尽头。”

“您送我！在这样的夜晚，为了贪图我的方便，哪怕要您跨出门槛一步，我也于心不忍啊！”我叫了起来，“我只是求您告诉我怎么走，不是要您领路，要不就请您向希思克利夫先生求个情，给我派个带路的。”

“派谁呢？这儿只有他自己，恩肖，齐拉，约瑟夫和我。你要哪一个？”

“农庄里就没有其他男孩子了吗？”

---

① 当时女巫的一种邪术，通过处置这种小人儿来加害想要加害的人。

② 女巫作法时，先用眼神慑住对方，使其无法挣脱。

“没有了，就这么几个人。”

“这么说，我只好在这儿过夜了。”

“那你可以自己跟主人去说，我不管！”

“我希望这是给你的一个教训，以后别再在这些山头上乱跑了。”从厨房门口传来希思克利夫严厉的声音，“至于留在这儿过夜，我可没有招待客人的住处。要是你定要留下，那就只能跟哈里顿或者约瑟夫合睡一张床了。”

“我可以睡在这间屋子的椅子上。”我回答说。

“不，不行！不管是富是穷，陌生人总是陌生人，我是不容许任何人待在我防范不到的地方的！”这毫无礼貌的恶棍说。

受到这样的侮辱，我的忍耐到了头。我气愤地回了他一句，从他面前冲过，径直奔进院子里，匆忙中竟撞到了恩肖身上。天已经漆黑一团，我连出口也找不着了。我正在四处乱转，听到了他们的说话声，这是他们彼此间有礼貌的又一个例子。

开始，那个小伙子好像对我还友好。

“我陪他到林苑那儿吧，”他说。

“你陪他到地狱去吧！”他的主人或者是他的亲戚什么的大声叫了起来，“那谁来看管那些马，呃？”

“一条人命总比一夜没人看马重要吧。总得有个人陪他走一趟。”希思克利夫太太轻声说，心肠比我想象的还要好。

“用不着你来指派！”哈里顿回嘴说，“要是你放心不下他，最好别吭声。”

“那我就盼望他的鬼魂会缠住你；也盼望希思克利夫先生再也找不到第二个房客，直到画眉田庄倒塌掉！”她尖刻地回答说。

“你听，你听，她在咒他们哩！”约瑟夫咕哝道，这时我正朝他奔去。

他坐在听得见说话的不远处，借着一盏提灯的灯光，正在挤牛奶。我没打声招呼，径自拿起提灯就走，大声说明天派人送回，便朝最近的一个边门奔去。

“主人，主人，他把提灯抢跑了！”老头一面大喊，一面朝我追了上来，“嘿，咬牙①！嘿，看家狗！嘿，老狼②！逮住他，逮住他！”

一打开小门，两只毛茸茸的怪物便直扑我的喉头，我站立不住，跌倒在地；灯也灭了；耳边只听到希思克利夫和哈里顿发出一阵狂笑，这使我羞愤到了极点。

幸亏，那两个畜生好像只想张牙舞爪，摇尾扬威，并不想把我活活吞下去。可是它们也不容我重新站立起来，我不得不躺在地上，听候它们的恶主人发落。我帽子也掉了，气得直发抖。我命令那些恶棍立即放我出去——再让我多待一分钟，我就要让他们遭殃——语无伦次地说了不少此仇必报之类的威吓话，狠毒之程度，颇有李尔王③的味道。

过分的激动使得我鼻血大流不止，可是希思克利夫还在笑，我也还在骂。要不是这时来了一个头脑比我清醒，心地比我的主人仁慈的人，我真不知道这场戏该怎么收场。这人就是健壮的女管家齐拉。她终于赶出来打听外面这场骚动到底是怎么回事。她以为他们当中必定有人对我下了毒手，可她又不敢得罪她的主人，就朝那个年轻的恶棍开起火来。

“好哇，恩肖先生，”她大声叫嚷道，“不知道你下次还会干出什么好事来哩！咱们这是要在咱们家门口谋害人吗？我看这家人家我是再也待不下去了——瞧瞧这可怜的小伙子，都快喘不过气来啦！行了，行了！别再这样啦！快进来，我来给你治一下。就这样，别动。”

她这样说着，冷不防朝我的脖子上浇了一瓢冰冷的水，接着便把我拖进厨房。希思克利夫先生跟了进来。他那难得出现的欢快很快就消失了，重又恢复他惯常的阴郁。

我难过极了，而且头昏目眩，因而不得不在他家借宿一夜。他

---

① 为狗名。

② 为狗名。

③ 莎士比亚名剧《李尔王》中的主人公，他曾呼天抢地咒骂两个不孝的女儿。

吩咐齐拉给我倒一杯白兰地，然后就进内室去了。齐拉则对我困窘的处境安慰了几句，又照主人的吩咐给我喝了酒，见我已稍微振作了一些，便带我去睡了。

第三章

在把我领上楼去时，她叮嘱我遮住烛光，也不要发出声响，因为她的主人对她领我去那间卧房，有着一种古怪的念头，而且从来都不乐意让任何人进去住宿。

我问这是什么原因。

她回答说：不知道。因为她在这儿才待了一两年，而这家人家的古怪事又多，她也就没能一一都打听了。

我昏昏沉沉的，自己也顾不上多问了。我插上门闩，往四下里打量，看看床在哪儿。全部家具只有一张椅子，一个衣柜，还有一个很大的橡木柜子。在靠近柜子顶部的地方，开有几个方洞，就像是公共马车的窗子。

我走近这东西，往窗子里一看，发现原来这是一张式样独特的老式卧榻。它设计得非常实用方便，这样，一家人就没有必要人人都需占用一个房间了。实际上，它就是一个小小的房间。里面还有窗台，正好用来当桌子。

我把围板往两边推开，拿着蜡烛跨了进去，然后把门拉拢。我觉得现在已经安全，不用再提防着希思克利夫那班人了。

我把蜡烛放到窗台上，看到窗台的一角堆着几本发了霉的书，油漆过的台面上画满了字迹，而这些大大小小用各种字体写的字，翻来覆去的无非是一个名字而已——凯瑟琳·恩肖，有些地方变成了凯瑟琳·希思克利夫，有的地方又变成了凯瑟琳·林敦。

我无精打采地把头靠在窗子上，不断地念着凯瑟琳·恩肖，凯瑟琳·希思克利夫，凯瑟琳·林敦，直到合上了眼睛。可是还不到五分钟，仿佛出现幽灵似的，黑暗中突然冒出一片亮得耀眼的白色字母，空中成群地蜂拥着“凯瑟琳”。我惊跳起来，正想去驱散这些突然冒出的名字，发现烛芯斜靠在一本旧书上了，使得那靠着的地方发出一股烤牛皮的气味。

我剪掉烛芯。由于受凉发冷，又一直恶心想吐，我感到很不舒服，就干脆坐了起来，把那本烤坏的书放到膝盖上，打了开来。原来这是一本细体字的《圣经》，发出很浓的霉味。扉页上有一行签名——“凯瑟琳·恩肖，她的书”，还有一个二三十年前的日期。

我合上这本书，拿起另一本，又另拿一本，直到把全部书都翻检了一遍。凯瑟琳的藏书显然是经过选择的，而且从磨损的情况看，说明是经常在用的，尽管用得未必完全得当。几乎没有一章能躲过钢笔写的批注——至少像是批注——书页上留下的每一块空白，全都给涂满了。有些是孤立的句子，还有一些看样子像篇正式的日记——字迹潦草，字体也未定型，显然是出于小孩之手。

在一张剩余的空页上端（当初发现这一空页时，可能是如获至宝），有一幅绝妙的漫画肖像，画的就是我们的朋友约瑟夫，一看就把我给逗乐了——虽说画得粗略，可是线条粗犷有力。

这位素昧平生的凯瑟琳立刻使我产生了兴趣，于是，我便开始辨认起她那已经褪色的难以辨认的字迹来。

画的下方有这样一段文字：

真是个倒霉的礼拜天！

我真盼望我爸还能回来。亨德利是个可恶的代理人——他对待希思克利夫的态度凶极了——希和我要起来反抗了——今天晚上我们就要走出开头的一步。

整天都下着大雨，我们没法去教堂了，因此约瑟夫定要在阁楼上聚个会。亨德利和他妻子都在楼下舒舒服服地烤火——我敢说，他们绝不会去读《圣经》——而希思克利夫、我，还有那个可怜的小农工，不得不听从吩咐，拿着祈祷书上阁楼。我们排成一排，坐在一口袋粮食上，一边哼哼唧唧，一边浑身哆嗦。真希望约瑟夫也哆嗦起来，那样，他为了自己，也会少给我们讲点道了。全是痴心妄想！礼拜足足做了三个小时。可是我的哥哥看到我们从楼上下来时，居然还有脸嚷道：

“什么，这么快就完啦？”

以前，星期天晚上照例是准许我们玩玩的，只要不大吵大闹；现在，只要笑一下，就要罚我们站壁角！

“你们忘了你们还有个家长呢！”那暴君说，“谁先惹我发脾气，我就毁了他！我坚决要求完全保持肃静。啊，小东西，是你吧？弗朗西丝，亲爱的，你走过来时，给我扯他头发。我听到他用手指打响榧子了。”

弗朗西丝使劲地扯了扯那小孩的头发，然后走过来坐到她丈夫的膝上。他们俩坐在那儿，就像是一对娃娃，一直就那么又是亲嘴，又是闲扯——全是些愚蠢的废话，连我们都感到害臊哩。

我们只好躲进备餐台的圆拱里面，自己想办法尽量弄得舒服点。我刚把我们的围裙连接在一起，挂起来当作帷幕，谁知约瑟夫正好有事从马房进来。他一把扯下我的手工活，扇了我一个耳光，扯开他的破嗓子哇哇嚷道：

“主人才落葬，安息日还没有过完呢，福音的声音还在你们耳朵里响着，你们竟敢玩起来了！你们真不知害臊！给我坐下，坏孩子！只要你们肯读，好书有的是。都给我坐下，好好想想你们自个儿的灵魂吧！”

说着，他强迫我们端端正正地坐好，好让我们借着远处炉火照过来的那点微弱的光线，读他塞进我们手里的破书。

我可受不了这差使。我提起这本脏书的封面，使劲把它扔进了狗窝，赌咒说我最恨善书。

希思克利夫也把他那本一脚踢进了狗窝。接着是一场大闹！

“亨德利少爷！”我们的那位牧师大声叫嚷道，“少爷，快来呀！凯茜[1]小姐把《救世之盔》的书皮子都撕下来啦！希思克利夫用脚踢开了《走向毁灭之大路》的第一卷！你让他们这样下去可不得了啊！唉！换了老主人的话，准要好好抽他们一顿了——可是他不在啦！”

亨德利急忙从他的炉边天堂赶了过来，抓住了我们俩，一个抓衣领，一个抓胳臂，把我们扔进了后厨房。约瑟夫口口声声说，“老魔王”准会在那儿把我们活活捉走的。我们受到这样的安慰之后，便各自找了个角落，静候“老魔王”的到来。

我从书架上伸手摸到了这本书和一瓶墨水，又把通正屋的门推开一点，让它漏进几丝亮光，然后写了二十来分钟的字。可是我的同伴不耐烦了，他出主意说，我们可以拿上挤奶女工的那件外套，披在头上，到荒原上去奔跑一通。真是个有趣的好主意！——要是那个可恶的老头进来，他还以为他的预言应验了哩——哪怕在雨里淋着，我们也不会比这儿更湿更冷的。

我猜想凯瑟琳一定实现了她的计划，因为接下去写的是另一回事。她变得爱哭了。她写道：

我做梦也万万没有想到，亨德利竟能让我哭成这般模样！我的头痛极了，痛得我没法睡到枕头上。尽管这样，我还是止不住要哭。可怜的希思克利夫啊！亨德利骂他是个小流氓，再也不许他跟我们一起坐，一起吃饭了。而且他说，再也不许他跟我一起玩。还威胁说，我们要是违背他的命令，他就要把他从这个家里赶出去。

他还一直怪爸爸（他竟敢怪起爸爸来！）待希太宽容了，发誓要让他降到他只能有的地位上去……

---

① 凯瑟琳的昵称。

对着这些模糊不清的文字，我开始打起盹来。我的目光从手写字渐渐滑到了印刷字上。我看到了一个红色的有花饰的标题：《七十个七次①，及七十一个的第一——杰伯斯·勃兰德罕牧师在吉默屯沼泽区教堂的一次讲道》。就在我迷迷糊糊地苦苦猜测，这位杰伯斯·勃兰德罕会怎样来发挥这个题目时，我却倒在床上睡着了。

咳，喝了倒霉的茶，受了倒霉的气，这会儿吃苦头了！要不怎么会让我过这么可怕的一夜呢？打从我懂得什么是受苦以来，我记不起有哪一回能和这一夜相比的。

我开始做起梦来——几乎在我还能意识到自己身居何地时就做开了。我觉得已经是早晨了，我正往回家的路上走，有约瑟夫在前给我带路。路上的积雪有好几米深。我们挣扎着往前走时，我的同伴不住地责备我，怪我为什么不带一根朝圣节杖，说是不带这种拐杖，就永远别想进那屋子，还神气活现地挥舞着手中的一根大头棍棒——我只知道这东西该这么叫。

有那么一会儿，我觉得这事十分可笑，回自己的家还得带这么件武器才能准许进家门。可是跟着一个新的念头在我的脑子里一闪：我这并不是回家呀，我们是正在赶去听那位大名鼎鼎的杰伯斯·勃兰德罕讲道，讲《七十个七次》。可不管是约瑟夫，这位牧师，还是我，要是犯了“七十一个的第一”条罪，就要给当众揭发，逐出教门了。

我们来到了教堂。说真的，我平日散步已经过那儿两三回了。它就在两座山之间的一个山谷里。这个山谷已填高，靠近一片沼泽，打那儿发出的阴湿的泥炭气，据说足以使存放在那儿的几具尸体不会腐烂。屋顶至今还完好如前，可是牧师的俸金每年只有二十镑，另外就是一座有两个房间的房子，而且眼看有可能决定只给一间了，所以没有一个教士愿来这儿担任牧师的职位。尤其是风传说，他的“子民们”宁愿让他饿死，也不愿掏腰包多拿出一分钱来提高他的俸

---

① 《圣经》典故，出自《马太福音》。据载，一门徒问耶稣：“我弟兄得罪我，我当饶恕他几次呢？到七次可以吗？”耶稣说：“不是到七次，乃是到七十个七次。”详见《圣经·新约·马太福音》第18章第21—22节。

金。不过在我的梦里，我看到杰伯斯有着满堂的会众，而且都在专心听讲。他正在讲道——天哪！这是什么讲道啊！全篇共分四百九十节，每一节都相当于平常的一次讲道，每一节讨论一种罪恶！至于他是从哪儿搜集来这么些罪恶的，我说不上来。他对一词一语都有自己的独特见解，而且似乎这位弟兄每次犯的都得是不同的罪。它们的性质都极其奇特，全是些我以前想都没有想到过的离奇古怪的罪过。

哦，我听得厌倦极了！我是怎样地扭动身子，大打呵欠，瞌睡过去又醒过来的啊！我使劲地掐自己，拧自己，揉眼睛，站起来又坐下，还用胳臂肘推推约瑟夫，要是牧师讲完了，让他告诉我一声。

我被判定得听完全部讲道。最后，他讲到了“七十一个的第一”。就在这要紧关头，我的脑子里突然闪过一个念头：我不由自主地站了起来，公开谴责杰伯斯·勃兰德罕是个罪人，他犯的罪，任何一个基督徒都用不着饶恕。

“先生，”我大声叫道，“我坐在这四堵墙壁中间，已经憋着气耐着性子听了，饶恕了你讲的四百九十个题目。七十个七次我拿起帽子，打算走掉——七十个七次你都荒唐地硬逼我重又坐下。现在这第四百九十一个，我可再也受不了啦。受苦受难的教友们，别放过他！把他拖下来！把他砸个稀巴烂！让这个知道有他这个人的地方从此再也见不到他！”

“你就是犯有这条罪的人！”在一阵肃静之后，杰伯斯大声叫道，他从讲坛的垫子上向前探出身子，“七十个七次你大打呵欠，一副怪相——七十个七次我和我的灵魂商议——瞧，这是人类的弱点，不过这还是可以赦免的！现在，七十一个的第一来了。弟兄们，照圣书上写的判决来对他执行处罚吧。每个圣徒都有这种光荣！”

他的话音刚落，全体会众便举起他们的朝圣节杖，一起朝我冲来。我没有可用来自卫的武器，便到离我最近、最凶的袭击者约瑟夫手中抢夺。由于拥过来的人多，有些棍子都互相卡住了，也有照准我打下来的棍子，落到了别人的天灵盖上。一时间，整个教堂里乒乒乓乓响成一片。人人都对近旁的人动起手来。勃兰德罕也不愿闲着，他使劲把讲坛敲得震天响，以此来发泄自己的热情。这敲打声最后竟使我惊醒了过来，使我感到说不出的轻松。

到底是什么声响被我当成了这场大混战？在这场骚乱中，又是谁扮演了杰伯斯的角色呢？原来，只是暴风雪呼啸而过时，窗前一棵枞树的枝杈碰到了我的窗格，它那干枯的球果打在窗玻璃上咯咯作响而已！

我犹疑不决地倾听了一会，弄清这闹得我睡不安稳的东西后，便翻了一个身，睡着了，可是又做起梦来——也许，这一回比上一回还要难受。

这一回，我记得我正躺在那个橡木柜子般的小房间里。我清清楚楚地听到外面风雪交加，也听到那枞树枝老是弄出戏弄人的声响，还知道这是什么原因。可是这声响实在太烦人了，要是能做到，我一定要制止住它。于是我觉得我起了床，试着想去打开那扇窗子。可是窗钩给焊在钩眼里了——这情况我在醒着时是看见过的，只是这时又忘了。

“不管怎样，我非制止住它不可！”我咕哝着，用拳头打穿了窗玻璃，伸出一只胳臂去抓那捣乱的树枝。谁知我的手抓住的不是树枝，而是一只冰凉小手的手指！梦魇的强烈恐惧压倒了我，我想抽回手臂，那只小手却紧紧抓住我不放，一个极其凄惨的声音呜咽着说：

“让我进去——让我进去吧！”

“你是谁？”我问道，一边竭力想把手挣脱。

“凯瑟琳·林敦，”那声音颤抖着回答（我怎么会想到林敦？我总有二十遍把林敦念成恩肖了），“我回家来了，我在荒原上走迷路啦！”

就在那声音这么诉说着时，我隐隐约约看到有一张孩子的脸在向窗子里张望。恐怖使我狠了心，眼看要想甩掉这东西已不可能，就把她的手腕拉到破玻璃处，来回擦着，直到淌下的鲜血沾湿了床单。可那声音依然哀求着：“放我进去吧！”那小手紧抓着我不放，简直要把我吓疯了。

“这怎么成呀?”我终于开了口,“如果你要我放你进来,你得先放开我!”

那小手果然松开了,我赶紧趁机把手从破洞里抽回来,急忙堆起一大摞书,抵住窗子,还用两手捂住耳朵,为了不再听到那苦苦的哀求。

我似乎把耳朵捂了约莫一刻钟,可是放开再一听,那凄惨的声音仍在哀叫!

“走开!”我大声喝道,“哪怕你求上二十年,我也绝不会放你进来!”

“已经二十年啦,”那声音抽泣着说,“二十年啦,我已经做了二十年的流浪人啦!”

接着,窗外响起了轻微的刮擦声,那摞书也动了起来,仿佛有人在使劲把它推开。

我想要跳起来,可是四肢一点也动弹不了。于是,在极度的恐怖中,我放声大叫了起来。

让我迷惑不解的是,我发现自己的大声叫喊并不是不真实的。一阵急促的脚步声,来到了我的房门口,有人使劲推开了房门,一缕灯光从床顶的方洞中透了进来。我依然坐着,浑身发抖,抹着额上的冷汗。闯进房来的人好像有点犹豫不决,嘴里自言自语地咕哝着。

最后,他用近乎耳语的声音说:

“这儿有人吗?”

显然并不指望有人回答。

我想我还是承认我在这儿的好,因为我听出这是希思克利夫的声音。如果我不作声,我怕他会进一步搜寻。

有了这样的想法,我就翻身推开了围板。这一举动所造成的后果,我将久久不能忘怀。

希思克利夫只穿着衬衣衬裤,立在门口,手中拿着一支蜡烛,烛油直滴到他的手指上。他的脸苍白得就像他身后的墙壁。推开橡木围板的第一下嘎吱声,吓得他像触电似的直跳起来——手中的蜡烛跌出去有几英尺远。他颤抖得这般厉害，几乎连蜡烛也拾不起来了。

“只不过是你的客人在这儿罢了，先生。”我叫了起来，免得他再露出胆怯的模样而有失面子。“我做了个可怕的噩梦，不幸在睡梦中叫了起来。很对不起，我打扰你了。”

“啊，上帝会惩罚你的，洛克伍德先生！但愿你在……”我的主人开口说道，他把蜡烛放到一张椅子上，因为他发觉自己已无法把这支蜡烛拿稳。

“是谁把你带到这间屋子里来的？”他接着说，用指甲掐进自己的手心，还磨着牙齿，为了制止住腭骨的抖动。“是哪一个？我恨不得这会儿就把他赶出大门去！”

“是你家的女仆齐拉，”我回答说，从床上跳下地来，急急忙忙穿上衣服，“你要这么做，我可不管，希思克利夫先生。她这是活该。我看她这是拿我做牺牲，为了再次证明这地方闹鬼罢了。啊，真的是闹鬼——满屋子全是鬼怪！我可以肯定地对你说，你把这儿关闭起来是有理由的。没有一个人会因在这么个洞穴里待上一会儿而感谢你的！”

“你这是什么意思？”希思克利夫问道，“你在干什么？你既然已经在这儿了，那就躺下，睡完这一夜！可是，看在老天爷的份上，别再发出怪叫了！这没法让人原谅，除非有人正在割断你的喉管！”

“要是那小妖精从窗子里进来了，她也许会把我给掐死哩！”我回答说，“我可不打算再受你那好客的祖先折磨了。杰伯斯·勃兰德罕牧师是不是你母亲那面的亲戚？还有那个小妖精凯瑟琳·林敦，或者是凯瑟琳·恩肖，或者不管她叫什么——她一定是个偷换了的孩子①——一个坏透的小东西！她告诉我说，这二十年来她一直在荒原上流浪——毫无疑问，这正是她罪孽深重的报应啊！”

这几句话刚说出口，我立刻想起了那本书上写的希思克利夫和

① 指又丑又笨的坏孩子。据西方民间传说，仙女常会用又丑又笨的坏孩子偷换走聪明俊秀的好孩子。

凯瑟琳的关系，我把这完全给忘了，直到这会儿才想起来。我为自己的鲁莽红起了脸。可是，我装作不知道自己有什么失言的地方，急忙接着说：

“真实情况是，先生，上半夜我在临睡前——”说到这儿，我急忙打住——我刚想说出“翻阅了那几本旧书”，这一来岂不是露了口风，表明我不仅知道书上印的内容，也已知道书写在书页上的内容了？于是我连忙改口说：“看到窗台上画有这个名字，我便反复地拼读，想用这种单调的重复来催眠，就像数数似的，或者……”

“你这样对我说，算是什么意思？”希思克利夫大发脾气，怒吼道，“在我的家里，你怎么……怎么敢这样？……天呀！他这样说一定是疯啦！”他愤怒地敲着自己的额头。

听他说出这种话，我真不知道该对他发火好呢，还是对他进一步解释好。可是见他激动成这样，我可怜起他来了，便继续跟他说我的梦，并且声明说，以前我从没听说过“凯瑟琳·林敦”这个名字，只是由于念得多了，就产生了一种印象，当我不再能约束住自己的想象时，它就幻化成一个人了。

在我说话时，希思克利夫一步步地直往床后面退缩，最后坐了下来，几乎是躲在床后面了。不过，听他那不规律的、时断时续的呼吸，我猜想他一定在竭力压制自己强烈的感情。

我不想让他看出我已觉察他内心的搏斗，顾自继续穿衣梳洗，还有意发出很大的声响。我看看表，自言自语地抱怨夜太长了：

“还不到三点呢！我本想发誓说现在已经六点了。时间在这儿停住不动啦，昨晚我们准是八点钟就睡了。”

“在冬天，我们总是九点钟睡，四点钟起床。”我的主人说，抑制住一声呻吟。看到他胳臂动作的影子，我猜想他正从眼里抹去一滴眼泪。

“洛克伍德先生，”他接着说，“你可以到我房里去。你这么早下楼，只会打扰别人。你那孩子气的尖叫，已经把我的睡意赶得鬼影儿也没有了。”

“我也一样，”我回答说，“我还是先到院子里散会儿步，等天亮了，我就走。你也不必担心我还会再来打扰你。我这想要交朋友寻乐趣的毛病——不管在乡下还是在城里——已经给治好了。一个明智的人应该懂得，有自己给自己做伴，就足够了。”

“愉快的相伴！”希思克利夫咕哝说，“把蜡烛拿去，你爱去哪儿就去吧。我过一会儿就去找你。不过，别去院子，那儿只狗全没拴住；正屋里——也有朱诺在守着，还有——不，你只能在楼梯和过道那儿走走。不过，你走吧！我过两分钟就来！”

我听从了他的话，就离开了这间卧室。可是，一走出卧室，我不知道那条狭窄的走道通向哪里，就又站住了。不想在无意之中我看到我的房东做出一件迷信的事来，这很奇怪，他原来不像表面看上去那样是个有见识的人。

他爬到床上，拧开窗子，一面拉开窗，一面迸出抑制不住的热泪。

“进来吧！进来吧！”他呜咽着说，“凯茜，来呀！啊，来呀——再来一回吧！啊，我的心肝宝贝！这回听我的话，凯茜，最后听我一次吧！”

幽灵却表现出它素有的飘忽不定，变化无常，一直没有露面。只有暴风雪猛烈地卷进屋来，甚至直扑到我站立的地方，吹灭了我手中的蜡烛。

伴随着这种喃喃谵语迸涌出的悲哀中，竟然有着如此的痛苦，这使我深深感到同情，不再去计较这种疯疯癫癫的举止有多可笑。于是我走开了，既为偷听了他这番话而对自己生气，也为告诉他我那荒唐的噩梦而深感不安，因为正是那梦引起了他的痛苦和辛酸——至于为什么，我就不得而知了。

我小心翼翼地下了楼，来到后厨房。那儿还留有一星火苗，耙拢在一起，正好让我重新点着了蜡烛。

厨房里没有一点动静，只有一只斑纹灰猫从灰堆中爬了出来，怨声怨气地喵呜一声对我打了招呼。

两张长椅，摆成了半圆形，几乎把炉子都围住了。我在一张长椅上躺了下来，老雌猫跳上了另一张。我们两个一直都在打盹，直到有人进来打扰了我们的休息。而此人便是约瑟夫，他从天花板的活门放下来一张木梯，我猜想，这就是登上他那间阁楼的必经之路吧。

他朝我拨弄起来的炉栅上的火苗不怀好意地瞥了一眼，伸手一下把那只老猫从高高的座位上抹到地上，自己坐上那空出的位子，然后动手把烟叶装进三英寸长的烟斗。显然，我擅自闯进他的圣地，被看成是一桩可耻得不屑一提的鲁莽行径。他一声不吭地把烟斗塞进嘴里，交叉起胳臂，顾自吞云吐雾起来。

我让他去享受这种舒心快意的安逸，没有去打扰他。他吸完最后一口烟，深深地叹了一口气，便站起身来，像来时一样一本正经地走出去了。

接着，传来一阵轻轻的脚步声。这时我正想张口说一声“早安”，可立刻又闭上了嘴，问好未能问成，因为哈里顿·恩肖正在悄声地做着早祷呢——他碰上每样东西都对它发出一串咒骂，这时他正在屋角找一把铁铲或者铁锹去铲除积雪。他朝椅背扫了一眼，张大了鼻孔，认为对我就像对我的伙伴老猫一样，根本用不着相互问好。

从他做的准备工作看，我猜想现在该允许我走了，便离开了我的硬座，打算跟他出去。他发觉了这一点，就用铲尖朝一扇门上戳了戳，用含混不清的声音通知我，要是我想换个地方的话，我就只能去那儿。

打开那扇门就可通向正屋，女人们已经起来在那儿忙碌了。齐拉正在拉着一只大风箱，扇得火苗都蹿上了烟囱。希思克利夫太太跪在壁炉边，借着火光正在看书。她举着一只手，挡在炉火和眼睛之间，看来好像非常专心，只有在责备仆人不该把火星弄到她身上，或者推开一只老拿鼻子朝她脸上贴的狗时，才停下一会儿。

我很吃惊地发现，希思克利夫也已经在这儿了。他站在炉火边，背对着我。他刚对可怜的齐拉发了一顿脾气。她时不时停下手中的工作，撩起了裙角，发出气呼呼的哼哼声。

“还有你，你这没出息的——”我进去时，他正转而朝自己的儿媳妇发作，还用上了鸭子呀、绵羊呀一类无伤大雅的称谓，不过往往也会欲言又止，而用一个“——”加以代替。

“瞧你，又在搞你那些无聊的鬼把戏啦！别人都能自己挣饭吃——只有你，全靠我的施舍过活！把你那废物扔掉，找点事做吧！你这样老在我眼前让我讨厌，你会吃苦头的——听到没有，你这该死的贱货！”

“我会把我的废物扔掉的，我要是不扔，你也会强迫我扔的，”少妇回答说，一面合上书，把它扔到一张椅子上，“可是，除了我愿意干的事外，哪怕你咒烂了舌头，我也什么都不干！”

希思克利夫举起了手，说话的人显然熟悉这只手的分量，急忙跳了开去，保持一段较为安全的距离。

我无心欣赏一场猫狗相斗，便径自快步上前，仿佛急于要到炉边取暖，根本没有想到这会打扰了他们的争吵似的。双方总算都还能顾到自己的体面，没有再争吵下去。希思克利夫把两只拳头都插进口袋，免得再发痒；希思克利夫太太噘起一张嘴，走到远远的一个座位旁；她果然按照自己说的，在我在的时候，始终一动不动地坐在那儿，成了一座塑像。

这样的时间没有多久。我谢绝了跟他们共进早餐。黎明的曙光初露，我就借机逃到屋外，外面的空气清新、宁静，也寒冷得像无形的冰块。

我还没走到花园的尽头，我的房东就把我叫住了，他提出要陪我穿过荒原。多亏有他陪同，因为整个山脊仿佛都成了波涛起伏的海洋，而这种起伏并不表示地面的凹凸高低——至少，有许多凹坑给填平了。昨天我走过时，曾在心里描下一幅地图，而现在，山冈的全部脉络，石坑的残迹，全都给从这幅地图上抹掉了。

我曾注意到，在路的一边，每隔六七码就竖有一块界石，形成一线，一直延续到荒原的尽头。这些界石竖立着，上面还涂有石灰，为的是在黑夜里也能让人看到这些路标，或者是遇上像现在这种暴风雪的日子，两边深深的沼泽和坚实的路面难以分辨时，可以作为标志。可是，这会儿除了这儿那儿还零零落落地露出几个黑点外，这些界石全都不见踪影了。当我自以为一点没错地沿着蜿蜒的道路向前走时，我的同伴却时不时地需要提醒我向左或向右拐。

一路上，我们两人很少交谈。到达画眉田庄林苑的门口时，他停住了脚步，说到了这儿我就不会再迷路了。我们的告别仅限于匆匆的一鞠躬，接着，我便只好凭着自己的能耐，继续朝前赶路了，因为那看门人的小屋还没住上人。

从林苑的门口到田庄的大门还有两英里路，可是我相信却让我走成四英里了；有时在林子里迷了路，有时又陷进雪坑埋到脖子——那种困境只有亲身经历过的人才能体会。不管怎么说，我东钻西转，总算在钟敲十二下时踏进了家门。照平时从呼啸山庄到这儿的路程算起来，每一英里足足花了一个小时。

我那位随田庄一起留用的女管家和她的手下们，蜂拥出来迎接我，七嘴八舌地嚷着说，他们对我已经完全不存希望，人人都猜想昨天晚上我一定倒毙在风雪中了，他们正不知道该怎么去寻找我的尸体哩。

我吩咐他们安静下来，现在他们已经看到我平安回来了。连心脏都快要冻僵的我，拖着沉重的步子走上楼去。我换上干衣后，在那儿来来回回走了三四十分钟，以便恢复体温。然后我就转移到了书房里，人虚弱得像只小猫，简直一点精神都没有了——就连仆人为让我恢复精力备下的融融炉火和热气腾腾的咖啡，我都几乎没法享受了。

第四章

我们人类是些多么容易转向的风标啊！我，原本决心断绝一切世俗往来，还庆幸自己福星高照，终于让我找到了这么个几乎与世隔绝的地方——可是，我，一个懦弱的可怜虫，只把一场跟消沉和孤寂的搏斗支持到黄昏，最后还是不得不扯起了降旗。当丁恩太太把晚饭送进来时，我借口想多了解些我住的这所宅子的有关情况，要她在我吃饭的时候坐下来谈谈。我真诚地希望她真正是个爱说长道短的人，希望她的谈话要么能让我兴高采烈，要么能把我送入梦乡。

“你在这儿住了很久了吧，”我开始说，“你不是说有十六年了吗？”

“十八年了，先生。我是在女主人结婚那年，跟来伺候她的。她死后，主人就留下我当他的管家了。”

“哦。”

接着是一阵沉默。我怕她并不是个爱说长道短的人，除非是说她自己的事，可那些事是怎么也引不起我的兴趣的。

不过，在沉思了一阵之后，她把拳头放在膝上，红润的脸上罩上了一层冥想的云雾，突然叹息道：

“唉，打那时起，这世道变化多大啊！”

“是啊!”我说道,“我猜想,你见过不少变迁吧?”

“见过不少啦,还见过不少伤心事哩!”她说。

“哦,我好把话题转到我房东家来了!”我心里思忖,“这倒是个做开场白的好题目——还有那个漂亮的小寡妇,我很想知道她的身世。她是本地人呢,还是更可能是个外乡人?所以这些乖戾的本地人就跟她合不来了。”

怀着这种想法,我问丁恩太太,为什么希思克利夫要把画眉田庄租出去,自己宁可住在地点和房子都差得多的呼啸山庄。

“难道他没钱来好好整顿整顿这份产业吗?”我问。

“钱有的是,先生!”她回答,“他到底有多少钱,谁也弄不清,而且还在逐年增加。是啊,是啊!他有那么多钱,完全可以住一幢比这好得多的房子,可是他非常小气——手紧得很。哪怕他有意想搬到画眉田庄来住,一听到有个好租户,他绝不会放弃这个多进账几百镑的机会的。有的人孤身一人活在世上,竟还会这样贪财,实在奇怪!”

“他好像有过一个儿子吧?”

“是的,有过一个——死啦。”

“那位年轻女人,希思克利夫太太,就是他儿子的遗孀吧?”

“没错。”

“她原本打哪儿嫁过来的?”

“嗨,先生,她就是我过世的主人的女儿呀。凯瑟琳·林敦就是她的闺名。是我把她带大的,可怜的东西!我真盼望希思克利夫先生能搬到这儿来住,那样我们又可以在一起了。”

“什么!凯瑟琳·林敦?”我大为吃惊地叫了起来,可是继而一想,我就认定这并不是我那个变成鬼的凯瑟琳。“这么说,”我接着说,“这田庄原来的主人姓林敦了?”

“是的。”

“那么跟希思克利夫先生住在一起的那个恩肖,哈里顿·恩肖又是什么人呢?他们是亲戚吗?”

“不,他是过世的林敦太太的侄子。”

“这么说，是那位年轻太太的表兄弟？”

“是的，她的丈夫也是她的表兄弟，一个是她母亲方面的亲戚，一个是她父亲方面的亲戚——希思克利夫娶了林敦先生的妹妹。”

“我看到，在呼啸山庄房子的大门顶上，刻有‘恩肖’这个姓。他们是个古老的家族吧？”

“非常古老，先生。哈里顿就是这个家族的最后一代，就像我们的凯茜小姐是我们的——我说的是林敦家族的最后一代一样。你去过呼啸山庄了？请原谅我这样问。可我很想听到有关她的情况呢。”

“希思克利夫太太吗？她看上去很好，也很漂亮，不过我看她不太快活。”

“哎呀，这我才不奇怪哩！你觉得那位主人怎么样？”

“一个相当粗暴的人，丁恩太太。他的性格就是那样吗？”

“粗暴得像锯齿，僵硬得就像岩石！你还是少跟他来往的好。”

“他一定经历过一些人生坎坷，所以才变得这么粗暴吧？你知道他的什么经历吗？”

“那是个狂人疯子的经历，先生——除了他出生在哪儿，他的父母是谁，还有当初他怎么发的财，别的我全知道。还有哈里顿像只没长齐羽毛的小鸟似的怎样被扔出来！这可怜的孩子，在这个教区里只有他一个人不知道自己在受人欺骗。”

“哎，丁恩太太，行行好，给我说点我邻居家的事吧。我觉得我就是上了床，也是睡不着的，所以求你啦，坐下来聊一个钟点吧。”

“啊，当然可以，先生！我这就去拿点针线活来做，然后你要我坐多久都行。可是你受寒了，我看到你在打哆嗦，你得喝点粥去去寒气。”

这位好心的大娘匆匆离去了，我蜷着身子朝炉火更凑近些。我感到头在发热，全身却都在发冷。加上神经和脑子都过于兴奋，几乎到了糊涂的程度。这倒没有使我感到不舒服，而是使我感到有些害怕（现在还是这样），生怕昨晚和今晨发生的事会引起严重的后果。

没过多久，她就回来了，带来一盆热气腾腾的粥和一只针线篓。

她把盆子放在炉台上，然后又把椅子拉近，看到我这么容易亲近，她显然很高兴。

在我来这儿住以前——没等我再次请求，她就讲开了她的故事——我差不多总在呼啸山庄，因为亨德利·恩肖先生，也就是哈里顿的父亲，从小就是我母亲照料的。我通常都跟他们家的孩子在一起玩，有时也跑跑腿，帮忙割割草、晒晒草什么的；我成天在农庄里转来转去，随时准备干点不管是什么人差我干的杂活。

有个晴朗的夏天的早晨——我记得是开始收麦子的时候——老主人恩肖先生，一身出门打扮，走下楼来。在他吩咐过约瑟夫这天该干些什么活之后，转身跟亨德利、凯茜，还有我，说起话来——因为我正和他们坐在一块儿吃粥——他先对儿子说：

“哎，我的好小子，我今天要去利物浦，要我给你带点什么？你拣喜欢的说吧，不过只能是小东西。我是走着去、走着回来的，一趟就得走六十英里——好远哩！”

亨德利要的是小提琴。接着他又问凯茜小姐。那时候她还不到六岁，可她已经能骑上马厩里的任何一匹马了，她要的是一条马鞭。

恩肖先生也没有忘掉我，他有一颗仁慈的心，虽说他有时候有点严厉。他答应给我买一口袋梨和苹果。然后他吻了吻他的两个孩子，说了再见，便上路了。

他走了三天，我们都觉得过去很久了，小凯茜老是问起爸爸什么时候回来。第三天晚上，恩肖夫人盼望他能在吃晚饭时到家，她把晚饭一个钟点一个钟点地一延再延，可是一点儿也没有他回来的迹象。孩子们一趟一趟地跑到门口探望，最后都跑腻了。天渐渐黑了下来，恩肖夫人要孩子们上床睡觉去，可是他们苦苦哀求允许他们再待一会儿。在十一点钟左右时，门给轻轻地打开了，主人走了进来。他一下坐倒在椅子上，又是笑又是哼的，还叫他们全都站开一点，因为他已经快要累死了——哪怕送他英伦三岛，他也不愿再这么走一趟了。

“走到后来，就跟奔命似的！”他说着，把裹成一团、抱在怀里的大衣打了开来，“快来看，太太！我一辈子还没让什么弄得这么狼狈过，不过你还得把这小东西看作是上帝的赏赐来接受，虽说他这么黑黝黝的，就像是从魔鬼那儿来似的。”

我们全围了上去。我从凯茜小姐的头上望过去，看到了一个穿得破破烂烂、肮脏的黑头发小孩。长得够大的，该会走路说话了。的确，他那张脸看起来比凯瑟琳年龄还大哩。可是一把他放到地上，却只会朝四下里呆呆地望着，嘴里叽叽咕咕反复说着那么几句没人能听懂的话。我吓坏了，恩肖太太打算把他扔到门外去。她当真跳起身来，责问主人怎么会想到把这么个野孩子带到家里来，自己已经有两个孩子要抚养了。他到底打算拿他怎么办？他是不是疯了？

主人想解释一下这件事情，可他实在已经累得半死了。在她的一片责骂声中，我只能听出是这么回事：他在利物浦的大街上看到了这个无家可归的孩子，都快饿死了，又差不多像个哑巴。他就带了他到处打听，是谁家的孩子。可是谁也不知道他是哪家的孩子，他说。他的钱和时间又都有限，想想还不如马上把他带回家，总比在那儿白白地浪费钱浪费时间的好。因为他已经打定主意，既然发现了他，他就不能丢下他不管。

好了，结局是我的女主人抱怨了一通后总算平静了下来。恩肖先生吩咐我给那孩子洗个澡，换身干净衣服，让他跟孩子们一起睡。

亨德利和凯茜起初只是在一旁看着，听着，没有什么，一见两个大人之间恢复了和平，他们俩便开始搜起父亲的口袋来，寻找他答应给他们的礼物。亨德利已经是个十四岁的男孩，可是当他从大衣里拉出那把已经压成碎片的小提琴时，他伤心得放声大哭了。至于凯茜，当她得知主人因为忙于照顾那陌生孩子而丢失了她的鞭子时，就对那蠢小子咬牙切齿地啐了一口，以发泄心中的怒气，结果挨了父亲一记响亮的耳光，教训她以后举止要规矩点。

他们坚决不让他上床跟他们一起睡，甚至也不让他睡在他们房间里。我也不比他们多懂事，就把他放在楼梯口，盼望他明天会走得不知去向。不知是碰巧还是听到了主人的声音，那小东西竟爬到了恩肖先生的房门口，因而恩肖先生一出房门便发现了，于是便追问他怎么会到这儿来的。我只得承认是我干的好事。由于我的卑怯和狠心，我受到了惩罚，被主人赶出门外。

这就是希思克利夫初到这一家时的情况。过了几天，待我重又回去时（因为我并不认为我已被永远逐出门外），我才知道他们已给他取名“希思克利夫”。这原是他们一个儿时夭折的儿子的名字。从此，这既作为他的名字，也成了他的姓。

凯茜小姐现在跟他已经很要好了，可是亨德利却恨他；说实话，我也一样恨他；于是我们就可耻地折磨他，存心作弄他。我根本没有想到我这样做太不公平，女主人看到他受欺侮，也从来不替他说一句话。

他看来是个性格抑郁、颇能忍耐的孩子，也许是因为受尽虐待变得麻木而不当一回事了。他能忍受亨德利雨点般的拳头，不眨一下眼，也不掉一滴眼泪。我一把一把拧他，也只能使他倒吸一口冷气，睁大眼睛，就像是他自己无意中碰痛了什么地方，谁也不能怪似的。

当老恩肖发现自己的儿子在迫害这个他所谓的可怜的孤儿时，他的这种逆来顺受惹得老恩肖气坏了。奇怪的是，他特别喜欢希思克利夫，相信他说的每一句话（说到这一点，希思克利夫其实难得开口，而且说的也总是实话），爱他远胜过爱凯茜。凯茜太淘气，也太任性，够不上当宠儿。

因此，打从一开始，他就使这个家庭里出现了一种不好的气氛。过了不到两年，恩肖太太去世了，这时小主人已把父亲看成一个压迫者，而不是自己的朋友。希思克利夫则被他看成是个篡夺他父亲爱心、侵占他特权的家伙。他念念不忘受到的这些伤害，心中越来越充满仇恨。

有一阵子我是同情他的。可是当孩子们都得了麻疹，我不得不看护他们，立即担当起一个女人的责任时，我的看法改变了。希思克利夫的病情非常危险，在他病势最严重时，他总是要我在他的枕边伴着。我想他一定以为我帮了他不少忙，他没有想到其实我是迫不得已才去照料他的。不过，我得说，他是个做保姆的从来没有管到过的最安静的孩子。他跟另外两个孩子不一样，这不能不使我减少了一点偏心。凯茜跟她哥哥闹得我苦透了，他却像只羊羔似的从来不诉苦抱怨——虽说他很少麻烦人是由于倔强，而不是出于温顺。

他能够死里逃生，医生说多半亏了有我照顾，称赞我看护得好。我听了他的赞扬非常得意，对这个因他使我得到赞扬的人，我的心也就软下来了。这样一来，亨德利也就失去了最后一个同盟者。不过我还是没能特别喜欢上希思克利夫，而且我常常感到奇怪，我的主人在这个忧郁的孩子身上，到底发现了什么，会让他这么溺爱。在我的记忆中，对他的宠爱，这孩子从来不曾有过任何感激的表示。倒不是对他的恩人放肆无礼，他只是对他的宠爱无动于衷。虽然他完全知道，他已经攫取了那老人的心，而且也清楚，只要他一开口，全家人便不能不依着他。

举一个例子来说吧。我记得有一次恩肖先生从教区的集市上买回来一对小马，给两个男孩一人一匹。希思克利夫挑走了漂亮的一匹，可是没过多久，他那匹马的脚就跛了，他发现后，就对亨德利说：

“你得把你的马换给我，我不喜欢我的那匹。你要是不肯，我就去告诉你父亲，说你这个星期打了我三次。我还要给他看看我的手臂，从手臂到肩膀全是乌青。”

亨德利吐了吐舌头，又打了他一个耳光。

“你还是马上换给我的好，”他边朝门廊逃去，边坚持说（他们是在马厩里），“你非换给我不可，要是我把你打我的事说出来，你就得连本带利挨一顿打。”

“滚开，狗！”亨德利大声骂道，抓起一个称土豆和干草的秤砣来威吓他。

“你扔吧，”他一动不动地站在那儿回答说，“我还要告诉他，你曾夸口说，等他一死，你就要把我赶出门外。我倒想看看，他会不会先把你立刻赶出门外。”

亨德利真的扔过去了，秤砣正中他的胸口，他一头倒了下去，可是立即就又摇摇晃晃地站了起来。他脸色煞白，气都喘不过来了。

要不是我出面劝阻，他只要到主人那里，让他身上的伤痕替他申诉一番，再说出这是谁干的好事，他就能完全报了这个仇。

“那就把我的马拿去吧，野小子！”小恩肖说，“但愿它摔断你的脖子。你就骑了它下地狱吧。你这闯进我家来的要饭无赖！你把我父亲的一切都骗走好了，只是往后你得让他看看你的真面目，小魔鬼。——你就拿去吧，我盼望它踢出你的脑浆来！”

希思克利夫顾自去解开马缰，把小恩肖的马牵到自己的马厩里。他正从马匹后面走过，冷不防亨德利一拳把他打倒在马蹄下，用这来结束他的咒骂，接着便飞快地跑掉了，甚至没停下来看一看他是不是已经如愿以偿。

我感到非常吃惊，这孩子竟这般若无其事地挣扎着站了起来，继续做着自己的事，换上马鞍子等等，然后才在一捆干草上坐了下来，直到那重重一拳引起的恶心过去，才走进屋去。

我没费多大的劲就说服了他，把他身上的伤痕归罪于小马。他并不在乎编造的是什么故事，反正他已经得到他要的东西。说实在的，他是很少拿这类风波告状的，所以我总以为他是个不记仇的人。我可是完全上当了，你听下去就会知道。

第五章

随着日子的过去，恩肖先生的身体开始衰弱了。他原本一向健康、活跃，突然变得精力不济了。当他只能瘫坐在壁炉旁边时，脾气变得暴躁得让人受不了。他会无缘无故地发火，一疑心别人藐视他做家长的权威，气得简直就像要发疯。

谁要是想为难或者欺侮他的宠儿时，情况就更是如此。他煞费苦心地提防着，生怕有人说出对他不利的话。在他的头脑里似乎有这么一个念头：因为他喜欢希思克利夫，所以大家都恨他，一心想暗算他。这对那孩子来说并没有好处，因为我们当中心肠较好的人，都不愿惹主人生气，也就顺着他的偏心。这种迁就大大滋长了那孩子的傲慢和坏脾气。可是不这样又不行。有两三回，亨德利不顾父亲就在跟前，公开表现出看不起那孩子的神色，惹得老人大为光火。他抓起手杖要打儿子，由于打不动，他气得全身发抖。

最后，我们的牧师（当时我们有一个牧师，他靠了教林敦家和恩肖家的孩子读书，以及亲自种一点地，才算把生活对付过去）建议说，该把这年轻人送到大学去了。恩肖先生同意了，虽说心里老大的不乐意，因为他说：

“亨德利是个没用的东西，任凭他到哪儿，一辈子都不会有出息的。”我满心希望，从此以后我们就可以太平无事了。一想到主人做了好事反而弄得不得安宁，我就感到伤心。我觉得，他晚年生活不快、多病，起因都是家庭不和。他自己也知道是这么回事。真的，先生，你知道，他心情不好全是因为有这块心病。

尽管这样，要不是因为两个人，凯茜小姐和那个仆人约瑟夫，我们原本还是可以凑合过下去的。那个约瑟夫，我敢说，你已经在那边见过他了。他过去是，现在八成还是个让人最讨厌的、自以为是的伪君子。他翻遍《圣经》，为的是把找出的一切好事都留给自己，把所有灾祸都扔给别人。凭着他那一套假正经的讲经论道手法，居然取得恩肖先生的极大信任。而主人越衰弱，他的权力也就越大。

他毫无怜悯地折磨老主人，大谈他的灵魂问题，以及对孩子要严加管束的事。他怂恿主人把亨德利看成是个不可救药的人，每天晚上还照例要在他面前说上一大通希思克利夫和凯瑟琳的坏话，而且总是有意迎合恩肖先生的弱点，把最重的罪名堆到凯瑟琳的身上。

不能否认，凯瑟琳确实有些怪脾气，以前我从没见过像她这样的孩子。她一天里会不止五十次惹得我们一个个失去耐心。她从下楼的那一刻起，直到上床睡觉，总是在淘气，搞得我们没有一分钟安宁。她的情绪始终那么高涨，她的舌头一直动个不停——唱呀，笑呀，谁要是不陪着和她一起唱、笑，她就跟谁纠缠。她真是一个又野又淘气的小姑娘。可是在整个教区里，就数她的眼睛最漂亮，她的微笑最甜蜜，她的脚步最轻盈。再说，我相信她的心眼并不坏，一旦真的把你惹哭了，她很少不陪着你哭的，迫使你不得不安静下来回过头去安慰她。

她非常喜欢希思克利夫。我们要惩罚她时，最厉害的一招就是把她跟希思克利夫分开。可是为了他，她比我们中的哪一个都挨到更多的骂。

在一起玩的时候，她特别喜欢扮小主妇，动起手来可利索哩。她还惯于向同伴们发号施令，对我也这样，我可不愿受她的责骂和差遣，所以我要她放明白点。

不过，恩肖先生不理解孩子们的嬉戏笑闹。他对待子女总是那么严肃正经。而凯瑟琳呢，她怎么也不明白，她的父亲为什么在年老体衰时比年富力强时脾气坏，少耐心。

他的暴躁的责备反而引起她逗乐的兴趣，就故意去惹恼他。她最高兴的是我们一起骂她的时候。她摆出一副满不在乎的神气，用她那张机灵的利嘴来对抗我们。她把约瑟夫虔诚的诅咒变成荒唐的笑话。逗弄我，还干她父亲最恨的事，夸口说，对希思克利夫，她的傲慢（是假装的，她父亲却信以为真）远比他的慈爱有力量，那男孩对她是如何唯命是从，而对他的话，只有合自己的心意时他才听得进。

她这样肆意胡闹了一整天后，到了晚上，却又往往会撒娇求起和来。

“不，凯茜，”那老人会说，“我不能爱你，你比你哥哥还要坏。去，做祷告去，孩子，求上帝饶恕你。我想你母亲和我一定都后悔养了你！”

起初，这番话使她哭了一场；可是后来，由于一再受到申斥，她变得无所谓了，要是我叫她去认个错，道个歉，求得父亲的原谅，她倒反而大笑起来。

然而，结束恩肖先生尘世烦恼的日子终于来到了。在一个十月的晚上，他坐在炉边的椅子上，平平静静地死去了。

狂风绕屋咆哮，在烟囱里怒吼，听起来暴烈凶猛，可是天并不冷。我们全都在一起——我坐得离壁炉稍远，忙着在织毛线，约瑟夫在桌子旁读他的《圣经》(那时候，仆人们干完事后，通常都来正屋坐)。凯茜小姐病了，这使得她安静了下来。她偎依在父亲的膝前，希思克利夫躺在地板上，头枕在她的腿上。

我记得主人在打盹之前，还抚摸着她那漂亮的头发——看她居然这么文静，他异常高兴，说道：

“你为什么不能永远做一个好姑娘呢，凯茜？”

她抬起脸，朝他笑着回答：

“你为什么不能永远做一个好男人呢，爸爸？”

可是一见他又恼了，她就急忙亲了亲他的手，还说她要给他唱歌，唱到他睡着。接着她便轻声地唱了起来。唱着，唱着，他的手指从她手中滑了下来，他的头也垂到了自己胸前。于是我叫她别作声，也别动弹，怕她把他吵醒。我们整整有半个小时像耗子似的不吱一声。本来我们还会待得更久，只是约瑟夫读完了那章《圣经》后，站起来说他得把主人叫醒了，让他做完晚祷上床去睡。他走上前去，叫着他的名字，又碰碰他的肩膀，可是一动不动。于是他拿起蜡烛，照着朝他看了一番。

约瑟夫放下蜡烛时，我感到出了什么事了，便一手抓住一个孩子，悄声跟他们说，上楼去，别作声，今晚他们可以自己做晚祷——他还有事要办。

“我要先跟父亲说声晚安，”凯瑟琳说。我们还没来得及拦住她，她已伸出胳臂，搂住了他的脖子。

这可怜的小东西马上发现她已失去了亲人——她发出一声尖叫：

“啊，他死了，希思克利夫！他死了！”

他们两人一齐放声大哭起来，听了令人心碎。

我也跟着他们一起哭了起来，哭声又响又悲痛。可是约瑟夫对我们说，对一位已经升天的圣者，这样大哭大号的，算是什么意思呢？

他叫我穿上外衣，赶快跑到吉默屯去请医生和牧师来。当时我猜不透请这两个人来有什么用。不过我还是冒着风雨去了。我请来了一位医生，另一位说他要明天早上来。

撇下约瑟夫跟医生去解释事情经过，我顾自奔向孩子们的房间。他们的房门半开着。虽说已经过了半夜，我发现他们根本没有躺下，不过他们已经安静多了，用不着我再去安慰了。两个小家伙正在互相安慰着，他们说出的那些想法比我能想到的还要好。世上没有一个牧师，能把天堂描绘得像他们天真的话语中所说的那样美了。当我一边抽泣，一边听着时，我禁不住祝愿我们大家都能平安地一起到达那儿。

第六章

亨德利先生回家奔丧来了，可是，有一件事让我们吃了一惊，引得左邻右舍也议论纷纷——他带回来一个妻子。

她是干什么的？什么地方人？他从来没有对我们说过。大概她既没有钱财，也没有门第可以夸耀吧。要不他是绝不会把这桩婚事一直瞒着他父亲的。

她并不是那种为了自己把全家闹得不得安宁的人。她一踏进屋门，她见到的每样东西，发生在她周围的每件事情，都让她感到高兴——只有出殡的准备工作和吊唁者的到来除外。

从她在这两件事情中的举止看，我认为她有些半痴半疯。她奔进自己的房间，硬要我也跟着进去，虽然这时我得给孩子们穿上丧服。她坐在那儿全身直发抖，双手紧握着，一遍又一遍地问：

“他们走了没有？”

接着，她带着歇斯底里的神情说了起来，说到看见黑色对她会有什么影响。她惊慌，发抖，最后索性哭了起来——当我问她是怎么回事时，她说她自己也不知道，只觉得她太害怕死了！

我想她跟我一样，不可能就会死的。她很瘦，可是年轻，气色很好，一双眼睛像钻石似的闪闪发光。当然，我确实也注意到她上楼时呼吸急促，一丁点儿轻微的突然声响，就会吓得她浑身发抖，而且有时候咳嗽得很厉害。可是我丝毫不懂这些症状预示着什么，也没有想到要给她一点同情。一般来说，我们这儿的人是不大跟外地人亲近的，洛克伍德先生，除非他们先跟我们亲近。

一别三年，小恩肖大大地变样了。他瘦了些，脸上失去了血色，谈吐衣着都跟以前大不相同了。就在他回来那天，他就吩咐约瑟夫和我今后得待在后厨房里，把正屋留给他。的确，他原本想收拾出一个空房间，铺上地毯，糊上墙纸，用作小客厅。可是他的妻子对正屋里那白石地面，那火光熊熊的大壁炉，那白镴盘子和白釉蓝彩的锡釉陶瓷容器，还有那狗窝，以及对他们常坐的可供活动的宽阔空间，都表现出这样的喜爱。所以他认为，为了妻子的舒适另外再布置一间客厅，已经没有必要，也就放弃了这一念头。

亨德利的妻子也为在新相识中找到了一个小妹而感到非常高兴。开始时，她和凯瑟琳没完没了地闲扯，吻她，跟着她到处跑，还送给她好多礼物。可是没过多久，她的这种喜爱之情就衰退了。当她变得越来越乖戾时，亨德利也变得专横暴虐了。只要她说上几个字，表露出她不喜欢希思克利夫，这就足以使他激起对这孩子的全部旧恨。他不让他跟他们在一起，把他赶到仆人们那儿，不许他再去听牧师讲课，硬要叫他到户外去劳动，强迫他跟庄园里其他小伙子那样干重活。

开始，这孩子还能忍受这种贬黜的待遇，因为凯瑟琳把她听课时学到的都教给他，还陪他在地里干活或玩耍。看来他们两个将来都大有希望长得像野人那么粗野。小主人对他们的举止行为一概不过问，所以他们也乐得躲开他。他甚至对他们星期天是否去教堂也不加关心。只有在约瑟夫和牧师发现他们不在，责怪他太放松他们时，这才提醒他下令给希思克利夫一顿鞭打，让凯瑟琳饿一顿中饭或晚饭。

可是他们最大的乐趣是，打从一大早就到荒原上，在那儿待上一整天，而事后的惩罚，倒成了可笑的小事一桩了。牧师尽可以随心所欲地规定凯瑟琳得背诵多少章《圣经》，约瑟夫尽可以把希思克利夫抽打到自己胳臂酸痛，可是只要他们又聚到一起时，他们便立刻忘掉了一切——至少在他们想出一个淘气的报复计划时，他们就把什么都忘了。看到他们一天比一天胡来，我又不敢对他们多说半句，生怕失去我在这两个没人爱怜的小家伙身上还保留着的那点影响，我暗地里不知哭了多少次。

一个星期天晚上，他们两人又因偶尔发出吵闹声或者这一类小过失，被赶出了起居室。到了我去叫他们吃晚饭时，哪儿也找不到他们了。

我们上上下下找遍了整幢房子，连院子和马厩都找了，也不见他们的影子。最后，亨德利发着脾气，吩咐我们闩上大门，发誓说这天晚上谁也不许放他们进来。

全家人都去睡了，可我急得怎么也躺不下来，便打开窗子，探头到窗外倾听着，虽说外面正下着雨。我打定主意，要是他俩回来，我就不顾禁令，让他们进来，过了一会儿，我听到路上有脚步声过来，一盏提灯的光透进了栅栏门。我往头上披一块披巾，急忙奔了出去，免得他们敲门时把恩肖先生吵醒。只有希思克利夫一个人。我看到只他一个人，吓了一大跳。

“凯瑟琳小姐呢?”我急忙大声问道，“我希望，没出什么事吧?”

“她在画眉田庄,”他回答说，“本来我也想留在那儿，可是他们毫无礼貌，没有留我。”

“好啊，这下你可要倒霉啦!”我说，“不到人家把你撵走，你是不会心满意足的。你们究竟怎么会游荡到画眉田庄去的?”

“先让我脱掉湿衣服，再告诉你这一切吧，内莉①。”他回答说。

我叫他小心别吵醒了主人。在他脱衣服，我等着吹灭烛火时，他接着说：

“凯茜和我从洗衣房逃了出去，想自由自在地闲逛一番。后来看到画眉田庄闪亮的灯火，我们想我们正好去看看，林敦家的小孩星期天晚上是不是也站在墙角发抖，而他们的父母却坐在那儿又吃又

① 即艾伦·丁恩。

喝，又唱又笑，在壁炉跟前烤火烤得连眼珠都要烧着了？你认为他们家是这样的吗？还是在诵读经文，接受他们家男仆的教义考问，要是没有答对，就要受罚背一大串《圣经》上的名字？”

“那大概不会吧，”我回答说，“不用说，他们都是好孩子，不会像你们那样因为做坏事受罚。”

“你别说假话了，内莉，”他说，“全是废话！我们从山庄的最高处一直跑到他们家的林苑。在这场赛跑中，凯瑟琳完全比输了，因为她后来是光着脚跑的。明天你还得到泥沼地里替她找鞋子呢。我们从一个破篱笆洞里爬了进去，沿着小径一路摸索前进，最后来到客厅窗子下面的一片花地上。灯光就是从那儿射出来的。他们没有关上百叶窗，窗帘也只是半掩着。我们俩站在墙根的地上，双手扒着窗台边，就能看到里面——啊，可真美——一个多漂亮的房间，铺着深红色的地毯，桌椅也都罩有深红色的套子，纯白色的天花板镶着金边，一大堆银链子穿着的吊灯玻璃坠子从中间垂挂下来，被光线柔和的小蜡烛照得闪闪发光。林敦先生和林敦太太都不在这儿，整个屋子里只有埃德加和他的妹妹两人。他们还不该快活吗？要是我们准会以为自己已经到了天堂了！可是你猜猜，你的好孩子在干些什么？伊莎贝拉——我相信她已有十一岁，比凯茜小一岁——躺在屋子的那头在尖声大叫，叫得就像有巫婆用烧红的针刺进她的身子似的。埃德加则站在壁炉边，在默默地哭泣。桌子中央坐着一只小狗，抖着脚爪，汪汪叫着。从他们相互指责中，我们才知道这只小狗差一点让他们拉成两半。这两个白痴！这就是他们的乐趣！为了争该谁抱这堆暖烘烘的绒毛，到了后来两人全哭了，因为你争我夺一番之后，两人全都不要这只狗了，对这么两个宝贝我们禁不住笑出声来。我们实在看不起他们！你什么时候看到我抢夺过凯瑟琳要的东西？或者看到我们又哭又叫，在地上打滚，一间屋子一头一个——把这当作我们的乐趣？就是给我一千条生命，我也不愿拿我在这儿的境况跟埃德加在画眉田庄的境况交换——哪怕让我有权把约瑟夫从最高的屋顶尖上扔下来，把亨德利的血涂满屋子的正面，我也不干！”

“嘘！嘘！”我打断了他的话，“希思克利夫，你还没告诉我，凯瑟琳怎么会给丢下的呀？”

“我刚才告诉过你，我们笑出声来了，”他回答说，“林敦兄妹听到我们的笑声，一齐像箭似的奔向门口。先是一声不吭，接着便大叫起来：‘啊，妈妈，妈妈！啊，爸爸！啊，妈妈！快来呀！啊，爸爸，啊！’他们当真就这么干号了一阵子。我们故意发出可怕的声音，把他们吓得更厉害。接着我们就从窗台边上下来，因为有人在开门闩，我们想还是赶快逃掉的好。我抓着凯茜的手，拖着她逃跑，忽然她一下子跌倒了。

“‘快跑，希思克利夫！快跑！’她悄声说，‘他们把斗牛狗①放出来了，它咬住我了！’

“那畜生已经咬住了她的脚踝，内莉。我听到了它那可恶的鼻息声。她没有叫出声来——不！她哪怕给挑在疯牛角上，也不屑叫喊的。可是我大声叫了起来，我发出一连串咒骂，这足以把基督教王国里的任何一个魔鬼都咒死。我捡起一块石头塞到了那狗的嘴里，还用尽平生之力一直把石头塞进它的喉咙。终于，有个狗奴才提着盏提灯奔出来嚷道：

“‘咬住，偷袭手②，咬紧喽！’

“可是等他看清偷袭手咬住的猎物，他的声调就变了。狗的喉咙已被卡住，它那紫红色的大舌头拖在嘴外足有半尺长，下挂的嘴唇淌着带血的口水。

“那人抱起了凯茜。她已昏迷过去，我敢肯定，这不是吓的，而是痛昏过去了。他把她抱进屋去，我在后面跟着，嘴里嘟囔着咒骂和要报仇的话。

“‘逮住什么了，罗伯特？’林敦在门口大声问道。

“‘偷袭手逮住了一个小姑娘，先生，’他回答说，‘这儿还有一个男孩，’他又加了一句，一把抓住了我，‘他倒像个内行哩！很可

---

① 一种头大毛短、身体结实的猛犬。

② 狗名。

能等我们大家都睡了，强盗就差他们从窗子里进来，给他们开门，让他们轻轻松松把我们干掉。闭嘴，你这嘴巴不干不净的贼，你！你要为这上绞架哩！林敦先生，你先别把枪收起来。'

"'不，不，罗伯特，'那老混蛋说，'这班流氓知道昨天是我收租的日子，他们想用诡计算计我。进来吧，我要好好招待招待他们。约翰，把链子扣上。给偷袭手喝点水，詹妮。竟敢来冒犯一位行政长官，而且在他的公馆里，还是在安息日！他们的这种无法无天还有个完吗？啊，我亲爱的玛丽，你过来看！别害怕，这只是个男孩子——可是这小流氓明摆着是一脸凶相。趁他们只在脸上还没有在行动上露出本性时，就立即把他们绞死，这不是给乡里做了一件好事吗？'

"他把我拉到吊灯底下。林敦太太把眼镜架到鼻梁上，吓得举起了双手。那两个不中用的孩子也慢慢爬近了一些。伊莎贝拉口齿不清地说：

"'多可怕的东西！快把他关到地窖里去吧，爸爸。他活像那个偷我们家驯雉的算命人的儿子。不就是他吗，埃德加？'

"他们正在检查我时，凯茜醒过来了。她听到最后一句话，笑了起来。埃德加·林敦好奇地朝她瞪着眼。总算他还有点头脑，认出她来了。你知道，他们在教堂里见过我们，虽说我们很少在别的地方碰面。

"'这是恩肖小姐！'他悄声对自己的母亲说，'瞧偷袭手把她咬成了这个样子——她的脚一直在流血呢！'

"'恩肖小姐？胡说！'那位太太嚷了起来，'恩肖小姐跟着个野小子在乡村野地里乱跑！不过，亲爱的，这孩子穿着孝服呢——果然是的——她也许要终身残疾了。'

"'她哥哥这样不关心她太不负责了！'林敦先生大声说，扔下我去看凯瑟琳，'我听希尔德斯说'"（希尔德斯就是那个牧师，先生，）"'他听任她在不受任何约束的不信教生活中长大。可这又是谁呢？她从哪儿找来这个同伴？哦！我敢断定，他就是我那位已故的老邻居从利物浦带回来的那个小怪物——一个小东印度水手，或者

是哪个美国人或西班牙人的弃儿。'

"'不管怎么说，反正是个坏孩子，'那个老太太说，'完全不配在体面人家！你注意到他的话没有，林敦？要让我的孩子听到这些话，那我可要吓坏了。'

"我又咒天咒地地骂开了——别生气，内莉——于是他们就吩咐罗伯特把我带走。凯茜不一起走我坚决不走。他硬把我拖到花园，把提灯塞到我手里，还说一定要把我的行为告诉恩肖先生，说完吩咐我马上离开，然后就关紧了大门。

"窗帘还卷起一角，于是我重又往里偷看起来。因为要是凯瑟琳希望回家，我就打算把他们的大玻璃砸个粉碎，除非他们让她出来。

"她安安静静地坐在沙发上。林敦太太替她脱去那件我们为出游向挤奶女人借的灰色外套，还摇着头，我猜是在劝告她吧。她是一位小姐，他们对待她跟对待我大不相同了。接着，有个女仆端来了一盆热水，替她洗了脚。林敦先生给她调了一杯尼格斯甜酒①，伊莎贝拉又往她怀里倒了满满一盘饼干，埃德加则远远站在一边，张大嘴巴傻看着。后来，他们帮她擦干美丽的头发，给她梳了头，给了她一双大拖鞋，把她推到壁炉跟前。于是我也就让她留下了，我看她高兴极了，把吃的东西分给一只小狗和偷袭手，还一边吃一边捏捏偷袭手的鼻子。她使得林敦一家人那失神的蓝眼睛里燃起了一点精神振奋的火花——是她那张迷人的脸引起的淡淡反应。我看到他们一个个满是呆头呆脑的惊羡神情。她胜过他们不知多少倍——也胜过世上的任何人，不是吗，内莉？"

"这件事比你料想的要严重得多哩，"我回答说，替他盖上被，熄了灯，"你这下没救啦，希思克利夫。亨德利先生一定会进一步采取狠办法的，看他会不会吧！"

我的话比我意料的还要准确。这不幸的历险使恩肖大发雷霆。再加上第二天，林敦先生为了补救已发生的事，特地亲自来拜访了一次，对小主人讲了一大通治家之道，说得他动了心，凡事都认真

---

① 由葡萄酒、热水、糖、柠檬汁和肉豆蔻等掺和而成。

起来。

希思克利夫没有挨鞭子，可是得到警告：从今以后，他要是再跟凯瑟琳小姐说一句话，立刻就把他赶出家门。此外，待凯瑟琳回家后，由恩肖太太承担起管束小姑的责任，要使用伎俩，而不是用强制手段。用强制手段，她会发现是行不通的。

第七章

凯茜在画眉田庄一待就待了五个星期，直到圣诞节。这时，她的脚踝已痊愈，她的举止也文雅多了。在这段时间里，女主人常常去探望她，而且着手实现她的改造计划。她先试着用漂亮衣服和奉承话来抬高她的自尊心，她很乐意地接受了。所以那天回家来时，她已不是一个跳进屋子，冲过来把我搂得喘不过气来的不戴帽子的小野人，而是从一匹漂亮的小黑马上下来的一位非常端庄的淑女，棕色的鬈发从一顶插着羽毛的海狸皮帽里垂了下来，穿一件长长的布质骑马服，她不得不用双手提起衣裙，才能步态优美地走进屋来。

亨德利把她扶下马来时，高兴得惊叫起来："嗨，凯茜，你完全是个美人啦！我差点认不出你了。你现在看起来像位千金小姐了。伊莎贝拉·林敦怎么能跟她比啊。是吧，弗朗西丝？"

"伊莎贝拉哪有她这样天生美丽，"他的妻子回答说，"不过她得记住，别回到这儿又变野了。艾伦，帮凯瑟琳小姐脱掉衣帽——等等，亲爱的，你要把自己的头发弄乱了——让我来给你解开帽带吧。"

我脱去她的骑马服，眼前突然一亮，在一件漂亮的方格丝袍底下，是白色的裤子和闪亮的皮鞋。当那些狗跳起来欢迎她时，她的眼睛中闪烁着快乐的光芒，可她不敢去摸它们，生怕它们会扑到她身上弄脏她漂亮的衣服。

她文雅地吻了我一下。我正在做圣诞节蛋糕，满身全是面粉，拥抱我可不行。接着她就四下里张望着寻找希思克利夫。恩肖先生和恩肖太太焦急地在一旁注视着他们的会面，觉得这多少可以让他们看出，他们是不是有希望把这对朋友拆开。

开始，找不到希思克利夫。如果说，他在凯瑟琳还没留住林敦家以前就已经邋里邋遢，没人照顾，那他在这以后就更加糟糕十倍了。

除了我，甚至一个星期也没人肯叫他一声脏孩子，要他去梳洗一下。像他这么大的孩子，很少有对肥皂和水感兴趣的。因此，别说他那身在泥里土里滚了三个月的衣服，还有他那头从不梳理的浓密乱发，就是他那张脸上和那双手上，也已经结了一层黑黑的污垢了。他看到进屋来的是这么个漂亮文雅的小姐，而不是像他期望的那样，是个跟他一样蓬头垢面的姑娘，他只好躲到高背长椅后面去了。

“希思克利夫不在这儿吗？”她问道，脱下手套，露出她那因待在屋里从不干活而显得特别白的手指。

“希思克利夫，你可以走过来，”亨德利先生叫道，见了他那副狼狈相，他非常高兴，看到他不得不以一个让人憎恶的小流氓的模样出现，更使他感到快意，“你可以过来，跟别的仆人一样来欢迎凯瑟琳小姐。”

凯茜一看到自己的朋友躲在那儿，便飞快地奔过去拥抱他。她一连在他脸上亲了七八下，然后才停下来，往后退了几步，放声大笑起来，大声说道：

“啊，你怎么满脸的不高兴呀！瞧你，多——多好笑，脸绷得紧紧的！不过这是因为我看惯埃德加和伊莎贝拉·林敦了。哎，希思克利夫，你把我给忘了吗？”

她问这话不是没有道理的，因为羞惭和自尊心已在他脸上投下双重阴影，使得他一点儿也动弹不得了。

“握一下手吧，希思克利夫，”恩肖装出宽大为怀地说，“偶尔一次是允许的。”

“我不，”孩子回答说，他终于开了口，“我不能让人笑话。我受不了！”

他要从人圈中冲出去，可是凯茜又抓住了他。

“我并不是有意要笑你呀，”她说，“我是忍不住才笑起来的。希思克利夫，至少也得握握手呀！你为什么要生气呢？只不过你看起来有点古怪罢了。要是你把脸洗一洗，把头梳一梳，那样就会很好的。可是瞧你多脏！”

她关心地瞧着握在自己手中那黑黑的手指，又看看自己的衣服，生怕自己的衣服会让他的手指弄上什么污迹。

“你用不着来碰我！”他回答说，看到她的眼色，他一下把手抽了回来，“我爱多脏就多脏，我喜欢脏，我就是要脏！”

说着，他就一头冲出屋外，这使得主人和女主人大为高兴，可是让凯瑟琳感到十分不安。她不明白，她的几句话怎么会惹得他发这么大的脾气。

我作为女仆侍候完这位变了样的刚回来的小姐后，又忙着把蛋糕放进了烤炉，烧旺熊熊的炉火，给厅堂和厨房增添了欢乐的气氛，显得像个圣诞节前夕的样子。这以后，我打算坐下来，独个儿唱几支欢乐的歌，让自己高兴一下，我可不管约瑟夫硬说什么我挑的这几支欢乐的歌曲根本不能算歌。

约瑟夫已经回到自己房里独自做祷告去了。恩肖夫妇正在用各种各样漂亮的小玩意逗凯茜高兴，这些东西是买来给她送小林敦兄妹的，用作答谢他们家对她的款待。

他们已邀请他们兄妹俩明天来呼啸山庄。林敦家接受了这个邀请，只是有一个条件：林敦太太要求，小心别让她的宝贝儿女跟那个“好骂人的淘气男孩”在一起。

因此，这儿也就只剩下我一个人了。我闻着煮熟的香料那浓郁的香味，欣赏着厨房里那些锃亮的器皿，用冬青装饰着的擦亮的时钟，还有排列在托盘里那些准备晚餐用来盛加香料麦酒的银杯。我最欣赏的是经我特别小心打扫擦洗得一尘不染的地板。

我暗自对每样东西都赞美了一番，接着我想起从前在我把一切收拾停当时，老恩肖总是进屋来夸奖我是个好姑娘，还往我手里塞一个先令，作为圣诞节的礼金。从这我又想起他对希思克利夫的宠爱，想到他生怕死后没人照顾这孩子。这一来自然又让我想到这可怜孩子眼下的处境。我原本在唱歌，可是想到这些禁不住哭了起来。不过我随即想到，像这样为他流眼泪，还不如设法给他受的委屈做点补偿，来得更有意义。于是我就站起身来，到院子里去找他。

他就在不远的地方。我发现他正在马厩里给一匹新买的小马刷平光洁的鬃毛，以及像往常那样给别的牲口喂料。

“快来，希思克利夫!”我说，“厨房里挺舒服的。约瑟夫在楼上。快来，趁凯茜小姐还没出来，让我给你打扮得整洁漂亮一点，然后你们就可以坐在一起了。整个壁炉都归你们使用，你们可以一直长谈到睡觉。”

他继续干着自己的活，连头都不肯朝我转过来一下。

“快来——你来不来呀?”我继续说，“我给你们每人留了一小块蛋糕，差不多够你们吃的了。你还得要半个小时打扮哩!”

我等了他五分钟，仍没得到他的回话，我只好走开了……

凯瑟琳跟她哥哥、嫂嫂一起吃的晚饭。约瑟夫跟我则一起吃了顿不愉快的饭，他那一方连连呵斥，我这一方也毫不相让。希思克利夫的一份蛋糕和干酪都留在了餐桌上，留给了夜里的仙女。他干活一直干到九点，然后一言不发、闷闷不乐地大步走向自己的卧房。

凯茜睡得很晚，为了接待她的新朋友，她有一大堆事要吩咐。她到厨房来了一次，想跟她的老朋友谈谈，可是他不在，她只问了声他这是怎么啦，便又回去了。

第二天早上，希思克利夫起得很早。这天是节日，他却一大早就怏怏不乐地去了荒原，直到这家人都去教堂了，他才回来。空空的肚子和深深的思考，似乎使他的情绪好了些。他在我跟前转了一会后，突然鼓起勇气，大声说：

“内莉，把我收拾得像样些，我想要学好了。”

“应该是这样的时候了，希思克利夫，”我说，“你已经伤了凯瑟琳的心。我敢说，她都后悔回家来了！看起来好像你是在妒忌她似的，因为关心她的人比关心你的人多呢。”

妒忌凯瑟琳的说法，他不能理解，可是伤了她的心，这他心里是非常清楚的。

“她说过她伤心了？”他追问道，态度很认真。

“今天早上我告诉她你又走掉了，她哭了。”

“唔，昨天晚上我也哭了，”他回答说，“我比她更有理由哭哩。”

“是啊，你是有理由带着一颗骄傲的心和一个空肚子上床睡觉的，”我说，“骄傲的人给自己招来伤心和痛苦。要是你为自己的坏脾气感到惭愧，记住，在她进来时，你一定得向她赔个不是，一定得走上去亲亲她，还要说——你自己最清楚该怎么说。只是做这一切时要热情，不要认为她穿上漂亮衣服，就变成了一个陌生人似的。这会儿，尽管我还得烧中饭，不过我还是要抽出时间来给你拾掇一下，包管让埃德加·林敦和你一比像个玩具娃娃。说实在，他真像个玩具娃娃。你虽然年纪比他小，可是我敢肯定，你比他高，而且肩膀也比他宽一倍。你一眨眼工夫就可以把他打倒。你不觉得你能做到吗？”

希思克利夫的脸色开朗了一下，接着便又蒙上了一层乌云，他叹了口气说：

“可是，内莉，即使我把他打倒二十次，这既不会使他变难看，也不会使我变好看呀。我多么希望我也有淡淡的头发，白白的皮肤，有他那样的穿着和举止，而且也有机会变得和他将来那样有钱！”

“而且动不动就哭着喊妈妈，”我接过话头来说，“要是有个乡下孩子朝你扬一扬拳头，你就吓得直发抖。老天下一阵大雨，你就在家里坐上一整天。啊，希思克利夫，你真是个胆小鬼！到镜子跟前来，我要让你看看你希望的应该是什么。你看到了吗，你两眼之间的那两条皱纹？还有那两条浓浓的眉毛？不是往上弓起，而是中间下垂。还有那对黑色的魔鬼，它们埋得这么深，从来没有看到它们大胆地把窗子打开过，总是鬼鬼祟祟地在里面溜来溜去，就像是魔鬼的奸细。你应该希望并且学会把这两条皱纹抹去，坦率地抬起你的眼皮，让你那对魔鬼变成可以信任的、纯洁的天使。不胡乱猜疑，不能确定是敌人的，就要把他看成是朋友。别去学恶狗的样儿，明知挨这几下踢是应得的报应，可又因吃了苦头，恨透了全世界，还有那踢它的人。”

“换句话说，我得希望有一双埃德加·林敦的蓝蓝大眼睛和光滑的额头。”

“只要心地好，就会使你有一张好看的脸的，我的孩子。”我接着说，“哪怕你真正是个皮肤黝黑的人。要是心地不好，就是一张最漂亮的脸，也会变得比丑鬼还要难看。好啦，现在脸也洗了，头也梳了，气也生了——告诉我，你是不是觉得自己还是挺漂亮的？我可以告诉你，我认为你是这样。把你说成是个乔装打扮的王子都行。谁知道呢？也许你父亲是个中国皇帝，你母亲是个印度女王。他们中每个人一星期的收入，就可以把呼啸山庄连同画眉田庄一块儿买下来。你是让罪恶的水手给拐带到英国来的。要是换了我，我就会把自己的出身往高处想。而且一想到我是什么人，就会给我勇气和尊严，来抵挡住一个小农庄主的压迫！”

我就这样一直唠叨着，希思克利夫渐渐地解开了紧皱的双眉，开始变得很高兴了。正在这时，我们的谈话让一阵从大路进入院子来的辚辚马车声打断了。他奔向窗边，我急忙赶到门口，正好看到林敦兄妹俩从家庭马车上跨下来，他们都紧紧地裹着大衣和皮裘。恩肖一家人也跳下了马背——冬天他们多半骑马上教堂。凯瑟琳一手牵着一个孩子，把他们带进厅堂，安排他们坐在壁炉前，不一会儿，他们那白白的脸上就泛起了血色。

我鼓励我的伙伴这会儿赶快出去，让他们看看他和和气气的样子。他很乐意地听从了我的劝告。

可是倒霉的是，他刚在这边打开从厨房出来的门，正好亨德利从另一面推门想进来。他们碰上了。主人见他收拾得干干净净，而且还兴高采烈的，立刻就火冒三丈——也许是因为一心要遵守对林敦夫人许下的诺言吧——伸手猛地一推，把他推了回去，还怒气冲冲地对约瑟夫吩咐说：

“别让这小子闯进这间屋子里来——把他送到阁楼上去，等吃过晚饭再放他下来。要是让他独自跟他们在一起待上一会儿，他准会用手指去乱抓果酱蛋糕，还会偷水果哩！”

“不会的，先生，”我忍不住搭腔了，“他什么也不会去碰的，他不会的。而且我想，他也像我们一样，一定有他自己的一份点心的。”

“要是天黑以前又让我在楼下撞见他，那就等着尝我给他的那份巴掌吧。”亨德利大声吼道，“滚，你这个流氓！什么！你想装扮成一个公子哥儿，是吗？等我抓住你那漂亮的鬈发，看我是不是还能把它拉长一点！”

“它们已经够长了，”林敦少爷插嘴说，他正从门口往里偷看，“我真不明白，他这头头发怎么没害得他头疼，都像马鬃一样披在眼睛上了！”

他冒失地说出这话，本没有侮辱的意思，可是希思克利夫的火暴性子容不得有人对他这般无礼，何况即使在当时，他似乎都已经把对方当作情敌来仇恨了。他抓起一盆热乎乎的苹果酱（这是他顺手抓到的第一件东西），劈面朝说话人的脸上和脖子上泼去。那人顿时哭喊起来，引得伊莎贝拉和凯茜急忙赶了过来。

恩肖先生当场抓住了凶犯，把他带往自己的房间。毫无疑问，他一定用粗暴的方法压下那一股怒气，因为他回来时，脸色通红，还不住地喘着气。

我拿起一块洗碗布，没好气地给埃德加擦了鼻子和嘴巴，明确说这是多嘴多舌应得的报应。他的妹妹开始哭着要回家，凯茜则站在一旁，不知怎么办才好，她为这一切羞得脸红。

“你不该跟他说话！”她教训林敦少爷说，“正碰上他脾气不好的时候。你把这次做客给弄糟了。而且他又得挨鞭子了。我可不愿他挨鞭子！我饭也吃不下了。你为什么要跟他说话呀，埃德加？”

“我没有呀，”那小伙子抽抽噎噎地说，从我手里挣脱出去，用自己的白麻纱手帕，把没有擦到的地方擦干净，“我向妈妈保证过，决不跟他说一句话。所以我没有说。”

“得啦，别哭啦，”凯瑟琳轻蔑地回答说，“你又没让人杀死。别再惹事招祸了。我哥哥来了，安静！别哭了，伊莎贝拉！有人伤着你了吗？”

“好啦，好啦，孩子们——到你们的座位上去吧！”亨德利匆匆忙忙地走了进来，大声嚷道，“那个小畜生让我的手脚暖和了不少。下一回，埃德加少爷，就用你自己的拳头来执法吧——那会使你开胃的！”

一看到香味扑鼻的筵席，这一小伙人重又平静了下来。他们经过骑马乘车，已经饿坏了，而且这点气恼本来就很容易消除，因为事实上他们并没有受到什么伤害。

恩肖先生忙着切开大盘大盘的肉，女主人则谈笑风生，逗得大家非常高兴。我站在她的椅子后面侍候着，看到凯瑟琳眼睛中没有一滴泪水，满不在乎地开始切起面前的鹅翅膀，我感到很痛心。

“一个无情无义的孩子，”我心中暗想，“她的老朋友正在吃苦头，她却这么快就把他给忘了。我真想不到她竟会这样自私。”

她叉了一点鹅肉举到嘴边，接着便又放下了。她的双颊绯红，眼中涌出了泪水。她让自己的叉子滑落到地上，急忙钻到台布底下来掩盖自己内心的感情。我很快也就不再说她无情无义了，我看出她一整天都在受罪，苦苦地想找个机会独自待着，或者去看看希思克利夫——他已经让主人给关起来了，这是在我想把他的那份食物送给他时发现的。

晚上，我们举行了一个舞会。凯茜请求把希思克利夫放出来，因为伊莎贝拉·林敦没有舞伴。她的请求自然落了空，我被指派顶了这个缺。

在翩翩起舞的兴奋中，我们都丢掉了一切忧郁和烦恼。吉默屯乐队的到来，使我们的兴致更高了。这乐队有十五人之多，除了几位歌手外，还有一支小号，一支长号，几支黑管、巴松管、法国号和一把低音提琴。每年圣诞节，他们便到所有体面人家轮流演出，并且收受一点捐款。能听他们的演奏，我们认为是头等的乐事。

在按惯例唱了几支圣诞颂歌后，我们便请他们演唱民歌和重唱歌曲。恩肖太太爱好音乐，所以他们给我们演唱了不少。

凯瑟琳也爱好音乐，不过她说待在楼梯顶上听，最为动听，于是便摸黑爬上楼梯，我也跟着上了楼。他们在底下把正屋的门关上了，根本没有发现我们已经离开，那里挤满了那么多人。她到了楼梯顶上并没有停止，而是继续往上爬，一直来到禁闭希思克利夫的阁楼。她在门外叫唤他，起先他硬是不加理睬，她一直不停地叫着，最后终于说服了他，隔着板壁跟她说起话来。

我由着这两个可怜的小东西尽情交谈，不去打扰他们，直到我推测歌唱快要停止，歌手们得吃点东西时，我才爬上梯子去提醒她。

可是我在外面没见到她的人，只听见从里面传出她的声音。原来这小猴子从一间阁楼的天窗先爬到屋顶上，然后从屋顶爬进了那另一间阁楼的天窗。我费了好大的劲才把她叫出来。

她出来时，希思克利夫也跟着出来了。她坚持要我把他带到厨房里去，因为我那位仆人同事约瑟夫已经去邻居家了，为了躲开我们的那些“魔鬼颂歌”，就像他爱说的那样。

我对他们说，我不想鼓励他们玩这种把戏，只是因为这小囚犯，打从昨天中饭后还没吃过东西，我就默许他欺瞒亨德利先生这一回吧。

他走到楼下，我给他放了张凳子在火炉旁，拿了一大堆好东西给他吃。可是他病了，吃得很少。我想要款待他一番的心意算是白费了。他把两只胳臂肘支在膝盖上，双手托着下巴，一直一声不吭地沉思着。我问他在想些什么，他一本正经地回答说：

“我在打算怎样找亨德利报仇。我不在乎得等多久，只要最后能报上仇就行，但愿他别在我报仇前就死掉！”

“你真不像话，希思克利夫！”我说，“惩罚坏人是上帝的事，我们应该学会宽恕人。”

“不，上帝得不到我这种报仇机会的。”他回答说，“我只希望能想出最好的办法！让我一个人待着吧，我会想出最好的办法来的，在我想着这件事时，我就不觉得痛苦了。”

我看出她一整天都在受罪，苦苦地想找个机会独自待着，或者去看看希思克利夫……

可是，洛克伍德先生，我忘了这些故事是不能给你解闷的。真气人，没想到我竟会唠叨了这样一大通。你的粥都冷了，你也瞌睡啦！你要听的有关希思克利夫的经历，我本来是三言两语就可以说完的。

女管家就这样打断了自己的话头，站起身来，正要放下手中的针线活。可是我觉得自己离不开壁炉，而且我一点睡意也没有。

“坐下吧，丁恩太太，”我叫了起来，“请再坐半个小时！你这样慢条斯理地把事情讲给我听，真是再好不过了。这正合我的意。你就照这样讲完吧。对你讲到的每个人，我多少都感兴趣。”

“钟打十一点了，先生。”

“没关系——我是不习惯在十二点以前上床的。对一个睡到十点钟才起床的人来说，一两点钟睡已经够早的了。”

“你不该睡到十点钟。睡到十点钟，早上最好的时光都过去了。一个人要是到了十点钟还没做完他一天工作的一半，那很可能剩下的一半也就完不成了。”

“不管怎么样，丁恩太太，还是重新坐下来吧。因为明天我打算一觉睡到下午哩。我已经预感到，明天我少说也会得一场重感冒。”

“我希望不会这样，先生。好吧，不过你得让我跳过三年左右时间。在那段时间里，恩肖太太……”

“不，不，我怎么也不让你这样做！你有没有体验过这样的心情：要是你独自一人坐着，有只猫在你面前的地毯上舐它的小猫，你看得那么聚精会神，以致有只小猫的耳朵漏舐也会让你很不高兴？”

“我得说，这是一种懒散透顶的心情啊。”

“正好相反，这是一种紧张得让人筋疲力尽的心情。眼下我的心情就是这样。因此你还是详详细细地讲下去吧。我觉得，这一带的人比起城市里形形色色的人来，生活得更有价值，就像地窖里的蜘蛛比起茅屋里的蜘蛛那样。然而这种深深吸引人的地方，并不完全是对旁观者来说如此。他们确实生活得更认真，更执着于自己，很少去管那些表面的变化，以及琐碎的外界事物。我可以想象到，在这儿，几乎有可能存在着终生信守不渝的爱情。而我，原来是坚决不相信有哪种爱情能维持一年的。一种情况是，就像让一个饥饿的人，坐到一盘菜的前面，他会把全部食欲都集中在这盘菜上，吃得津津有味；另一种情况是，把他领到一桌法国厨师烹调的筵席上，也许他也能从这一整桌菜肴中获得同样多的享受，可是每一道菜在他的心目中和记忆里，仅仅占那么极小的一部分而已。”

“啊！我们这儿跟别的地方是一样的，等你跟我们熟了，你就会知道了。”丁恩太太说，对我刚才说的一番话，多少有点迷惑不解。

“请原谅，”我回答说，“我的好朋友，你本人就是反对我那种说法的有力证据。你除了稍有一点无足轻重的乡土气外，我一向认为你那阶级的特征，并没有在你的行为举止上留下痕迹。我敢肯定，你比一般仆人要想得多得多。你不得不培养自己的思考能力，因为你没有机会把自己的生命耗费在无聊的琐事中。”

丁恩太太笑了起来。

“我确实认为自己是个稳重懂事的人，”她说，“这倒不一定是因为我一年到头都住在山乡，老是看到那几张面孔和老一套的活动，而是因为我受过严格的训练，这教给我聪明才智。而且我还读过很多书，比你想象的要多。洛克伍德先生，在这儿的图书室里，你可找不到有哪本书我没有读过，而且我从每一本书中都学到了一些东西。除了那排希腊文和拉丁文的，还有那排法文的——那些书我只能分出是什么文。对一个穷人家的女儿，你也只能要求这么多。

“不过，要是真要我用闲聊的方式把故事讲下去的话，那我还是继续往下讲吧，也不要跳过三年，就从第二年夏天讲起好了——也就是一七七八年的夏天，离现在差不多已经有二十三年了。”

第八章

六月里一个晴朗的早晨，第一个由我带养的可爱婴儿——古老的恩肖家族最后一代——出世了。

我们正忙着在远离山庄的田里割草，一向给我们送早饭的那个姑娘，比往常早一个小时就跑来了。她穿过草地，奔上小路，边跑边喊我。

“哦，一个多胖的小孩！”她喘着气说，“我从没见过这么逗人喜欢的小家伙！不过医生说，太太一定会死的。他说她这几年来一直害着痨病。我这是听到他跟亨德利先生说的。现在，她已经没办法保住自己的命了。今年等不到冬天，她就要死了。你得赶快赶回去，那孩子要交给你带了，内莉，得由你来给他喂糖，喂牛奶，日夜照顾他。我要是你该多好，因为等到太太不在了，那小家伙就全归你了。”

“她病得很重吗？”我问道，丢下草耙，系上软帽带。

“我想是的，不过她看上去精神还振作，”那女孩回答，“而且听她说起来，她好像还想活着看孩子长大成人哩。见是这么个漂亮小孩，她都高兴得昏了头了！我要是她，准死不了，只要朝他看上一眼，我的病就会好了，不管他肯尼斯医生怎么说。我对他真是气极了。阿切尔太太把小天使抱进正屋给主人看，主人的脸上刚露出笑容，那个老家伙就走上前去说：‘恩肖，你真运气，你太太总算给你留下这么个儿子。她一来，我就看出，我们要想留住她是留不长的，现在，我得告诉你，今年冬天她可能都挨不过了。别难过，也不要为这太苦恼了，这是没有办法的事。而且，你本应当懂事一些，不该娶这么个不中用的姑娘！’”

“主人怎么回答呢？”我问道。

“我想他骂了他，不过我没去注意，我只顾专心看那孩子，”她又眉飞色舞地描述起来。我，也跟她一样，心里热乎乎的，兴冲冲地急着要赶回家去欣赏一番，尽管我也为亨德利的不幸感到非常难过。他心中只容得下两个偶像——他的太太和他自己。他两个都宠爱，但崇拜其中的一个。我难以想象，一旦失去了这一个，他该怎么办。

我们赶回呼啸山庄时，他正站在大门口，经过他身旁进去时，我问了声，孩子怎么样。

“差不多快会到处跑了，内莉！”他回答说，露出了欢乐的笑容。

“女主人呢？”我冒险问道，“医生说她……”

“去他妈的医生！”他打断了我的话，脸涨得通红，“弗朗西丝好好的，到下个星期这时候，她就完全好了。你是上楼吗？你可以告诉她，只要她答应不说话，我就马上上去。我离开她是因为她老是说个不停。她一定得保持安静——告诉她，这是肯尼斯医生说的。”

我把这话转告给恩肖夫人，她高兴得似乎有点飘飘然了，挺开心地回答说：

“我几乎一句话也没说呀，内莉，倒是他哭着出去了两次。好吧，你就说我答应不说话了。可是这并不是说我连笑也不许对他笑呀！”

可怜的人啊！直到临死前的一个星期，她那种欢快的心情一直没有离开过她。还有她的丈夫，固执地——不，死命地——认定她的健康情况一天天在好转。当肯尼斯医生警告他说，病到这个地步，他的药已经无济于事，不必再请他看病，省得浪费金钱时，他反驳说：

“我知道你不用来了——她已经好啦——她不用你再来看病了！她根本就没有生过痨病。她只是发烧，现在已经退了。这会儿，她的脉搏已跳得跟我一样平缓，脸也跟我一样凉了。”

他跟他太太也这么说，她好像也相信了他的话。可是，一天晚上，她偎依在丈夫的肩头，正说着她觉得自己第二天就可以起来了，一阵咳嗽打断了她的话——一阵非常轻微的咳嗽——他把她抱了起来。她用双手搂住他的脖子，她的脸色变了，接着她就死了。

正像那个姑娘所预料的，她抛下的这个孩子哈里顿就全归我带了。至于恩肖先生，只要看到他身体健康，听不到他的哭声，他就满意，他对孩子的关心，也就到此为止了。至于他自己，他变得越来越绝望。他的悲痛是哭不出来的那种。他既不哭泣，也不祷告，他只是又是诅咒，又是反抗——他恨透了上帝和人类，他放纵自己，恣意过起放荡的生活。

仆人们受不了他那种专横堕落的行径，不久都离去了，留下的只有约瑟夫和我两个人。我不忍心丢开交我照管的孩子，而且你知道，比起旁人来，我对他的行为毕竟能多宽恕几分。

约瑟夫留下来，是因为在这儿他可以对佃户和雇工作威作福，因为待在这个有许多邪恶事可供他训斥的地方，正合他的口味。

主人的那些坏习气和坏朋友，给凯瑟琳和希思克利夫做出了一个极好的榜样。他对待希思克利夫的做法，足以使一个圣徒变成魔鬼。而且，说真的，在那段时间，那孩子真像有魔鬼附身似的，他眼看亨德利堕落得不可救药，一天天变得越来越蛮横、粗暴、凶残，他心中却幸灾乐祸地暗自高兴。

我们这个家弄得成了怎样的一座地狱，我简直没法向你描述。到最后，牧师都不愿上门来了，没有一个体面的人肯和我们接近，只有埃德加·林敦可说是个例外，还来看看凯茜小姐。到了十五岁，她就成了这农村地区的女王了，没人能比得上她。她也的确成了一位高傲、任性的人物！我得承认，打从她的童年时代成为过去，我就不喜欢她了。为了要减少她的娇气，我经常惹恼她，尽管她从未对我有过反感。她对于旧情的一如既往，实在让人惊叹，就连希思克利夫，在她心中的地位，也丝毫没有动摇。年轻的林敦，尽管在各个方面都比他优越，可是他发现，要想在她心中留下同样深刻的印象，却不是一件容易的事。

他是我后来的主人，壁炉上方挂的那幅就是他的肖像。本来总是他的像挂在一边，他太太的像挂在另一边的，可是她的像给搬走了，要不，你就可以看看她从前的模样了。你能看清那幅肖像吗？

丁恩太太举起蜡烛，我看出这是一张轮廓柔和的脸，极像呼啸山庄的那位年轻夫人，可是在表情上更加若有所思，更加和蔼可亲。这是一幅可爱的画像。长长的浅色头发，在两鬓处微微卷曲着，一对眼睛大而严肃，那身材几乎是太优美了。凯瑟琳·恩肖为这么一个人而忘了原先的朋友，我一点也不感到奇怪。我感到奇怪的是，要是他的内心也和他的外表一样，他怎么也会有我对凯瑟琳·恩肖的那种看法呢？

“一幅很讨人喜欢的画像，”我对女管家说，“像他本人吗？”

“像，”她回答说，“不过在他兴致好的时候，比这还要精神些。这是他平日的神态，平时他总是不太有精神。”

凯瑟琳打从在林敦家住过五个星期后，就和他们一直保持来往。跟他们在一起时，没有什么可以诱发她暴露出自己那粗野的一面，而且在他们那儿，她见到的都是温文尔雅的举止，她知道自己要是表现粗野，是很羞人的。这样，凭着她那伶俐乖巧的热情，她不知不觉地把那位老夫人和老绅士给哄骗住了，还赢得了伊莎贝拉的赞赏和她哥哥的倾心爱慕。这一收获打从一开始就让她觉得很得意，因为她是很有点野心的，这使得她形成了一种双重性格，倒也并不是她存心要欺骗什么人。

在那个她听到希思克利夫被叫作一个“粗野的小坏蛋”和“比畜生还不如”的地方，她就特别留神，别做出像他那样的举止。可是在自己家里，她就很少愿意去讲究什么礼貌了，那样只会被人讥笑。她也不想约束自己那放荡不羁的天性，那样做了也不会给她带来声望和称赞。

埃德加先生难得能鼓起勇气公开来拜访呼啸山庄。恩肖的名声使他感到害怕，他不愿碰上他。不过每逢他来访时，我们总是尽量以礼相待。主人清楚他来访的目的，自己也避免得罪这位客人。要是他做不到和颜悦色，就干脆一走了之。我总有点觉得他的来访让凯瑟琳感到不快。她并不是个有心计的姑娘，从不懂得卖弄风情，显然不愿让她的两个朋友碰在一起。因为当希思克利夫当着林敦的面，表示看不起他时，她可不能像林敦不在场时那样附和他几句；而当林敦对希思克利夫流露出厌恶和敌对的情绪时，她又不敢对他的情绪表示冷淡，仿佛人家看轻她的伙伴，跟她毫不相干似的。

我经常要笑她不知怎么才好的困惑和有口难言的烦恼。她尽量想瞒着我，怕我嘲笑，可是又瞒不过我。这听起来好像我的心眼不好，可是她也太骄傲了，使得别人实在没法去同情她的苦恼，除非她有所改正，变得谦和些。

最后，她自己招认了，向我吐露了自己的心事。除了我，她还能向谁去求教呢。

一天下午，亨德利先生离家外出了，希思克利夫借此擅自给自己放了一天假。我想，当时他已经十六岁，相貌不丑，智力不差，可他偏要想法给人一个从里到外都让人厌恶的印象，他现在的模样，自然就没有留下这种痕迹了。

首先，他早年受教育得到的收益，到那时已经不复存在；早起晚歇，从不间断的苦活，扑灭了他曾有过的一切求知欲望以及对书本和学习的任何爱好；童年时期因老恩肖宠爱而养成的优越感，这时也已消失殆尽。长时间来，他一直努力想在学习上跟凯瑟琳一样，最后却只好带着默默而又痛苦的遗憾放弃了，而且是完全放弃了。当他发觉自己不可避免地必定会跌落到早先的水平以下时，谁也别想说服他往前跨上一步。随后，他的外表和举止也跟内心的堕落一致起来了。他学会了一种没精打采的走路姿势，看起来也是一副不正派的样子。他那天生沉默寡言的孤僻性格，变得越来越坏，变成一种几乎不识好歹，不近人情的坏脾气了。他显然不愿让他那少数几个熟人看重他，而是有意惹得他们对他反感，他可以从中得到一种苦中作乐的乐趣。

在他干活间歇的时候，凯瑟琳依旧经常和他在一起，可是他已不再用亲热的话来表示对她的喜爱了。他愤愤地、满腹猜忌地避开她那孩子气的爱抚，仿佛觉得这种滥施给他的感情，并不能使他感到快慰。在前面提到的那一天，当他走进正屋，宣布他什么活也不打算干时，我正在帮凯茜小姐整理刚换上的衣服。她没有料到他会突然想到要闲散一天，原以为她可以独占这整个正屋，因而已设法通知埃德加先生，说她哥哥今天不在家，这会儿她正在准备接待他。

"凯茜，今天下午你有事？"希思克利夫问道，"你要到什么地方去吗？"

"不，在下雨呢。"她回答。

"那你干吗换上这件绸衣服？"他问，"我希望，没人要来吧？"

"这我怎么知道呀！"小姐结结巴巴地说，"现在你该下地去了，希思克利夫。吃完饭已经过去一小时了，我还以为你早已去了。"

"亨德利该死地老是待在我们面前，难得让我们自由自在一下，"那孩子说，"今天我说什么也不去干活了，我要跟你待在一起。"

"啊，约瑟夫可是会告发的，"她提醒说，"你最好还是去吧！"

"约瑟夫正在彭尼斯托崖那边装运石灰，他得忙到天黑哩。他绝不会知道的。"

说着，他慢悠悠地踱到了壁炉边，坐了下来。凯瑟琳皱着眉头想了一会儿——她觉得为了迫使他听从她的意见，有必要排除一下障碍。

"伊莎贝拉和埃德加·林敦曾经说今天下午要来做客，"她沉默了一会儿后，说道，"现在天下雨了，我看他们不见得会来了。不过他们说不定还会来，要是真来了，那你难保不白白地给人骂上一顿。"

"叫内莉去说你有事就行了，凯茜，"他坚持说，"别为了你那两个可怜巴巴的蠢朋友，反把我赶了出去！有时候，我真忍不住要抱怨，他们——算了，我就不说了吧……"

"他们怎么啦？"凯瑟琳大声问道，怀着不安的神色望着他。

"哟，内莉？"她猛地把头从我手中挣脱出去，火气十足地加了一句，“你都快把我的鬈发给梳直了！够了，别管我啦。你忍不住要抱怨什么呀，希思克利夫？”

“没什么——你只要看看墙上的日历就知道了，”他指着靠窗挂着的一张配有框子的纸，接着说，“那些打叉的就是你跟林敦他们一起度过的夜晚，那些画点的是跟我一起度过的夜晚。你看见没有？我每天都打上记号的。”

“看见了，很可笑，好像我会注意这个似的！”凯瑟琳回答，话音中带有怒气，“这又有什么意思呢？”

“为了表明，我对这是很在意的。”希思克利夫说。

“我得老是陪你坐着吗？”她反问道，火气越来越大了，“这对我有什么好处？你跟我谈过什么了？你简直是个哑巴，或者说是个婴儿。你没对我说过一句引我开心的话，也没为我做过一件让我高兴的事！”

“你以前从没嫌我说话太少，也没有不喜欢跟我做伴呀，凯茜！”希思克利夫十分激动地叫了起来。

“一个什么都不知道，什么都不会说的人，根本就谈不上做伴。”她咕哝着说。

她的同伴站了起来，可是他已经没有时间进一步表达他的感情了，因为外面的石板路上已经传来马蹄声。接着，年轻的林敦轻轻敲了敲门，便进来了。由于接到这意外的召唤，他满脸喜气洋洋，容光焕发。

不用说，在一个进来，另一个出去的当儿，凯瑟琳一眼就看出了她这两个朋友之间的差别。这种鲜明的对比，犹如你刚看过一个荒山起伏的产煤区，突然换成了一座美丽肥沃的山谷。他的声音和问候的语调，跟他的容貌一样，也是截然不同。他说起话来，有一种悦耳的低沉的声调，口音跟你差不多，比我们这儿的柔和，没有那么生硬。

“我来得不会太早吧？”他说着，朝我看了一眼。我已经开始在擦盘子，清理橱柜最那头的几个抽屉。

“不会，”凯瑟琳回答说，“你在那儿干什么呀，内莉？”

“干我的活儿，小姐。”我回答说。（亨德利先生关照过我，只要林敦私自来拜访时，我就得做个第三者。）

她走到我背后，不高兴地低声说：“给我拿了抹布出去，有客人来家的时候，仆人不该在有客人的房间里打扫！”

“这会儿主人出去了，正是个好机会，”我大声回答，“他最恨我当着他的面收拾这些东西了。我相信埃德加先生一定会原谅我的。”

“我最恨你当着我的面收拾东西，”年轻的小姐蛮横地说，不让她的客人有说话的机会。打从跟希思克利夫有一场小小的口角后，她还没能恢复平静。

“那真是对不起了，凯瑟琳小姐。”这就是我的回答，我依旧顾自起劲地干着自己的活儿。

她以为埃德加是看不到她的，从我的手中夺走了抹布，还恶狠狠地在我的胳臂上拧了一把，久久地拧住不放。

我说过我不爱她，时常有意要杀杀她的威风，而且她确实拧得我痛极了。我原本是蹲着的，便突然跳起身子，尖声叫了起来：

“啊，小姐，你这一手太缺德了！你没有权利拧我，我可是不吃你这一套的。”

“我碰都没有碰你，你这是在撒谎！”她大声嚷道，她的手指激动地动着，要想再来一下，她的耳朵气得通红。她从来就掩盖不住自己的激动，一激动总是满脸涨得通红。

“那么，这是什么？”我回嘴说，指着胳臂上一块明显的青紫作为证据反驳她。

她跺着脚，犹豫了一会儿，接着还是抑制不住她的坏脾气，狠狠地打了我一个耳光，打得我脸上火辣辣的，两眼饱含着泪水。

“凯瑟琳，亲爱的！凯瑟琳！”林敦插进来说，看到自己崇拜的偶像既撒谎，又打人，犯了双重错误，他大为震惊。

“离开这间屋子，艾伦！”她重复说，浑身都在发抖。

小哈里顿是到处都跟着我的，这时正坐在我身旁的地上，看到我的眼泪，他自己也哭了起来，边哭边骂“坏姑姑凯茜”，这一来，她的怒火发到了不幸的孩子头上。她抓住了他的双肩，狠命地摇他，摇得这可怜的孩子脸色都发白了。为了让她放开孩子，埃德加想也没想就上前抓住她的双手。可是一刹那间，一只手挣脱出来了，这位大为震惊的年轻人，顿时感到这只手在他的脸上打了一个耳光，这怎么也不能错当成是在闹着玩。

他惊愕得往后退了一步。我抱起小哈里顿，离开正屋，前往厨房。我有意让身后的门开着，一心想看看他们怎样来解决这场分歧。

那位受了侮辱的来客，朝他放帽子的地方走去，脸色苍白，嘴唇直抖。

“这就对了！”我自言自语，“接受警告，快走吧！让你见识一下她的本性，这可是件好事哩！”

“你要去哪儿？”凯瑟琳问道，径自走向门口。

他往旁边避了避，还是想走出去。

“你可不能走！”她使劲地大声嚷道。

“我得走，马上就走！”他压低声音回答。

“不行，”她坚持说，紧抓住门把手，“现在不能走，埃德加·林敦。坐下。你不能这样气呼呼地离开我，我会整夜难过的，可我不愿意为你难过！”

“你打了我，我还能待在这儿吗？”林敦问道。

凯瑟琳不吭声了。

“你使我感到害怕，也为你感到害臊，”他接着说，“我不会再来这儿了！”

她的眼睛开始闪亮，眨起了眼皮。

“而且你还故意撒谎！”他说。

“我没有！”她嚷道，重又开了腔，“我什么都不是故意的。好吧，你要走就请便吧！——走呀！现在我要哭啦——我要哭得半死不活啦！”

她在一张椅子旁跪了下来，果然非常伤心地哭了起来。

埃德加的决心一直保持到走到院子里。到了那儿，他迈不开步子了，我决定鼓励他一下。

“小姐任性极了，先生，”我大声嚷道，“坏得像任何一个惯坏了的孩子。你最好还是赶快骑马回去吧，要不，她又会哭呀闹呀，只会把我们折磨个够。”

这不中用的软骨头，不以为然地从窗口往里张望着，他已经无力离开这儿了，就像一只猫儿无力离开一只半死的耗子，或者吃了一半的小鸟一样。

唉，我想，他是没救了——他已经在劫难逃，他要投进命中注定的圈子了！

果真如此。他突然转身重又急急忙忙回到屋里，随手关上了身后的门。过了一会儿，当我进去告诉他们，恩肖已喝得烂醉回来，看样子正准备把这座老房子捣毁时（这是他在这种情况下常有的心情），我发现刚才的这场争吵，反而促进他们更加亲密了——打破了年轻人害羞的障碍，也使他们抛掉了友谊的伪装，承认他们自己是情人了。

亨德利先生回来的消息，把林敦赶上了马背，也把凯瑟琳赶回到闺房。我赶忙藏起小哈里顿，又取出主人猎枪中的子弹。他在发酒疯时就爱玩枪，谁要是在这种时候惹恼了他——甚至只要过分引起他的注意，就会有送命的危险。我想出了取出子弹的主意，这样，万一他真的闹到开起枪来，也不至于闯下大祸。

第九章

他一路大声骂骂咧咧，让人不堪入耳地走进来时，正好看到我把他的儿子往厨房的碗橱里藏。小哈里顿碰上他那野兽似的疼爱，或者疯子般的狂怒，全都吓得要死，因为遇上前一种情况，他有可能被紧紧搂死，或者吻得闷死；遇上后一种情况，他又有可能给丢进火炉，或者扔到墙上。因而不管我把他藏在哪儿，这可怜的小东西都一点也不敢动弹。

“嗨，这回到底给我发现啦！”亨德利大叫起来，一把抓住我脖子上的皮肉，像拖条狗似的把我往后一拖，“凭着天堂和地狱起誓，你们一定是发誓要谋杀这个孩子！现在我明白是怎么回事了——怪不得我老是见不着这孩子。不过，我要靠魔鬼的帮忙，让你吞下这把切肉的刀子，内莉！你不用笑！刚才我已把肯尼斯头朝下栽进黑马沼地里了。杀两个人和杀一个人是一样的——我就是要把你们宰掉几个，要不，我心里不好过！”

“可我不喜欢这把切肉刀，亨德利先生，”我回答说，“这把刀切过熏鲱鱼了。要是你没意见，我倒宁愿让你用枪打死。”

“你还是下地狱去吧！”他说道，“你以后一定会下地狱的。在英国，没有一条法律能禁止一个人把他的家弄得像个样子。可是我的家却弄得一团糟！把你的嘴张开！”

他手握刀子，把刀尖插进我的上下齿之间。不过我向来不太怕他的胡闹。我吐出一口唾沫，肯定说这味道太不好受了——我无论如何不想把它吞下去。

“啊，”他放开了我，说道，“我看清了，这可恶的小坏蛋不是哈里顿。请你原谅，内莉。要是他的话，那就该活活剥他的皮，他竟敢不奔出来迎接我，而且还要尖声直叫，好像我是个妖怪似的。过来，你这坏小子！让我来教训教训你，你竟敢欺骗一个好心肠的、上了当的父亲。喂，你是不是觉得把这小子的耳朵尖剪短会漂亮些？狗剪了耳朵尖就会变凶，我喜欢凶的东西——给我一把剪刀——我喜欢又凶又平整的东西！而且，这是他妈的装模作样——把两只耳朵当宝贝，是他妈的魔鬼的主意——我们就是没有耳朵，也已经够像蠢驴的了。嘘，孩子，嘘！好啦，我的乖宝贝！别哭了，把眼泪擦干——这才乖啊。亲亲我。什么！不肯亲？亲亲我，哈里顿！你这该死的，亲我！天哪，好像我乐意弄这么个怪物似的！我不把这臭小子的脖子拧断，就不是人！”

可怜的哈里顿在父亲的怀里死命地乱叫乱踢。当他父亲把他抱上楼去，举到栏杆的外面时，他叫喊得更厉害了。我一边大喊他这样会把孩子吓疯的，一边奔上楼去救他。

待我奔到那儿时，亨德利正探身到栏杆外面，倾听楼下发出的声音。他几乎已经忘掉手里托着的东西了。

“是谁？”听到有人走近楼梯脚边，他问道。

我也探出了身子，为的是想给希思克利夫打个手势（我听出是他的脚步声），叫他不要再走过来。就在我的目光刚刚离开哈里顿的一刹那，那孩子猛地一纵身，便从那双漫不经心地抱着他的手中挣脱出来，掉下去了。

几乎还没来得及体验到那恐怖的感觉，我们看到这小东西得救了。就在这千钧一发的时候，希思克利夫正好走到楼下。出于一种本能的驱使，他伸手接住了掉下来的孩子，并且把他放到地上，让他站好。他朝上看看，是谁闹出了这一意外事件。

哪怕一个守财奴为了五个先令出让了一张幸运彩票，而第二天发现在这笔交易上他白白送掉了五千镑时，也不会流露出比希思克利夫现在更发呆的表情，因为他抬头一看，楼上的那人竟是恩肖先生。他那副表情，比语言更清楚地表达出他内心最强烈的痛苦——他竟成了阻碍自己复仇的工具。要是天黑的话，我敢说，他会在楼梯上把哈里顿的脑袋打碎，以此来纠正自己的错误，可是我们亲眼看到那孩子得救了。我急忙奔到楼下，把我的宝贝孩子紧搂在胸前。这时，亨德利也从容不迫地走下楼来，他酒醒了，心里也感到内疚。

“这是你的错，艾伦，”他说，“你应该把他藏起来，不让我看见。你该把他从我这儿夺过去的。他受伤了没有？”

“受伤！”我气愤地大声说道，“他即使没摔死，也会变成个白痴！啊！我真奇怪，他母亲怎么不从坟里出来看看，你是怎么对待他的。你比一个异教徒还坏——这样来对待自己的亲骨肉！”

他想要摸摸孩子。孩子发现自己已被我搂在怀里，便不再害怕，只是低声啜泣着。可是他父亲的手指刚一碰到他，他就又尖声大叫起来，叫得比刚才还要响，同时拼命挣扎着，像发了疯似的。

“你别来碰他！”我接着说，“他恨你——他们全恨你——这是真的！你本有一个美满的家庭，可是却让你弄成这副模样！”

“往后我还要弄得它更好看哩，内莉，”这陷入歧途的人笑着说，心肠重又变硬了，“现在，你把他给抢走吧。还有你，希思克利夫，听着！你也给我走开，越远越好，别让我再看到听到你……今晚我不想要你的命，除非我也许会放火烧掉这幢房子，不过这还得要我高兴才行哩！”

说着，他从柜里拿出一小瓶白兰地，倒了些在杯子里。

“不，别喝了！”我恳求说，“亨德利先生，你听我的劝告吧。就算你不爱惜自己，也该顾怜顾怜这不幸的孩子吧！”

“任何一个人都会比我更好地顾怜他，”他回答说。

“那就顾怜顾怜你自己的灵魂吧！”我说，竭力想从他手中夺过酒杯。

“我才不哩！恰恰相反，我最高兴把我的灵魂送进地狱了，这也是对造物主的惩罚，”这亵渎神明的人大声嚷道，“为甘愿让灵魂打入地狱干杯！”

他喝光了酒，不耐烦地挥手要我们走开。最后用一大串恶毒的诅咒来结束他的命令，恶毒到我都不愿去记住它和重述它了。

“可惜酒醉不死他，”希思克利夫说，门关上后，他咕哝着回敬了一串咒骂，“他这是尽量想要自己送命，可是他的好体质硬是给顶住了。肯尼斯先生说，他愿拿他的母马打赌，在吉默屯这一带，他的寿命一定比谁都长，到他跨进坟墓那一天，他准是个白发苍苍的老罪人了，除非他碰巧遇上什么意外事故。”

我走进厨房，坐下来哄我的小羔羊入睡。我原以为希思克利夫已去谷仓，直到事后才发现，他只是走到高背椅后面便停下了，倒在墙边的一张长椅上，远远避开炉火，一直不吭一声。

我把哈里顿放在膝上，一边摇着，一边哼着一支歌，那歌是这样开头的：

夜深了，孩子们哭了，
坟头里的亲娘听见了。

就在这时，凯茜小姐探进头来。刚才她已在自己的房里听到了外面的吵闹声。她悄声问道：

“就你一个人吗，内莉？”

“是的，小姐。”我回答说。

她走了进来，走到壁炉跟前。我猜想她有什么话要说，便抬头望着她。她脸上的表情好像既激动又不安。她的嘴半张着，仿佛有话要说，还吸了一口气，可是，接着这口气便化为一声叹息，而不是一句话。

我继续哼着我的歌，她刚才的那副态度我还没忘记哩。

“希思克利夫在哪儿？”她打断了我的歌声，问道。

“在马厩里干他的活吧。”我回答。

他并没有纠正我，也许他已经睡着了。

接着，又沉默了好一阵子。这时，我发现有一两颗泪珠从凯瑟琳颊上滚落到石板地上。

她是不是为自己的可耻行为感到惭愧了？我这样问自己。这倒是桩新鲜事儿哩。不过只要她乐意，她也会这么做的——反正我不想帮她！

不，不管什么事，除非跟她自己有关，她是难得会操什么心的。

“啊，亲爱的！”她终于大声说了出来，“我非常苦恼！”

“真可惜，”我说，“要你高兴还不容易哩。有这么多朋友。这样无忧无虑，可你还不知足！”

“内莉，你能替我保守秘密吗？”她接着说，在我身旁跪了下来，抬起她那双迷人的眼睛望着我，她那副动人的模样，即使你有一肚子的怒气，甚至有天大的理由，也全给她驱散了。

“值得保守吗？”我问道，已经不那么不愿理睬。

“是的，它弄得我心神不定，我一定得说出来！我想知道我应该怎么办。今天，埃德加·林敦向我求婚了，我已经给了他答复。现在，我不告诉你，我是答应了还是拒绝了，你先对我说，我该怎么回答。”

“说真的，凯瑟琳小姐，我怎么能知道呢？”我回答说，“当然，按今天下午你在他面前的表现看，我说你还是拒绝他来得聪明。因为他在那事之后还要向你求婚，那他一定要么是个没出息的笨蛋，要么是个鲁莽的傻瓜。”

“要是你这样说，那我就不再跟你多说了。”她不高兴地回答道，站了起来，“我答应他了，内莉。快说，我是不是答应错了？”

“你答应他了！那这件事还有什么好讨论的？你的话既然已经说出口，也就不能收回了。”

“可是，你得说说，我该不该这样做——说呀！”她急躁地嚷道，绞着两手，皱起眉头。

“在正确地回答这个问题之前，还有许多事得考虑哩，”我颇有讲究地说，“首先第一条，你爱不爱埃德加先生？”

“谁能不爱呢？我当然爱他呀。”她回答说。

接着，我要她回答下列问题，对一个二十二岁的姑娘来说，能提出这些问题，不能说想得不周到了。

“你为什么爱他呢，凯茜小姐？”

“废话，只要我爱他——这就够了。”

“不行，不行，你一定得说出为什么。”

“好吧，因为他长得英俊，跟他在一起很开心。”

“糟！”这是我的评语。

“因为他年轻、活泼。”

“还是糟。”

“因为他爱我。”

“这一点无关紧要。”

“而且他将来会很有钱，我会成为这一带最了不起的女人，有这样一个丈夫我会感到骄傲。”

“这可是最糟的了。现在你说说，你怎么爱他？”

“跟所有人一样爱呀——你真可笑，内莉。”

“一点也不可笑——回答我。”

“我爱他脚下的土地，他头上的天空，我爱他碰过的一切东西，他说的每一句话。我爱他的所有表情，他的一举一动，爱他的整个人，爱他的一切。现在好了吧！”

“这又为什么呢？”

“不，你这是在开玩笑，你真是太坏了！这对我可不是开玩笑的事！”这位小姐皱起眉头说道，转脸向着炉火。

“我绝不是跟你开玩笑，凯瑟琳小姐，”我回答说，“你爱埃德加先生，是因为他英俊、年轻、活跃、有钱，而且爱你。不过这最后一点没什么意义。没有这一条，你也许一样爱他。要是没有前面那四条吸引了你，即使他爱你，你也不见得会爱他吧。”

“是啊，当然不会。那我只会可怜他——说不定还会恨他哩，要是他是个丑八怪，大老粗。”

“可是世界上英俊、有钱的年轻人还多着呢，也许比他更英俊，更有钱，你怎么不去爱他们呢？”

“即使有的话，我也没碰上他们呀！我见过的人中，没有人比得上埃德加的。”

“你会见到一些的。而且他也不会永远英俊，永远年轻，也不会永远有钱的呀！”

“可现在总是的呀！我只要他现在是就行了。我希望你说话实际些。”

“好吧，那就没话说了。要是你只顾眼前，那就嫁给林敦先生好了。”

“这件事我并不需要得到你的允许——我就是要嫁给他。可是你还没有告诉我，我做得对不对呢。”

“要是一个人结婚只图眼前是对的话，那你完全正确。好了，现在让我们听听你有什么苦恼吧。你的哥哥一定会很高兴的……老先生和老太太也不会反对。我想，这么一来你就可以逃离这个乌七八糟、毫无乐趣的家，来到一个富裕体面的人家。你爱埃德加，埃德加也爱你。一切看来都很顺心如意呀。障碍又在哪儿呢？”

“在这儿，还有这儿！”凯瑟琳回答说，一只手拍拍自己的前额，另一只手拍拍自己的胸膛。“总之，在我灵魂居住的地方。在我的灵魂里，在我的心坎中，我确信我是错了！”

“这就怪了！我不懂这是怎么回事。”

“这是我的秘密。要是你不讥笑我，我就解释给你听。这事儿我没法说清，可是我能让你感觉到我的感觉是怎样的。”

她又在我身旁坐了下来。她的神色变得更忧郁、更严肃了，两只紧握住的手在颤抖：

“内莉，你从来没有做过稀奇古怪的梦吗？”她想了几分钟后突然说。

“有时做过。”我回答。

“我也这样。我一生中也做过一些这样的梦，这些梦老是缠着我，把我的想法都改变了。它们老往我心里钻啊钻的，就像酒掺进水里一样，把我的心灵的色彩都改变了。我就做过这么一个梦。我这就讲给你听——不过你得注意，不管听到什么，你都不能笑我。”

“啊，别说了，凯瑟琳小姐！”我叫了起来，“就是不召神召鬼来纠缠我们，我们也已经够惨的了。得了，得了，高兴起来，像你原来那样！你看看小哈里顿！他可是什么伤心事也没有梦见。瞧他睡梦中笑得多甜啊！”

“是呀，他父亲在孤独无聊时也诅咒得多甜啊！我敢说你总还记得他——那时他跟这小东西一样胖乎乎的，跟他差不多大，也是这么天真活泼。可是，内莉，我一定要你听我说，话不长。今天晚上我是怎么也高兴不起来了。”

“我不要听，我不要听！”我急忙重复着说。

那时候我对梦是很迷信的，现在还是这样。那天，凯瑟琳的脸上有一种少见的忧郁气色，我怕她的梦里会有某种让我产生预感的东西，使我预见到将要发生什么可怕的灾难。

她生气了，可是没有再讲下去。她显然是想到别的话题上去了，过了一会儿她开口说：

“要是我在天堂里，内莉，我一定会非常痛苦的。”

“因为你不配进天堂，”我回答说，“所有有罪的人，在天堂里都会感到痛苦的。”

“不，不是为了这个。我有一次梦见我在天堂里了。”

“我对你说了，我不要听你的梦，凯瑟琳小姐！我要去睡了，”我又打断了她的话。

她笑了起来，把我按回到座位上，因为我正要起身离开座椅。

“这没有什么呀，”她嚷道，“我只是要说天堂不像是我的家，所以我哭得很伤心，闹着要回到尘世来，惹得那班天使大怒，把我扔出天堂，扔到了呼啸山庄高地上的荒原中心。接着，我就在那儿高兴得哭醒过来了。别的不用说，这就可以解释我的秘密了。对我来说，嫁给埃德加·林敦，并不比去天堂更热心。要是我家那个恶毒的人不把希思克利夫贬得这么低下，我是绝不会想到这么做的。现在，我要是嫁给希思克利夫的话，那就降低我的身份了。因此他永远也不会知道，我是多么的爱他。我这么爱他，并不是因为他长得英俊，内莉，而是因为他比我自己更像我自己。不管我们的灵魂是什么做的，他的和我的是完全一样的，而林敦的和我们就截然不同了，就像月光跟闪电，冰霜跟火焰。”

她的这番话还没说完，我就已发现希思克利夫原来就在这儿。我发觉有点轻微的响动，就转过头去，正好看到他从长椅上站起身来，悄无声息地走了出去。他一直听到凯瑟琳说嫁给他会降低她的身份，就没有留下来再听下去。

我的同伴，因为坐在地上，给高高的椅背挡住了，没有看到他在这儿，也没有看到他离开。可是我吃了一惊，赶快叫她别出声。

“怎么啦？”她问道，紧张不安地朝四周打量着。

“约瑟夫来了，”我回答说，这时恰巧听到他的车子一路过来的车轮声，“希思克利夫也会跟他一起进来。这会儿他是不是已经在门口也难说呢。”

“哦，他在门口是听不到我的话的！”她说，“把哈里顿交给我，你去准备晚饭，饭做好叫我一声，我跟你一块儿吃。我要欺骗我自己不安的良心，让自己相信希思克利夫根本没有想到这些事。他没有想到，是吧？他不懂得什么是爱吧？”

“我可看不出有什么理由说，他不能跟你一样懂得爱。”我回答说，“如果你是他选中的人，那他就要成为天下最不幸的人了。你一旦成为林敦太太，他就失去了朋友，失去了爱，失去了一切！你可曾想过，你们两人分开后，你怎么受得了？在这个世界上他也就被完全抛弃，他又怎么能受得了？因此，凯瑟琳小姐——”

“他被完全抛弃！我们两人分开！”她带着怒气，大声叫了起来，“请问，是谁要把我们分开？他们会遭到迈洛①的命运！只要我还活着，艾伦，没人敢这么做的。世上的所有林敦全都可以化为乌有，可我绝不会答应抛弃希思克利夫。啊，那不是我原来的打算——那绝不是我的本意！要付出这样的代价，我就不会去做林敦太太了！他将和过去一样，一辈子永远在我的心中。埃德加必须消除对他的反感，至少也要能容忍他。当他知道了我对他的真实感情，他会这

① 古希腊摔跤手，大力士，相传在他要把一棵大树撕裂两半时，被夹到了裂缝中，结果被狼吃掉。

样做的。内莉，现在我明白了，你以为我是个自私自利的贱女人。可是，难道你从来没有想到，要是希思克利夫跟我结了婚，那我们还不是要去讨饭了吗？而要是我嫁给林敦，我就可以帮助希思克利夫站起来，安排他摆脱我哥哥的逼迫和欺压。”

“用你丈夫的钱吗，凯瑟琳小姐？”我问道，“你会发现他并不像你想的那么顺从。而且，虽说我不便下什么断语，我认为，这是你愿做小林敦妻子的最坏的动机。”

“不，”她反驳说，“这是最好的动机！其余的全是为了满足我的一时冲动，也是为了埃德加，为了满足他的要求。而这全是为了一个人，在这个人的身上包含了我对埃德加和我对我自己的感情。这事我没法说清楚，可是你，以及每一个人，想必都有一种想法：除了你之外，还有，或者说应该还有，另一个你的存在。要是我整个儿全在这儿了，那把我创造出来的用处是什么呢？在这个世界上，我最大的悲苦就是希思克利夫的悲苦，而且从一开始，我就全都觉察到、感受到了。我活着的最大目的，就是他。即使别的一切全都消亡了，只要他留下来，我就能继续活下去；而要是别的一切都留下来，只有他给毁灭了，那整个世界就成了一个极其陌生的地方，我就不再像是它的一部分了。我对林敦的爱，就像林中的树叶。我很清楚，当冬天使树木发生变化时，时光也会使叶子发生变化。而我对希思克利夫的爱，恰似脚下恒久不变的岩石，它虽然给你的欢乐看起来很少，可是必不可少。内莉，我就是希思克利夫！他永远、永远在我的心中——他并不是作为一种乐趣（我对他没有比对我自己更感兴趣），而是作为我自身存在我的心中。所以，别再说什么我们会分开了，这是办不到的。再说——”

她停住了，把脸藏到我裙子的皱褶里，可是我猛地把她推开。对她的傻话，我再也没有耐心听了！

“要是我从你的胡扯中听出点什么意思来，小姐，”我说，“那只是使我相信，你对婚姻中应该承担的责任一点不懂。要不，你就是一个不讲道德的坏姑娘。好了，你别再拿什么秘密来烦我了，我不能答应为你保守这种秘密。”

“你会保守我已告诉你的秘密吗？”她着急地问道。

“不，我不能答应，”我重复说。

她刚要坚持自己的要求，约瑟夫进来了，我们的谈话就此结束。凯瑟琳把自己的椅子搬到屋角，照看着哈里顿，我就去做饭了。

饭做好后，我和另一个仆人争了起来，为的是该由谁送饭菜给亨德利先生。直到饭菜都快凉了，我们也没争出个结果来。最后我们才商定，让他自己来要，如果他想要吃的话。因为在他好长时间都独自一人关在房里时，我们特别怕到他跟前去。

“都这时候了，那没出息的东西怎么还没从田里回来？他在干什么？十足是个大懒汉！”那老头子问道，东张西望地找希思克利夫。

“我去叫他，”我回答说，“我相信他准在谷仓里。”

我去叫了，可是没有人回答。回来后，我悄悄告诉凯瑟琳，她说的那些话，我敢说，他大部分都听到了。还对她说，就在她抱怨她哥哥欺压他时，我看到他走出了厨房。

她吃惊得直跳起来，把哈里顿往高背椅上一扔，就径自跑出去找她的朋友了。她连想都顾不上想，她为什么会这样慌张，他听了她的那番话会有什么反应。

她去了一直没有回来，约瑟夫提出我们不用再等她。他自作聪明地猜测，他们两个是有意待在外面的，为的是要逃避他的长篇祷告。他认定他们“坏到什么坏事都干得出来”。由于他们的行为，那天晚上除了通常的一刻钟饭前祷告外，他又加做了一个特别祷告。原来在饭后的感恩祷告之后也要加做一次，可是他的那位年轻女主人冲进来了，急急忙忙命令他必须立刻跑到大路上去，不管希思克利夫在哪儿闲逛，都得把他找到，要他马上回来！

“我有话要跟他说，我上楼以前，非跟他谈一谈不可。院墙的大门是开着的，他一定跑到哪个听不到喊声的地方去了。因为我在山坡顶上使劲大声喊了半天，也没听到他的回答。”

开始，约瑟夫不肯去。可是她再三坚持要他去，不容他不去。最后，他只好戴上帽子，咕哝着走出去了。

这时，凯瑟琳一直在屋子里来回走着，嘴里不住嚷着：

“怪了，他去哪儿了呢？——我想不出他能在哪儿呢？我说了些什么呀，内莉？我已经忘了。今天下午我脾气不好，让他恼火了吗？亲爱的，告诉我，我说了什么使他伤心的话了？我真想他回来，真盼望他会回来啊！”

“无缘无故嚷嚷什么呀！”我大声说道，虽说我自己也有点心神不安了，“这么点小事就把你吓着了！说不定希思克利夫正趁着月光在荒原上闲逛，或者躺在干草堆里气得有意不理睬我们，根本就用不着大惊小怪的。我敢保证他一定躲在那儿。瞧我不把他给搜出来！”

于是我重又出去找他，结果很失望。约瑟夫找了一通，结果也一样。

“这小子越来越不像话了！”他一进门就说，“他出去时让庄园大门开着，小姐的小马都跑了，踩倒了两垄小麦，一直奔到牧场上去了！反正，主人明天一定会大闹一通，闹得够瞧的！对这么个粗心的笨蛋，他竟这么有耐心——他的耐心真是够好的了！不过他不会老是这样的——你们等着瞧吧，你们都等着瞧吧！你们不该无缘无故逼得他发起疯来的！”

“你找到希思克利夫没有呀，你这头蠢驴？”凯瑟琳打断了他的话，“你有没有按我的吩咐一直找他？”

“我可宁愿去找那匹马，”他回答说，“那倒还有点意思哩！不过像这样的黑夜——黑得像烟囱似的，不管是马还是人，都是没法找的。而且希思克利夫也不是一个听到我的口哨就会来的人——没准你叫他，他还能听得见一点哩！”

按夏天来说，这确实是个很黑的夜晚。乌云密布，好像要打雷的样子。我说我们最好还是坐下来吧，即将到来的雷雨准会把他给赶回来的，用不着我们再操心了。

可是，不管怎么劝，都没法让凯瑟琳平静下来。她不停地在庄园大门和屋门之间来回走着，焦急不安地一刻也不肯休息。最后在靠近大路的一堵墙边呆呆地停着不动了。不管我怎么劝，不管那隆隆的雷声和开始在她四周噼啪下落的大颗雨滴，她始终站在那儿，时不时喊上几声，然后倾听一会儿，接着便又号啕大哭起来。她哭得那么厉害，就连哈里顿，或者随便哪个孩子，都比不上她。

大约半夜时分，我们都还守着没睡，暴风雨在呼啸山庄上空呼啸怒吼。突然一阵狂风，接着一声响雷，不知是风还是雷把屋角的一棵大树打倒了。粗大的树干倒在了屋顶上，把东边的烟囱压倒了一大截，哗啦一声，往厨房的炉子里掉进了一大堆石头和煤烟。

我们还以为有个霹雳击落到我们中间了。约瑟夫急忙跪倒在地，求主千万不要忘了挪亚①和罗得②两位族长。也像从前一样，虽然惩罚不敬神的人，但要赦免正直的好人。我也感到这一定是对我们的审判。我认为，约拿③就是恩肖先生，于是我去扭动了一下他房间的把手，以便弄清他是否还活着。他的回答听起来相当清楚，这使得约瑟夫嚷嚷得更加热闹了，好像是要在他这样的圣人和主人那样的罪人之间划一条明确的界线似的。可是二十分钟后，这场骚乱过去了，我们全都平安无恙，只有凯茜全身都湿透了，因为她固执地不肯进来躲雨。她不戴帽子，也不披肩巾地站在那儿，任凭雨水浇淋在她的头发上，衣服上。

她走进屋子，在高背长椅上躺了下来，那模样仿佛全身都浸泡过似的，她把脸转向椅背，双手掩住了脸。

“好了，小姐！”我抚摸着她的肩膀叫道，“你不是自己存心要找死吧，是吗？你知道现在几点了？十二点半啦。得了，睡觉去吧！不用再等那个傻小子啦。他一定去吉默屯了，这会儿就在那边住下了。他想不到我们这么晚还会在等他。反正他以为只有亨德利先生

---

① 据《圣经》记载，上帝惩罚罪恶的人世，降下洪水，独自敬神行善的挪亚事先受神启示，造方舟将全家及各种家禽置于舟中，幸免于难。详见《圣经·旧约·创世记）第6—9章。

② 据《圣经》记载，上帝因所多玛城罪恶深重，降天火烧毁该城，罗得因敬神得以带两个女儿逃出城外。详见《圣经·旧约·创世记》第19章。

③ 据《圣经》记载，约拿因违抗上帝，乘船逃遁，上帝施以大风，船员恐惧，把他抛进海中，详见《圣经·旧约·约拿书》。又喻指带来不幸的人。

一个人还没睡，他是怎么也不愿意让主人来给他开门的。”

“不，不，他不会在吉默屯的！”约瑟夫说，“我看他没有给埋到泥塘底里才怪哩。刚才这场天罚可不是无缘无故的。我劝你要多加留神，小姐——下一个该轮到你了。一切都要感谢上帝！同时，一切也都为了要赐恩给那些从这个肮脏世界里选拔出来的好人！你们知道《圣经》上是怎么说的——”

接着，他开始引了几段经文，还给我们指出这在哪一章哪几节里可以找到。

我求这位固执任性的姑娘起来去换掉湿衣服，结果白费力气。我也就只好由着她去瑟瑟发抖，也由着约瑟夫去讲他的经文，顾自抱起小哈里顿去睡了。这小家伙睡得这么香，仿佛他周围的人一个个都睡着了似的。

在这以后，我听到约瑟夫继续念了一会儿经文，接着又听到了他爬楼梯的缓慢脚步声，后来我就睡着了。

第二天早晨，我下楼比平时晚了些。借着从百叶窗缝中射进来的阳光，我看到凯瑟琳小姐仍旧坐在壁炉旁。正屋的门也依旧半开着，亮光从没有关上的窗子里透进来。亨德利已经从房里出来，站在厨房的炉子边，形容憔悴，一副困倦懒散的样子。

“你哪儿不舒服了，凯茜？”我进来时，他正在跟她说话，“你看起来够凄惨的，像只水里淹过的小狗。你身上怎么这么湿，脸色这么苍白呀，孩子？”

“我淋湿了，”她勉强回答，“全身发冷，就这么回事。”

“啊，她又淘气了！”我大声说，看出主人这时还算清醒，“昨天晚上她一直在大雨里淋着，又在这儿坐了一个通宵，我怎么劝她，她都不肯动一动。”

恩肖先生吃惊地瞪眼看着我们。“一个通宵！”他重复了一句，“什么事使她不去睡呀？想必不是怕打雷吧？几个小时前就不打雷了呀。”

我们俩谁都不愿提希思克利夫失踪的事，反正能瞒多久就瞒多久。所以我回答说，我不知道她怎么会想到坐着不去睡的；她也什么都没有说。

早晨的空气清新凉快，我打开了格子窗，屋子里立刻充满花园里涌进来的悦人的香气。可是凯瑟琳却没好声气地对我说："艾伦，把窗关上，我都快冻死了！"她向那几近熄灭的火炉靠近些，身子缩成一团，牙齿直打战。

"她病了，"亨德利拿起她的手腕说道，"我看这就是不肯去睡的原因了。真他妈的倒霉！我可不愿这儿再有人生病来烦我了。你干吗要到雨里去呀？"

"还不是老花样，追小伙子呀！"约瑟夫用低沉沙哑的嗓音说，趁我们不知该怎么回答的当儿，他抓住机会，伸出了他的毒舌头。

"如果我是您，主人，我就当着他们的面，砰地把大门关上，不管是贵族还是平民，全都不让进！不管哪一天，只要您一出门，林敦那只小公猫就会偷偷溜进屋来。还有这位内莉小姐，她可是个好女仆哩！她就坐在厨房里望风，给他们通风报信，您一打这个门进来，他就打那个门溜出去了。接下来，我们的大小姐就到她跟前去向她献殷勤啦！多正经的行为哪，都过半夜十二点了，还躲在野地里，跟那个邪恶可怕的魔鬼、希思克利夫那野小子在一起鬼混！他们还道我是瞎子，我才不是瞎子哩，我一点儿也没有瞎！我看到小林敦的，看到他来，也看到他去。我还看到你哩（他把话锋转到了我身上）。你这个尽干坏事的臭婆娘！你一听到大路上响起主人的马蹄声，马上就跳起来奔进正屋。"

"住口，你这个爱偷听的东西！"凯瑟琳大声喝道，"在我面前，不许你胡说八道！埃德加·林敦昨天来是偶然的，亨德利，是我叫他走的，因为我知道你一向不喜欢见到他。"

"凯茜，你在撒谎，"她哥哥回答说，"不用说，你是个十足的大傻瓜！不过眼下先别管什么林敦，你先告诉我，昨天晚上你是不是跟希思克利夫在一起？唉，说实话。你用不着怕我会害他。尽管我一直都那么恨他，不久前他为我做了一桩好事，我也就不忍心去掐断他的脖子了。为了防止闹出这种事来，我决定今天早上就打发他走，叫他自找生路。等他走了之后，我劝你们都留点神，我可是对你们不会有好脾气的。”

“昨天晚上我根本没见到希思克利夫，”凯瑟琳回答说，一边开始伤心地啜泣，“你要是把他撵出门外，那我就跟他一起走。不过恐怕你永远不会有机会了，也许他已经走了！”说到这儿，她悲痛得忍不住放声大哭起来，她下面的话也就听不清了。

亨德利给了她一顿臭骂，吩咐她立即回自己的房间，要不她别想白哭这一场！我逼着她听她哥哥的话上楼去。当我们进了她的卧房时，我永远忘不了她发作起来的那番情景。这可把我给吓坏了，我以为她要疯了，连忙求约瑟夫赶忙去请医生。

果然是神志失常的初始阶段。肯尼斯先生一见到她，就断言她病势危险。她正在发高烧。

他给她放了血，并告诉我只能给她吃乳清和稀粥，而且要小心看护，防止她跳楼或跳窗。然后他就走了，因为他在这个教区里是够忙的，在这一地区，一家一户之间，相隔两三英里是常有的事。

虽然我不能说是一个温柔体贴的看护，但约瑟夫和主人总不见得比我好。尽管我们的病人任性的程度，难以侍候的程度，不亚于任何一个病人，她总算还是度过了危险，渐渐有了起色。

不用说，老林敦太太前来探望了好几次，而且百般挑剔，把我们一个个都骂遍了，支使遍了。在凯瑟琳病愈后的调养时期，她坚持要把凯瑟琳接到画眉田庄去住。这一来我们如释重负，心里真是感激万分。可是这位可怜的老太太实在有理由为她的这番善心后悔，她和她的丈夫都被传染上了热病，没有几天工夫，两位老人便相继去世了。

我们的小姐回家来了，比以前更加任性，更加急躁，更加傲慢无礼了。希思克利夫打从那个雷雨之夜失踪后，音讯全无。有一天，活该倒霉，她惹得我气坏了，我就把他的失踪归罪到她身上。这件事的责任当然在她，这一点她自己也明白。从此以后，她一连好几个月没有理睬我，仅仅保持着主仆的关系。约瑟夫也被“逐出教门”，受到冷遇。可他还是顾自唠叨他的那一套，完全把她当成一个小姑娘似的教训她。而她却把自己看成是个成年女子，是我们的女主人。她还认为她最近的这场病，使她有权要求别人迁就她。而且医生确也说过，她不能再多受抑制，一切只能顺着她的心意。在她眼里，要是有人敢起来对她说个不字，那就等于在谋害她的性命了。

她对恩肖先生和他那帮朋友，总是躲得远远的。她哥哥听了肯尼斯的告诫，又怕她一发脾气就常常会引起昏厥，因此也就对她百依百顺，通常总是尽量不惹她恼火。对她的喜怒无常，他实在太纵容迁就了。不过，这并不是出于兄妹感情，而是出于虚荣心。他一心盼望通过和林敦家联姻，使她能为自家的门第增光。而且只要她不去烦他，她就尽可以把我们当成奴隶一样任意作践，他才不管哩！

埃德加·林敦，像在他以前和以后的许多人一样，已经给迷住了。他父亲去世三年后，在他领着她去吉默屯教堂的那天，他自信他是天底下最幸福的人了！

大大违背我的意愿，可我还是被说服离开了呼啸山庄，陪她来到了这儿。小哈里顿快五岁了，我刚开始教他识字。我们的分别很伤心，可是凯瑟琳的泪水比我们的更有力量。开始我拒绝跟她走，她发现她的请求不能打动我，便到自己的丈夫和哥哥跟前哭诉。她丈夫答应给我丰厚的工资，她哥哥则要我卷起铺盖上路。他说，现在家里已没有女主人，他用不到女仆了。至于哈里顿，过不久副牧师会来照管他。这么一来，我只有一条路可走了：按照他们的吩咐去做。我对主人说，他把正派的人都打发走，只会使这个家败得快一点。我吻别了哈里顿，从此以后我和他就成了陌路人了。想到这就觉得奇怪，不过我已不再怀疑，他已经把艾伦·丁恩忘得一干二净了，忘了他曾经是她世上的一切，而她同样也是他世上的一切！

故事讲到这儿，女管家偶然朝壁炉上方的时钟瞥了一眼，她吃了一惊，发现时针已指到一点半。她一秒钟也不答应再多待了。说实话，我自已也宁愿让她的故事先停一停，以后再继续。现在她已经离开，去睡了。我又沉思了一两个小时，尽管我的脑袋和四肢又痛又疲乏，不想动弹，可我还是鼓起勇气起身去睡了。

第十章

这一隐士生活的开端多美好啊！一连四个星期在病床上辗转反侧，痛苦呻吟！啊，这阴冷刺骨的寒风，凛冽的北国天空，难以行走的道路，拖沓的乡村医生！啊，还有难得见到一张人脸！最糟糕的是，肯尼斯医生还对我说，不到春天，我就别想出门。真是太可怕了！

希思克利夫先生刚刚来拜访过我。大约在六七天前，他还送我一对松鸡——这是这个季节里最后捉到的一批了。这坏蛋，我的这场病，他可不是完全没有罪责。我真想当面这样对他说。可是，哎呀！我怎么能得罪这么一个人呢？他好心地在我的床边坐了足足一个小时，除了药片、药水、药膏和水蛭①之外，还讲了些别的事。

这倒是一段颇为舒适的时期。我的身体还太虚弱，不能看书，不过我觉得似乎可以享受一点什么有趣的东西了。何不叫丁恩太太上来讲完她的故事呢？她讲到的主要情节我都还记得。没错，我记得她的男主人公已经出走，三年没有音讯；女主人公结婚了。我准备打铃。她发现我能有兴致聊天，一定会很高兴的。

丁恩太太来了。

---

① 水蛭可用来吸血治病。

“先生，还得过二十分钟才吃药呢，”她说道。

“嘿，去他的！”我回答，“我是想要——”

“医生说，那种药粉你不能再服了。”

“十分愿意！你别打断我的话。过来，坐到这儿来。你的手别去碰那一大堆讨厌的药瓶。把你的编织活从口袋里拿出来——好了——现在你接着说希思克利夫先生的故事吧，从你上次打住的地方说起，要一直说到现在为止。他是不是在欧洲大陆上受完了教育，变成一个绅士回来了？还是他在大学里获得了减费生的名额？要不，是不是逃到美洲，在他的第二故乡吸取了膏血，从而有了名望？还是更干脆，就在英国靠拦路打劫发了横财呢？”

“也许所有这些行当他全都干过一点，洛克伍德先生，可究竟是怎么回事，我可说不清。我早就说过，我不知道他的钱是怎么搞来的。他的心灵原来已经陷进蒙昧无知，后来是怎么摆脱出来的，这我也不知道。不过，请别介意，要是你觉得这能让你解闷，不会使你感到厌烦，那我就照着我自己的方式讲下去了。今天早上你觉得好点了吗？”

“好多了。”

“这是个好消息。”

我随着凯瑟琳小姐一起来到画眉田庄。我虽然感到失望，然而让我欣慰的是，她的行为举止变得好多了，大大出乎我的意料。看来她几乎是过于喜爱林敦先生了，就连对他的妹妹，她也显得十分亲热。当然，他们兄妹俩对她也非常体贴关怀。不是荆棘偎依忍冬，而是忍冬拥抱荆棘。互相之间并没有让步迁就，而是一个笔直挺立，其余的全都服从依顺。既不会遭到反对，又不会受到冷遇，谁还能使性子、发脾气呢？我看得出，埃德加先生内心深处生怕惹她恼火，他对她一直隐瞒着这种害怕心理。可是，只要听到我对她的一些专横霸道的命令回答得口气比较生硬，或者看到别的仆人流露出不太乐意的脸色时，他就会皱起眉头显得不高兴，可他为自己的事是从来不会沉下脸来的。他曾多次严厉地批评我没有规矩，还说哪怕用刀子戳他，也比不上见到他太太烦恼难受。

为了不让一位仁慈的主人伤心，我渐渐地学会了克制自己的性子。有半年光景，那火药就像沙土似的摊在那儿毫无危害，因为没有火种凑近来引爆它。凯瑟琳时而也有闷闷不乐的时候，每逢这种时候，她的丈夫总是很尊重她，同情她，也陪着她默不作声。他认为这是她那场重病引起的体质上的变化，因为在那以前，她的心情从来没有抑郁过。一待阳光重新展露，他就又从心底射出阳光来欢迎。我相信，在那段日子里，他们真的享有不断增长的无限幸福。

可是，幸福完结了。本来嘛，人们最终必定还是替自己打算的，那些温和慷慨的人，只不过比专横霸道的人自私得正当一点罢了。一旦出现了什么情况，彼此感到自己的利益没有受到对方最为关心时，幸福也就完结了。

在九月的一个芳醇的傍晚，我正从花园里采了一大篮苹果回来。这时天色已暗，月亮从院子的高墙外照过来，使得房子不少突出部分的角落里，都潜伏着模糊的阴影。我把篮子放在厨房门口的台阶上，站着休息，还吸了几口柔和甘美的空气；我正背朝门抬头仰望着月亮，突然听到背后有个声音说：

“内莉，是你吗？”

这是个低沉的声音，带有外乡的口音；可是叫我名字的那口气，听起来非常耳熟。我转过身去看看是谁在说话，心里有点害怕，因为厨房门是关着的，刚才我走近台阶时，也没见到有人啊。

门廊里有什么在动。我往前走近几步，看清是个高个子男人，穿着一身深色衣服，一张黝黑的脸，一头黑发。他靠墙站着，手握着门闩，好像正打算自己开门进去。

“会是谁呢？”我心里想，“恩肖先生？啊，不！这不像他的声音。”

“我已经在这儿等了一个小时了。”就在我仍在发愣时，他又说了，“在这段时间里，四周围一直像死一样的悄无声息，我不敢擅自进去。你不认识我了吗？看看，我不是陌生人呀！”

一道光线落到他的脸上。两颊灰黄，一半被黑胡子遮住，两道眉毛低压，双眼深陷而且颇为特别。我想起了这双眼睛。

“什么!”我嚷了起来，拿不准该把他当作人还是当作鬼，我惊讶地举起了双手，“什么！你回来啦？真的是你吗？是吗？”

“是我，希思克利夫，”他回答说，目光从我身上移向高处的那排窗口，那儿映照出许多灿烂的月亮，但是里面没有透出灯光。“他们在家吗？她在哪儿？内莉，你怎么不高兴！你用不着这样惊慌不安呀！她在这儿吗？说呀！我要跟她说句话——跟你的女主人。去吧，就说有个人从吉默屯来，想见见她。”

“她得到这消息会怎么样呀？”我嚷了起来，“她该怎么办？这意想不到的事，真把我给难住了——这会让她昏了头的！你真的是希思克利夫？可是变啦！不，简直让人弄不清啦。你当兵了吧？”

“快进去给我传个话，”他不耐烦地打断我的话，“你不去，我可是像在地狱里呢!”

他拨开门闩，我走了进去。可是当我走到林敦先生和林敦太太正在里面的客厅门口时，我没法使自己往前走了。

最后，我总算想出了一个借口，问问他们要不要点上蜡烛，于是我推开了门。

他们俩正一起坐在窗前，格子窗贴墙打开着。从窗口望出去，可以看到花园中的树木，青翠的天然林苑，还有远处的吉默屯山谷，一道长长的白雾几乎旋绕到山顶（你只要一走过教堂，也许就会注意到，从沼泽地里淌出的淙淙细流，都流进了顺着山谷弯弯曲曲行进的小溪)。呼啸山庄就耸立在这银白色的雾气上方；不过从这儿却看不见我们的那幢老房子，它坐落在山那边稍低的地方。

这间屋子，屋子里的人，以及他们眺望着的景色，都显得异常的安谧、宁静。我实在不愿意完成我的任务；在问过要不要点上蜡烛之后，我竟然一字不提地走开了，这时我总算意识到自己太傻了，它促使我回转身来，低声说：

“有个从吉默屯来的人想见你，太太。”

“他有什么事？”林敦太太问道。

“我没问他，”我回答。

“好吧，把窗帘拉上，内莉，”她说，“把茶端来。我一会儿就回来。”

她离开了客厅。埃德加先生不经意地问了我一声，来的人是谁。

“是太太没想到的人，”我回答说，“就是那个希思克利夫——你还记得他吧，先生——他原来住在恩肖先生家的。”

“什么！那个吉卜赛人——那个小乡巴佬？”他嚷了起来，“你为什么不告诉凯瑟琳？”

“嘘！你可千万别拿这些称呼来叫他，主人，”我说，“她要是听到了，会使她很难过的。他出走时，她的心几乎都要碎了。我猜想，他这次回来，对她来说是一桩大喜事呢。”

林敦先生走到屋子那头一个能看到院子的窗口，打开窗子，向外探出身子。我猜想他们两个就在下面，因为林敦先生马上叫喊道：

“别站在那儿呀，亲爱的！如果是什么有关系的人，那就带他进来吧！”

没过多久，我就听到门闩咔嗒一声响，凯瑟琳飞奔上楼来了，她上气不接下气地像发了狂，激动得连高兴都不知道怎么表示了——说真的，瞧她脸上的那副模样，你还以为她有什么大难临头了呢。

“啊，埃德加，埃德加！”她喘着气，伸出双臂搂住他的脖子，“啊，埃德加，亲爱的！希思克利夫回来啦——他回来啦！”说着她使劲搂住他，把他搂得更紧了。

“得了，得了，”她的丈夫不高兴地喊了起来，“别为了这把我勒死啊！我从来没有想到他是这么一个稀世珍宝。也用不着高兴得发疯呀！”

“我知道你不喜欢他，”她回答说，把自己那狂热的欢乐稍微抑制住一些，“可是为了我，你们俩现在一定得做朋友。我叫他上来好吗？”

“来这儿？”他问，“到客厅里来？”

“不来这儿去哪儿呀？”她问。

他看来有点生气了，提议说，接待他还是厨房比较合适。

林敦太太朝他看了一眼，表情古怪有趣——对他那套过分的讲究，真是又好气又好笑。

“不，”她过了一会后说，“我不能坐在厨房里。在这儿放两张桌子吧，艾伦。一张给你主人和伊莎贝拉小姐坐，他们是上等人；另一张给希思克利夫和我，我们是低一等的人。这样你该满意了吧，亲爱的？还是我一定得另找个地方，重新生炉子？如果是这样，就请吩咐吧。现在我得跑下去留住客人啦。我真怕这桩喜事太大，变得都不像真的了！”

她正想再奔出去，可是埃德加把她一把抓住了。

“你去叫他上来吧，”他对我说，“凯瑟琳，你呢，高兴归高兴，可别做出荒唐的事来！这一家大小并不一定要看到你把一个逃跑的仆人，当作兄弟来欢迎的。”

我走到楼下，发现希思克利夫正在门廊下等着，显然已料到会请他进来。他没有多说话就随着我进来了。我把他带到主人和女主人的面前，他们那涨红的脸上还留着激烈争论过的痕迹。但是当她的朋友出现在门口时，太太的脸上焕发出了另一种感情。她跳上前去，握住他的双手，把他领到林敦跟前，然后抓住林敦那只不愿伸出的手，硬塞进他的手中。

这会儿，有了炉火和烛光的照亮，我比先前更惊讶地看清，希思克利夫已经完全变了样了。他已长成一个高大、健美的男子汉；在他的身旁，我的主人就显得瘦弱，像个少年了。他那笔挺的姿态，让人想到他一定参加过军队。他脸上的表情和果断的神色，也都比林敦先生老练多了。那副面容看上去很有才智，以前那种低贱落魄的痕迹，已经完全没有了。只有在那低压的双眉和充满黑色火焰的眼睛里，还潜伏着半开化的野性，不过已经给抑制住了。他的举止十分庄重，已经完全摆脱了粗野，虽说过于严肃，不够文雅。

主人的惊讶跟我一样，也许还超过了我。他愣着，一时间不知该怎么来招呼他所谓的小乡巴佬才好。希思克利夫放下他那只瘦小的手，站在那儿冷冷地看着他，等着他开口。

“坐下吧，先生，”他终于说，“林敦太太回想起往日的时光，要我热诚地接待你。当然，凡是能使她高兴的事情，我总是很乐意去做的。”

“我也是这样，”希思克利夫回答说，“特别是如果我也能参加的话。我很乐意在这儿待上一两个小时。”

他在凯瑟琳对面的一张椅子上坐了下来；她呢，一直盯着他看，好像生怕她把眼光一移开，他就会消失似的。他则不大抬眼看她，只是偶尔朝她飞快地瞥上一眼，可是每次收回目光时，一次比一次大胆地从她的眼睛中汲取了毫不掩饰的喜悦。

他们俩完全沉浸在共同的欢乐中，一点都不感到窘迫了。埃德加先生可不是这样。他一肚子的火，脸色也越来越苍白。当他的太太站起身来，走过地毯，重又抓住希思克利夫的双手，笑得忘了形时，他的这种情绪就达到顶点了。

“明天我会以为这是一场梦哩！”她大声嚷嚷道，“我怎么也不会相信，我又见到你了，又触摸到你了，还跟你说了话。可是，狠心的希思克利夫呀！你实在不配受到这样的欢迎啊。一去三年，一点音信也没有，你从来没有想到我！”

“比起你对我来，我还多想到你一点哩，”他低声咕哝说，“我是不久前才听说你已经结婚的，凯茜，刚才我在楼下院子里等你的时候，我做了这么个打算：我只是来见你一面——也许是惊讶地瞅上一眼，而且还假装高兴，接下去我就去跟亨德利算账，最后我再把自己结果掉，免得受法律制裁。你的欢迎打消了我的这些念头，不过当心，下次可别用另一种样子来欢迎我啊！不！你不会再把我赶走了。你真的为我伤心了，是吗？是啊，这不是没有道理的。自从我最后一次听见你的声音之后，我已经在生活中苦苦搏斗了一场啦。你一定得原谅我，因为我只是为了你才奋斗的！”

“凯瑟琳，我们要是不想喝冷茶，那就请到桌子旁来吧，”林敦打断了他们的谈话，极力保持住平时的声调和相当的礼貌说道，“不管希思克利夫先生今晚在哪儿过夜，他都还得走一段远路呢；再说我也渴了。”

她走到了茶壶的跟前；伊莎贝拉小姐听到打铃，也来了。我把他们的椅子搬到桌子旁边后，就退出了房间。

这顿茶点吃喝了还不到十分钟。凯瑟琳的杯子里根本没斟过茶，她吃不进也喝不下。埃德加泼了一些茶在他的茶碟里，大概也一口没有喝。

那天晚上，他们的客人逗留了不到一个小时。临走时，我问他是不是去吉默屯？

“不，去呼啸山庄，”他回答说，“今天早上，我去拜访恩肖先生时，他请我去住的。”

恩肖先生请他去住！他去拜访恩肖先生！他走了以后，我把这两句话苦苦地想了又想。莫非他变得有点像个伪君子了？他到这乡间来是来暗中捣乱的吗？我揣摸着。我心底里有一种预感，他还是不回来的好。

大约是半夜时分，我刚睡着不久，就被林敦夫人弄醒了。她溜进我的卧房，搬了把椅子坐在我床边，拉我的头发，硬把我给弄醒。

“我睡不着，艾伦，”她说，算是向我表示歉意，“我得有个活人做伴，跟我一起分享我的欢乐！埃德加在生气，因为我为一件他不感兴趣的事兴高采烈。除了一些赌气的傻话，别的他什么也不肯说。他还硬说我狠心、自私，他身体这么不舒服，困得要命，我还缠着要跟他说话。他老是这样，只要有一点不称心，就会生起病来！我说了几句称赞希思克利夫的话，不知是因为头痛还是妒忌，他竟哭起来了。所以我就从床上起来，撇下他来你这儿了。”

“你在他面前称赞希思克利夫有什么好处呢？”我回答说，“他们俩打从孩子的时候起就是冤家，要是希思克利夫听到你称赞他，同样也会恼恨的。这是人的天性呀。别在林敦先生面前提他了，除非你喜欢他们公开吵一场。”

“那不是表明他们有很大的弱点吗？”她追问道，“我就不妒忌别人。伊莎贝拉有一头光亮的黄头发，皮肤又白又嫩，长得既俊俏又文雅，全家人个个都疼爱她，我可从来没有为这苦恼过。就连你，内莉，每逢我们有什么事发生争执，你也总是马上向着伊莎贝拉，于是我就只好像个没主见的妈妈似的让步了。我叫她宝贝，把她哄得高高兴兴。看到我们俩亲亲热热，她哥哥满心喜欢，我也感到高兴。他们兄妹两个非常相像，他们都是被惯坏了的孩子，以为这个世界是为他们的生存创造的。虽然我总是顺着他们俩，可我同时又想，狠狠惩罚他们一下，也许会使他们有所改变。"

"你错了，林敦太太，"我说，"是他们顺着你哩。要是他们不这么做，我知道会弄成什么样。只要他们考虑到事事都让你称心如意，在一些无关紧要的地方你是会迁就他们一下的。不过总有一天，你们会在某种对双方都同样重要的事情上闹翻的。到那时候，你认为是软弱的人，很有可能跟你一样倔强哩。"

"到那时候，我们就要拼个你死我活了，是吗，内莉？"她笑着回答说，"不！我告诉你，我对林敦的爱情有这样的信心：我相信哪怕我杀了他，他也不会想对我报复的。"

我劝她说，为了他这份爱情，她就更应该尊重他。

"我是尊重他的呀，"她回答说，"可是他也用不着为一点小事就哭哭啼啼呀。这太孩子气了。我只说了希思克利夫如今值得每个人尊重了，就连最有名的乡绅也会以跟他结交为荣的，他听了就哭成泪人儿了，他本该赞同我的说法才是，而且还应该为能和我情投意合而感到高兴。他一定得看得惯他，甚至应该喜欢他。想想，希思克利夫多有理由反对他，我敢说，他的态度真是好极了。"

"你对他去呼啸山庄有什么看法？"我问道，"很明显，他各方面都改好了——完全像个基督徒了，向他周围的敌人都伸出友好的右手！"

"他做了解释了，"她回答说，"我也跟你一样感到奇怪。他说他去那儿是为了要向你打听我的消息，他以为你仍在那儿哩。约瑟夫把他的到来报告了亨德利。亨德利就出来了，盘问了他一通，问他一直在做些什么，怎么生活的，最后就要他进去了。屋子里有几个人坐在那儿玩牌。希思克利夫也加入了。我哥哥输了一些钱给他，发现他随身带的钱很多，就邀请他今天晚上再去，他答应了。亨德利真是太胡来了，交朋友也不谨慎选择，他都懒得去想想，一个他卑鄙地迫害过的人，他不应该给予信任的道理。不过希思克利夫则声明，他所以要跟从前迫害过他的人重新联系，主要是想找一个离画眉田庄不远可以徒步往返的住处，而且对我们一起生活过的那幢宅子，也有着一种眷恋之情。此外还怀有一个希望，希望我能有更多的机会去那儿看他，要是他住在吉默屯，我能去的机会就少了。为了能在呼啸山庄住下，他打算拿出一大笔租金。我哥哥见钱眼开，毫无疑问是会接受的。他一向贪财，尽管他这一只手搞来钱，那一只手马上会挥霍掉。”

“这倒是个年轻人的好住处！”我说，“你不怕会闹出什么事来吗，林敦太太？”

“我才不用为我的朋友担心哩，”她回答说，“他那坚强的头脑会使他避开危险的；我倒是有点为亨德利担心；不过，他的道德总不至于比现在还堕落吧。而且有我在中间挡着，皮肉上是不会受到伤害的。今天晚上的事情，使我跟上帝和人类又言归于好了！我曾经满腔怒火地起来反抗上帝。哦，我受了多么、多么痛苦的折磨啊，内莉！要是让那人知道我受了多大的苦，而在我的痛苦已消除的今天，他却用无缘无故的怒火来使它蒙上阴影，他是会为这感到羞愧的。我所以独个儿承受这一切，是出于对他的一片好心。要是我把时时感到的痛苦吐露出来，就会使他懂得，他也该像我一样迫切地渴望减轻痛苦。不过，事情已经过去了，我并不想跟他的愚蠢算账。从今以后，我什么都能忍受了！即使世上最下贱的东西在我脸上打了一个耳光，我不仅要把另一边脸转过去让他打，还要请他原谅我惹恼了他。作为一个证明，我现在马上就去跟埃德加和好。晚安！我成了一个天使啦！”

她满怀着信心，沾沾自喜地走了。

第二天，一看就知道她已成功地实现了自己的决心。林敦先生不仅不再生气（尽管他的情绪仍被凯瑟琳洋溢的欢快所抑制），而且居然没反对她下午带伊莎贝拉一起去呼啸山庄。她用这样热情的甜言蜜语来回报他，使得这个家接连好几天变得像一座天堂，主仆们全都得以从这无穷的和煦阳光中受益。

希思克利夫——往后我得称呼希思克利夫先生了——开始很谨

慎，不随便使用来画眉田庄拜访的自由，他似乎在试探，田庄主人对他的闯入能容忍到多大程度。凯瑟琳也觉得，在接待他时，自己的欢乐表情有所节制也是明智的。就这样，他逐渐取得了他所期望的权利。

他基本上还保留着童年时代就很明显的沉默寡言，这有利于克制住感情上的一切惊人流露。主人的不安暂时平息下来了，而情况的发展，又把他的不安暂时转移到另一个方面去了。

原来，他的新烦恼源于伊莎贝拉的一件意想不到的不幸事件。她对这位勉强受到接待的客人，突然产生一种不可抗拒的爱慕之情。当时她还是个十八岁的迷人的小姐，举止都还带着稚气，虽然才思敏捷，感情丰富，惹恼时脾气也不小。她的哥哥一直十分疼爱她，对她的这种荒唐的爱情简直吓坏了。且不说跟这样一个出身不明的人联姻，有辱家族门楣，也不说自己若无子嗣，家财会落入此人之手，他对希思克利夫的为人也一清二楚；他知道，虽说他的外表有了改变，可是他的本性并没有变，也是不可能改变的。而且他害怕这种人，也厌恶这种人，把伊莎贝拉交托给这样的人，他连想都不敢想下去。

他要是知道她的这种恋情完全是她自动产生，对方也没有以动情相回报，那他就更加不敢想下去了。他一发现这回事，就怪到希思克利夫头上，总以为是他精心策划出来的。

有一段时间，我们都看出林敦小姐不知为什么心烦意乱，痛苦忧伤。她变得脾气很坏，让人讨厌，对凯瑟琳说话老是恶声恶气，还常常揶揄她，眼看就有耗尽她嫂嫂那点有限的耐心的危险。我们都原谅她几分，只道她身体不好。我们眼看她一天天地消瘦憔悴下去。可是有一天，她竟特别任性，怎么也不肯吃早饭，抱怨仆人们不听她的吩咐，女主人听任她被人不当一回事，埃德加也不管她，还抱怨门开着害她受了凉，我们故意让客厅里的炉火灭了存心气她，怨这怨那，全是鸡毛蒜皮的事，一百条也不止。林敦太太用严厉的口气叫她立即上床睡去，狠狠地把她训了一顿，还吓唬她要去请医生来。

一听到要去请肯尼斯，她马上大声申辩说，她的身体好好的，她所以不快活，全是因为凯瑟琳的冷酷无情。

“你怎么能说我冷酷无情呢，你这个淘气的小傻瓜？”女主人叫了起来，对她这种毫无道理的指责感到十分惊讶，“你一定是发昏啦。告诉我，我什么时候冷酷无情了？”

“昨天，”伊莎贝拉抽泣着说，“还有现在！”

“昨天！”她嫂嫂说，“什么时候呀？”

“我们在荒原上散步的时候。你要我爱往哪儿走就往哪儿走，你自己却跟希思克利夫先生一起闲逛！”

“这就是你说的冷酷无情？”凯瑟琳笑了起来，说，“这并不是嫌你在一起多余呀！我们并不在意你跟不跟我们在一起，我只不过以为希思克利夫的话你听了不会有什么兴趣。”

“哦，不，”小姐哭着说，“是你希望我离开，因为你知道我喜欢待在那儿！”

“她神志正常吗？”林敦太太转向我求助，问道，“我可以把我们的谈话逐字逐句地重复一遍，伊莎贝拉，你就把其中对你有吸引力的话指出来吧。”

“我不在乎谈话，”她回答说，“我是要跟——”

“说吧！”凯瑟琳说道，看出她在犹豫，是不是要把这句话说完。

“要跟他在一起。我不愿老让人打发走！”她接着说，情绪激动起来，“你是马槽里的一条狗①，凯茜，而且除了你自己，你希望谁也不要让人爱上！”

“你是只胡闹的小猴子！”林敦太太吃惊地叫了起来，“不过我不相信会有这种蠢事！你想要得到希思克利夫的爱慕是不可能的——你居然把他看成一个可爱的人！但愿我是误解了你的意思了，是吗，伊莎贝拉？”

“不，你没有误解，”这着了迷的姑娘说，“我爱他胜过你爱埃德加；而且只要你同意他爱，他也会爱我的！”

---

① 源出《伊索寓言》，意为自己不能享用，又不让别人享用。

"那样的话，即使你有王位坐，我也不愿意！"凯瑟琳坚决地声明，看来她说的像是真心话，"内莉，你来帮帮我吧，让她明白她是疯了。告诉她希思克利夫是怎样一个人。他是个野性未改的人，粗俗无礼，没有教养，是片只有荆豆和岩石的荒野。要我让你把你的心交给他，我宁愿在冬天时把那只小金雀放进林园！可惜你太不了解他的性格了，孩子，不是别的，就是这使你的头脑里产生了那种梦幻。求求你，千万别以为在他那副严峻的外表下，深藏着爱心和柔情！他不是一块未经琢磨的钻石——不是一只表面粗糙的含珠之蚌，而是一个像狼一般凶残无情的人。我从来不对他说，'放过这个或那个仇人吧，因为你伤害他们就是你气量小，残忍。'而是说，'放过他们吧，我绝不答应有人伤害他们。'要是他发现你是个累赘，伊莎贝拉，他会把你像捏只雀蛋似的捏得粉碎。我知道他绝不会爱上一个林敦家的人，不过他很可能会和你的财产和可望继承的遗产结婚。贪婪跟着他一起成长，已经成了他一种积重难返的恶习。这就是我对他的写照。而且我是他的朋友——正因为如此，要是他真的打算要把你弄到手，也许我还会闭紧嘴巴，让你掉进他的陷阱里去哩。"

林敦小姐怒气冲冲地瞪眼看着她嫂嫂。

"你真不要脸，真不要脸！"她生气地重复说，"你比二十个敌人还要坏，你这个恶毒的朋友！"

"啊，这么说，你不相信我？"凯瑟琳说，"你认为我说这些话是出于坏透的自私心？"

"我认为你正是这样，"伊莎贝拉回嘴说，"而且我一想到你就要发抖！"

"好吧！"对方叫了起来，"要是你这样想，那你就自己去试试吧。我已经没有什么好说的，你这样傲慢无礼，我不跟你多费唇舌了。"

"可我还得为她的自私自利受苦！"林敦太太离开房间后，伊莎贝拉抽泣着说，"一切的一切，全都在跟我作对。她毁了我唯一的安慰。可她说的全是谎话，还不是吗？希思克利夫先生绝不是一个恶魔，他有一个值得尊敬的灵魂，一个真诚的灵魂，要不他怎么还会记得她呢?”

“别再想他了，小姐，”我说，“他是一只不祥的恶鸟，不配做你的伴侣。林敦太太话虽说重了一些，可我没法驳她。她比我，比任何人都更清楚地了解他的心地，而且她绝不会把他说得比他本人更坏。真诚的人是不会隐瞒他们的所作所为的。这些年他是怎么生活过来的?怎么发的财?他为什么要住在呼啸山庄，住在他所痛恨的仇人家里?人们说，打从他来了之后，恩肖先生越来越不像话了。他们整夜整夜地一块儿赌博、喝酒。亨德利把他的田地都抵押出去了，他现在干脆除了赌博和喝酒，什么事也不干。我只是在一个星期前才听说的——是约瑟夫告诉我的——我在吉默屯遇见了他。

“‘内莉，’他说，‘我们那家人差点得请验尸官来验尸啦。他们中间有一个险些砍下了自己的手指，他为了拦住对方，竟像个笨小子似的往自己手上扎了一刀。我说的就是主人，你知道，他真够得上受末日审判啦。审判的法官他谁也不怕，不管是保罗、彼得，还是约翰、马太①，他全都不怕！他好像还想拿他的厚脸皮对着他们哩！还有你那个乖孩子希思克利夫，你知道，他可真是个少有的人物！不仅对任何人，哪怕真正的魔鬼在开玩笑，他也能对他咧着嘴笑。他去田庄时，就从来没有说起过他在我们那儿过的美妙生活吗?日子是这么过的——太阳下山时起床，掷骰子，喝白兰地，关上百叶窗，点上蜡烛，一直到第二天中午；然后，那个傻瓜才满口脏话、骂骂咧咧地回自己的房间，使正派的人都羞得赶忙用手指塞住自己的耳朵。至于那个坏蛋呢，哼，他倒是点清赢到的钱后，吃喝一通，睡上一觉，然后到邻居家和人家的老婆闲聊瞎扯。当然喽，他不会告诉凯瑟琳小姐，她父亲的钱财是怎么流进他的口袋的，她父亲的儿子在堕落的道路上飞奔，他是怎么赶到他前头为他打开一道道栅栏的。’听着，林敦小姐。约瑟夫是个老混蛋，但不是个说谎的人。如果他说的希思克利夫的种种行径都是真的，你绝不会想要这样一

① 均为耶稣的使徒。

个丈夫吧，是吗?”

“你跟他们是串通一气的，艾伦!”她回答说，“我不要听你的诽谤。你们多恶毒啊，硬要我相信这世界上没有幸福!”

要是由着她去，她会从这种痴心妄想中清醒过来呢，还是一直执迷不悟，我可就说不准了。她也很少有时间多想了。第二天，邻镇有个审判会议，我的主人不得不前去参加。希思克利夫先生得知他有事外出，便比往常早得多前来拜访。

凯瑟琳和伊莎贝拉正坐在书房里，双方都怀着敌意，但谁也没有吭声。伊莎贝拉想到自己最近言行有些冒失，而且一怒之下还泄露了内心的隐情，心中不免有点惊慌不安。凯瑟琳对这件事前后考虑了一番后，对小姑则真的生气了。她暗自打定主意，要是下次再取笑她的无礼时，定要让她知道，这对她来说可不是什么可笑的事。

当她看到希思克利夫从窗口经过时，她真的笑了。这时，我正在清扫炉子，我注意到她的嘴角露出一丝恶意的微笑。伊莎贝拉想什么想得出了神，或者是正在专心看书，直到门打开时，她都坐在那儿一动没动；要想躲避已经太迟了，要是来得及躲开的话，她真想一躲了之。

“请进，你来得正好!”女主人开心地叫了起来，往壁炉旁拖了一张椅子，“这儿有两个人正急着盼望有个第三者来融解她们之间的冰块呢。你正好是我们俩都会选中的人。希思克利夫，我终于有幸给你引见一位比我更爱慕你的人了。我希望你感到荣幸。不，不是内莉，别朝她看！是我可怜的小姑子，她一心思念你的形体美和精神美，把一颗芳心都想碎啦。愿不愿做埃德加的妹夫，全在你了!不，不，伊莎贝拉，你不能跑掉，”她接着说，带着假装闹着玩的神气，一把抓住那个不知所措、已经愤慨地站起身来的姑娘，“为了你，希思克利夫，我们俩昨天争吵得像两只猫打架似的，在表明对你的挚爱和倾慕方面，我完全给打败了。而且我还得到通知，只要我识趣站到一边，我的情敌——她自认是我的情敌——就能一箭射中你的心，使你永远倾心于她，而把我的身影永远遗忘!”

“凯瑟琳!”伊莎贝拉说，想起了自己的尊严，不屑硬从那紧紧抓住她的手中挣脱出来，“我谢你了，说实话，别诋毁我，哪怕是闹着玩！希思克利夫先生，行行好，叫你的这位朋友放开我吧。她忘了你我之间并不太熟识。这事她觉得有趣，对我可有着说不出的痛苦呢。”

客人没有作答，顾自坐了下来。至于她对他怀有什么感情，看来他丝毫都不在意。她只好转过身来，低声央求折磨她的人放了她。

“决不！”林敦太太大声回答，“我可不愿再让人叫作马槽里的一条狗了。现在你得待在这儿。就这么着！希思克利夫，听了我的这个好消息，你为什么不表示高兴呀？伊莎贝拉发誓说，我对埃德加的爱，比起她对你的眷恋来，根本就算不上什么了。我敢肯定，她说过这样的话，是不是，艾伦？而且自从前天散步回来，她就又伤心又生气，一直不吃不喝，就因为我把她从你身边打发走了，我原以为跟你在一起她会不合意哩。”

“我看你是对她误解了，”希思克利夫说，把椅子转过来对着她们，“不管怎么说，现在她是希望离开我身边的！”

说完他就死死盯着这个谈论的对象，那神情就像一个人在盯着一种罕见的、可憎的生物，譬如说一条印度的蜈蚣。尽管它的样子让人厌恶，但是出于好奇，人们还是会细细看它的。

这可怜的小东西再也受不了啦。她脸上一忽儿红一忽儿白，睫毛上沾着泪珠，竭力想用她那纤细的手指掰开凯瑟琳那紧抓着的手，可是她刚从自己的手臂上掰开一个手指，另一个手指立刻又抓住了，她怎么也没能同时掰开全部手指。于是她就利用起她的手指甲来了，那锋利的指甲顿时就在扣留她的人手上，点缀上几个红红的月牙印子。

“好一只母老虎！”林敦太太大叫起来，急忙把她放开，痛得直甩手，“滚开，看在上帝的份上，把你那张泼妇脸藏起来吧！当着他的面就露出爪子，多蠢呀！你不想想他会有什么看法吗？瞧，希思克利夫！这些可是杀人工具哩，你得当心你的眼睛啊！”

“要是它们威胁到我，我就把它们从手指头上拔下来。”当她出去后关上门，他残忍地回答说，“可是，凯茜，你拿那个小东西这样来取笑，是什么意思呢？你说的不是实话吧，是吗？”

“我向你保证，我说的全是实话，”她回答说，“这几个星期来，她想你真是想苦了，今天早上又为你发了一阵疯，还把我骂了个狗血喷头，因为我如实说了你的缺点，为的是想冷却一下她的一片痴心。不过你也不必再理会这事了，我只是想治一治她的无礼罢了。我亲爱的希思克利夫，我太喜欢她啦，我是绝对不会让你把她抓住一口吞掉的。”

“我可是太不喜欢她啦，所以根本没有想到要这么做，”他说，“除非用一种非常残忍的方式。要是让我跟那张让人恶心的蜡脸住在一起，那你就会听到不少新鲜事儿了。最平常的就是，每隔一两天她的白皮肤上就会画上彩虹的颜色，而且蓝眼睛也会变成黑眼睛；她那双眼睛和林敦的一个样，实在让人讨厌。”

“让人喜欢！”凯瑟琳说，“那是鸽子的眼睛——天使的眼睛！”

“她是她哥哥的继承人，是吗？”他沉默了一会儿后问道。

“这样想，我心里就要难受了。”他的同伴回答，“要是老天保佑，会有半打侄子来取消她的继承权哩。你还是别老想着眼前这件事了吧，你也太贪图邻居的财产了。记住，你这家邻居的财产是我的。”

“如果这份财产归了我，那还不是一个样。”希思克利夫说，“不过伊莎贝拉·林敦尽管蠢，倒也一点儿不疯。好了，听你的话，我们不谈这事了。”

他们嘴上是不谈这事了，也许凯瑟琳真的已把这事忘记，可是另一个人，我总觉得那天晚上他时时在想着这件事。每当林敦太太有事离开房间时，我就看到他独自一个人在笑——不如说在狞笑——而且陷入一种阴险的沉思之中。

我打定主意要留心他的动向。我的心始终在主人这一边，而不是在凯瑟琳那边。我自认为是有理由的，因为他仁慈、忠厚、正直，而她——她不能说完全相反，可是她似乎太放任自己了，我对她的为人准则不太相信，对她的感情更少同情。我真盼望发生一件什么事，可以让呼啸山庄和画眉田庄的人摆脱希思克利夫，让我们能够像他没来以前那样过日子。他的拜访对我来说就像是没完没了的噩梦，我想对我的主人也是这样吧。他住在呼啸山庄，给了人一种说不出来的压迫感。我觉得上帝已抛弃了这只迷途的羔羊，任凭它胡乱游荡，而一只恶兽来到了它和羊栏之间，正在等待时机，准备扑过来吃掉它。

第十一章

有时候，我独自默想着这些事情时，心中会突然感到一阵害怕，便站起身来戴上帽子，想去呼啸山庄看看情况到底怎么样了，我在良心上觉得我有责任去警告他，人们如何在议论他的行为；可是接着我马上又想到他顽固的恶习，要想使他改好已经毫无希望，也就停住了脚步，不想再踏进那座败落的宅院，怀疑我的话人家到底是不是听得进。

有一次，我去吉默屯，特意绕道经过那古老的大门。大概就在我的故事正讲到的那段时期吧，是个晴朗而寒冷的下午，地上光秃秃的，道路又干又硬。

我来到一块大石头跟前，从这儿，大路岔开了，靠你左手的一条通向荒原。路口立着一根粗糙的砂石柱，它的北面刻有“W. H.”两个字母，东面刻有“G.”，西南面则刻有“T. G.”①，这就作为去田庄、山庄和镇上的指路牌了。

太阳把柱子的灰色顶端照得黄澄澄的，使我想起夏天的日子。我说不上为什么，只觉得突然间一股童年时的情感涌上了心头。二

① “W. H.”“G.”和“T. G.”分别为“呼啸山庄”“吉默屯”和“画眉田庄”的英文原文缩写。

十年前，亨德利和我就把这儿当作最喜欢的地方。

我朝这块饱受风雨侵蚀的岩石注视了很久。后来又蹲下身子，发现岩脚那个石洞里，还是堆放着蜗牛壳和小卵石。从前，我们最喜欢把这些东西和一些容易坏的东西藏在这儿。我这样回想着，我童年的游伴像现实般鲜明地出现在我的眼前，他正坐在干枯的草地上，黑黑方方的头朝前俯着，他的小手正在用一片石片挖土。

“可怜的亨德利！”我不由自主地喊出声来。

我吓了一跳，我的肉眼一时受骗，竟以为看到那孩子抬起头来，直朝我望着！这张脸一眨眼工夫就消失了，可是我立刻感到一种无法抑制的渴望：到呼啸山庄去一趟。迷信的思想促使我遵从这一突然的愿望。我心里想，也许他已经死了！——或者快要死了！——说不定这是个死亡的征兆吧！

我越走近那座宅院，心里就越激动。待到一看见它，我的四肢都发抖了。那个幻影却赶在了我的前面，它站在那儿，从栅栏门里朝我望着。这是我看到那个男孩时的第一个念头，他头发卷曲、褐色眼睛，把他的红脸蛋靠在栅栏横木上。我接着一想，想起这一定是哈里顿——是我的哈里顿，自从我十个月前离开他以来，他并没有多大变化。

“上帝保佑你，宝贝！”我叫了起来，顿时忘掉了我那愚蠢可笑的恐惧，“哈里顿，是内莉呀！内莉，你的保姆呀！”

他却朝后退着，不让我的手碰到他，还捡起了一块大石头。

“我是来看你爸爸的，哈里顿，”我接着说，从他的举动可以看出，即使内莉还留在他的记忆中，他也不认识我就是内莉了。

他举起石头想要扔过来，我赶紧跟他说好话，可是没能叫他住手不扔。石头击中了我头上的帽子，接着，从这小家伙的嘴里，还结结巴巴地吐出了一大串的咒骂；也不知道他是不是懂得自己在骂些什么，可是他骂得有腔有调的，十分老练，还把他那张稚气的小脸扭曲成恶狠狠的凶相。

你可以相信，看到这，更多的是使我感到痛心，而不是恼怒。我几乎都要哭出来了。我从口袋里拿出一只橘子，用这来求得跟他和解。开始，他犹豫了一会儿，接着便一把从我手中把橘子抢了过去，好像他认为我只是想拿这哄他，引他上当似的。

我又拿出一只给他看，不让他的手够得着。

“谁教你这些好听的话的，我的孩子？”我问道，“是牧师吗？”

“去他妈的牧师，还有你！把那个给我！”他回答说。

“告诉我你在哪儿念书，我就给你，”我说，“你的老师是谁？”

“该死的爸爸，”他回答说。

“你跟爸爸学了些什么呢？”我接着问。

他跳起来想抢橘子，我把手举得更高些。“他教了你一些什么呢？”我又问。

“什么也没教，”他说，“他只叫我离他远些，爸爸受不了我，因为我要骂他。”

“啊！是魔鬼教你骂你爸爸的？”我问道。

“嗯——不是，”他慢吞吞地说。

“那么是谁呀？”

“希思克利夫。”

我问他是不是喜欢希思克利夫先生。

“是！”他又回答说。

我很想知道他喜欢希思克利夫的理由，可是只得到了这么几句回答：“我不知道。爸爸怎么对付我，他就怎么对付爸爸——爸爸骂我，他就骂爸爸。他还说，我想干什么，就可以干什么。”

“那么牧师没有教你读书写字？”我追问道。

“没有。听说牧师要是敢跨进大门，定把他的——门牙打进他的——嗓子眼里——希思克利夫这样说过！”

我把橘子放到他手里，叫他去告诉他父亲，有个叫内莉·丁恩的女人，在花园门口等着要跟他说话。

他走上石铺路，进屋去了。可是，亨德利没有来，希思克利夫却出现在门口的石级上，我立刻转身，尽快地拼命沿大路逃跑，一步未停地一直跑到指路牌那儿，吓得简直就像是遇上了一个鬼怪。

这事跟伊莎贝拉小姐的事并没有多大关联，只是这促使我进一步下决心严加提防，尽我所能来制止这种恶劣影响蔓延到画眉田庄来，哪怕我因此会开罪林敦太太，引起一场家庭风波。

希思克利夫下一次来时，我家小姐正巧在院子里喂鸽子。她已经三天没跟嫂子说过一句话，不过她也不再烦躁地怨这怨那了，这让我宽心不少。

我知道，希思克利夫对林敦小姐向来没有做不必要的客套的习惯，可是现在，一看到她，他的第一个戒备动作是迅速朝屋子正面扫视一下。我正站在厨房的窗前，不过我急忙躲开了他的目光。然后他才走过石铺路，来到她跟前，和她说了些什么话。她好像很窘，想走开；为了要拦住她，他抓住了她的胳臂。她把脸转向一方，显然是他对她提了个她不想回答的什么问题。他又迅速地朝屋子这边扫了一眼，以为没有人看见，这恶棍居然厚颜无耻地拥抱了她。

“犹大①！叛徒！”我突然叫出声来，“你还是个伪君子，不是吗？一个存心不良的骗子！”

“你说谁呀，内莉？”我身旁响起了凯瑟琳的声音。我正全神贯注地看着院子里的那一对，竟没有察觉她进来。

“你那位一文不值的朋友！”我激动地回答说，“就是那边那个偷偷摸摸溜进来的流氓。啊，他已经朝我们看了一眼了——他进来啦！看他还有没有办法找到什么花言巧语来为自己开脱，他对你说他恨小姐，暗地里却在向她求爱！”

林敦太太看到伊莎贝拉挣脱开身子，跑进了花园。过了一会儿，希思克利夫就推门进来了。

我忍不住想要发泄一下胸中的怒火，可是凯瑟琳生气地坚持要我住口，还威胁我说，要是我再敢这样放肆地多嘴多舌，她就要命令我离开厨房了。

“听你的口气，人家还以为你是这家的女主人哩！”她大声说，“你要守自己的本分！希思克利夫，你这是干什么，惹出这样的事

① 耶稣十二门徒之一，因贪图金钱背信弃义出卖耶稣，使耶稣被敌人钉上十字架。

来？我跟你说了，叫你千万别去招惹伊莎贝拉！——我求你别这样，除非你不想再来这儿做客了，盼望林敦给你吃闭门羹！”

“上帝不许他这么做的！”那恶棍回答说。这时我真是恨透他了。“上帝要他温顺、容忍！我每天都想着要送他进天堂，想得越来越疯了呢！”

“嘘！”凯瑟琳说，关上通里面的门，“你别给我找麻烦啦。你为什么不理会我的请求呢？是她有意遇上你的吗？”

“这跟你有什么关系？”他怒气冲冲地回答说，“只要她愿意，我就有权吻她，你可没权反对。我不是你的丈夫，你用不着为我妒忌！”

“我不是为你妒忌，”女主人回答，“我是为了爱护你。脸色放开朗点，你用不着对我皱眉头！要是你喜欢伊莎贝拉，那你就娶她好了。可是你喜欢她吗？说实话吧，希思克利夫！瞧，你不肯回答了，我就知道你并不喜欢她！”

“再说，林敦先生会同意把妹妹嫁给他吗？”我问道。

“林敦先生会同意的，”我家太太断然回答说。

“他用不着操这份心，”希思克利夫说，“没有他的同意，我照样能办到。至于你，凯瑟琳，既然我们谈到这事，现在我倒想到有几句话要对你说。我要你明白，我是知道的，你待我太狠心了——太狠心了！你听见吗？要是你自以为我没有觉察到，那你真是个傻瓜了。要是你认为用几句甜言蜜语就可以使我心平气和，那你就是个白痴。要是你幻想我会忍着不想报仇，那我就要让你相信，事情完全相反，而且用不着多久！同时，我还要谢谢你告诉我你小姑的秘密。我发誓要大大地利用它。你就靠边站吧！”

“这又是他搞的什么新花招啊？”林敦太太吃惊地叫了起来，“我待你太狠心了——所以你要报仇！你要怎么报仇，你这忘恩负义的畜生？我怎样狠心对待你了？”

“我并不是要找你报仇，”希思克利夫回答说，火气稍减，“我的计划不是这样。暴君压迫他的奴隶，奴隶们不起来反抗他，而是欺压比他们更低下的人。为了你高兴，我心甘情愿地任凭你把我折磨到死，只是也得允许我用同样的方式为自己找点乐趣，另外还求你千万别侮辱我。既然你已把我的王宫夷为平地，就不要再搭一间茅屋，赏给我做家，还得意地夸耀自己的善行了。要是我认为你真的希望我娶伊莎贝拉，那我真该割断自己的咽喉了！”

“啊，坏就坏在我没有妒忌，是吗？”凯瑟琳提高嗓门说，“好吧，我下次决不再给你说亲了，这就像把一个迷途的灵魂送给撒旦一样糟糕。你的欢乐，跟撒旦一样，就是让人受苦受难。你自己证实了这一点。你来时，埃德加发过一顿脾气后刚消了气，我也才安心平静下来。而你，一知道我们相安无事，就不安了，看来你是有意要惹起一场争吵。要是你高兴，希思克利夫，就跟埃德加去吵吧，还可以拐走他的妹妹。算是让你找到一个报复我的最好办法了。”

谈话停止了，林敦太太在壁炉边坐了下来，两颊绯红，心情沉重。原来任她使唤的人越来越不听话了，她既没法压服他，又不能驾驭他。他则抱着双臂，站在炉边，动着他的那些坏念头。我就在这种情况下，离开他们去找主人。主人正在纳闷，什么事情让凯瑟琳在楼下耽搁了这么久。

“艾伦，”我一进去他就问道，“你看见太太了吗？”

“看见了，她在厨房里，先生。”我回答，“她让希思克利夫先生的行径搞得很不高兴呢。说实话，我也觉得对他的来访，该是另做安排的时候了。太随和了反而有害，弄得现在出了这样的事——”于是我就讲了院子里发生的那一幕，还大着胆子，把接着发生的整个争吵叙述了一番。我认为，我的一番话对林敦太太并不会很不利，除非以后她袒护起自己的客人来。

埃德加·林敦好不容易才听完我的话。他开头的几句话就表明，他并不认为他的妻子是没有过错的。

“实在太气人了！”他大声叫嚷道，“她把他当成朋友，还硬要我跟他交往，真是太丢脸啦！给我到大厅里去叫两个人来，艾伦。不许凯瑟琳再在那儿跟那个下流的恶棍多费口舌了——我已经对她太迁就了。”

他下了楼，吩咐两个仆人在过道里等着，便朝厨房走去，我跟随在后。厨房里的两个人又火气十足地争论开了。至少是林敦太太重又起劲地在责骂着。希思克利夫已走到窗前，垂着头，显然是被她痛骂得有些气馁了。

他先看到了主人，便赶忙做了个手势要她别说了。她一发现他暗示的原因，便立即听从地住了嘴。

“这是怎么回事？”林敦朝她问道，“这个流氓对你说了那样的话，你还待在这儿，你这讲究的是哪门子礼貌呀？我猜想，因为他平时的谈吐就是这样，你也就觉得没什么了。你已经习惯他的下流，也许以为我也能习惯吧！”

“你是在门外偷听的吧，埃德加？”女主人问道，用的是一种特意要激怒丈夫的口气，表示她根本不在乎，也不屑理睬他是不是会生气。

在主人说话的时候，希思克利夫抬眼朝他打量着，现在听了凯瑟琳的这句话，便发出一声冷笑，目的似乎是有意要引起林敦先生对他的注意。

他成功了，可是埃德加却无意对他发什么大脾气。

“我一直以来对你都很容忍，先生，”他平静地说，“并不是说我不知道你那卑鄙下流的品质，而是我觉得这事的责任不全在于你，而且凯瑟琳又希望跟你保持来往，我也就默许了——这很傻。你的到来是一种道德上的毒素，能把最有德行的人都玷污了。为了这个缘故，也为了防止产生更糟的后果，今后我不许你再进我的家门，现在我通知你，你马上给我离开。要是再耽搁三分钟，我就要把你赶走，让你下不了台了。”

希思克利夫用充满嘲弄的目光，上下左右打量着说话的人。

“凯茜，你的这只羔羊吓唬起人来倒像头公牛哩！”他说道，“它的脑袋要是碰上我的拳头，只怕有粉碎的危险呢！说实话，林敦先生，我很抱歉，你还不配让我一拳打倒呢！”

我的主人朝过道望了一眼，又暗示我去把人叫来。他可不想冒险一个对一个相拼。

我听从了他的指使。可是林敦太太有点疑心，跟了过来。我正打算招呼那两个人时，她把我拖了回来，关上门，还上了锁。

他先看到了主人，便赶忙做了个手势要她别说了。她一发现他暗示的原因，便立即听从地住了嘴。

“手段要正当!”她说，这是她对丈夫气愤惊讶脸色的回答，“要是你没有勇气朝他扑上去，就向他道歉，或者让自己挨打，也好改掉你这种混充好汉的气派。不行！你要拿这钥匙，我就把它吞下去！我待你们俩一片好心，竟得到这样让人高兴的报答！一个天性软弱，一个生来粗暴，两个我都一味纵容，结果得到的是两种莫名其妙的怨恨，愚蠢得简直可笑！埃德加，我一直在守护着你和你的一切。我真恨不得让希思克利夫狠狠抽你一顿，你竟敢把我看成这么坏!”

根本用不着抽打，这就已经在主人身上产生抽打的效果了。他试图从凯瑟琳手中夺过钥匙，她为了万无一失，把钥匙一下扔进壁炉中炉火最旺的地方。这一来，埃德加先生突然神经质地全身颤抖起来，他的脸色变得一片死白。他怎么也无法抑制住这种感情的激动；痛苦夹杂着羞辱，完全把他给打倒了。他靠在一张椅背上，双手捂住了脸。

“哦，天哪！在古时候的话，这还能让你赢得一个骑士的封号哩!”林敦太太嚷道，“我们给制服啦！我们给制服啦！希思克利夫要是会对你动手，那可真像一个国王带了大队人马去攻打一窝小老鼠了。放心吧，没人会来伤害你的！你这副模样连只羔羊都算不上，简直是一只正在吃奶的小兔子!”

“我祝愿你从这个没有血气的懦夫身上得到欢乐，凯茜!”她的朋友说道，“我真佩服你的眼光，你不要我，却看中这么个瑟瑟发抖、淌着口水的东西。我不想让他尝我的拳头，不过用脚踢踢他，我倒是很乐意的。他是在哭鼻子吗，还是吓得要昏过去了?”

这家伙走上前去，把林敦靠着的椅子推了一把。他要是站得远一点就好了，我的主人飞快地站直身子，对着他的喉头就是狠狠一拳，要是他瘦小一点的话，早就给打倒在地了。

这使得希思克利夫一时喘不过气来，就趁他闷住的时候，林敦先生从后门走出，到了院子里，然后又从那儿走到前门。

“瞧，从此你再也不能来这儿啦!”凯瑟琳大声说道，“现在快走吧，他会带一对手枪、半打帮手回来的。要是他真的听到了我们的谈话，他当然就绝不会原谅你了。你干的事可是对我大大不利啊，希思克利夫！不过你还是走吧——快走！我宁愿眼看埃德加走投无路，也不愿让你落入困境啊。”

“我喉头挨了那么火辣辣的一拳后，你以为我就会这样走掉吗？”他大发雷霆，“我要指着地狱发誓，决不走，在我跨出这门槛之前，我要把他的肋骨一根根都捣碎，变成烂榛子一般！要是我现在不摆平他，日后我总有一天会杀了他。所以，你既然爱惜他那条小命，那就让我抓住他揍一顿吧！”

“他不会来了，”我插嘴说，撒了个谎，“那儿来了一个马车夫和两个园丁。你该不会等他们来把你扔到大路上去吧！他们每个人手里都拿着一根棍子。很可能主人正在客厅的窗前，看着他们执行他的命令哩！”

园丁和马车夫确实在那儿，不过林敦也跟他们在一起。他们已经走进院子来了。希思克利夫转而一想，决定不跟这三个底下人打斗。他抓起拨火棍，撬开里门的锁，待他们大踏步进来时，他已经逃走了。

林敦太太受了很大的刺激，她要我陪她上楼。她不知道我对这场乱子也有一份贡献。当然，我是竭力不让她知道这事的。

“我快要神经错乱啦，内莉！”她嚷着倒在了沙发上，“我的脑袋里有一千个铁匠锤子在敲打！叫伊莎贝拉离我远点，这场乱子全是她惹起来的。现在，要是她或者任何别的什么人，再惹我生气的话，我就要发疯啦。还有，内莉，今晚你要是再见到埃德加，就跟他说，只怕我要害一场大病啦——但愿真的会这样。他今天突然来了这一手，我真是伤心透了！我也要吓唬他一下。再说，他也许还会来乱骂、乱抱怨一通，那样我肯定也会给他回嘴，天知道我们要闹到什么时候才有个完啊！你愿意去跟他说吗，我的好内莉？你最清楚，在这件事情上我没有一点过错，是什么使他鬼迷心窍来偷听的？你走开之后，希思克利夫说了些粗暴无礼的话，但我马上把他的话岔开了，不再提伊莎贝拉的事，其他的话是没有什么的。现在却弄得这样一团糟，就因为这傻瓜竟这样爱听别人说他的坏话，真是鬼迷心窍！要是埃德加没有听到我们的谈话，他是绝不会搞得这么糟的。真的，我为了他，骂希思克利夫骂得嗓子都哑了，他却用那样难听无理的口气向我开腔，这时候我也就顾不上——几乎顾不上——他们相互间的所作所为了。特别是当我意识到，不管这场戏怎么收场，我们都要给活活拆散了，谁也不知道要分开多久！好吧，如果我不能保留希思克利夫做我的朋友——如果埃德加还要一味小气、妒忌，我就用捣碎自己的心，来把他们的心捣得粉碎。要是把我推到绝境时，这就是结束一切的最快捷办法！不过这一招是最后孤注一掷的举动，我不会突然用这来对付林敦的。说到这一点，林敦一向小心谨慎，唯恐把我惹恼了。你一定得跟他说清，要是他不照老规矩，就会招来危险，还要提醒他，我是个火暴脾气，一旦发作起来，就像发狂似的。我希望你别再摆出这副无动于衷的样子了，也为我露出一点焦虑的神色吧！”

我听着她的这些嘱咐时，露出了若无其事的神情，这无疑是让人气恼的，而她说这些话时，倒是非常诚恳的。可是我认为，一个事先就打算利用自己火暴脾气的人，即使真的发起脾气来，也是可以凭着自己的意志，设法控制住自己的。而且我也不愿像她说的那样，去“吓唬”她的丈夫，为她的自私目的去增加他的烦恼。

因此，当我遇见主人朝客厅走来时，我一句话也没跟他说，而是径自回到客厅门外，听听他们是不是又会重新争吵起来。

他先开了口。

“你就待着别动吧，凯瑟琳，”他说，声调中没有一点怒气，可是满怀着沮丧和悲伤。“我只待一会儿，我不是来跟你吵架，也不是来跟你讲和的。我只是想知道，今天晚上闹了这么一场，你是不是还想继续保持亲密关系，跟你那个——”

“啊，行行好吧，”没等他说完，女主人就跺着脚嚷了起来，“行行好吧，现在别再提这事了！你的冷血是不会发热的，你血管里流的全是冰水，可是我的热血在沸腾，看到你这副冷冰冰的模样，我的血沸腾得更厉害了。”

“想要我走开，就回答我的问题，”林敦先生坚持说，“你一定得回答，你那种大吵大嚷吓不倒我。我发现，只要你愿意，你能像任何人一样处之泰然。从今以后，你是放弃希思克利夫呢，还是放弃我？你要想同时既做我的朋友，又做他的朋友，这是不可能的。我无论如何都需要知道，你到底选择哪一个？”

“我需要你们都躲开我！”凯瑟琳狂怒地大叫道，“我坚决要求！你没有看到我站都站不住了吗？埃德加，你——你给我走开！”

她使劲拉铃，直到嘣的一声把铃都拉断了。我慢悠悠地走了进去。这样的毫无理智，这样坏的脾气，就连圣人也会受不了的！她躺在那儿，用头猛撞沙发扶手，而且还咬牙切齿的，你会以为她要把牙齿都咬碎哩！

林敦先生站在那儿望着她，突然感到一阵内疚和害怕。他叫我赶快去拿些水来。凯瑟琳气喘得话都说不出来了。

我端来一大杯水，可是她不肯喝，我就把水洒在她的脸上了。只过上一会儿，她突然身子挺直，两眼上翻，双颊又白又青，一副快死的样子。

林敦看来吓坏了。

“根本没事，”我悄声说，我不希望他就此屈服，尽管我自己心里也禁不住一阵害怕。

“她嘴唇上有血，”他说，全身在颤抖。

“没关系！”我刻薄地回答说，我还告诉他，在他进来之前，她就打算好要发一场疯的。

我过于大意，话说得太响，让她给听见了；她立时跳起身来，头发披散在肩上，眼睛闪闪发光，脖子上和胳臂上的肌肉都异乎寻常地鼓了出来。我心里做了准备，这一回少不了要断几根骨头了。可是她只是朝四周瞪了一眼，接着便冲进屋子去了。

主人吩咐我跟着她。我一直跟到她的卧房门口。她一进房就关上门，把我关在了门外。

第二天早上，不见她下楼来吃早饭，我便去问她要不要送点吃的上去给她。

“不要！”她一口回绝了。

午饭时，用茶点时，我同样地问了她，一直到第三天，得到的还是同样的答复。

至于林敦先生那边，他整天躲在书房里消磨时光，问也不问起他太太的情况。伊莎贝拉跟他谈过个把小时。见面时，他原想从她嘴里套出一些话来，由于希思克利夫的追求使她产生应有的恐惧之类。可是她的回答总是躲躲闪闪，根本听不出什么。于是这场谈话只好令人不满地结束。不过最后，他给了她一个郑重的警告，要是她竟荒唐愚蠢到对那样一个一文不值的求婚者都给予鼓励，那么她和他之间的一切关系也就不再存在了。

第十二章

林敦小姐终日没精打采地在林苑里、花园里东转西悠，一声不吭，眼中几乎总是含着泪水。她的哥哥则整天躲在书房里，关上房门，埋头在书堆中，可是那些书他一本也没打开过——我猜想，他一直在苦苦等待着，暗自盼望凯瑟琳会痛悔前非，自动前来认错，要求重归于好——而她呢，始终固执地坚持绝食，大概一心以为埃德加每次吃饭时看到她的座位空着，就会咽不下饭，只是出于面子难下才没有奔到楼上，跪倒在她的脚下。我照样忙着做我的家务，认定在画眉田庄里只有一个头脑是清醒的，这个头脑就长在我的身上。

我既没有空费精神去安慰小姐，也没有徒劳地去劝告女主人，就连对主人的声声叹息，我也未加理会；他听不到他太太的声音，就渴望听到有人提起她的名字。

我断定，他们要是愿意，自己一定会来找我的。虽说这过程慢得让人厌烦，我终于还是高兴地看到这过程中出现了一线曙光，正如我开始时想的那样。

到了第三天，林敦太太打开了门闩，她已经喝光了水壶和水瓶里的水，要我重新加满，还向我要了一盆粥，她料定自己快要死了。我认为她这话是说给埃德加听的。我不相信会有这样的事，所以我也就把它放在肚子里没有说出来。我给她送去了一些热茶和烤面包。

她慌慌忙忙地吃着、喝着，吃喝完之后，重又躺倒在枕头上，双手紧握成拳头，大声呻吟起来。

“啊，还是死了算了，”她叫嚷着，“反正谁也不会来关心我一下。我真不如不吃东西的好啊。”

过了好久，我又听得她咕哝道：

“不，我不能死——我死了他才高兴哩——他根本不爱我——他从来都没有惦念过我！”

“你还要什么吗，太太？”我问道。尽管她脸色苍白可怕，举止古怪夸张，我依旧保持着外表的平静。

“那个没心肝的东西在做什么？”她问道，伸手把缠结着的浓密鬈发从自己憔悴的脸上撩开，“他是得了昏睡病，还是死了？”

“都不是。”我回答，“如果你说的是林敦先生。我看他身体好好的，尽管他看书的时间似乎太多了点。现在没有人跟他做伴，所以他就一头埋在书堆里了。”

要是我了解她的真实情况，我就不会这么说了，可是我一直摆脱不掉这样的想法：她的病有一半是装出来的。

“埋头在书堆里！”她大声叫了起来，感到惶惑不安，“可我快要死了啊！我正站在坟墓的边上！我的天啊！他知不知道我变成什么模样了？”她瞪眼看着挂在对面墙上一面镜子里自己的影子，接着说，“这是凯瑟琳·林敦吗？他也许以为我是在撒娇——在闹着玩吧。你就不能告诉他说事情非常严重吗？内莉，只要不是太晚，我一知道他心里怎么想，我就可以在两种做法中选择一种，或者立即饿死——这算不上是惩罚，除非他还有一颗心——或者恢复健康，离开这乡下。你现在说的有关他的话，是实话吗？注意，他对我的生命，真的是这样不当一回事吗？”

“哎呀，太太，”我回答说，“主人根本没有想到你气疯了呀。当然，他更不担心你会让自己饿死了。”

“你以为不会吗？你就不能告诉他说我决心这么做了？”她回答说，“劝他去！只说是你自己的想法。对他说我决心这么做了！”

“不，林敦太太，你忘了，”我提醒说，“今天晚上你已经吃过一些东西了。吃得津津有味呢。明天你就会见好了。”

“只要我确认能叫他送命，”她打断我的话说，“我就立刻自杀！这可怕的三个夜晚，我一直没合过一下眼——啊，我受尽了折磨！我是让鬼给缠住了，内莉！不过我已经起了疑心，觉得你并不喜欢我。多么奇怪啊！我原来以为，尽管人人都互相憎恨、互相看不起，可是他们不能不爱我。谁料只几个小时工夫，他们全都成了仇敌啦。他们全变了，我敢断定，这儿的人全变了。临死时，让他们那一张张冰冷的脸围着，该多惨啊！伊莎贝拉又害怕，又厌恶，她不敢踏进这房间来，亲眼看见凯瑟琳死去，这太可怕了。埃德加则会一本正经地站在旁边，看着事情了结，然后向上帝做感恩祷告，因为他家又恢复了平静，他又可以回到他的书堆中去了！现在我都快要死了，他还埋在书堆里，他这是存的什么心啊？”

我对她说，这是林敦先生的一种哲人的达观态度，可是这种看法她怎么也接受不了。她在床上打着滚，本来就已高烧，神志不清，现在越来越严重，变成神经错乱了。她用牙齿撕扯着枕头，然后又撑起浑身滚烫的身子，要我打开窗子。当时正是隆冬季节，呼呼的东北风刮得正猛，因而我坚决不同意。

她脸上掠过的种种表情和情绪上的阵阵变化，使得我大为惊恐，我不禁回想起她上次的犯病，当时医生曾嘱咐说不能惹她生气。

就在一会儿前，她还在大发雷霆，现在却支起一只胳臂，不再理会我没有听她的话，顾自像个小孩玩着解闷似的，从刚才扯开的枕头裂口中拉出一片片羽毛，分门别类地把它们一一排列在床单上。她的思绪早已跑到别的地方去了。

“那是火鸡的，”她自言自语着，“这是野鸭的，这是鸽子的。啊，原来他们把鸽子的羽毛放进了枕头——怪不得我死不了啦①！我可得记住，等一会儿我要躺下去时，得把它扔到地上。这儿还有一

① 据英国习俗，在垂死的人身下放一袋鸽子羽毛，据说可使灵魂暂时不离开躯体。

根赤松鸡的羽毛；还有这一根——就是把它放在一千种羽毛中，我也能认出来——这是田凫的羽毛呀。多漂亮的鸟儿啊。在荒野里，在我们的头顶盘旋。它要回窝去了，云层已经压到山头，它知道快要下雨了。这根羽毛是从石楠荒原里拾来的，没有人打过鸟。冬天时我们看到过它的窝，里面满是小骨头。希思克利夫在鸟窝上安了一个捕鸟器，老鸟就不敢来了。我要他答应，从今以后再也不要打死田凫了，后来他真的没有再打。哟，这里还有呢！他到底有没有打死过我的田凫，内莉？这些羽毛是不是红的？当中有没有红的？让我瞧瞧！"

"别再搞这种小孩子的把戏了！"我打断她的话，把枕头拖开，让破洞贴着褥子，因为她正大把大把地把羽毛往外掏，"躺下，闭上眼睛，你头脑发昏了。搞得这样一团糟！弄得羽毛像雪片似的满屋飞。"

我东奔西走地忙着拾羽毛。

"我看你呀，内莉，"她像在梦中似的继续说，"成了个老太婆了，头发花白，背也驼了。这张床是彭尼斯托崖脚下的精灵洞，你正在收集小精灵用的石镞，来伤害我们的小牝牛。① 因为我在近旁，就装作在拾羊毛。这就是你五十年后会变成的样子。我知道你现在还不是这个样子。是你弄错了，我并没有头脑发昏，要不，我就会把你看成真的是那个干瘪老妖婆，真的以为我是在彭尼斯托崖脚下啦。我心里清楚得很，这会儿是晚上，桌子上有两支蜡烛，把那只黑柜子照得像乌玉一般亮了。"

"黑柜子？在哪儿？"我问道，"你是在说梦话吧！"

"它就靠墙放着，一直放在那儿的。"她回答说，"事情可真怪——我看到它里面有张脸！"

"这屋子里没有柜子呀，从来不曾有过，"我说，重又坐回到座位上，钩住卷起的帐幔，以便仔细看住她。

---

① 在欧洲的民间故事中，矮小的小精灵喜欢作弄人，爱搞恶作剧，有时会偷换走婴孩，使人生病或用石镞射伤牲畜。

“你看到那张脸了吗?”她问道，一本正经地盯着那面镜子。

不管我怎么说，都不能使她明白，这就是她自己的脸，于是我只好起身用一块围巾把镜子盖上。

“它还在那背后!”她焦虑不安地说，“在动呢!那是谁呀?但愿你走开时它别出来!啊!内莉，这屋子里闹鬼啦!我害怕一个人待着!”

我握住她的手，叫她镇静一点，因为一阵阵的打战使得她浑身抽搐着，可她还是死死地盯着那面镜子。

“这儿没别人!”我再三说，“镜子里是你自己呀，林敦太太，刚才你不是还知道的吗?”

“我自己!”她喘着气说，“钟打十二点啦!那么这是真的了!这太可怕啦!”

她用手一把抓住衣服，拉拢来蒙住自己的眼睛。我正想偷偷溜到门外去叫她丈夫来，一声刺耳的尖叫把我唤了回来——镜子上围巾掉下来了。

“嗨，这是怎么回事呀?”我叫了起来，“现在谁是胆小鬼呀?醒醒吧!那是镜子——是镜子，林敦太太!你在那里面看到的是你自己，还有我，在你的旁边。”

她浑身哆嗦，满脸惊恐，把我抓得紧紧的。渐渐地，恐怖总算从她脸上消失了，原来苍白的脸上，呈现出羞臊的红晕。

“啊，亲爱的!我还以为在自己老家呢!”她叹息道，“我以为我是躺在呼啸山庄自己的卧房里。我因为身子虚弱，脑子也糊涂了，就不知不觉地叫了起来。什么都别说了，就这样陪着我。我害怕睡着，我做的梦把我给吓坏了。”

“好好睡一觉对你有好处的，太太，”我回答说，“我希望你吃了这次苦头以后，下次再也不想饿肚子了。”

“哦，要是我这会儿躺在老家自己的床上，该有多好啊!”她绞着双手，伤心地接着说，“还有窗外那在枞树林中呼啸的狂风。让我感受一下那风吧——它是径直从荒原上刮来的啊——让我吸一口吧!”

为了好让她平静下来，我把窗子开了几秒钟。一阵冷风直冲而进，我赶忙关了窗，坐回到原来的地方。

这时，她静静地躺在那儿，泪流满面，肉体的虚弱已经完全制服了她的精神，我们的火暴性子的凯瑟琳，并不比一个哭哭啼啼的孩子强多少了。

“我把自己关在这儿有多久了？”她突然重又强打起精神问道。

“那天是星期一晚上，”我回答说，“现在是星期四晚上，或者不如说这会儿是星期五早上了。”

“什么！还是在这星期？”她叫了起来，“才这么短短几天？”

“只靠冷水和坏脾气过活，这日子也算够长的了。”

“唉，我好像过了不知有多少日子了，”她怀疑地咕哝说，“应该不止这么几天吧。我记得他们吵翻之后，我仍留在客厅里，埃德加狠心地拿话刺我，我就拼命奔回到这间屋子里。我一闩上门，就觉得眼前一片黑暗，接着便昏倒在地板上了。我已经没法跟埃德加解释，要是他执意要惹我生气，我准知道我要旧病复发，或者要气得发疯了！我舌头已经不听使唤，脑子也转动不灵了，也许他根本就没有想到我的痛苦有多大。我只想到我要避开他和他的声音。在我还没有完全恢复视力和听力之前，天就亮了。内莉，让我来告诉你，当时我是怎么想的，是个什么念头一直在我脑子里打转，搞得我害怕自己快要疯了。我躺在那儿，头靠着桌脚，眼睛模模糊糊地还能分辨出那一方灰蒙蒙的窗口。我觉得自己是躺在老家的那张四面围住的橡木床上。我的心由于极度的忧伤而痛楚万分，可是刚苏醒时，我一点也想不起为什么忧伤。我思索着，苦苦追想着，想弄清到底是怎么一回事。最奇怪的是，我过去整整七年的生活，竟变成了一片空白！我根本就想不起到底是否有过这么一段日子。我还是一个孩子，我父亲刚下葬，由于亨德利命令我和希思克利夫再也不许在一起，我才开始有了悲伤。我第一次给孤零零地扔在一边。哭了整整一夜之后，我迷迷糊糊地打了一个盹，惊醒后伸手想去推开围板，谁知碰到了桌面！我的手顺着台毯一拂，记忆突然涌上了我的心头。我新近的悲痛也就被一阵突然的绝望吞没了。我说不出我为什么会觉得这样极度苦恼，一定是一时间神经错乱了，因为不可能有别的原因。可是，假如你设想一下，要是我十二岁时就被迫离开呼啸山庄，断绝了童年时的所有联系，以及当时我一切的一切——希思克利夫，而一下成了林敦太太，画眉田庄的主妇，一个陌生人的妻子，从此我被从我原来的小天地里放逐了出来，成了一个流浪者——那样你就可以想见到，我沉溺进去的深渊是什么样子了！你尽管摇你的头吧，内莉，你也帮他搅得我不得安宁！你应该去跟埃德加说，真的应该去说，叫他千万不要来惹我！啊，我浑身都在燃烧！但愿我是在屋外，但愿我重又成为一个小女孩，粗野、倔强、无拘无束……笑对一切伤害，绝不会压得我发疯！为什么我会变成这样？为什么几句话就让我血往上涌，激动万分？我确信，只要让我一到那些小山上的石楠丛中，我马上就会恢复到我本来的样子。再把窗子打开，开大！把打开的窗子钩上！快，你为什么不动呀？”

“因为我不想你冻死。”我回答。

“你的意思是不想给我一个活下去的机会，”她愤愤地说，“不过，我还没有到不能动弹的地步。我自己来开。”

我还没来得及阻止，她已经从床上滑了下来，摇摇晃晃地走到屋子那头，把窗子一把推开，还探出身子，毫不理会那凛冽的寒风像刀子般刺割着她的肩膀。

我恳求着，最后想使劲把她硬拉回去，可是我很快发现，精神错乱了的她，力气比我要大得多（从她后来一连串的胡话和举止看来，我相信她真的是精神错乱了）。

天上没有月亮，地上的一切都笼罩在朦胧的黑暗中。远远近近，不见有一间屋子透出灯光——所有的灯火早就熄灭了；呼啸山庄的灯光这儿是根本看不见的——可她硬说她看到了那儿的灯光。

“瞧！”她急切地喊道，“那是我的房间，里面点着蜡烛，树枝在窗前摇摆着呢……还有一支烛光是在约瑟夫的阁楼里……约瑟夫睡得晚，不是吗？他是在等着我回家，好给大门上锁……好吧，他还得再等一会呢。那段路不好走，走那段路心里真不是滋味，而且走那段路我们一定得经过吉默屯教堂！我们俩经常一块儿向那些鬼挑战。我们互相比胆量，站在那些坟墓中间，叫鬼快出来……可是，希思克利夫，要是我现在向你挑战，你还敢吗？要是你敢，我就奉陪。我不愿一个人躺在那儿，他们会把我埋到十二英尺深的地下去的，还会在我身上压上一座教堂。要是你不跟我在一起，我不会得到安息，永远也不会的！”

她停住了，接着又带着一种古怪的微笑继续说：“他正在考虑——他要我去找他呢！那就另找一条路！不要穿过那片教堂墓地……你太慢了！该满意了吧，你一直在跟着我呀！”

看来跟她争论也是白费力气，她已经精神错乱了。我便盘算着怎样才能既不松手，又能抓到点什么给她裹一裹。因为我不敢由着她独自一人探身在敞开的窗口。正在这时，让我惊讶的是我突然听到门把手咔嗒一声，林敦先生走了进来。原来他刚从书房出来，经过过道时，听到了我们的说话声，受好奇心的吸引，或者是出于担心，他决定进来看看，在这深更半夜，到底出了什么事。

“啊，先生！”我喊道，他看到室内的情景和冲进来的刺骨寒风，正要张口惊叫，让我给拦住了，“我可怜的女主人病了，她劲儿比我大，我根本管不住她！求求你，快来劝劝她，要她躺回到床上去。别生她的气了，她很任性，别人的话她是很难听进去的。”

“凯瑟琳病了？”他说着急忙走上前来，“关上窗子，艾伦！凯瑟琳！你怎么——”

他没有说下去，林敦太太憔悴的模样，给了他当头一棒，他难过得说不出话来了，他只能带着惊惶的神色，把目光从她身上移到我身上。

“她一直在这儿使性子，”我接着说，“几乎什么也没有吃，也不愿向人诉说，她关着门，不让我们任何人进来，直到今天晚上才打开门，所以我们没能向你禀报她的情况，因为我们自己也不清楚。不过，这没什么。”

我觉得我解释得很笨拙。主人皱起了眉头。“这没什么，是吗，艾伦·丁恩？”他厉声说，“这样的事你都不让我知道，以后你得给我说说清楚！”说着他把妻子抱在怀里，痛苦地望着她。

开始，她望着他，就像不认识他似的，在她那茫然的目光中，根本没有他这个人存在。不过，她的神经错乱并不是固定不变的，渐渐地她的眼睛不再凝视着窗外的一片黑暗，而把注意力集中到了他的身上，认出了抱着她的人是谁。

“啊，你来了，是你，埃德加·林敦？”她气哼哼地说，“你就是那种东西，用不着的时候，就在手边，用到的时候，却怎么也找不到了！我看现在我们要有一大堆的伤心事了……我想我们是难免了……不过这些伤心事拦不住我去我那狭小的家——我安息的地方。挨不到过完春天，我就要去那儿了！是在那边，注意，不是在教堂里的林敦家族中间，而是在露天旷野里，只竖有一块墓碑。你愿意去他们那儿，还是来我这儿，随你的便！”

“凯瑟琳，你这是干什么？”主人说，“我对你来说已经无所谓了吗？你爱的是那个坏蛋希思——”

“住口！”林敦太太大声喝道，“马上给我住口！你要是再提那个名字，我就从窗口跳下去，立刻结束这一切！眼下你抱着的，还算是归你所有；可是不等你再把手放到我的身上时，我的灵魂已经飞上那个小山顶啦。我不要你，埃德加，我要你的时候已经过去了。回到你的书堆里去吧。我很高兴你还有个可以得到安慰的地方，因为你在我心里已经什么都没有了。”

“她已经神志不清了，先生，”我插嘴说，“一整个晚上，她一直都说着胡话，让她静养一段时间，好好照顾她，她会好起来的……从今以后，我们得加倍小心，不能再惹她生气了。”

“用不着你再来给我出主意了，”林敦先生回答，“你明知道你女主人的脾气，可你还要怂恿我惹她生气。这三天来她是怎么过的，你一点口风也没向我透露！你真是太没心肝了！病上几个月也不至于变得这样厉害呀！”

我开始为自己辩解，心想别人任性，脾气坏，却怪到我的头上，这太不应该了。

“我知道林敦太太脾气坏，任性、专横，”我大声嚷道，“可是我不知道你有意要助长她这种凶暴的脾气！我不知道，为了迁就她，我得装作没有看到希思克利夫先生。我尽了一个忠实仆人的责任，向你做了报告，现在我算是得到做一个忠实仆人的报酬啦！好吧，这给了我教训，下次得注意了。下次你想知道什么事，就自己去打听吧！”

“下次你再到我面前来搬弄是非，我就辞退你，艾伦·丁恩。”他回答说。

“这么说，林敦先生，我想这种事你是宁可什么都不知道吧？”我说，“希思克利夫是得到你的允许来向小姐求爱，而且每次趁你不在家时溜进来，存心唆使太太跟你翻脸的了？”

凯瑟琳尽管神志错乱，我们的谈话，她的脑子却还是注意听着。

“啊，内莉做了奸细了！”她气愤地叫了起来，“内莉是我们的暗藏敌人。你这个老巫婆！原来你在用石镞暗害我们！放开我，我要叫她后悔！我要叫她大声公开认错！”

疯狂的怒火从她那两道眉毛下迸射而出。她拼命挣扎着，想从林敦先生的胳臂中挣脱出来。我不想让这种局面再拖下去，就自作主张，决定去请医生看看，于是便离开了房间。

我经过花园，来到大路上，在一个墙上钉有马缰钩的地方，忽然看到有个白的什么东西在胡乱晃动，显然这不是风吹的。尽管我要忙着赶路，可还是停下步来看个究竟，免得日后脑子里留下一个想法，以为那是个鬼魂哩。

让我大为吃惊的是，我发现（主要是摸到，而不是看到）原来那是伊莎贝拉小姐的小狗芬妮，让一块手帕吊着，几乎只剩最后一口气了。

我赶忙把它解了下来，抱着它把它放到花园里。伊莎贝拉去睡时，我看见它跟着它的女主人上楼去的，奇怪的是它怎么会到外面来，又是哪个坏蛋这样来对待它的呢。

在解开钩子上的结子时，我好像一再听到远处有奔跑的马蹄声；可是由于我脑子里有那么一大堆事，也就没顾上想一想这一情况了，尽管在清晨两点钟，在那样的地方，有那种声音是很奇怪的。

我来到街上，幸运的是正好碰上肯尼斯先生从家里出来，去给村子里的一个病人看病。我说了一下凯瑟琳·林敦的病情，他马上就陪我往回走了。

他本是个直言不讳的人。他毫无顾忌地表示，他很怀疑她能经受住病魔的这第二次打击，除非她能好好听从他的指示，不再像以前表现的那样。

“艾伦·丁恩，”他说，“我总觉得这当中还有别的原因。这一阵田庄里出了什么事没有？我们这儿有一些传闻。像凯瑟琳那样一个健壮活泼的女人，是不会为一点小事就病倒的。那样的人是不应该这样的。要他们在这种热病中安全脱险，并不是一件容易的事。这次是怎么发病的？”

“主人会告诉你的，”我回答说，“恩肖这家人的火暴脾气你是知道的。而且林敦太太比所有人更加突出。我可以说的是，这是由一场口角引起的。她先是大发雷霆，接着便发疯似的昏过去了。至少她自己是这样说的；因为她在火气最大时便冲了出去，把自己锁进了房里，在这以后她就不肯吃东西；现在她一会儿说胡话，一会儿处于半昏迷状态。周围的人她还认识，可是脑子里尽是各种各样奇怪的念头和幻觉。”

“林敦先生一定很难过吧？”肯尼斯带着询问的口气说。

“难过？要是有什么三长两短，他的心都要碎啦！”我回答说，“要是没有必要说，就别吓唬他吧。”

“唉，我早就告诉过他，要他多加小心，”我的同伴说，“可是他没有把我的警告当一回事，现在只好自食其果了！近来他跟希思克利夫先生不是还很亲近吗？”

“希思克利夫经常来田庄，”我回答说，“多半是因为女主人的缘故，他们从小就熟，倒不是主人欢迎他。现在他不必再劳驾来拜访了，因为他居然放肆地对林敦小姐动起了念头。我看以后是不会再让他来了。”

“林敦小姐是不是不理睬他呢？”医生又问。

“我可不是她信任的人。”我回答说，不愿再多谈这件事。

“不，她机灵着哩，”他摇着头说，“她一直把自己的主意瞒着不告诉人！可她是个道地的小傻瓜。我从可靠方面得到的消息说，昨天晚上（一个多好的晚上！），她跟希思克利夫在你们屋后的田园里散步散了两个来小时。他硬要她别再回屋去了，干脆骑上他的马跟他一起走算了！据告诉我的人说，她只得郑重许诺说，先让她准备一下，下次再见面时就跟他走，这才把他打发走。至于下次约定是什么时候，那个人没有听到。不过你要提醒林敦先生，叫他多提防着点！”

这一消息使我心里充满了新的恐惧，我把肯尼斯抛在后面，几乎是奔着回到了田庄。小狗还在花园里狺狺叫着。我停下一会儿，匆匆给它开了园门，可它不肯进屋，却只管在草地上嗅来嗅去。要不是我抓住它，把它抱进屋，它还会逃到大路上去呢。

奔到楼上伊莎贝拉的房间一看，我的疑虑证实了：房间里空无一人。要是我早来几个小时，林敦太太的病情也许会阻止她跨出这轻率鲁莽的一步。可是现在还能有什么办法呢？即使马上去追，也不见得能追上他们。总之，我不能去追他们；而且也不敢惊动这家人，把这儿弄得乱成一团；更不敢把这事向主人报告，眼前的不幸已经够他受的了，哪里还能分出心来承受又一次悲痛啊！

除了一声不吭，听其自然之外，我看毫无办法。肯尼斯已经到了，我带着勉强镇定下来的神色，去为他通报。

凯瑟琳躺下睡着了，可是依然辗转不安。她的丈夫总算把她那过度的狂躁给稳住了。这会儿他正弯身守在她的枕边，仔细看着她那满怀痛苦的脸上每一丝表情和每一个细微变化。

医生给病人做了检查之后，满怀希望地对他说，只要我们在她周围一直保持绝对的安宁，她这病完全有希望治愈。他又对我说，这病最大的危险，倒不是说一定会死亡，而是造成永久性的精神错乱。

那一夜，我没有合过眼，林敦先生也一样。真的，我们根本没有上过床。仆人们也都起得比往常早，在屋子里走动时都踮着脚尖。有事互相碰在一起时，谈话也都压低了嗓子。人人都在忙着，唯独不见伊莎贝拉小姐。大家开始说起她怎么睡得这样沉。她哥哥也问起她起来没有，仿佛是急着等她来，由于她对嫂嫂表现得这样不关心，他感到很伤心。

我心里直打哆嗦，生怕他差我去叫她。这第一个报告她私奔的痛苦差使，总算给我逃过了。正在这时，有个一早被差到吉默屯去办事的女仆——一个不懂事的姑娘——大口喘着气，奔上楼来，冲进房间就大声嚷道：

"啊，不好啦，不好啦！往后还会闹出什么乱子来啊？主人，主人，我们家小姐——"

"别嚷了！"我赶忙喝住她，她这样大叫大嚷的，我大为恼怒。

"轻点儿说吧，玛丽——怎么回事？"林敦先生说，"你们的小姐怎么啦？"

"她跑啦！她跑啦！那个希思克利夫把她给带走啦！"那姑娘气急败坏地说。

"哪会有这样的事！"林敦大声嚷道，激动地站了起来，"这不可能！你怎么会有这种想法的？艾伦·丁恩，你去找找小姐。这没法让人相信。这不可能。"

他一面说着，一面把那个女仆带到房门口，然后再次盘问她，有什么理由说出这样的话来。

"哦，我在路上碰到一个到这儿来拿牛奶的孩子，"她结结巴巴地说，"他问我田庄里是不是出事了。我以为他说的是太太生病，便回答说，是啊。接着他又说，'我猜已经有人去追他们了吧？'我听了愣住了。他看出我根本不知道那事，便告诉我说，昨天晚上半夜过后不久，有位先生和一位女士路过离吉默屯两英里处的一家铁匠铺，停下来要店里给他钉马掌。铁匠的女儿起来看看到底是谁。她一下就认出他们两人了。她看到那个男的——那是希思克利夫，她看准是他，没人会认错他的——递了一个金币在他父亲手里。那个女的用斗篷遮着脸。不过她要求给她一口水喝；在她喝水时，斗篷滑到了后面，女孩把她看得清清楚楚。重新上马赶路时，希思克利夫抓着两匹马的缰绳，他们都把脸转了过去，背着村子那边。上马后，他们就在那高低不平的路上飞快狂奔。过后，那女孩子什么也没跟她父亲说，可是今天早上，她把这事传遍了整个吉默屯。”

为了装个样子，我急忙跑到伊莎贝拉的房间看了看，便回来证实那女仆说的话。林敦先生已经坐回到床边那张椅子上。我重又进来时，他抬起眼睛，从我呆呆的神色中看出了究竟，便垂下眼睛，没有吩咐什么，也没有说一句话。

“我们要不要想法去把他们追回来?”我问道，“我们该怎么办?”

“她是自己愿意走的，”主人回答说，“要是她自己愿意，她有权利走的。别再拿她的事来烦我了。从今以后，她只在名义上是我的妹妹了。并不是我不认她，是她不认我这个哥哥了。”

对这件事，他就说了这么几句话。他没有再多问一句，也不再提起她，只是吩咐我说，等我知道她的下落时，不管是在哪儿，就把她在家里的所有东西，都送到她的新家去。

第十三章

两个月来，那对私奔的人一直不见踪影。在这两个月中，林敦太太患了一场叫作脑膜炎的最凶险的重病，最后总算挺过来了。在这期间，哪怕是做母亲的看护自己的独生子，也比不上埃德加看护她那样尽心了。他夜以继日地守在她的床边，耐心地忍受着这个精神错乱、丧失理智的人给予他的一切烦恼，尽管肯尼斯说，他从坟墓中救出的这个人，日后只会成为他经常烦恼焦虑的根源——事实上，他牺牲了健康和精力所保住的是一个废人——当他知道凯瑟琳的生命已经脱离危险时，他心中的感激和喜悦简直是无尽无穷。他一小时一小时地坐在她的旁边，仔细地察看着她肉体上的健康逐渐恢复，而且抱着过于乐观的希望，一心幻想她的神志也会恢复正常，不用多久就能完全恢复到跟从前一样。

她第一次走出卧房是在那年的三月初。那天早上，林敦先生在她的枕上放了一束金色的番红花。她的眼中已经很久没有流露出欢乐的光辉了。这天她醒来后看到了那束花，便急切地把它们拢在一起，眼睛中闪出了喜悦的光彩。

“这是山庄上开得最早的花儿，”她叫了起来，“它们让我想起了轻柔的和风，温暖的阳光，还有快要融尽的残雪。埃德加，外边有没有东风？雪快融尽了吗？”

“这儿的雪差不多全融完了，亲爱的，”她的丈夫回答，“在整个旷野上我只看到两个白点。天蓝蓝的，百灵鸟在歌唱，小河和山溪都涨满水了。凯瑟琳，去年春天这个时候，我正巴望着把你接到这屋子里来呢，可是这会儿，我倒希望你在那一两英里外的小山上，风吹得这么柔和，我觉得这能治好你的病。”

“我是去不了那儿了，除了最后一次去那儿，”病人说，“那时你就会离开我，我就要永远留在那儿了。到明年春天，你又会巴望着我到这屋子里来，你会回想过去，想起今天你是幸福的。”

林敦在她身上不惜给以最温存的爱抚，还说了许多亲昵的话，想让她高兴起来。可是她茫然地凝视着那些花朵，毫不在意地听任泪珠聚在睫毛上，顺着她的双颊流淌下来。

我们知道她真的好一些了，因此认为她是由于长期关在一个地方，所以才产生出这种沮丧情绪，要是换一个场所，也许会好一些。

主人吩咐我把那空关了好几个星期的客厅生起火来，在靠窗口的阳光下放了一张安乐椅，然后他把她抱下楼来。她在那儿坐了很久，享受着舒适的温暖；而且正像我们预料的那样，四周的一切使她变得高兴起来，这些东西虽说都是她所熟悉的，但毕竟摆脱了她所厌恶的病房里那些痛苦的联想。到了傍晚，她看上去已经十分疲倦，可是还是没法劝她回卧房去。由于另一间房间还没有布置好，我只得先把客厅沙发铺好，先用来做她的床，待那间房布置好了再说。

为了不让她上下楼太累，我们收拾了这个房间，也就是你现在住的这一间，这间和客厅同一层楼。不久后，她的体力有所增加，可以扶着埃德加的肩膀，从这一间走到那一间了。

啊，我心里思忖，她得到这样的照顾，是会复原的。而且这有着双重的原因，因为依赖她的存在而存在的，还有另一条小生命。我们都暗暗希望，过不多久林敦先生就会心花怒放，他的产业因为后继有人，就不会落入一个陌生人之手了。

我应该提一提，伊莎贝拉在出走后约莫六个星期，给她哥哥来了一封短信，宣布她已跟希思克利夫结了婚。信写得很冷淡，干巴巴的几句话。不过在信的下方用铅笔草草写了几句有道歉意思的话，说要是她的行为得罪了他，要他看在兄妹的情分上原谅她。还说当时她不得不这样做，而且已经走了这一步，她已没法回头了。

我相信林敦没有给她回信。又过了两个多星期，我收到了她的一封长信，这信出于一个刚度完蜜月的新娘笔下，我觉得很奇怪。现在我来把它念一遍，因为这信我还保存着。死者的任何遗物都是珍贵的，要是他们生前就让人看重的话。

信是这样的：

亲爱的艾伦：

昨天晚上我来到了呼啸山庄，这才第一次听说凯瑟琳生了一场大病，到现在都还没有痊愈。我想我是没法给她写信了；至于我哥哥，不是因为过于生气，就是因为过于难过，我给他的信他没有回复。可是，我一定得给个人写封信，想来想去只有你了。

请告诉埃德加，我迫切希望能和他再见一面。我出走后还不到二十四小时，我的心就回到画眉田庄了，这会儿我的心就在那儿，对他，对凯瑟琳，充满了炽热的感情！可是我身不由己啊——（这几个字下面加了着重号）。他们用不着等待我。对我，他们爱怎么下结论都可以；可是，注意，千万不要怪我意志薄弱或者缺乏感情。

这封信的下面部分是写给你一个人的。我要问你两个问题。第一个是——

你当初住在这里的时候，你是怎样来保持着人和人之间通常的感情交流的？在我周围的这些人中，我看不出有一点跟我共同的感情。

第二个问题是我非常关心的，就是——

希思克利夫先生是不是个人？如果是个人，他是不是疯了？如果不是。他是不是个魔鬼？我不想告诉你我问这话的原因。可是我求你了，如果你知道的话，请给我说个明白，我到底嫁给了一个什么东西——这是说，等你来看我的时候告诉我。你一定要尽快来看我，艾伦。不要写信，要亲自来，还要给我捎带几句埃德加的话来。

现在，你听听，我在这个新家是受到怎样的接待的——我不得不把呼啸山庄看成是我的新家了。要是我只跟你讲一些这儿物质条件很差之类的话，那我就是自己蒙骗自己了。除了在感到极不方便的时刻，这方面我从来都没有去想过，要是有一天，我发现我的全部痛苦都因缺少物质享受，其他的一切全是一场噩梦，那我真要高兴得手舞足蹈，高声大笑了！

当我们拐向荒原时，太阳已经落在田庄的后面了。根据这，我估计该是六点钟了。而我那位同伴又逗留了半个来小时，把林苑、花园，也许还有田庄的住宅，都尽可能仔细地察看了一遍。因此，待我们来到山庄的石铺院子里下马时，天已经黑了。你的老同事约瑟夫举着一支蜡烛出来迎接我们，迎接时的那种礼貌，真为他增光不少。他的第一个动作是把蜡烛举到和我的脸一般高，恶狠狠地朝我瞪了一眼，然后撇了撇下嘴唇，便转身走开了。

接着他接过两匹马，把它们牵进马厩；过了一会儿他又出现了，为的是来给外面的大门上锁，我们就像是住在一座古代的城堡里。

希思克利夫留在外面跟他说话，我走进了厨房——一个又脏又乱的洞穴。我敢说你已经不认识那地方了，跟当年你掌管时完全变了样。

炉火边站着一个小流氓似的孩子，肢体结实，衣着肮脏。他的眼睛和一张嘴，跟凯瑟琳都有些相像。

“这是埃德加的内侄吧，”我心里想，“按规矩也就是我的内侄了。我得跟他握握手，还有——对了——我得亲亲他。一开始就能很好地取得相互理解，这是有好处的。”

我走上前去，想去握他那胖胖的小拳头，说：

“你好吗，我亲爱的？”

他回我一句我没听懂的脏话。

"我们交个朋友好吗，哈里顿?"这是我第二次试着跟他攀谈。

汇报我的坚持不懈努力的是一声咒骂，还威胁说，如果我还不"滚开"，他就要唤掐脖子①来咬我了。

"嘿，掐脖子，好小子!"这小坏蛋悄声叫道，把一只杂种牛头狗从墙角的窝里唤了出来。"现在，你走不走?"他盛气凌人地问道。

为了爱惜自己的生命，我只好服从了。我退到门槛外面，等着别的人进来。到处都不见希思克利夫的踪影。我只得跟约瑟夫到了马厩，请他陪我进屋去。他瞪了我一眼，又自言自语了一通，然后皱起鼻子回答说：

"咪呜！咪呜！咪呜！哪个基督徒听到过有这样说话的？扭扭捏捏，咿咿呜呜的！我怎么知道你在说啥呀?"

"我说，我想要你陪我进屋去!"我大声喊道，以为他是个聋子，但对他的粗鲁无礼感到十分厌恶。

"我不管！我还有别的活儿要干哩!"他回答说，继续干自己的活，一面还摇晃着他那瘦长的下巴，用一种极其看不起的神情打量着我的衣着和容貌（衣着过于华丽，至于容貌，我相信就像他希望的那样糟糕)。

我绕过院子，穿过一个小门，来到另外一个门前。我鼓起勇气敲了敲门，希望有个懂礼貌一点的仆人会出来答应。

过了一会儿，门打开了，开门的是一个高大瘦削的男子，他没有围围巾，全身衣着十分邋遢，他的脸都被披到肩头的成团乱发遮住了，他的眼睛也生得像幽灵似的凯瑟琳，原先的俊美，全都不见了。

"你来这儿干什么?"他恶狠狠地问道，"你是谁?"

"我原来叫伊莎贝拉·林敦，"我回答说，"你以前见过我，

① 狗名。

先生。最近我嫁给希思克利夫先生了，是他带我来这儿的——我想这已经得到了你的同意。”

“这么说，他回来了？”这位隐士问道，两眼露出凶光，就像一只饿狼。

“是的，我们这会儿刚到，”我说，“不过他把我撇在厨房门口了。我本想进去的，可是你的小孩做了哨兵，守在那儿，他唤来一只牛头狗，把我给吓跑了。”

“这该死的恶棍说话倒还算数，不错！”我未来的房东大声嚷嚷道，朝我身后的一片黑暗中张望，一心想发现希思克利夫。接着便自言自语地咒骂了一通，威胁说那个“恶魔”要是骗了他，他就要如何如何对付他。

我很后悔，这第二次想进屋实在不应该。没等他咒骂完，我已经想溜开了。可是，我还没来得及实行这一打算，他就命令我进去了，然后关上门，上了锁。

屋子里炉火烧得很旺，可是在偌大的一间屋子里，就只有这炉火的光亮了。地板已经全都变成灰色，小时候常引我注目的那些锃亮的白镴盘子，如今也都蒙上了油腻和尘垢，变得暗淡无光了。

我问他，我是不是可以叫个女仆来，让她带我去卧室。恩肖先生没有给我回答。他双手插在口袋里，顾自在屋子里来回走着，分明已经把我给完全忘掉了。看他是那么心不在焉，尽在出神，整个神色又都那么憎恨世人，使得我再也不敢去打扰他。

艾伦，你对我当时特别不快的心情不会感到奇怪吧？我坐在那不友好的壁炉旁，比孤独还要难受，不禁想起四英里外就有我可爱的老家，那儿有我在世上最爱的人。可是，这已不是四英里，而是像隔在我们之间的大西洋，我跨不过去了！

我问自己——我该到哪儿去寻求安慰呢？而且——记住，千万别告诉埃德加或凯瑟琳——撇开其他的一切悲苦，最突出的一点是：为找不到一个能够或者愿意帮助我反对希思克利夫的人而感到绝望！

我原来几乎是高高兴兴来呼啸山庄这个栖身之所的，因为我以为这样一来，就可以不必跟他单独过日子了。可是，他知道跟我们在一起的是些什么人，他不怕他们会来管我们的事。

我坐在那儿想着，痛苦地把时间挨过。时钟敲了八下，九下，我那位同伴依然来回踱着，他的头垂到胸前，一直默不作声，只是偶尔发出一声呻吟，或者是迸出一声辛酸的叹息。

我留心细听屋子里有没有女人的声音，这时候，我心里满是万分悔恨的心情和凄凉的预感，到后来，我终于控制不住，出声地叹息着，哭了起来。

我没有想到自己怎么会当着别人的面痛哭流涕起来，直到踱着方步的恩肖在我面前站住，瞪着眼朝我看着，流露出一种如梦方醒的惊讶。趁他恢复注意力的当儿，我大声嚷道：

"我走路走累了，我要睡觉去了！女仆在哪儿？要是她不肯上我这儿来，就带我到她那儿去吧！"

"我们家没有女仆，"他回答说，"你得自己伺候自己了！"

"那么我该睡在哪儿呢？"我抽泣着。我已经顾不上体面了——疲劳和狼狈已把我压倒。

"约瑟夫会领你去希思克利夫的卧室，"他说，"把那门打开，他就在里面。"

我正想照他的话去做，可他突然又喊住了我，用最奇怪的腔调说：

"你最好锁上门，插好门闩——别忘了！"

"好吧！"我说，"可这是为什么呀，恩肖先生？"我并不喜欢特地让自己跟希思克利夫紧关在一起的这种念头。

"瞧这儿！"他回答说，从自己的背心里拔出一支构造特别的手枪，枪管上装有一把双刃的弹簧刀。"对于一个绝望的人，这是一件很诱惑人的东西，是不是？每天晚上，我总是禁不住带着这家伙上楼，去试试他的门。要是有一次让我发现门是开着的，那他就完蛋了！我每天晚上都这么干，哪怕一分钟前我还想出一百条理由提醒自己要克制。是有个魔鬼要我推翻自己的计划，去杀了他——现在虽然尽可以跟那魔鬼对着干，爱干多久就多久；可是时辰一到，天上所有的天使也救不了他！”

我好奇地注视着这件武器，心中突然出现一个可怕的念头：要是我有这么一件武器，我就可以变成强者了！我从他手里拿过枪来，摸了摸刀锋。我在这一刹那间脸上流露出的表情，他见了大为惊讶：那不是恐惧，而是贪求。他满心猜忌地急忙夺回手枪，折拢刀子，把它放回到原来藏着的地方。

“你就是去告诉他，我也不在乎，”他说，“叫他多提防着点，你也给他多留点神。我看出来了，你知道我们之间的关系，他有生命危险，可并没有使你惊慌。”

“希思克利夫对你做出什么事了？”我问道，“他什么地方得罪你了，让你这样恨之入骨？叫他离开这座宅子不是更明智吗？”

“不行！”恩肖怒声吼道，“要是他提出要离开我，那他就死定了！要是你劝他这么做，那你就是一个杀人犯！难道我得输光一切，再也没有翻本的机会了吗？难道要让哈里顿做个叫花子？啊，该死的！我一定要把它赢回来，他的钱我也要弄过来，还有他的血，要把他的灵魂送进地狱！有了这位客人，地狱也要比以前黑暗十倍哩！”

艾伦，你曾给我讲过你的旧主人的行径。他分明是快要疯了，至少昨天晚上是这样。站在他旁边，我心里直发抖，我想，跟他相比，他的仆人的粗鲁无礼，倒还比较讨人喜欢的哩。

这时，他又闷声不响地来回踱起步来了，我连忙拨开门闩，逃进厨房。

约瑟夫正躬身对着火炉，眯眼朝挂在炉火上的一只大锅子里看着，身旁的高背椅上放着一木盆麦片。锅子里的东西开始沸腾了，他转身把手伸进木盆。我猜想这大概是在给我们准备晚饭。我已经饿了，觉得总得让它烧得能吃下去才行；于是便提高嗓门叫道：“让我来烧吧！”说着，我把木盆挪开，使他够不着，并且匆匆脱下我的帽子和骑马服。“恩肖先生，”我接着说，“叫我自己伺候自己。我就这么办。我才不打算到你们这儿来做太太哩，免得活活饿死！”

“老天爷！”他咕哝着坐了下来，抚摩着他那螺纹袜子，从膝盖一直摸到脚踝。“又要有新差使啦——我刚习惯有两个主人，现在又来个女主人骑到我头上啦。真是时光如流水，我从没想到会有离开这个老窝的日子——不过我怕这一天已经近在眼前啦！”

他的悲叹并没有引起我的注意，一心忙着干活。我叹息着想起，从前的话，我会把这当成完全是有趣的事儿哩。可是我不得不马上赶跑这种回忆，回想起过去的欢乐，我心里就感到难过。过去的景象越是要在脑际浮现，我手中的搅棒也就搅得越急，一把把的麦片往水里撒得也就越快。

约瑟夫看到我的这种煮饭方式，心里越来越气恼。

“瞧！”他叫了起来，“哈里顿，今天晚上你别想吃到麦片粥啦，烧出来的只有像我拳头大的疙瘩。瞧，又扔进一大把！我要是你的话，把木盆子什么的全都扔进去得啦！瞧，你得把这锅粥搅得颜色变暗，那样你才算完事哩。砰，砰！锅底没给你搅破，真该谢天谢地！”

待到把麦片粥倒进事先准备好的四只盆里时，我承认，这锅粥确实烧得一团糟。有人从牛奶场里拿来了一加仑罐新鲜牛奶。哈里顿抢过去就大口大口地喝了起来，牛奶还从他张大的嘴边漏淌下来。

我劝告他，要他把牛奶倒到杯子里再喝，还声明说，弄得这么脏的牛奶我是尝也不会尝的。那个爱挑剔挖苦人的老头，对我的这种讲究大为不满，再三对我说，“这孩子每一丁点儿”都跟我“一样好”，“每一丁点儿都一样健康”，他觉得奇怪，我怎么能这样看不起别人。这时候，那个小暴徒继续在吮他的牛奶，他有意让口水直往罐里淌，还恶狠狠地朝我瞪着眼睛。

“我要到另外房间去吃饭，”我说道，“你们没有叫作客厅的地方吗？”

“客厅！”他学着我的口气嘲弄地说，“客厅！没有，我们没有客厅。要是你不喜欢跟我们待在一起，你就去主人那儿；要是你不喜欢主人，那就待在我们这儿！”

“那我上楼去，”我回答说，“领我去一间卧室。”

我把我的盆子放在一个托盘里，自己又去取了一些牛奶。

那老家伙不停地咕哝着，起身领我上楼。我们登上了顶楼。一路走过去，他时不时推开这扇那扇房门，朝里面张望一下。

“这儿有间屋，”他终于使劲推开一块装在铰链上的摇摇晃晃的门板说，“在这里面喝喝麦片粥，已经够好的啦。那边墙角里有袋麦子，上面挺干净的，可以坐。要是你怕弄脏了你那漂亮的绸衣服，那就在上面铺块手帕吧。”

他说的“这间屋”，是间堆东西的破屋子，发出一股冲鼻的麦芽和谷物的气味；屋子的四周堆着各种粮食口袋，中间留有一大块空地方。

“怎么，你这个人！”我生气地对他大声叫嚷道，“这又不是睡觉的地方，我要看看我的卧室。”

“卧室！”他又用嘲弄的口气重复说，“这儿的卧室你全看了——那边那间是我的。”

他朝第二间阁楼指了指，它和第一间的唯一区别是墙脚边稍空一些，还有一张没挂帐子的矮脚大床，床的一头放着一条深蓝色的被子。

“我要你的卧室干吗？”我回嘴说，“我想希思克利夫先生总不至于睡在顶楼吧，是吗？”

“啊！你是要希思克利夫先生的房间？”他叫了起来，仿佛是有了新发现似的，“你不能早说吗？那用不着这么麻烦，我就可以告诉你，正是那间屋子你没法看到——他总是把门锁着，除了他自己，谁也进不去。”

“你们这个家真是够呛的，约瑟夫，”我忍不住说，“多有趣的一家子！我看打从我把自己的命运同这家人连在一起这天起，世界上所有疯狂的精华，全都钻到我的脑子里来了！不过，说这话跟眼前的事没多大关系——还有别的房间呀。看在老天的份上，快给我安排个地方吧！”

对我的这个请求他未加理会，只是继续拖着沉重缓慢的步子，走下木楼梯，在一间房间的门口停了下来。从他的停步不前和房内的优质家具看，我猜想这该是最好的一间了。

房内铺有地毯，质地很好，只是上面的图案已被灰尘盖满；壁炉上面糊着的花纹墙纸，已掉得七零八落；一张漂亮的橡木大床上，挂着很大的深红色帐幔，用的材料高档，式样也很时新，但使用的人显然很不当心，原来结成花彩的帷幔，已被拉得脱了挂环；挂帐子的铁杆，有一边已弯曲成了弧形，使得帐子拖到了地上。椅子也都残缺不全，有几张损坏得厉害；墙上的嵌板满是深深的伤痕，弄得十分难看。

我正要拿定主意进去住下来，我的笨蛋向导却宣布说：“这是主人的房间。”

这时候，我的晚饭已经冰冷，我的胃口也没有了，我的忍耐力也已消耗殆尽。我坚持要他给我一个安身的地方，而且得有可供休息的设备。

“到底要什么地方呀？”这虔诚的老头开口说，“上帝保佑我们吧！上帝饶恕我们吧！你到底要去什么地方呀？你这让人讨厌的惯坏了的废物！除了哈里顿的小房间，你全都看过了，在这座宅子里，再也没有别的房间可以让你躺下休息啦！”

这时我简直气坏了，把手里的托盘连同里面的东西全都摔到地上，接着一屁股坐在楼梯头上，双手捧着脸，哇的一声哭了起来。

“哎呀！哎呀！”约瑟夫大叫，“摔得好啊，凯茜小姐①！摔得好啊，凯茜小姐！不过主人正好一跤摔倒在这些破盆子上，

① 凯瑟琳过去在山庄时常使性子，摔东西，因而约瑟夫把伊莎贝拉看成是又一个凯瑟琳了。

那咱们就得听骂声了；看看事情会怎么着吧。你这不学好的疯子！为了你这样使性子，把上帝的珍贵赏赐扔在脚下，应该罚你从现在起一直饿到圣诞节！我不信你能长久这么任性下去。你以为希思克利夫受得了你这种好作风吗？我只巴望他能看到你这样使性子！我只巴望他能看到！”

他就这么一路骂骂咧咧地回楼下他自己的窝里去了，蜡烛也带走了，让我一个人留在了黑暗中。

干了这件傻事后，我左思右想了一番，最后不得不承认。我应该克制自己的骄傲，咽下自己的愤怒，而且动手把盆子的破片收拾干净。

没过多久，意外地出现了一个帮手，就是那只“掐脖子”。现在我认出来了，原来它就是我们家那只老狗偷袭手的儿子，它小时候是在田庄里过的，后来我父亲把它送给了亨德利先生。我猜想它认出我来了，它拿鼻尖顶了顶我的鼻子，算是跟我打了招呼，接着便忙着去舔食倒翻在地的麦片粥了。我一步一步地摸索着，收拾起碎陶瓷片，还用自己的手帕擦干净溅在栏杆上的牛奶。

我们的活儿刚忙完，就听见过道里响起恩肖的脚步声。我的帮手赶忙夹起尾巴，紧贴到墙边；我偷偷地溜进最近的一个门里。那狗原想躲过他，可是没有成功，我是从它那奔逃下楼的声音和一声凄惨的长号猜出的。我的运气较好，他走了过去，走进自己的卧室，关上了门。

紧接着，约瑟夫带着哈里顿上楼来了，送他上床睡觉。这时，我才发现原来我是躲在哈里顿的房间。老头儿一看见我，就说：

“这会儿，有屋子收容你跟你的派头了，我想你就待在正屋里吧。那儿空了，可以让你一个人独用。遇上这样的坏同伴，上帝他老人家总是作为第三者和你同在的。”

他这一说，我马上乐意地照他的话做了。我一倒在炉边的一张椅子上，便打起盹来，接着就睡着了。

我睡得又沉又香，尽管睡的时间不长。希思克利夫先生把我给弄醒了。他刚进来，用他那可爱的态度问我待在这儿做什么。

我告诉他我待到这么晚没去睡的原因——他把我们房间的钥匙搁在自己口袋里了。

谁知“我们的”三个字，大大地冒犯了他。他发誓说，那房间现在没有，以后也永远不会有我的份儿。而且他要——不过我不想再重复他的话，也不想再叙述他那一贯的行径了。他用尽心机，每时每刻都想激起我的憎恶！有时候，我对他实在感到奇怪，奇怪得都减低了我心中的恐惧。不过，我跟你说，一只猛虎或者一条毒蛇，也比不上他给我带来的恐惧。他告诉我说凯瑟琳病了，指责说这是我哥哥逼出来的，还赌咒说，在他没能收拾埃德加之前，我就得代他吃苦受过。

我恨透了他——我太不幸了——我真是一个傻瓜！千万别把这些事吐露给田庄里的任何人。我天天都在盼望着你来——别让我失望吧！

——伊莎贝拉

第十四章

看完这封信，我马上就去见主人，向他报告他妹妹已经到了呼啸山庄，已给我来了一封信，表示对林敦太太的病情十分挂念，而且还热切盼望能见到他；她希望他能及早派我去给她转达几句表示宽恕的话。

“宽恕！”林敦说，“我没有什么可对她宽恕的，艾伦。假如你愿意，今天下午就可以去呼啸山庄看她，告诉她我并没有生她的气，只是失去了她我感到很难过，特别是因为我决不相信她会得到幸福。不过要我去见她，这就不必了，我们已经给永远分开啦。要是她真的希望对我好，那就让她劝劝她嫁的那个坏蛋，要他赶快离开此地吧。”

“你就不给她写张便条吗？先生？”我用恳求的语气问道。

“不啦。”他回答说，“用不着了。我跟希思克利夫家的来往，就像他跟我家的来往一样，全都没有必要。根本不应该有来往！”

埃德加先生的冷淡态度，使我极为沮丧。出田庄后，我一路上绞尽脑汁，想着在重述他的话时，怎样在他的话中多加一点感情，怎样把他拒绝写一两行字安慰伊莎贝拉一下的事，说得委婉一点。

我敢说，她打从一大早起就守望着我了。我走上花园的石铺路时，就看到她正从格子窗里朝外张望；我对她点点头，可是她立刻就缩回去了，好像是怕让人看见。

我没有敲门就进去了。原来是一个明亮欢快的人家，现在是一片从未有过的阴郁凄凉景象！我得坦白地说，我要是处在这位年轻太太的地位，至少也得把壁炉前的地扫一扫，用抹布把桌子擦一擦。可是，她已经染上几分弥漫在她四周的那种什么都无所谓的气氛了。她那漂亮的脸蛋苍白倦怠，她的头发也没有梳卷，有几绺垂直地挂着，有的就乱糟糟地蓬在头上。大概从昨天晚上起，她都没有梳洗打扮过吧。

亨德利不在那儿。希思克利夫先生坐在一张桌子旁，正在翻查记事本中的几页笔记。可是一见我进去，就连忙站了起来，友好地向我问了好，还请我坐下。在那座宅子里，只有他看上去还像个样；我觉得他从来没有这样气派过。环境把他们两人的地位改变得这么厉害，在一个陌生人看来，他从出身到教养，无疑都是一位绅士，而他的妻子，倒十足像个邋遢的小懒婆！

她急切地走上前来迎接我，还伸出一只手来接她盼望得到的信件。

我摇摇头。她没懂我的意思，而是跟着我走到餐具柜旁。我是去那儿放我的帽子的。她低声催我快把带来的东西给她。

希思克利夫猜到了她这一举动的意思，就说：

“要是你有什么东西带来给伊莎贝拉——不用说一定有的，内莉——那就给她吧。这事你用不着瞒着，我们两人之间是没有什么秘密的。”

“啊，我没有带什么来，”我回答说，心想最好还是立即说实话，“我的主人要我转告他妹妹，眼下不必希望他会给她写信，或者亲自来看她。小姐，他向你问好，还祝你幸福，他已经原谅你给他造成的痛苦了。不过他认为，从今以后两家应该断绝往来，因为再保持往来是绝不会有什么好处的。”

希思克利夫太太的嘴唇微微颤抖着，她回到了窗前自己的座位上。她的丈夫则来到壁炉前，站在我身旁，开始问起凯瑟琳的病情来。

我把我认为可以讲的有关她的病情，尽可能都告诉了他，可他还是一再盘问我，逼得我又说出了和病因有关的大部分事实。

我还责怪了她的不是，她是应该受责怪的，因为这一切全得怪她自己。最后，我希望他学林敦先生的样，不管是好是坏，今后都别再去打扰他一家了。

“林敦太太现在正在康复，”我说，“她绝不会再像以前那样，不过她的命总算保住了。如果你真的关心她，就不要再拦她的路了；不，你应该完全搬离这个地方。为了免得你有什么舍不得，我还要告诉你，凯瑟琳·林敦现在和你的老朋友凯瑟琳·恩肖已经完全不同了，就像那位年轻太太跟我完全不同一样。她的外表已经大变样，她的性格就变得更厉害了。那位不得不而且也不能不跟她做伴的人，今后只能凭着对她的过去的回忆，以及出于人们常有的仁慈心和责任感，来维持他对她的爱心了！”

“这很有可能，”希思克利夫强自镇静地回答说，“你的主人很有可能除了人们常有的仁慈心和责任感外，就再也没有什么可以支撑他了。可是，你认为我会把凯瑟琳交给他的仁慈心和责任感吗？你能拿我对凯瑟琳的感情，跟他对她的感情相提并论吗？在你离开这座房子之前，我一定要你先答应，让我跟她见一次面。反正你答应也好，不答应也好，我一定要见她！你说怎么样？”

“我说，希思克利夫先生，”我回答，“你万万不能去。你永远也别想通过我来达到这一目的。万一你跟我主人再碰到的话，那就会把她的命全都给送掉了。”

“有你帮助，这就可以避免，”他接着说，“如果有这么大的危险——如果他就是使她的生活增加苦恼的根源——哼，那我认为我就完全有理由对他采取极端手段！我希望你老老实实告诉我，要是失去了他，凯瑟琳会不会非常难过。我就是怕她难过才忍着没对他下手的。从这一点上，你就可以看出我们两人之间感情上的差别了，如果他处在我的地位，而我处在他的地位，尽管我对他恨之入骨，我也绝不会冲他举一举拳头。你要是不相信，那就随你的便吧！只要她还要他做伴，我绝不会把他从她身边赶走。一旦她不再要理他，我立即就会对他下手，挖他的心，喝他的血！可是，不到那个时候——要是你不相信我，那就是你不了解我——不到那个时候，我宁愿慢慢地受尽折磨死去，也绝不会伤他一根毫发！"

"可是，"我插嘴说，"你这是肆无忌惮地想彻底毁了她康复的一切希望。现在，正当她快要把你忘了的时候，你却硬要闯进她的记忆里，把她拖进一场新的冲突和痛苦的风波中。"

"你认为她快要把我忘了？"他说，"啊，内莉！你知道她没有忘！你像我一样清楚，她每想林敦一次，就会想我一千次！在我这辈子最痛苦的时期，我曾有过这种想法；去年夏天我回到这附近时，这种想法曾缠扰过我。可是现在，只有她亲口对我说了，才能使我再度产生这种可怕的想法了。到那时候，林敦算得了什么，亨德利算得了什么，我做过的一切梦又还算得了什么。两个词就可以概括我的未来了：死亡和地狱。失去了她，活着也在地狱里。

"我真是一个傻瓜，竟然一时糊涂，以为她把埃德加·林敦的情爱看得比我的还重。凭他那瘦弱的身心，哪怕他使尽全力爱她八年，也抵不上我对她一天的爱！而且凯瑟琳和我一样，有一颗深邃的心，要是她的全部情感都能让他独占，那在马槽里也能装下汪洋大海了。呸！他在她的心坎里，不见得比她的一只狗、一匹马更亲爱。他不像我，他身上没什么值得她爱的；她怎么能爱他没有的东西呢？"

"凯瑟琳和埃德加，像任何一对恩爱夫妻那样相亲相爱，"伊莎贝拉突然振作起来，大声嚷道，"谁也没有权利这样来讲他们，我不能听任我哥哥受人毁谤不吭声！"

"你哥哥也非常喜欢你吧，是吗？"希思克利夫用嘲讽的口气说道，"可他现在任你流落在外了，转变的速度真是惊人哪！"

"他不知道我在受罪，"她回答说，"我没有把这告诉他。"

"那你告诉他一些什么啦？你给他写信了，是吗？"

"我是写了，只说我已经结婚了——你看过那封信。"

"以后没有写过？"

"没有。"

"我家小姐自从换了环境憔悴多了，"我说，"显然，有人不再爱她了。是谁，我能猜到，只是，也许不便说。”

“我认为这是她自己不爱自己，”希思克利夫说，“她变成一个懒婆娘了！实在少见，她这么早就不想讨我喜欢了。你也许不会相信，我们结婚后第二天早上，她就哭着要回家了。不过，她这样不自爱，跟这座房子倒是挺相配的。只是我得留神，别让她到外面到处乱跑，给我丢人现眼的。”

“啊，先生，”我回答说，“我希望你能想到希思克利夫太太是一向有人照顾、被服侍惯的。她从小就像个独生女儿那样长大，家里人个个都照顾她。你得让她有个女仆收拾收拾东西才是，你也得好好待她。不管你对埃德加先生有什么看法，你不能否认她对你是有强烈的感情的，要不，她也就不会放弃优雅舒适的生活和娘家的亲友，心甘情愿地跟你住到这么个乱糟糟的地方来了。”

“她是在一种错觉的支配下放弃那些东西的，”他回答说，“她把我想象成一个传奇式的英雄，希望从我骑士式的倾心中得到无限的宠爱。我简直不能把她当成一个有理性的人。她竟这样死心眼地对我的性格坚持着一种荒谬的看法，而且还凭着她自己的那种错觉行事。不过到最后，我觉得她到底还是对我有点儿了解了。起初，我并没有理会她对我挑逗的痴笑和怪相，也没有去理会她的无知和无能，当我坦率地告诉她我对她的痴心和她本人的看法时，她竟愚蠢地把我的真心看成是假意。我费了好大的劲才使她发现我本来就不爱她。有一段时间，我还以为再也没法教会她明白这一点了呢！不过她懂的还是不多，今天早上，她当作一件惊人消息，向我宣布说，我确实已经使得她恨我了！我向你保证，这可真是花了九牛二虎之力啊！要是果真是这样，那我真有理由大大地感谢她哩！我能相信你的话吗，伊莎贝拉？你真的恨我了吗？如果我让你独自一个人待半天，你会不会又走到我跟前来对我唉声叹气、甜言蜜语讨好呢？我敢说，她宁愿我在你面前装出对她百般温柔的样子，暴露出真情实况有伤她的虚荣心。可是，我并不在乎让人知道这份热烈的恋情完全是单方面的事，我也从来没有在这事上对她说过一句假话。她没法指责我对她有一点虚情假意。从田庄出来时，她看到我干的第一件事，就是把她的小狗吊了起来。当她为它向我求情时，我说的第一句话是，除了一个人之外，我恨不得把他们全家人全都吊死。也许她还以为这例外的一个就是她呢。可是，任何的残暴手段都没有使她感到厌恶，我看只要她自己这个宝贝不受伤害，她对于这种手段还有着一种天生的爱好哩！瞧，这么一条可怜巴巴，卑鄙下流的母狗，居然还梦想我会爱她，这岂不是荒唐透顶——十足的白痴？你去告诉你家主人，内莉，就说我一辈子也没见过像她这样的贱东西。她甚至玷污了林敦这个姓氏。每次我试试她承受折磨的能力，她总是不知羞耻、摇尾乞怜地爬了回来，由于实在拿她没有办法，弄得我有时都只好罢手！不过你也告诉他，请他这位做执法官的兄长尽管放心，我是严格遵守法律的约束的。直到现在为止，我都避免让她抓到一丁点儿离异的借口；不仅这样，她也用不到求什么人来拆散我们；要是她想走，她走得了；她在我眼前使我感到的厌恶，大大超过我折磨她时得到的满足哩！”

“希思克利夫先生，”我说，“你这是疯子说的话。很可能，你的妻子以为你疯了，而且正是这个缘故，她才对你容忍到今天。既然现在你说她要走可以走，她一定会利用你的这一许可的。小姐，你总不至于就这么入迷，心甘情愿地跟他过下去吧？”

“你要当心啊，艾伦！”伊莎贝拉回答说，她的眼睛中闪着怒火；从她的这种眼神可以看出，她丈夫要她恨他的企图，无疑已经完全成功了。“他说的话，你一个字也别相信，他是个说谎的恶魔！他是个怪物，不是人！他以前就跟我说过，我可以离开他，我也试过，可是我不敢再试了！只是你要答应我，艾伦，千万不要对我哥哥或者凯瑟琳提起他这些无耻的话，一个字也别提。无论他怎么装假，全都为了想要叫埃德加气得来拼命。他说他娶我是为了好控制他，摆布他。可他别想达到目的——我会先死掉！我祈求，但愿他一时忘了他的恶毒心计，把我给杀了！现在我能想到的唯一乐趣，就是死去，或者看他死去！”

“好啊——眼前有这句话就够了！”希思克利夫说，“内莉，要是你被传上法庭，可要记住她的话啊！你好好看看她那张脸吧，她已经快要达到让我满意的地步了。不，现在你已经不适合做你自己的监护人了，伊莎贝拉；我，既然是你的合法监护人，你就得由我来监护，尽管这一职责是多么不合我的胃口。上楼去，我还有话要跟艾伦·丁恩私下说哩。不是往那儿走，我给你说了，上楼去！嗨，这才是上楼的路，孩子！”

他一把抓住她，把她推出房外。转身回来时，他嘴里咕哝道：

“我没有怜悯！我没有怜悯！虫子越是扭动，我越想挤出它的内脏！这是一种精神上的出牙现象，越感到痛，我就越要使劲磨。”

“你懂得‘怜悯’这个词的意思吗？”我说，赶紧戴上帽子，“你这一辈子可曾有过一点怜悯的感觉？”

“把帽子放下！”他看出我要走的样子，打断了我的话说，“你还不能走。现在过来，内莉。我一定能说服你或者强迫你，帮助我实现我要见到凯瑟琳的决心，而且不能拖延。我发誓我不想伤害什么人。我不想惹起什么乱子，也不想激怒或侮辱林敦先生。我只想听她亲口对我说说，她的情况怎么样，她为什么会生病，问问她我能为她做点什么。昨天晚上，我在田庄的花园里待了六个小时，今天晚上我还要去。今后，我每天晚上都要去那儿，每个白天也都去，直到找到机会进入房子。如果埃德加·林敦碰上我，我就毫不犹豫地一拳把他打倒，在我待在那儿时，保证他有足够的时间躺着一动不动。要是他的仆人们来阻拦我，我就用手枪把他们吓跑。可是，要是我进去时不让碰上他们，或者他们的主人，那不是更好吗？而这一点，你是很容易办到的。我到那儿时，先告诉你，等她一个人时，你就可以悄悄把我放进去，然后你就给我望风，直到我离开。你这样做心安理得，你这是为了防止一场祸害。”

我坚决表示反对，我不能在主人的家里扮演这种奸细的角色。此外，我还竭力认为，他这样为了满足自己的愿望，不惜破坏林敦太太的宁静，是非常残酷自私的行为。

“一点点最平常的小事，都会把她吓得胆战心惊，”我说，“她已经变得神经过敏，我敢肯定，她再也经受不住这种意外的事了。你就别再坚持了，先生！要不，我就只好把你的打算禀告给我的主人了。那样他就会采取措施来保护他的宅子和宅子里的人，不让任何不速之客非法闯入!”

“要是这样，我就要先采取措施‘保护’你了，你这个女人!”希思克利夫叫了起来，“明天早晨以前，你别想离开呼啸山庄。说什么凯瑟琳见了我会受不了，这完全是胡扯。至于说会吓了她，我也不希望这样，你得先让她有个准备——先问问她我可不可以来。你说她从来没有提到过我的名字，也从来没有人向她提起过我。既然我在那家人家是个禁止谈论的话题，她又能向谁去提起我呢？她以为你们全是她丈夫的奸细。啊，我丝毫也不怀疑，她在你们中间就像在地狱里！她什么都没说，我也能猜出她心中的苦处，就像她说了一样。你说她老是坐立不安，神情焦躁，这难道是心境平静的证明吗？你说她心情不定，在那种可怕的孤独中，不这样还能怎么样呢？还有那个没用、乏味的家伙，说什么照顾她是出于责任感和仁慈心。出于怜悯和行善罢了！要是认为在他这种浮泛的照料中也能使她恢复元气，那他真可以把一棵橡树种在花盆里，巴望它茁壮成长了！我们还是马上决定吧！你是要留在这儿，让我在林敦和他的仆人中打出一条路来去见凯瑟琳呢，还是像你往常那样做我的朋友，照我的要求去做？快决定吧！要是你还要坚持你那固执的犟脾气，我可是没有理由再耽搁一分钟了!”

唉，洛克伍德先生，我反对，我抗议，我斩钉截铁地回绝他，回绝了不知多少遍，可是经过长时间的僵持，最后他还是逼得我同意了。我答应替他捎一封信给我的女主人。如果她同意的话，下一次林敦不在家时，我保证让他知道这一消息，他就可以赶来，让他能进屋。到时候我要避开，其他的仆人也都得走开。

我这么做，是对还是错呢？我怕是错了，虽说这只是权宜之计。我当时认为，我依了他，就可以避免一场乱子。我还认为，这也许能为凯瑟琳精神上的疾病提供一个转机。接着，我又想起了埃德加先生的严厉斥责，要我别再搬嘴弄舌。我千方百计想消除在这件事情上感到的不安，反复跟自己说，这件背信弃义的事（如果得背这么个难听的名声的话）该是最后一次了。

尽管如此，我在回家的路上，心情还是比来时更沉重。在我还没有说服自己把信交到林敦太太手里以前，我心中一直疑虑重重。

·

可是肯尼斯医生来啦，我得下楼去了，我要告诉他你好多啦。我的故事，像我们这儿说的那样，是很难受的，这故事还可以再消磨一个早上哩。

难受，而且悲惨，这位好女人下楼去接医生时，我心里想，要是选来给自己解闷的话，我是根本不会选这类故事的。不过没关系！我可以从丁恩太太的苦草中提炼出良药。首先，我得留神，凯瑟琳·希思克利夫那双亮晶晶的媚眼里，潜藏着一股迷人的魅力呢。如果我倾心于那位年轻女人，我定会陷入不可思议的苦恼之中，那个做女儿的，正是她母亲的翻版啊！

第十五章

又过了一个星期——经过这么多日子，我终于离健康和春天越来越近了！由于我那位管家还能从繁忙的工作中抽暇来我这儿坐坐，现在我已经全部听完我那位邻居的故事了。我要用她的口气把故事继续说下去，只是稍稍有所压缩。总的说来，她是一位讲故事的能手，有她自己的风格；我认为我没有能力使这种风格有所改进。

那天晚上，就是我去山庄探望的那天晚上，我知道——就像我看到似的——希思克利夫先生又在这儿附近。我没有出去，因为我的口袋里还藏着他的那封信，而且也不想再受他威胁和纠缠了。

我打定主意等主人去什么地方时再把信交出，因为我猜不透凯瑟琳接到信后会怎么样。结果是，过了三天，信还没有送到她的手中。第四天是星期日，待全家人都去教堂后，我才把信带进她的房间。

家里留下一个男仆和我一起看家，我们通常的做法是，在做礼拜的那几个小时里，把前后门全都锁上。不过，那一天恰逢天气温暖宜人，我就把门全都敞开了。我心里清楚谁会来，为了履行自己的诺言，我就对我的同伴说，女主人很想吃橘子，要他快到村子里去买一些来，第二天再去付钱。他去了，我就上了楼。

林敦太太穿着一件宽松的白色衣服，肩上披着一条薄薄的披肩，像往常一样，坐在敞开的窗子的凹处。她那浓密的长发，还是在她刚起病时修剪过一下，现在她稍作梳理，顺其自然地披在鬓角和脖子上。正像我对希思克利夫说过的那样，她的模样已经变了；但是在她平静的时候，这一变化仿佛使她有了一种非凡的美。

她那双闪闪发亮的眼睛，已经蒙上一层凄楚的梦幻似的温柔；让你看起来它们已不再望着她周围的事物，似乎一直在凝视着远方，那遥远的远方——也许可以说，凝视着人世之外的地方。还有她那苍白的脸色——由于体重有所恢复，憔悴的模样已经消失——和忧郁心境下流露出的异常神情，尽管使人痛心地想起她致病的原因，却也使她格外惹人爱怜。在我看来——我知道，在任何一个见过她的人看来——这一切都证明，说她正在康复并不是事实，而是表明，她注定要香消玉殒了。

一本书打开放在她面前的窗台上，几乎觉察不到的微风偶尔翻动着书页。我相信，这书是林敦放在那儿的，因为她从来不曾想到要看书，或者干点别的什么事。为此林敦花上不少时间，设法引她对以前喜爱的事物重新产生兴趣。

她也明白他的用心，在她心情比较好的时候，她就听从他的摆布，只是时不时地压下一声疲惫的叹息，表示他是在白费心思；到了最后，她就只好用凄惨的微笑和亲吻来阻止他。在其他时候，她就突然转过身去，用双手掩住脸，或者甚至生气地把他一把推开。于是他就只好小心翼翼地走开，让她独自待着，因为他确信自己是无能为力的了。

吉默屯教堂里的钟声还在响着。山谷里那涨满水的小溪传来了悦耳的汩汩声。这美妙的声音，代替了还没到来的夏日树叶的沙沙声，待到那时候树木长满了叶子，那声音就要淹没田庄附近的溪流声了。而在呼啸山庄，在解冻或者雨季之后的平静日子里，总能听到小溪的汩汩流水声。这会儿，凯瑟琳正在倾听着，她心里想的正是呼啸山庄。这是说，如果她确实是在听是在想的话。可是她的双眼，有着我前面提到过的那种茫然的、心不在焉的神情，这表明她既不能用耳朵、也不能用眼睛来辨认外界的事物了。

“有你的一封信，林敦太太，”我说着，把信轻轻塞进她搁在膝上的一只手中，“你得马上看一看，因为在等着回音呢。我来把封漆打开好吗?”

“好的，”她回答说，没有改变目光的方向。

我打开信——信很短。

“现在，”我接着说，“看吧。”

她把手缩了回去，任凭信掉到地上。我捡起信，重又把它放在她的腿上，站在那儿等着她垂下目光来看一看，可是久久不见动静。最后我只好接着说：

“要我念吗，太太?这是希思克利夫写来的信。”

她吃了一惊，脸上闪过一丝痛苦的回忆，还流露出竭力想理清自己的思绪的神情。她拿起信，好像在看，而待她看到信上的签名时，她叹了一口气；可我还是发现她并没有领会信里的意思。我要听她的回音，她却只是指着署名，带着一种哀伤、急切的询问神情，朝我注视着。

“噢，他想见见你，”我说，心想需要有人给她做个解释，“现在他就在花园里，急着想知道我给他带去什么回音呢。”

在我说话时，我看到楼下沐浴着阳光的草坪上躺着一只大狗，它竖起了耳朵，仿佛正想吠叫，接着却又把耳朵放平，摇起了尾巴，宣布有人来了，而且它认为来者并不是个陌生人。

林敦太太朝前探着身子，屏息凝神倾听着。过一会儿，一阵脚步声穿过过道。那敞开着的大门，对希思克利夫的诱惑力实在太大了，使得他不能不跨进门来。很有可能，他以为我有意不履行诺言，所以他也就决定自己大胆行事了。

凯瑟琳紧张急切地注视着卧室的门口。可他一时弄不清她住在哪间屋子。她向我示意要我去接他，可是我还没走到门口，他就找到了，而且三脚两步就走到了她的跟前，一把把她搂到了怀中。

约莫有五分来钟，他一句话没说，也没松开她。在这段时间里，我敢说，他给她的吻比他有生以来吻过的次数还多。不过最先吻的还是我的女主人。我清楚地看到，由于过分的悲痛，他都不忍心看她的脸了！他一看到她，就跟我一样，确信她是好不了啦，她是命中注定，必死无疑了。

“啊，凯茜！啊，我的命根子！这叫我怎么受得了啊？”这是他喊出的第一句话，那声调一点儿也不想掩盖他心中的绝望。现在他是这般热切地凝视着她，他的目光是如此强烈，我想一定会使他流出眼泪。可是他的眼睛中燃烧着的是痛苦，并没有融为泪水。

“现在还要怎么样呢？”凯瑟琳说着，身子往后一仰，突然沉下了脸色，来回答他的凝视，而她的脾气只不过是她变化无常的性情的风标而已，“你和埃德加已经把我的心打碎了，希思克利夫！你们两个都为这事来向我痛哭哀告，仿佛你们倒是该怜悯的人！我不会怜悯你的，绝不会。你已经害死我了——我想，你该万事如意了吧。你多壮实呀！我死后你还打算活多少年呢？”

希思克利夫跪下一条腿搂着她。他想站起身来，可是她揪住他的头发，把他按了下去。

“但愿我能一直揪住你，”她辛酸地接着说，“直到我们两人都死去！我可不愿管你受什么苦，我才不管你的痛苦哩。为什么你就不该受苦？而我得受苦呢！你会忘了我吗？我埋进土里的时候，你会高兴吗？二十年后你会不会说，‘那是凯瑟琳·恩肖的坟墓。从前我爱过她，曾因失去她感到非常痛苦。不过这都是过去的事了。在那以后我又爱过不少人。如今，对我来说，我的孩子要比她亲多了。而且，到我死的时候，我也不会因为可以去和她会面而感到高兴，我会因不得不抛下孩子而感到难过！’你会这么说吗，希思克利夫？”

“别把我折磨得像你一样发疯吧！”他叫了起来，咬紧牙关，挣脱开脑袋。

在一个冷眼的旁观者看来，这两个人构成了一幅奇异而可怕的景象。凯瑟琳满可以把天堂看成是她的一块流放地，除非是在她抛掉尘世的肉体时，也抛掉她那尘世的性格。这时候，只见她苍白的双颊和失血的嘴唇上，以及闪烁的眼睛中，整个面容都流露出一副狂野的、渴望报复的恶意，在她那紧攥着的拳头里，还留有一把被她拔下的头发。至于她的同伴，他一只手撑着站起身来，另一只手紧握住她的胳臂。在她现在这种情况下，他这种温存的紧握是多么不合适啊。在他松开手时，我看见在她那没有血色的皮肤上，留下了四条清晰的紫痕。

“你是不是着了魔啦？”他凶暴地追问道，“你都快要死了，还这样跟我说话？你有没有想到，这些话全都会烙在我的记忆里，在你抛下我之后，它们会一直深深啃咬着我？你说是我害死了你，这你明知道自己是在说谎。凯瑟琳，你也知道，我忘了你也就忘了我自己！当你已经得到安息的时候，我却在地狱般的痛苦中受着煎熬，这还不够使你那狠毒的自私心满足吗？”

“我是得不到安息的，”凯瑟琳呻吟着说，她感到自己体力上虚弱不支；这一阵情绪上的过度激动，使她的心不规则地剧烈跳动着，剧烈到甚至已经可见可闻。

她没有把话再说下去，直到这一阵发作过去之后，她才用较为温和的语气接着说道：

“我并不想要你受比我更大的痛苦，希思克利夫。我只愿我们俩永不分离。要是我有什么话使你日后感到痛苦，要知道我在地下同样也会感到痛苦的。看在我的份上，你就原谅我吧！过来，再跪下来！你这辈子从来都没有伤害过我啊。不行，你要是这样心怀怒火，那日后回忆起来，比我那些尖刻的话还要难受哪！你不肯再过来吗？来呀！”

希思克利夫走到她的椅子背后，朝她俯下身子，可是没有低到可以让她看到他的脸——那张因激动而发青的脸。她回过头来看他，可他不让她看，他猛地转了个身，走到壁炉边，站在那儿，背对着我们，一言不发。

林敦太太的目光疑惑不解地跟着他，他的一举一动都在她心中唤起了新的感情。在一阵沉默和长久的凝视后，她又说话了，带着气恼的失望声调对我说：

“啊，你瞧，内莉，他都不肯发点善心，让我在坟墓外面多待上一会。人家就是这样爱我的！好吧，没什么。那不是我的希思克利夫。我还是爱着我的那一个，我永远带着他，他就在我的灵魂里。还有，”她又沉思着往下说，“让我最恼恨的东西，说到底，还是这一个支离破碎的牢笼。我已经厌倦了，给关在这儿关腻了。我迫切地盼望跳进那个极乐世界，从此永远留在那儿；不是含着泪水模糊地看到它，也不是在痛苦的心境中想到它，而是真正待在那儿，待在那个世界里。内莉，你以为你比我好，比我幸福，比我身强力壮，你为我感到难过——可是用不到多久，这种情况就要改变了。我将为你们感到难过。我将要大大地超过你们，你们谁也比不上我。我真不明白，他怎么不肯来我身边了!”她继续自言自语，“我想他是愿意来的。希思克利夫，亲爱的！现在你不该再赌气啦。快到我这儿来吧，希思克利夫!”

她竟迫不及待地站了起来，身子靠在椅子的扶手上。在她那诚挚的恳求下，他朝她转过身来，露出一副完全是不顾一切的神情。他睁大着湿漉漉的双眼，终于猛地朝她射过去闪闪的目光。他的胸口剧烈地起伏着。他们各自站住了一刹那，接着，我根本没看清他们是怎么聚在一起了。只见凯瑟琳朝前一扑，他就把她接住了，他们俩就紧紧拥抱在一起。我心里想，我的女主人从这样的拥抱中放开时，是绝不可能再活着了。事实上，照我看来，她好像立刻就不省人事了。他一下倒坐在最近的一张椅子上，我急忙赶上前去看看她是不是昏过去了，谁知他竟像一只疯狗似的吐着白沫，对我咬牙切齿，还带着贪婪的妒意，把她搂得更紧了。我只觉得我仿佛不是和自己的同类待在一起，看来即使我跟他说话，他也不会懂得。所以我也就只好站开，不作一声，茫然地不知如何是好。

凯瑟琳突然动弹了一下，这多少让我松了一口气。只见她抬起一只手臂，搂住了他的脖子，他抱着她，她把自己的脸紧贴在他的脸上，而他，作为回报，疯狂地爱抚着她，嘴里狂热地说：

“你现在才让我明白，你是多么残酷啊——既残酷又虚伪！你以前为什么要看不起我？你为什么要欺骗自己的良心，凯茜？我不会给你一句安慰的话，这是你自作自受。是你自己害死了自己。是的，你可以吻我，可以痛哭，可以逼出我的吻和眼泪，可是我的吻和眼泪会折磨你——它们要诅咒你。你曾经爱过我——那你有什么权力丢开我呢？你有什么权力——回答我——对林敦心存那种可鄙的幻想呢？苦难、耻辱、死亡，以及上帝或撒旦所能给予的一切打击，都不能把我们俩拆开，而你，你却心甘情愿地做出了这种事情。我并没有打碎你的心——是你打碎了自己的心。在打碎它的时候，你把我的心也打碎了。我是个强健的人，因而对我来说就格外苦了。我还要活下去吗？这还叫什么生活呢？当你——啊，上帝！——当你的灵魂已进了坟墓，你还愿意活着吗？"

"别再说我了！别再说我了！"凯瑟琳抽泣着说，"如果说我做下了错事，那我正在为这付出生命。这就够了！你也抛弃过我，可我不愿责怪你。我宽恕你，你也宽恕我吧！"

"看着这对眼睛，摸着这双消瘦的手，要我宽恕你，真难啊！"他回答说，"再吻吻我吧，别让我看到你的眼睛！我宽恕你对我做过的事了。我爱害了我的人——可是那个害了你的人呢！我怎么能饶了他？"

他们沉默了——两张脸紧贴着，用彼此的眼泪互相冲洗着。至少，我想是两人都在哭泣。遇上像这样一个特殊的场合，看来希思克利夫似乎也会哭泣的。

这时，我越来越焦虑不安了。因为一个下午很快就过去了，我打发去买橘子的人已经完成使命回来，而且在那照耀在山谷上的夕阳中，我看到已经有一大群人从吉默屯教堂的大门里拥出来了。

"礼拜做完了，"我报告说，"再过半小时，主人就要回来了。"

希思克利夫哼出一声咒骂，把凯瑟琳搂得更紧了，她则一动也不动。

过不多久，我看到一群仆人走过大路，朝厨房一侧走去。林敦先生就在他们后面不远处。他自己打开了大门，悠闲地慢慢信步过来，也许是在享受这风和日丽、夏天般美好的下午吧。

"现在他到家了，"我叫了起来，"看在老天爷的份上，赶快下去吧！你打前楼梯下去不会碰上人的。快走吧！你先在树丛中待着，等他进来你再走。"

“我得走了，凯茜，”希思克利夫说，想从他的伴侣的胳臂中挣脱出来，“不过，只要我还活着，在你睡着以前，我还要来看你的，我不会离开你的窗子五码。”

“你决不能走！”她回答说，使尽全力把他紧紧搂住，“我跟你说了，你不要走。”

“只走开一个小时，”他诚挚地恳求说。

“一分钟也不行，”她回答。

“我非走不可了——林敦马上就要上来了！”这受惊的闯入者坚持说。

他想站起身来，以此来摆脱开她紧抓着的手指——但她搂得更紧了，喘着气，她的脸上有着一股子疯狂的决心。

“不！”她尖叫着，“啊，别，别走！这是最后一次了啊！埃德加不会伤害我们的。希思克利夫，我要死了！我要死了啊！”

“该死的混蛋！他来了，”希思克利夫大声嚷着，坐回到椅子上，“安静点，我亲爱的！嘘，嘘，凯瑟琳！我不走了。要是他就这么开枪打我，我会在嘴唇上带着祝福死去的。”

他们俩又紧紧搂在一起了。我听到主人正走上楼来——我的脑门上直冒冷汗，我吓坏了。

“你就听她的胡话吗？”我情绪激动地说，“她不知道自己在说些什么呀。就因为她神志不清，不能自主，你就想毁了她吗？起来！你一下就可以挣脱的。这是你干过的最恶毒的勾当了。我们全都给毁了——主人，女主人，还有我这个女仆！”

我急得直绞手，大声叫嚷。林敦先生听到这声音，加快了脚步。

正当我张皇失措的时候，只见凯瑟琳的胳臂无力地松落下来，她的头也垂到一边，我感到满心高兴。

“她是昏过去了，不是死了？”我心里想，“这倒也好。与其活着让周围的人受累，给大家增添痛苦，还不如死了的好。”

埃德加径直朝这位不速之客扑去，由于惊讶和愤怒，脸色变得煞白。他打算拿他怎么办，我也说不准。然而，没想到对方把那个毫无生气的躯体往他怀里一放，一下子就制止住了一切感情冲动。

"瞧吧!"他说,"除非你是一个恶魔,要不就先救她——然后再跟我说话!"

他走进客厅,坐了下来。林敦先生把我叫过去,我们费了好大的劲,使尽了种种方法,好不容易才使她苏醒过来。可是她的神志已经完全不清了,只是一味地呻吟叹息,谁也不认识了。埃德加为她急得团团转,早已忘掉她那个可恨的朋友。我可没有忘记。我一找到机会,马上就去叫他赶快离开。我告诉他凯瑟琳已经好一些了,要他明天早上再听我的消息:这一夜她过得怎么样。

"我不拒绝到门外去,"他回答说,"可是我要守在花园里。内莉,记住,明天你要遵守诺言。我就待在那些落叶松下面,记住!要不我还会进来的,我可不管林敦在不在家哩。"

卧室的门半开着,他急速地朝里面瞥了一眼,确信我说的是实话,这个带来厄运的人这才离开这座房子。

第十六章

那天夜里，十二点钟左右，你在呼啸山庄见过的那个小凯瑟琳出生了——一个才怀了七个月的瘦小婴儿。两个小时后，那个做母亲的就死了。她的神志一直没有怎么清醒过，既不知道希思克利夫已经离去，也不再认得埃德加。

埃德加丧妻的悲痛，说起来实在太让人心酸。从日后的影响看，这一悲痛该有多深啊。

依我看来，最大的悲哀还在于凯瑟琳没有给他留下一个继承人。我打量着这个孱弱的孤女，为这事表示惋惜，同时心里骂着老林敦，他只因出于天生的偏见，规定家财可以传给自己的女儿，但不能传给孙女。

可怜的小东西！这真是个不受欢迎的婴儿。在她刚出世的那几个小时，哪怕她哭死了，也不会有人去管她一下的。后来，我们总算弥补了这一疏忽，可是，她出世时孤苦伶仃，说不定她的最后结局也会跟这一样呢。

第二天早上——屋外灿烂明媚——晨光悄悄地透过百叶窗，溜进肃然无声的房间，一片亲切柔和的光亮，弥漫在卧榻上和躺在它上面的人身上。

埃德加·林敦的头靠在枕头上，闭着眼睛。他那年轻清秀的脸容，几乎已跟躺在旁边的人一样，死去一般，纹丝不动。不过他的脸是极度悲伤造成的麻木，而她的脸透出的是真正的安宁。她面容安详，双眼紧闭，嘴上带着笑意。天堂里的天使，哪一个也没有她这般美丽。她一动不动地躺在那儿，那永恒的安静也感染了我。当我凝视着这神圣的安息者那无牵无挂的模样时，我的心中也有了一种从来没有比这圣洁的心情。我不禁想起她几小时前说过的话，她说她将大大地超过我们，我们谁也比不上她！无论她仍在地上，还是现在已在天堂，她的灵魂如今都和上帝同在了！

我不知道这是不是我的独特之处，我在守灵时，只要同我一起守灵的人没有大哭大叫，悲痛欲绝，我是很少有不高兴的时候的。我看到了一种无论人间还是地狱都不能打破的安宁，我感到今后有了一种没有止境、没有阴影的信心——他们进入的永恒——在那儿，生命永远延续，爱情无限和谐，欢乐始终充溢。我发现，在那种时刻，当林敦先生如此痛惜凯瑟琳的幸福超脱时，就连像他那样的爱情中，也存有多少自私成分啊！

当然，也许有人会怀疑，她度过了那么任性、暴躁的一生，到末了配不配享有一个宁静的安息之处。在冷静思考的时候，你可能会这样怀疑。可是，在她的灵前，你是绝不会那么想的。它保持着自己的安静，仿佛对它以前的住户①也给予了同样安宁的保证。

先生，你相信这样的人在另一个世界里会快乐吗？我多想知道啊。

我没有回答丁恩太太的问话，她的这个问题问得似乎有点邪门。她接着又说：

回顾凯瑟琳·林敦的一生，恐怕我们没有权利认为她是快乐的。不过我们还是把她交给上帝来安排吧。

主人看来是睡着了。太阳升起后，我便大胆离开了房间，溜到屋外清新的空气里。仆人们以为我是要摆脱守了一整夜后的困倦，其实我主要的目的是想去看看希思克利夫。要是他这一整夜都守在

---

① 指灵魂。

落叶松丛中，那他就不会听到田庄里的骚动；除非他也许听到了信差直奔吉默屯的马蹄声。如果他曾悄悄走近宅子，就有可能从那闪来闪去的灯光和忽开忽关的大门，觉察到宅子里已经出事了。

我想去找他，可又怕去找他。我觉得必须把这一可怕的消息告诉他，他盼望尽快把这事对付过去，但我又不知道该怎么对他说才好。

他是在那儿——在进入林苑至少几码远的地方，靠在一棵老槐树上，头上的帽子已摘下，头发被露水淋得湿漉漉的，凝聚在抽芽的枝头的露水，还在他周围滴滴答答地落着。他已经以这样的姿势站立很久了，因为我看到离他不到三英尺的地方，有一对鸫鸟穿梭似的来来去去，正忙着营造自己的窝巢，把站在近旁的他完全当作一般木头了。待我一走近，它们就飞走了。他抬起眼睛，说起话来。

“她死了！”他说，“没等你来我就知道了。收起你的手帕吧——别在我面前一把鼻涕一把眼泪的。你们全都该下地狱！她才不需要你们的眼泪哩！”

我在为她而哭，也在为他而哭。有时候，我们是会怜悯那些对自己对别人都没有丝毫感情的人的。我一看到他的脸，就看出他已经知道这一悲惨的结局了。当时，我突然有了一个愚蠢的念头，以为他的心已经镇定下来，他正在祈祷，因为他的嘴唇在动，他的目光凝视着地面。

“是啊，她死了！”我回答说，抑制住抽泣，擦干双颊，“上天堂了，我希望。要是我们能接受应得的告诫，改邪归正，我们每个人都能去那儿和她会合的。”

“那么她也接受了应得的告诫吗？”希思克利夫问道，一副想要讥讽的神情，“她是像个圣徒似的死去的吗？来，告诉我这事的真实情况。到底——”

他竭力想说出那个名字，可是他办不到。他紧闭嘴唇，跟内心的痛苦进行了一场默默的搏斗，同时还用一种决不妥协的凶狠目光瞪着我，拒不接受我的同情。

“她到底怎么死的？”终于，他又开了口——尽管他有着铁石心肠，却也盼望背后有个依靠的地方。在这一番搏斗之后，他不由自主地浑身上下都在颤抖着，就连指尖也在发抖。

“可怜的人！”我心里思忖，“原来你也有跟别人一样的心肠和神经！为什么你一定要把它们隐藏起来呢？你的傲慢自负瞒不了上帝！是你自己要他来折磨你，直到迫使你发出屈辱的恳求声。”

“像羔羊一样的安静，”我大声回答说，“她叹了一口气，像个刚醒过来的孩子似的伸了伸懒腰，接着便又睡着了。过了五分钟，我觉得她的心口微微跳了一下，从此就再也不跳了！”

“还有——她有没有说起过我？”他问道，语气颇为犹豫，仿佛唯恐他这一问，对他的回答会引出一些他不忍听的细节似的。

“她的知觉一直没有恢复。打你离开她的时候起，她就谁也不认识了，”我说，“她脸上带着甜蜜的微笑躺在那儿，她最后想的是恍恍惚惚地回到了愉快的童年时代，她的生命是在一个温柔的梦里结束的——愿她在另一个世界里醒来时，也一样愉悦欢快！”

“愿她醒来时痛苦万分！”他带着可怕的怒气大声嚷道，由于一阵控制不住的激情发作，他跺着脚，发出呻吟。“哼，她直到最后都是个说谎的人！她在哪儿？不是在那儿——不是在天堂——也没有毁灭——在哪儿呢？啊！你说你不管我的痛苦！我只有一个祈求——我要为这反复地祷告，直到我的舌头僵硬——凯瑟琳·恩肖，在我活着时，愿你得不到安息！你说是我害了你——那你就缠住我不放吧！被害人的阴魂总是缠住他的凶手的。我相信——我知道鬼魂总是在人世间漫游的，那就永远跟着我吧——不管用什么形式——把我逼疯吧！只是别把我撇在这个深渊里，让我找不到你！啊，上帝！这真是没法说呀！没有生命，我怎能活下去！没有灵魂，我不能活啊！”

他拿头往满是疤结的树干上猛撞，抬起两眼，干号着，那模样根本不像一个人，而像一头快被刀矛捅死的野兽。

我看到树皮上有好几片血迹，他的手上和额上也都沾满了血。也许我眼前见到的这一幕，昨天晚上已经演出过多次。这已很难引起我的同情——只能使我胆战心惊。但我还是不忍心就这么离开他。

可是他刚一清醒过来，发现我在看着他，便大声吼叫着命令我马上走开。我听从了，我可没有本领叫他安静下来，或者能给他一些安慰！

林敦太太的葬礼定在她去世后的那个星期五举行。在这之前，她的灵柩摆在大客厅里，棺盖开着，上面撒满鲜花和香叶。林敦日夜守在旁边，成了一个不眠的守灵人。还有一个人——这事除我之外谁也不知道——就是希思克利夫，他至少几个晚上都守在外面，同样也是个不眠的守灵人。

我没有和他联系，不过我还是知道，如果有可能，他是打算进来的。到了星期二那天，天黑后不久，当我的主人实在累得支持不住，去休息一两个钟头时，我就去打开一扇窗子；我是被他的锲而不舍精神打动了，有意给他一个机会，让他对他的偶像凋谢中的容貌，做最后的告别。

他没有错过这个机会，行动敏捷而又小心，小心到没有发出丝毫声响，因而谁也不知道他曾进来过。说实话，要不是死者脸上的盖布有点弄乱，以及在地上发现一绺用银线扎着的淡黄头发，我也发现不了他曾来过这儿。我仔细看了看那绺头发，断定这是从挂在凯瑟琳脖子上的小金盒里拿出来的。希思克利夫打开这个小装饰物，扔掉了里面的淡黄头发，把自己的一绺黑头发装进去了。我把这两绺头发绞在一起，把它们全都放进小金盒。

恩肖先生当然被邀请前来参加他妹妹的葬礼，他没有一句推托的话，可是根本没有来。因此，除了她的丈夫之外，参加葬礼的全是佃户和仆人。伊莎贝拉没有受到邀请。

使村民们感到奇怪的是，凯瑟琳安葬的地方，既不是在教堂里面林敦家族的墓碑下面，也不在教堂外面她自家亲人的墓旁，而是埋在教会墓园的一角青绿的斜坡上。那儿的围墙很低，各种灌木和覆盆子之类的植物，都从荒原上爬了进来，泥煤土丘都快把围墙给埋没了。她的丈夫如今也葬在同一个地方，他们的坟上各自竖有一块简单的墓碑，坟脚边也各自铺有一方平整的灰色石板，作为坟墓的标志。

第十七章

那个星期五，是一个月来最后的一个晴朗日子。到了晚上，天气就变了，南风变成了东北风，先是带来了冷雨，接着是雹子和雪花。

第二天早上，人们简直难以想象，三个星期来，这儿一直都是夏天天气呀。樱草和番红花，都被埋到冰冷的积雪下面了，百灵鸟不再歌唱，幼树和嫩叶已被冷雪打得发黑。凄凉，寒冷，阴郁，那个早晨就这么慢慢挨过去了！主人一直待在自己的房间里，我一个人占据了这个冷冷清清的客厅，把它当成了一个育儿室。我坐在那儿，把一个哇哇啼哭的婴儿放在膝头，来回摇着，一边看着依然漫天飞舞的雪片，在没拉上窗帘的窗口越积越厚。这时候，门打开了，有人走了进来，只听得又是喘气，又是笑！

一时间，我气极了，顾不上惊讶，以为进来的是个女仆，便大声喊道：

“行了！你怎么敢在这儿笑闹？要是让林敦先生听到了，他会怎么说？”

“请原谅！”一个熟悉的声音回答说，“不过我知道埃德加还在床上。我笑，是实在忍不住啊！”

这样说着，那人来到壁炉跟前，一边喘着气，一边用一只手撑着腰部。

“我是从呼啸山庄一路跑来的，”她停了停，接着说，“除了飞奔之外，一路上我数不清到底摔了多少跤。啊，我浑身都痛！用不着惊慌。待我缓过气来能说话时，我会做解释的。只是现在先做做好事，去吩咐马车夫套车把我送到吉默屯，再叫个女仆到我的衣橱里去给我找几件换洗衣服来。”

原来这位不速之客是希思克利夫太太。看她那光景，实在没有什么可笑的地方。她的头发披散在肩上，让雨雪淋得直滴水，身上穿的是从前做姑娘时常穿的衣服，一件短袖露胸上衣，从年龄上看，倒还可以，可是对她的身份，就太不配了。她头上和脖子什么都没有佩戴，薄薄的绸上衣已经淋湿，紧贴在她的身上。她的脚上也只穿了一双单薄的拖鞋。这样的穿着，再加上有只耳朵下面还有一道深深的伤痕，只是因为天冷才没有大量流血，一张苍白的被抓破打肿的脸，还有一个累得快要支持不住的身子，你可以想象，就连在我定下心来仔细打量她时，也没有减轻多少我第一眼看到她时的惊恐。

“我亲爱的小姐呀，”我大声嚷嚷道，“我哪儿也不去，什么也不听，等你把湿衣服一件件全都换下来，穿上干的再说。今天晚上你怎么也不能去吉默屯，所以也用不着去吩咐马车夫套车。”

“我说什么也要去，”她说，“不管是走去，还是乘车去。不过要我穿得像样点，我倒不反对。还有——哎哟，你瞧，这会儿血都顺着我的脖子淌下来了！火一烤，伤口痛极了！”

她坚持要我先办好她吩咐的事，然后才肯让我碰她，直到我吩咐马车夫备好车，又叫一个女仆为她收拾好一些必需的衣服后，她才允许我替她包扎伤口，帮她换好衣服。

“好了，艾伦，”她说，这时我的任务已经完成，她坐在壁炉前的一张安乐椅里，面前放着一杯热茶，“你在我对面坐下来，把可怜的凯瑟琳那个娃娃先放到一边去。我不喜欢看到她！你可不要因为刚才我进来时那副傻样，就认为我对凯瑟琳的死一点不在乎。我也哭了，哭得很伤心——是的，比任何一个人都更有理由大哭一场。

你总还记得，我们是吵翻了分手的，我不能原谅我自己啊。可是，尽管这样，我还是不会同情他——那个野蛮的畜生！啊，把拨火棒递给我！这是我身上最后一件他的东西了。”她从中指上取下那只金戒指，扔到了地上。“我要砸碎它！”她接着说，带着孩子气的泄愤，用拨火棒一阵猛砸，“然后把它给烧了！”说着她拾起戒指，把这用滥了的东西丢进了壁炉的煤块中。“你瞧！要是他再把我弄回去，他就得再买一只了。他可能会来找我的，来找埃德加的麻烦——我可不敢在这儿久待，怕他那坏脑子里会出这鬼主意！再说，埃德加也没有多少善心，不是吗？我不想来求他给我帮助，也不愿给他带来更多的麻烦。我是出于没有办法，才到这儿来暂时躲一躲的。而且，要不是我知道他不在这儿，那我会待在厨房里，洗个脸，暖和一下，叫你去把我要的东西拿来，然后就离开，到任何一个我那该死的——那个魔鬼的化身——够不着的地方！啊，他是那样的暴跳如雷！要是让他抓住就糟了！可惜的是，论力气亨德利根本不是他的对手。如果亨德利有能耐做到的话，我才不会逃哩，我要亲眼看着他整个儿给砸烂！”

“好啦，别说得这么快了，小姐！”我打断了她的话，“你会把我扎在你脸上的手帕弄散的，那样伤口又要淌血了。先喝点茶，缓口气，别再笑啦，在这座房子里，处在你这样的情况，笑是很不合适的！”

“这倒是没法否认的实话，”她回答说，“听那孩子！她老是这么没完没了地哭着——先把她抱开去吧，在一个小时内别再让我听到她的哭声。我不会在这儿待多久的。”

我打了铃，把孩子交给一个仆人去照应，然后问她到底出了什么事，逼得她这样狼狈地从呼啸山庄逃出来，既然她拒绝留在我们这儿，她打算去什么地方。

“本来我应该留下来，我也希望留下来的，”她回答说，“在这儿安慰安慰埃德加，也好照顾一下孩子，一举两得。而且画眉田庄才是我真正的家。可是我告诉你，他是不会让我留在这儿的！你想，看到我心宽体胖，他能容忍吗？想到我们过着安逸日子，他受得了吗？他会不打定主意来破坏我们的安乐吗？现在，使我满意的是，我可以断定，他恨我已经恨到了这样的程度，只要一听到我的声音，或者一看到我的影子，就会惹得他大动肝火。我注意到，我一到他跟前，他脸上的肌肉就会不由自主地扭曲成一副憎恨的表情。这一方面是由于他知道我有充分的理由恨他，另一方面是由于他对我本来就反感。这就足以使我确信，只要我能设法逃个无影无踪，他是不会寻遍全英国来抓我的；所以我一定得走得远远的。我已经打消最初那种希望他杀了我的念头，现在我倒是希望他自己杀了自己！他有效地消灭了我的爱情，所以我感到十分心安理得。我还能想起我曾经怎样爱过他，也会迷迷糊糊地幻想我还能爱他，如果——不，不！即使他非常喜欢我，他那魔鬼般的本性也总有一天会暴露出来的。凯瑟琳实在太好恶不分了，对他了解得这么透彻，还那么一往情深地爱他。他是个怪物！但愿他能从这个世界上，从我的记忆中一笔抹去！"

"嘘，别说了！他是个人啊，"我说，"你要宽容一点，比他坏的人有的是呢！"

"他不是人，"她反驳说，"他没有资格得到我的宽容，我把我的心交给了他，他却拿去把它捏死了，再扔还给我。人是用心来感觉的，艾伦。既然他已经毁了我的心，我也就没有能力宽容同情他了。哪怕他从此到死都为凯瑟琳痛苦呻吟，哭出血来，我也绝不会给他一丁点儿同情！是的，真的，真的，我绝不会给他！"说到这儿，伊莎贝拉哭了起来，可是马上又抹掉睫毛上的泪水，继续说道：

"你问我，是什么事逼得我终于逃跑的？我是被迫这么做的，因为我成功地把他的怒火煽得比他的恶毒还要高了。用烧红的钳子拔神经，比起劈头盖脸敲脑袋来，需要有更多的冷静。他已经被我搞得忘掉他自夸的魔鬼般的谨慎，而要进行暴力杀害了。我一想到我能激怒他，就感到高兴。这高兴的感觉也唤起了我自我保护的本能，所以我就光明正大地逃跑了。要是我再落进他手里，有这么好的一个报复机会，他是很高兴的啊。

"你知道，昨天恩肖先生原本是要来参加葬礼的。为了这，他还特意让自己的脑子保持清醒——没有多喝酒，不像往常那样六点钟发着酒疯上床，到十二点钟起床时还醉醺醺的。结果，起来后精神萎靡，像个要自杀的人似的，既适合上教堂也适合去跳舞；可他哪儿也没去，而是坐在壁炉旁，一大杯一大杯地只顾灌杜松子酒和白兰地。

“希思克利夫——提到这个名字我心里就直打哆嗦！——从上星期天直到今天，简直像个陌生人。不知是天上的天使，还是地下的亲人供给他吃喝，我说不上来，反正差不多有一个星期，他没跟我们在一起吃饭了。他一直要到天亮才回家，一回家就上楼钻进自己的卧室，把自己紧锁在里面——仿佛会有什么人梦想要去给他做伴似的！他就像个卫理公会教徒，在房里不断地祈祷着，不过他所祈求的神明，只是无知无觉的尘土罢了。在他跟上帝说话时，奇怪的是他的上帝和他的黑父亲混在一起了！做完这些重要的祈祷后——这些祈祷往往要做到他嗓子嘶哑，喉头哽住——他就又走了，总是径直前来田庄！我觉得奇怪，埃德加为什么不去叫个警察，把他关起来呢！至于我，尽管我为凯瑟琳的死感到难过，但不能不把这段从受辱受压中解脱出来的日子，看成是一个节日。

“我在精神上有所恢复，听约瑟夫那没完没了的说教不再哭了，在屋子里走动时，也不像以前那样，像个胆战心惊的小偷似的，蹑手蹑脚了。你总不会认为不管约瑟夫讲什么我都会哭吧。不过他跟哈里顿实在是让人讨厌的同伴。我宁愿跟亨德利坐在一起，听他那些糟糕透顶的谈话，也比跟那个‘小主人’和他的坚定的支持者——那个糟老头——在一起好！

“希思克利夫在家的时候，我往往不得不到厨房里去跟他们做伴，要不就躲在那些潮湿的没人住的卧房里挨饿。当希思克利夫不在家的时候，就像这个星期这样，我就在厅堂壁炉的一角摆上一张桌子和一把椅子，从不去管恩肖先生在搞些什么，他也不会来干涉我的安排。如果没人去惹他，这时他比往常要安静，也更加阴沉，更加沮丧，火气也少了些。约瑟夫一口断定，他确信他已经改过自新了，说是上帝已经感动了他那颗心，他‘像被火炼过一样’，得救了。看到他这种改好的迹象，我却感到有点迷惑不解，不过反正这不关我的事。

“昨天晚上，我坐在我的那个角落里，读几本旧书，一直读到将近十二点。外面狂风怒号，大雪漫天，我的脑子里老是想起那片教堂墓地和那座新坟，这时候上楼去，真让人感到凄凉啊！我的两眼几乎都不敢离开书页，因为只要一离开，那幅凄凉的景象立刻就映入我的眼帘。

“亨德利就坐在对面，他的一只手托着头，说不定他也在想着同一件事。他现在喝酒也不再喝到丧失理智的地步了。在这两三个小时里，他一动都没动，也没说过一句话。屋子里没有一点声响，只有那凄厉的寒风不时摇撼着窗户，还有那煤块爆裂的轻微毕剥声以及每隔一段时间，我修剪那长长的烛芯时发出的咔嚓声。哈里顿和约瑟夫大概都已经上床睡熟了。周围一片凄凉，真是凄凉极了！我一边看书，一边叹气，仿佛一切欢乐都已从这个世界上消失，永远不复返了！

“这种凄凉的死寂终于被厨房门闩的拨动声打破，希思克利夫守夜回来了，比往常回来得早。我想是因为这场突然来临的暴风雪吧。

“这扇门的门闩是锁住的，我们听到他正绕道打算从另一扇门进来。我站起身来，我自己也从嘴上感觉到正流露出一种抑制不住的神情，这神情引起了我的同伴的注意，他原来一直朝门口盯着，这时转过头来望着我。

“‘我要让他在外面多待五分钟，’他大声嚷道，‘你不反对吧？’

“‘不反对，为了我，你可以让他在外面待上一整天，’我回答说，‘就这么办吧！把钥匙插进锁孔，锁上门闩。’

“没等他的客人走到前门，恩肖已经把钥匙插进锁孔，锁上门闩了。然后他回到壁炉跟前，搬了张椅子坐到我桌子的另一边。他探过身来，眼睛中冒着仇恨的怒火，想从我的眼睛中寻求同情。这时他看上去完全像个杀手，他自己也觉得像个杀手，因而他没能完全找到他所需要的同情，不过他发现我显然鼓励他说出来：

“‘你和我，’他说，‘跟门外那个家伙都有一大笔账要算！要是我们两个都不是胆小鬼，我们就可以联合起来跟他算清这笔账。你也像你哥哥那么软弱吗？你是不是愿意忍受到底，一点也不想报仇了？'

"'现在我不想再忍受下去了，'我回答说，'要是有一种不会连累到我自己的报复办法，我当然高兴。可是阴谋和暴力是两头尖的矛，它们也会刺伤使用它们的人，而且受的伤会比它们的敌人还重。'

"'用阴谋和暴力回报阴谋和暴力，完全公平合理！'亨德利大声嚷道，'希思克利夫太太，我要求你什么也别做，只要你静静坐着，不要吭声。你现在就告诉我，这点你能不能做到？我敢肯定，亲眼看到那个恶魔完蛋，你会像我一样高兴的。要是你不先对他下手，他就会把你搞死，也会把我给毁了。这该死的恶棍！他那敲门的样，就像他已经是这儿的主人了！答应我，在时钟敲响之前别吭声——再过三分钟就到一点——你就是个自由的女人了！'

"'他从胸前掏出我在信里给你描述过的那件武器，正想熄灭蜡烛。可我把蜡烛一把夺了过来，抓住了他的胳臂。

"'我不会不吭声的，'我说，'你千万别碰他。就让门关着吧，别作声！'

"'不！我已经下了决心，老天作证，这事我非干不可！'那个不顾死活的人嚷道，'不管你自己愿不愿意，我一定要为你做这件好事，也是为哈里顿讨回公道！你不必费神来护着我，凯瑟琳已经死了，哪怕这会儿我割断自己的喉咙，也不会有一个活着的人为我惋惜，或者为我感到羞愧——是到了该结束的时候了！'

"跟他去争论，还不如跟熊去搏斗，或者跟疯子去讲理。我唯一的办法是奔到一扇格子窗前，警告那个他蓄意要谋害的人，告诉他厄运正在等待着他。

"'你今晚最好还是另外找个什么地方安身吧！'我用一种颇为得意的声调喊道，'要是你硬要进来的话，恩肖先生正打算让你吃枪子儿呢。'

"'你最好还是把门打开，你这个——'他回答说，称呼我时用的词过于文雅，我不想再重复了。

"'我可不想管这种闲事，'我回敬说，'要是你愿意，就进来吃枪子儿吧！我已经尽到我的责任了。'

"说完，我就关上窗子，回到炉边自己的座位上。我这人脑子里虚伪的东西实在太少了，没法为他的危在旦夕装出一副焦急的样子。

"恩肖怒气冲冲地对我破口大骂，认定我还在爱着那个恶棍，用各种难听的称呼来咒骂我表现出来的卑贱行径。而我，在我的内心深处（良心从未责备过我）却在想，要是希思克利夫能使他从痛苦中解脱，对他来说是多大的福分啊！而要是他把希思克利夫送到该去的地方，那对我来说，又该是多大的喜事啊！我正坐在那儿想着这些时，只听得我身后的窗子砰的一声，被希思克利夫一拳打落在地，接着他那张黝黑的脸阴森森地往里张望着。窗口的铁栅太密，他的肩膀挤不进来。我微微一笑，为我自己想象出的安全感到非常高兴。他的头发和衣服上，都蒙上了一层白白的雪，他那尖利的牙齿，由于寒冷和愤怒龇露着，在黑暗中闪闪发亮。

"'伊莎贝拉，让我进去，要不你会后悔的！'他像约瑟夫说的那样'狞笑'着。

"'我可不想犯谋杀罪，'我回答说，'亨德利先生正握着刀子和实弹手枪在这儿守着哩。'

"'让我从厨房门进去，'他说。

"'亨德利会赶在我前头先到那儿，'我回答说，'怎么？你的爱情竟这样没用，连一场大雪都受不了啦！夏天晚上月亮照着的时候，你由着我们安安稳稳在床上睡大觉，可是冬天的暴风雪一刮起来，你就急急忙忙奔回来找地方躲藏了！希思克利夫，如果我是你，我就直挺挺地躺在她的坟头上，像一条忠实的狗那样死去。现在肯定已经不值得再活在这个世界上了，对吧？你给了我一个很深刻的印象，凯瑟琳是你生命中的全部欢乐。我还真没法想象，你失去她之后，怎么还会想到要活下去。'

"'他在那儿，是吗？'我的同伴大叫，冲到破窗前，'要是我能

把胳臂伸出去，就能射中他！’

“艾伦，我怕你会把我看成是个十足的恶毒女人，可是你并不了解全部情况，所以还是先别下断语吧。即使是企图谋害他的性命，我也绝不会去帮忙或者教唆的。我只是巴望他死掉，我怎能不这样呢。因此，当他突然扑到恩肖的武器上，把它从他手中夺过去时，我感到万分的失望，而且也让自己那番奚落话会引起的后果给吓坏了。

“枪砰的一声打响了，装在枪上的弹簧刀弹回时，正好切进主人的手腕，希思克利夫使劲把它拔了出来，刀过处皮肉已被割开了一条口子，他把那件血淋淋的凶器塞进了自己的口袋。接着他又捡起一块石头，砸掉了两扇窗子之间的窗挡，跳了进来。这时，他的对手由于剧痛和流血过多，已经昏倒在地，鲜血从他的一条动脉或者一条大血管往外流着。

“那恶棍对他又是踢又是踩，还不断把他的头往地上撞，同时还用一只手抓住我，以防我去把约瑟夫叫来。

“他使出了超人的自制力克制住自己，才算没有当场结果恩肖的生命。他自己也已累得直喘气，终于也就罢了手。然后他把那个奄奄一息的躯体拖到了高背椅上。

“拖到那儿后，他撕下了恩肖的外衣袖子，用野蛮粗暴的动作包扎住他的伤口；包扎时，一边吐口水，一边咒骂，跟刚才踢他时一样恶狠狠的。

“趁着他把我放开的机会，我赶忙去找那个老仆人。他好不容易才听明白我那慌慌张张的叙述。连忙两步并作一步地奔下楼梯，嘴里直喘粗气。

“‘现在可咋办？现在可咋办？’

“‘什么怎么办！’希思克利夫吼道，‘你的主人疯了；要是他再这样疯上一个月，我就送他进疯人院。你他妈的干吗把我关在外面，你这没牙的老狗？别老站在那儿嘟嘟囔囔了。过来，我可不打算侍候他。你来把那摊脏东西擦掉。当心你那蜡烛的火苗——那里面一

大半是白兰地哩[1]！'

"'这么说，你把他给谋杀啦？'约瑟夫惊叫了起来，吓得举起双手，两眼上翻，'我可从没见过这种情景！愿上帝——'

"希思克利夫一把把他推得跪倒在那摊血里，又扔给他一条毛巾。可是约瑟夫没有去擦血迹，而是双手合十开始做起祈祷，那莫名其妙的祷词惹得我禁不住笑了起来。到了这个分上，我已经什么都不在乎。老实说，我就像有些死囚在绞刑架下的表现那样，什么都无所谓了。

"'啊，我把你给忘了，'那暴君说，'这活儿该你来做。你给我跪下。你竟跟他联手来对付我，是吗，你这条毒蛇？快擦，这活儿你干最合适了！'

"他使劲地摇我，直摇得我牙齿都咯咯作响，接着把我扔到了约瑟夫身旁。约瑟夫镇定自若地做完祷告，然后站起身来，发誓说他要马上去画眉田庄。林敦先生是位执法官，哪怕他死了五十个老婆，他也得过问这件事。

"他的态度是这样坚决，以致希思克利夫认为还是逼我开口，把发生的事扼要说一遍为好。在我老大不情愿地回答他的提问，说出事情经过时，他站在我的面前，居高临下地，一副恶狠狠的样子。

"费了好大的劲，特别是用我那些硬逼出来的回答，好不容易才让那老头相信，希思克利夫并不是发起进攻的人。不过没过多久，恩肖先生就让他相信他还活着。约瑟夫赶紧给他喝下一杯酒，借着酒力，他的主人很快就动弹起来，接着便恢复了知觉。

"希思克利夫看出他的对手并不知道自己昏过去时受到的待遇，便说他刚才发了一大通酒疯，并说他不想再看到他这种恶劣的行为，劝他马上上床去睡觉。让我庆幸的是，他提完这一明智的劝告后，便离开我们走了。亨德利直挺挺地躺在壁炉前的石板上，我也回到自己的房间，没想到自己这么轻易地就得以逃脱，我感到非常惊讶。

---

① "脏东西"指亨德利身上流出的血，此处讽刺他是个酒鬼，血管中酒多于血。

“今天早上，大约再过半个小时就到中午时，我走下楼来，只见恩肖先生正坐在壁炉边，一副重病缠身的样子。他的那个凶恶的死对头，斜靠在烟囱上，差不多跟他一样形容憔悴，脸色苍白。看来他们两人谁都不想吃东西，一直等到桌上的饭菜都冷了，我也就开始独自吃了起来。

“我什么也不管，顾自吃得津津有味。吃饭的当儿，我不时朝我那两个一声不吭的同伴瞥上一眼，心里觉得有一种满足感和优越感，还因良心上的平静而感到非常舒坦。

“吃完饭，我大着胆子擅自走到壁炉跟前，绕过恩肖的椅子，在他旁边的一角跪了下来。

“希思克利夫没有朝我这边看，我抬起头，几乎是无所顾忌地打量起他的脸来，就像那张脸已经变成石头似的。他的前额，我原来认为很有男子汉气概，现在却觉得如此狰狞可怕，这会儿还笼罩着一层阴云。他那双蛇怪①般露出凶光的眼睛，由于失眠几乎已失去光泽——也许还哭过，因为睫毛是湿的。他的嘴唇失去了往日那令人生畏的狞笑，已被封闭在一种无法诉说的悲伤表情之中。要是这是另一个人，看到他这样悲伤，我会掩上自己的脸。可眼下是他，我感到高兴、满足。羞辱一个倒下的敌人，似乎有点不光彩，可我不能错过这个可以射上一箭的好机会，他软弱的时候，是我能尝到以牙还牙乐趣的唯一时刻。”

“呸，呸，我的小姐！”我打断了她的话，“人家会以为你一辈子从没打开过《圣经》呢。要是上帝惩罚你的仇敌，当然这应该使你感到满足，你再对他加上你的折磨，那你就太卑鄙太狂妄了！”

“在一般情况下，我承认你说的是对的，艾伦，”她接着说，“不过，除非我亲自让他吃苦，要不，不管希思克利夫遭到多大的痛苦，都不能使我得到满足的。我倒宁愿让他少受苦，只要是我使他受苦，而且他也知道是我使他受苦就行。哦，我有多少账要跟他算啊！只

① 古代和中世纪传说中的怪物，状如蜥蜴，有一双可怕的红眼睛，人碰上它的目光即死。

有在一种情况下，我才有可能饶恕他，那就是，要是我能以眼还眼，以牙还牙，他每拧我一把，我就回拧他一把，让他也尝尝我受的苦。既然是他先伤害我，就得叫他先求饶；然后——到了那时候，艾伦，我就可以让你看一看我的宽宏大量了。不过我要想报仇雪恨是根本不可能的。所以我也就不可能饶恕他。亨德利要喝点水，我递了一杯给他，问他怎么样了。

"'不像我巴望的那么严重，'他回答道，'不过除了一条胳臂外，浑身上下也都酸痛，就像跟一大群小妖精打了一仗似的！'

"'是啊，这也不奇怪，'我接着说，'凯瑟琳生前总是夸口说，是她护着你，才使你免受皮肉之苦。她的意思是说，有人因为怕惹她生气，所以才没有伤害你。好在人死了不会真的从坟墓里爬出来，要不，昨天晚上她就会看到一场好戏了！你的胸口和肩部伤着没有？有没有割破？'

"'我也说不上来，'他回答说，'不过你这话是什么意思？莫非我倒下后他还敢打我？'

"'他对你又是踢又是踩，还把你往地上撞，'我悄声说，'他嘴里流着口水，想用牙把你撕成碎片。因为他只有一半是人——连一半也不到哩！'

"恩肖先生也像我一样，抬头打量起我们那位共同敌人的脸来。那人正沉浸在自己的悲痛之中，对周围的一切似乎都毫无知觉。他在那儿站得愈久，他脸上流露出的阴郁神情就愈加清晰。

"啊，要是上帝能赐给我力量，让我在临死的痛苦中把他掐死，我就是去下地狱也高兴，'那个焦躁不安的人呻吟着，扭动着身子想站起来，接着又绝望地倒回椅子中，明白自己已经没有能力进行这场搏斗了。

"'不，他害死了你们家的一个人已经够了，'我大声说道，'在画眉田庄，人人都知道，要不是因为希思克利夫先生，你妹妹到现在还会活得好好的。说到底，被他爱还不如让他恨哩。我一回想起我们以前过得多么幸福——他来之前凯瑟琳多么快乐——就要诅咒现在的这种日子。'

"很可能希思克利夫较为注意这番话的真实性，而不太在乎说话人的口气。我发现这话对他有所触动，因为泪水从他的睫毛中间直淌下来；他喘息着，发出声声哽咽着的叹息。

"我盯着他看，朝他发出轻蔑的笑声。他那阴云密布的地狱之窗①冲我闪了一下。可是这个平时眼神机警的恶魔，这会儿却如此暗淡惘然，神色消沉，因而我又毫不畏惧地发出一声嘲笑。

"'起来，快走开，别让我见到你，'那个哀痛的人说。

"他的声音含糊得几乎听不清，可我猜出至少是这么几个词。

"'对不起，'我回答说，'可是我也爱凯瑟琳，她哥哥现在需要人照顾，看在她的份上，我得在这儿照顾他。如今她死了，我看到亨德利，就像看到她。要不是你想把亨德利的眼睛挖出来，把他的眼窝打得青一块紫一块的，他那双眼睛跟凯瑟琳的还真挺像的哩。而且她的——'

"'起来，你这该死的白痴，趁我还没把你踩死！'他大声叫着，动了动，吓得我也跟着动了一下。

"'不过，'我继续说，一面准备拔腿就逃，'要是可怜的凯瑟琳信了你，带上了希思克利夫太太这个可笑、可耻、让人丢脸的头衔，用不了多久，她也会落到同样的地步的！她才不会默默地忍受你这种恶劣的行为哩！她一定会大声嚷嚷发泄出对你的憎恨和厌恶的。'

"高背椅的椅背和坐在椅子上的恩肖，挡在了我和他之间，所以他没有伸手打我，而是从桌子上抓起一把餐刀，猛地朝我头上扔了过来。刀子扎中了我的耳朵下方，把我正在说的话给打断了。但我拔出了刀子，奔到门口，又说了一句话。这句话，我希望比他的飞刀还扎得深一点。

"我最后一眼看到的是，他怒不可遏地朝我扑了过来，可是让他的房东给拦腰抱住，两人扭作一团，倒在了壁炉前。

"我跑过厨房时，叫约瑟夫赶忙去他主人那儿。我还撞倒了哈里

① 指希思克利夫的眼睛。

顿，他正在门口把一窝小狗吊在一张椅子的椅背上。我就像一个从炼狱①中逃出的亡灵，连跑带跳地顺着陡峭的山路往下飞跑，然后又不走曲折的弯路，直接穿过荒原，连滚带爬翻过围堤，涉过沼泽；事实上，我是慌慌张张地朝着田庄望楼的灯光直奔而来的。我宁可被打入地狱，永世不得翻身，也不愿再在呼啸山庄的屋顶下多待一夜了。”

伊莎贝拉没有再说下去，她喝了一口茶，接着就站起身来，要我给她戴上帽子，披上我给她拿来的一条大披巾，不听我要她再待一小时的请求，站到一张椅子上，亲了亲埃德加和凯瑟琳的画像，又亲了亲我，就带着芬妮钻进了马车。那狗由于又找到了自己的女主人，高兴得汪汪直叫。她乘车走了，从此再也没有到这一带来过，不过等到事情安排得比较妥帖之后，她和我的主人之间，就开始有了正常的通信联系。

我相信她的新住处是在南方，在伦敦附近。在她逃亡之后的几个月，她在那儿生下了一个儿子，取名林敦。打一开始她就来信说，他是个体弱多病而又任性的小东西。

有一天，希思克利夫先生在村子里遇见我，向我打听她住在哪儿。我不肯告诉他。他说这没什么要紧，只是她得当心，别上她哥哥这儿来。要是他还得做她的丈夫的话，她就不该跟她哥哥一起住。

虽然我没有告诉，可他还是从别的仆人那里打听到了她的地址和那个孩子的事。不过他并没有去骚扰她，我想，为了他的这份宽容，她也许还会感谢他对她的厌恶哩。

他见到我的时候，经常问起那个小孩的事。听到说那小家伙取名叫林敦后，他冷笑着说：

“他们希望我也恨他，对吧？”

“我认为他们不希望让你知道那孩子的任何事。”我回答说。

“可到我要他时，我一定能得到他。”他说，“他们可以等

① 天主教教义中，犯有罪过但尚可补赎的人，死后暂时受苦以炼净罪过的场所。

着瞧！”

幸亏在那个日子到来之前，那孩子的母亲就已死了，那是大约在凯瑟琳去世后十三年的事情，那时小林敦已经十二岁，或者稍大一点。

伊莎贝拉突然到来的那天，我没有机会跟我家主人说话。他有意回避和人谈话，没有心思跟人讨论任何事情。后来，当我总算能使他听我说话时，我看出他对他妹妹离开丈夫出走感到高兴。他对这个人已经恨到了极点，那痛恨的程度，几乎是他那温和的天性所不能容许的。他对他的反感是如此深恶痛绝而又敏感，凡是有可能见到或者听到希思克利夫的地方，他决不踏进一步。悲伤，再加上这种厌恶心情，使他变成了一个十足的隐士。他辞去了执法官的职务，连教堂也不去了，任何情况下都避而不去村子，在自己的林苑和地界之内过着一种完全与世隔绝的生活。他只是偶尔独自去荒原上散散步，到妻子的坟前看看，算是有点变化，而且这多半也是在傍晚或者清晨没有闲人的时候。

可是他这人实在太善良了，不会一直就这样不幸的。他并没有祈求凯瑟琳的灵魂来伴随他。时间会带来达观的心境，还会带来比日常的欢乐更为甜美的忧伤。他怀着热爱和柔情思念着她，期待着有一天能进入那个更美好的世界，他毫不怀疑她已经去了那儿。

再说他也还有尘世的慰藉和寄托。我说过，有好几天，他似乎对亡妻留下的小后代漠不关心，不过这种冷漠就像四月里的雪那样很快融化，还没等那小东西会结结巴巴说话，或者摇摇晃晃走路，她就已经盘踞在他的心头，成了他的小皇帝了。

小东西取名凯瑟琳，可是他从来不叫她全名，正像他从来不用小名叫那头一个凯瑟琳一样，可能这是因为希思克利夫习惯用小名叫凯瑟琳的缘故。他总是把小东西叫作凯茜，他觉得这种叫法，和她的妈妈既有所区别，又有着联系。他对她这样宠爱，与其说因为她是他的亲骨肉，还不如说是出于她和凯瑟琳的关系。

我总是拿他跟亨德利·恩肖相比，我想来想去也没能做出一个满意的解释，为什么他们两人处境相似，行为却截然不同。他们两人都是多情的丈夫，都疼爱自己的孩子，我就不明白为什么就不能好歹走同一条路。不过，依我的看法，亨德利显然是个更有头脑的人，遗憾的是他表现得更糟糕，更软弱。当他的船触礁时，他这个船长竟放弃了他的职守，于是全体船员没有设法救船，而是张皇失措，乱作一团，他们这条不幸的船也就失去获救的希望了。而林敦则相反，他表现出了一个忠实守信的人的真正勇气。他信赖上帝，上帝也给予他慰藉。一个怀着希望，一个陷于绝望。他们各自选择了自己的命运，自然也就各得其所了。

不过，洛克伍德先生，你是不会要听我的这些说教的，你会跟我一样，对这一切做出自己的判断。至少，你会认为你自己可以做出判断，这也一样。

恩肖的死，原本是意料中的事。这事就发生在他妹妹去世后不久，两者相隔几乎不到六个月。有关他临死前的情况，我们田庄里的人从没得到过哪怕是最简短的消息。我所知道的一切，都是在去帮忙料理丧事时才听说的。来给我家主人报告他的死讯的是肯尼斯先生。

“我说，内莉，”一天早晨，他骑马进了院子对我说，他来得这么早，不免让我吃了一惊，立刻有了一种不祥之感，“现在轮到你我去参加葬礼了。你想想，这回是谁悄悄走了？”

“谁？”我慌忙问道。

“唔，你猜呀！”他回答说，一边跨下马背，把马缰吊在门边的钩子上，“把你的围裙角提起来吧，包管你用得着的。”

“该不是希思克利夫先生吧？”我叫了起来。

“什么！你会为那个人掉眼泪？”医生说，“不，希思克利夫可是个结实的小伙子哩，他今天的气色好得很哪，刚才我还看见过他。自从他失去他那位夫人后，他很快又胖起来了。”

“那么，是谁呢，肯尼斯先生？”我又焦急地问道。

“亨德利·恩肖！你的老朋友亨德利，”他回答说，“也是我的自甘堕落的老相识，虽说这一阵子来他对我很不像话。瞧！我说过我们会掉眼泪的。不过别难过了！他死得完全符合他的本色——酩酊大醉而死。可怜的小伙子，我心里也感到难过。失去了一个老伙伴，谁都免不了会感到难受的，尽管他有种种人们难以想象的恶行，而且对我也耍了不少卑鄙的花样。他好像才二十七岁吧，跟你同年。谁会想到你们是同一年出生的呢。”

我承认，对我来说，这个打击比林敦太太的死引起的震动还要大，往日的回忆萦绕在我的心头。我在门廊里坐下，像失去亲人似的哭了起来，并且要求肯尼斯先生另找一个仆人领他去见主人。

我禁不住思忖起这么一个问题来：“他受到光明正大的对待了吗？”不管我在做什么事，这个念头总是困扰着我，它是这样死死地纠缠住我，使得我决定请假去一趟呼啸山庄，去帮忙料理料理后事。林敦先生很不愿意让我去，可是我请求时说得很动听，说到死者无亲无友的情况，还提到我的这位旧主人也是和我共乳的兄长，他有权要我给他效劳，就像要他自己办事一样有理。此外，我又提醒林敦先生，那个孩子哈里顿是他妻子的侄子，既然已经没有更亲的亲人，他就理应成为他的保护人；他应该而且必须去查问一下遗产的下落，去察看一下和他大舅子有关的事情。

他当时自然没能亲自去参与这类事情，不过他吩咐我去跟他的律师说一说，并且终于允许我去一趟呼啸山庄。他的律师也是恩肖的律师。我到村子里看了他，请他陪我一起去。他摇摇头。劝我别去惹希思克利夫，而且还肯定地说，要是公开了真相，人们会发现，哈里顿已经比乞丐好不了多少了。

“他的父亲是背了一身债死去的，”他说，“他把全部财产都抵押出去了。现在，对那位当然继承人来说，唯一的办法是让他有机会在债权人的心里引起一些好感，这样，债权人也许还会对他手下留情一点儿。”

我一到山庄，就说明我是来看看一切事情是不是还办得像个样子。满脸悲伤的约瑟夫，看到我的到来显得很满意。希思克利夫先生则说，他看不出这儿有什么事需要我，不过要是我乐意的话，也可以留下来，帮忙安排葬礼的事。

“按理说，”他说，“那个傻瓜的尸体应该埋在十字路口，什么仪式也用不着。昨天下午，我刚好离开他十分钟，就在这时候他紧关上正屋的两扇大门，不让我进去，然后就整夜喝酒，有意要把自己醉死！今天早上，我们听到他像匹马似的在呼哧呼哧喷鼻息，就砸开门进去，只见他瘫在那张高背椅上，哪怕你抽他的筋，剥他的皮，也弄他不醒了。我派人去请肯尼斯，他来了，可是这时候，这畜生已经变成一具臭尸了。他死了，变得既冷又僵，因此你得承认，哪怕你再把他怎么折腾，也是没有用的了！"

老仆人证实了这番陈述，不过他还咕哝着说：

"我倒宁愿他自个儿去请医生！留下我来照看主人，我会比他照看得好些——我走的时候，他并没有死，一点要死的样子也没有哩！"

我坚持丧事要办得体面些。希思克利夫先生说这事可以由我做主，只是他要我记住，整个办丧事的钱都是从他口袋里掏出来的。

他始终保持着一种冷酷、淡漠的态度，既没有高兴的表示，也没有悲伤的神情。如果说有什么流露的话，那就是一项艰巨工作胜利完成后的一种冷峻的快意。有一次，我果然看到他脸上流露出一种近乎狂喜的神色，那是在人们把灵柩抬出屋子的时候。他居然假惺惺地装成一个哀伤的送葬者，可是在跟着哈里顿走出去之前，他把这不幸的孤儿举起，放在桌子上，带着少见的兴致咕哝道：

"哦，我的好孩子，现在你是我的了！让我们来看看，要是让同样的狂风来刮扭这株树，它是不是也会跟另外一株一样，长得弯弯曲曲。"

那个天真无邪的小东西听了这番话还高兴哩，他扯弄着希思克利夫的胡子，还摸摸他的脸。可是我听出了其中的意思，便尖刻地说：

"这孩子得跟我回画眉田庄，先生。哪怕世界上的一切都是你的，这孩子也不是你的！"

"是林敦这么说的吗？"他问道。

"当然——是他吩咐我来领他的，"我回答说。

"好吧，"那恶棍说，"这件事现在我们先别争论了。不过我很想亲自来抚养一个小孩，所以你还是回去转告你家主人，要是他打算带走这个小孩，那我就得要我自己的孩子来补这个缺。毫无疑问，我绝不会答应放哈里顿走的，除非我完全有把握让另一个回来！记住，别忘了告诉他。”

这一暗示足以缚住我们的手脚了。回去后，我转达了希思克利夫的这一意见。埃德加·林敦打从一开始对这件事兴趣就不大，他听了之后再也没有提干预的事。就算他想这么做，我想他也是不可能达到目的的。

这位客人如今已成了呼啸山庄的主人，他牢牢地掌握了所有权，并且向他的律师证明——律师又转而向林敦先生证明——恩肖为了借钱来满足自己的赌博欲，已经抵押出他拥有的每一寸土地，而他希思克利夫，就是接受抵押的人。

就这样，本该是附近一带首屈一指的绅士哈里顿，现在却落到了完全靠他父亲不共戴天的仇敌来过日子的地步，像个仆人似的住在自己家里，还被剥夺了领取工资的权利，而且再也不可能有翻身的日子了，因为他举目无亲，何况根本就不知道自己一直在受人欺侮。

第十八章

过了那段让人伤心的日子，接下来的十二年是我这辈子最快乐的时期，丁恩太太继续说。在那些年里，让我最担心的事，只不过是我家小姐得点小病小痛什么的罢了，而这是她和所有的孩子，不论穷富，都是免不了的。

在那些无病无痛的日子里，在她出生六个月之后，她就像一棵落叶松似的成长起来，没等林敦太太坟上的石楠第二遍开花，她已经能用自己的方式走路说话了。

她是给这座凄凉的庄园带来阳光的最逗人喜爱的小东西——一个脸蛋非常迷人的小美人，长着恩肖家漂亮的黑眼睛，但又有林敦家的细白皮肤，秀气的容貌和金黄的鬈发。她总是兴致勃勃，但是并不粗野，加上有一颗感情极度丰富的活泼而敏感的心，这种待人亲密热情的性格，使我想起了她的母亲。可是她又并不完全像她，因为这孩子能像鸽子般温和柔顺，她还有着柔美的声音和爱好思考的表情。她生起气来从不暴跳如雷，她的爱也从不那么狂热，而是深沉、温柔。

不过也得承认，在有着许多优点的同时，她也有着不少缺点。爱淘气的习性就是其中之一，还有执拗任性，娇宠惯了的孩子往往都是这样，不管他们的脾气是好是坏。要是有哪个仆人偶尔惹她生了气，她总是这么说："我要去告诉爸爸！"要是她爸爸责备她一句，哪怕瞪她一眼，你会以为发生了什么使她心碎的事哩。我不相信他曾对她说过一句让她难受的话。

他亲自担当起教育她的全部责任，把这当作一种乐趣。好在她十分好学，领悟得又快，这使她成了一个好学生，她的勤奋好学，为他的教学增添了光彩。

她长到十三岁，也从没独自一人出过庄园的林苑。林敦先生偶尔也会带她外出走上一两英里，可是除了他自己，把她交托给任何人他都不放心。在她听来，吉默屯是个虚幻的名字，除了她自己的家之外，那座小教堂是她唯一走近过和进去过的建筑物。对她来说，呼啸山庄和希思克利夫先生都不存在。她十足是个隐居者，而且，显然她对这样的生活已经非常满足。的确，有时候当她从儿童室的窗口往外眺望山野时，她也会问：

"艾伦，我还要过多久才能到那些山顶上去呢？不知道那边是什么——是大海吗？"

"不，凯茜小姐，"我就回答说，"那边还是山，就跟这些山一样。"

"要是站在那些金色的岩石下面，它们看上去会是什么样子呢？"她有一次问道。

彭尼斯托崖的陡坡特别引起她的注意，尤其是夕阳映照在巉岩和峰顶，其余的景色都隐没在阴影中的时候。

我对她解释说，那些都是光秃秃的石头，石头缝里的那点泥土，连一株矮小的树都养不活呢。

"那为什么这儿黄昏过后很久，那边那些石头还亮着呢？"

"因为它们那儿比我们这儿高多了，"我回答说，"那上面是爬不上去的，太高太陡了。冬天的时候，那儿总是比我们这儿先有霜。在盛夏季节，我还在东北边那个黑洞洞的地方发现过积雪哩！"

"哦，你去过那儿！"她高兴地叫了起来，"那等我成了大人，我也可以去那儿啦！我爸爸去过吗，艾伦？"

"爸爸会跟你说的，小姐，"我赶紧回答，"那些地方不值得爬上

彭尼斯托崖的陡坡特别引起她的注意，尤其是夕阳映照在巉岩和峰顶，其余的景色都隐没在阴影中的时候。

去玩，你跟你爸爸去散过步的荒野比那儿有趣多啦，而且画眉田庄的林苑是世界上最好的地方了。”

“这儿的林苑我已经熟悉，可那儿我还没去过呢，”她自言自语着，“要是能从那个最高处朝四周看看，我一定会很高兴。总有一天，我的小马明妮会送我到那儿去的。”

有个女仆说起了仙人洞，又使她着了迷，一心想要实现这个愿望。为这事，她缠着林敦先生不放，他只好答应她，待她再长大些就让她去那儿玩。于是凯瑟琳小姐就一个月一个月地计算起自己的年龄来。

“现在我是不是够大了？可以去彭尼斯托崖了吗？”这是她经常挂在嘴边的问题。

到那儿去的路要经过呼啸山庄附近，可是埃德加先生根本就不想打那儿经过，所以她常常得到的回答是：

“还不行呢，宝贝，还不行。”

我说过，希思克利夫太太离开她丈夫后，还活了十二年左右。她家的人身体都比较弱，她和埃德加都缺少在这一带常见到的那种健康气色。她最后是得什么病死的，我不清楚，我猜想他们兄妹俩得的是同一种病，一种热病，发病初期发展缓慢，可是老治不好，最后很快就耗尽了生命。

她来信告诉她哥哥说，她已经病了四个月，这场病看来凶多吉少，如果可能的话，她请求他去看她一次，因为她还有许多事情要交代，而且也希望能跟他诀别。她要把小林敦安全地交到他手里，她的愿望是让小林敦留在他的身边，就像从前他们兄妹俩生活在一起一样。她宁愿让自己相信，孩子的父亲根本就不想担负起抚养和教育他的责任。

我的主人毫不犹豫地答应了她的请求。通常，他是很不情愿为一般的事出门的，这次却火速赶去了。他把小凯瑟琳交托给我，他不在时，要我特别照顾她，还千嘱咐万叮咛，哪怕有我陪着，也不能让她到林苑外面去玩。他压根儿没有想到，她会在没人陪伴的情况下，独自一人走了出去。

他一去就是三个星期。开头一两天，我负责照顾的小家伙坐在书房的角落里，难过得既不看书也不想玩。在这种平静的情况下，她倒没给我添什么麻烦。可是跟着便是一段时间的烦躁和厌倦。我因为太忙，年纪也大了点，没法跑上跑下逗她玩，于是我想出一个主意，让她独自一人玩。

我总是让她在庄园的范围内“旅行”——有时步行，有时骑匹小马。待她回来后，我就做她的耐心的听众，听她讲述她那些真实的和想象出来的历险故事。

正是草木葱郁的盛夏季节，她是那样喜爱这种独自一人的游玩，常常是吃过早饭就出去，千方百计要拖到下午吃茶点时才回来。到了晚上就讲述她那些充满想象的故事。我并不担心她会越出林苑的边界，因为林苑的大门通常都是锁着的，即使大门敞开着，我认为她也不敢独自一人出去的。

不幸的是，我这种自以为很有把握的想法，证明是错了。有一天早上，八点钟时，小凯瑟琳来到我的跟前说，这天她是一个阿拉伯商人，她要带着她的商队穿越沙漠；我得为她和她的牲口准备好充足的食粮；牲口是一匹马和三只骆驼——骆驼用一只大猎狗和两只短毛猎狗代替。

我准备了一大堆可口的食物，全都把它们装进挂在马鞍一旁的篮子里。她像个小仙女似的高兴得又蹦又跳，一顶宽边帽和面纱为她遮挡住七月的阳光。我叮嘱她要小心，不要骑得太快，要早点回来，受到了她的嘲笑，她欢快地大笑着，骑着马快步离去了。

这淘气的小东西到了午后吃茶点时还没露面。在她那一队人马中，只有一位“旅行者”，就是那只大猎狗，因为是只老狗，又贪图安逸，先回来了。除此之外，无论是小凯茜那匹小马，还是那两只短毛猎狗，全都四处不见踪影。我赶紧派人顺着这条路，沿着那条道前去寻找，最后又亲自到处去找她。

在庄园的地界边上，有个工人正在一片种植园的围栏旁干活，我问他有没有见到我们家的小姐。

“我早上见过她，”他回答说，“她要我给她砍一根榛树枝，后来她就骑着她的加洛韦马①，跳过那边的围栏，就是那最低的去处，跑得没影儿了。”

你可以猜想出，听到这一消息后我有着怎样的感觉。我立即就想到，她一定去彭尼斯托崖了。

“她会不会出什么事？”我不禁脱口喊了起来，挤过那人正在修复的围栏缺口，径直奔向大路。

我就像跟人打了赌似的，走了一英里又一英里，一直走到一个拐弯处，从那儿已经可以看到呼啸山庄了，可是远远近近都不见小凯瑟琳的踪影。

彭尼斯托崖在希思克利夫先生的住处过去，大约还有一英里半路，从画眉田庄算起，就有四英里路，因此我开始担心起来，生怕还没赶到那儿，天就黑下来了。

“万一她爬山时失足滑了下来，”我心里想，“摔死了，或者摔断了骨头，那可怎么办？”

我的担心真是让人痛苦极了。当我急急忙忙地经过呼啸山庄的宅子时，一眼看到我家那只最凶猛的短毛猎狗查理，正躺在一个窗口下面，它的脑袋肿了，耳朵淌着血，开始时我倒真是松了一口气。

我推开那扇小门，奔到住宅门口，使劲地敲起门来。一个女人应声前来开了门。我认识这个女人，她原来住在吉默屯，恩肖先生去世后，她来这儿做了女仆。

“啊，”她说，“你是来找你家小姐的吧！别担心，她好端端在这儿呢。我很高兴不是主人回来。”

“这么说，他不在家，是吗？”我喘着气说，一路上我担惊受怕的，走得又快，差点连气都喘不上来了。

“是的，是的，”她回答说，“他和约瑟夫都出去了。我看一两个小时内他们是不会回来的。进来歇一会儿吧。”

我走了进去，看到我那迷途的羔羊正坐在炉边的一张小椅子上来回摇晃着，那椅子就是她母亲小时候坐的。她的帽子挂在墙上，

① 英国加洛韦地区产的一种矮小强壮的马。

看上去她就像在家里一样十分自在，兴致勃勃地有说有笑。她正在跟哈里顿聊天——哈里顿现在已是一个身强力壮的十八岁小伙子了——他正满怀好奇和惊讶，目不转睛地朝她看着，可是对她那口若悬河，滔滔不绝的议论和提问，能听懂的却是少得可怜。

“好啊，小姐！”我叫道，心里很高兴，脸上却装出一副生气的样子，“在你爸爸回来之前，这可是你最后一次骑马了。我再也不会相信你，放你跨出门槛一步了，你这淘气的、淘气的小姑娘！”

“啊哈，艾伦！”她高兴地叫着，跳起身来，奔到我的跟前，“今天晚上我有个有趣的故事好讲啦。你到底把我给找到了。你以前来过这儿吗？”

“戴上帽子，马上回家，”我说，“我真为你伤心透了，凯茜小姐，你犯的错误太大了！噘嘴巴，哭鼻子，都没有用，全都补偿不了我吃的苦头，为了找你，我把这一带地方都跑遍了。你想想，林敦先生是怎样嘱咐我要你待在家里的，可你竟这样偷偷地溜了出来！这么说你是一只狡猾的小狐狸，以后再也不会有人相信你啦！”

“我做了什么啦？”她啜泣起来，可是马上又忍住了，“爸爸没有嘱咐过我什么，他不会骂我的，艾伦——他从来不像你这样对我发脾气！”

“得了，得了，”我又说，“我来把帽带系上。行啦，我们都别再使性子啦。啊，多难为情，你都十三岁了，还像个小娃娃似的！”

我说这话是因为她推开了我戴到她头上的帽子，退缩到了烟囱旁边我够不着的地方。

“别这样，”那女仆说，“别对这漂亮的小姑娘这么凶了，丁恩太太。是我们要她停下来的。她本想骑马再向前走，又怕你会担心。哈里顿提出陪她走一趟，我认为他这是应该的。上山的路很不好走。”

我们在说话的时候，哈里顿站在一旁，双手插在口袋里，困窘得什么话也说不出来，尽管看起来他好像并不喜欢我的闯入。

“我还得等多久呀？”我没有去理会那女人的干涉，继续说道，“再过十分钟天就要黑了。小马呢，凯茜小姐？菲尼克斯呢？要是你再不快点，我可要丢下你走啦。那就随你的便了。”

“小马在院子里，”她回答说，“菲尼克斯也关在那儿。它被咬伤了——查理也一样。我本来打算把这些事全都告诉你的，可是你发了那么大的脾气，我不讲给你听了。”

我拿起她的帽子，走上前去想给她戴上，可是她看出屋子里的人都偏向她一边，于是就开始在屋子里乱跑起来，我一追她，她就像只小耗子似的在家具间东躲西藏，上蹿下钻，我这样去追她倒显得滑稽可笑了。

哈里顿和那女人都大笑起来，她也跟着他们笑了，这变得更加没有礼貌了，直惹得我十分恼火，大声叫道：

“哎，凯茜小姐，要是你知道这是谁的房子，你会巴不得赶快离开哩！”

“这是你父亲的房子，是吧？”她转身问哈里顿。

“不是，”他回答说，望着地下，羞得满脸通红。

他受不了她那紧盯着他的目光，虽说那双眼睛活像他的。

“那么是谁的呢——是你主人的？”她问道。

他的脸涨得更红了，带着一种截然不同的情绪，含混不清地骂了句什么，便转过身去。

“他的主人是谁呀？”这烦人的姑娘转向我，继续问道，“他口口声声说‘我们家的房子’，‘我们家的人’，我还以为他是这家主人的儿子呢。而且他一直没叫我小姐，要是他是仆人的话，应该叫我小姐的，是吗？”

哈里顿听了这番孩子气的话，脸黑得就像一团乌云，我悄悄摇了摇对我发问的人，最后总算给她穿戴整齐，可以走了。

“喂，去把我的马牵来，”她对她那位不认识的亲戚说，那口气就像在吩咐自己田庄里的一个马夫，“你可以跟我一起去。我想看看那些小妖精猎人会在沼泽地里的哪儿出现，我还要听听你说的‘仙人的故事’。喂，快一点啊！怎么啦？去把我的马牵来，我说。”

“我是你的仆人，你先给我见鬼去吧！”那小伙子一声怒吼。

“你要我什么？”小凯瑟琳感到莫名其妙，问道。

“见鬼去——你这个放肆的小巫婆！”他回答说。

“得啦，凯茜小姐！瞧你找了个多好的伙伴啦，”我插嘴说，“对一位小姐居然说出这样的话！求你别跟他吵了，走吧，我们自己去找明妮，然后就走。”

“可是，艾伦，”她惊讶得瞪着眼睛，大声说道，“他怎么敢这样跟我说话呢？我叫他做事，他不就得去做吗？你这个坏东西，我要把你说的话都告诉爸爸——好，得啦！”

哈里顿看来对这种恫吓并不在乎，这可把她气得眼泪都快要掉下来了。“你去把马牵来，”她转身对那个女仆大声叫道，“把我的狗也马上放出来！”

“和气一点，小姐，”那女仆回答，“你多点礼貌是不会有损失的。虽说这位哈里顿先生不是主人的儿子，可他是你表哥呀。再说我也不是雇来伺候你的。”

“他是我表哥！”凯茜喊了起来，伴着一声轻蔑的冷笑。

“是的，真的是，”那个批评她的女仆说道。

“啊，艾伦！别让他们说这种话了，”她心烦意乱，着急地说，“爸爸到伦敦接我的表弟去了，我的表弟可是个上等人家的儿子，我的那个——”她没有说下去，放声大哭起来，一想到自己和这样一个粗人沾亲带故，她难过极了。

“嘘，别作声啦！”我悄声说，“一个人可以有好多表兄弟的，有各种各样的表兄弟，凯茜小姐，这有什么不好呀。要是他们不好，让人讨厌，不跟他们来往就得啦。”

“他不是——他不是我表哥，艾伦！”她继续说道，想着想着又伤心起来，一头扑进我的怀里，想躲开这一念头。

听到凯瑟琳和那个女仆相互都泄露了内情，我十分恼火。前者说的林敦即将回来的事，一定会传到希思克利夫先生那儿，同样可以肯定，凯瑟琳待他父亲回来，第一个念头就是要他解释，女仆说的她和那个粗人有亲戚关系，是怎么回事。

哈里顿已从被误作仆人的愤慨中恢复过来，他似乎已被她的悲伤所感动，已把小马牵到了门口，为了表示跟她和解，他又从狗窝里抱来一只漂亮的弯腿小猎狗，放进她的手里，要她别再哭了，因为他对她并没有恶意。她停止了哭泣，用一种畏惧的目光朝他打量着，接着又重新哭了起来。

看到她对这可怜的小伙子这样讨厌，我简直忍不住要笑了。这小伙子其实体格壮健，身材匀称魁梧，相貌也挺好，只是那身穿戴，只配每天在田里干活或者在沼泽地里抓野兔什么的。不过我想我仍能从他的外貌中看出，他的心地要比他父亲好得多。好苗子湮没在荒草丛中了，不用说，茂密的荒草大大高出这些无人照看的幼苗。不过尽管这样，这毕竟是片肥沃的土地，在其他一些有利的条件下，还是会有丰硕的收获的。我相信，希思克利夫先生在肉体上并没有虐待他；这多亏他生来就有一种天不怕地不怕的性格，这样的性格是不会招惹人家来欺侮他的。根据希思克利夫的看法，这孩子没有那种胆怯的敏感，那种敏感是往往会引人产生肆虐的兴趣的。看来，希思克利夫的歹意主要是想使他沦为一头畜生。他一直不让哈里顿学习读书写字，对他的那些坏习惯，只要不给他这个监护人惹麻烦，也从来不指责他。没人引他向美德跨出一步，也没人给过他一句斥责恶行的教诲。据我听到的情况，这孩子的变坏，约瑟夫也出了不少力。出于一种狭隘的偏心，在哈里顿还是个小孩时，他就捧他，宠他，因为他是这个古老家族的主人。早在凯瑟琳·恩肖和希思克利夫还是孩子的时候，约瑟夫就养成了在老主人面前说他俩坏话的习惯，弄得老主人对他们那些"可怕的行为"失去了耐心，只好借酒浇愁。现在，他又把哈里顿的过错完全推到霸占他家财产的这个人身上。

这小伙子用粗话骂人，他不加纠正，不管做了多大的坏事，他都听之任之。显然，看到这孩子坏到了极点，约瑟夫感到很满足。他承认这孩子已经毁了，他的灵魂已经沦入地狱，可是他又认为，这笔账应该算在希思克利夫头上。以后哈里顿的血性子将听从他的指使，想到这点，他又感到莫大的安慰。

约瑟夫千方百计给他灌输了对自己的姓氏和门第的自豪感。要是他有胆量的话，他还会在他和山庄现在的主人之间制造仇恨；可是他对这位新主人又怕得要死，已近于迷信的地步；尽管心里对他有气，也只敢低声咕哝几句或者暗地里诅咒几声。

对呼啸山庄那些日子里的日常生活情况，我并不是要装出一清二楚的样子，我只是把我听说的说出来罢了，我亲眼看见的并不多。村子里的人都说，希思克利夫先生非常小气，是一个对佃户残忍狠心的地主，不过宅院里因为有了女人的张罗，倒是恢复了从前那种舒适的景象。亨德利时期常有的那种混乱情景，现在已经一去不复返了。这位主人一直就板着脸，不跟任何人来往，不管是好人还是坏人，现在也还是这样。

不过这跟我的故事没有什么关系，我扯远了。凯茜小姐不肯接受作为求和礼物的那只小狗，要回了自己的两只狗：查理和菲尼克斯。它们垂头丧气，一瘸一拐地来了。于是我们便动身回家，一个个都没精打采的。

我怎么也没能从我家小姐的嘴里问出她这一天的经历。我只能猜想，她这次出游的目标是彭尼斯托崖；她没有经历什么风险就来到了农舍的门口，这时哈里顿恰巧出来，跟着他的几只狗就袭击了她的队伍。

它们打了一场恶仗，直到主人来把它们分开。于是他们就相识了。凯瑟琳告诉哈里顿她是谁，她要去哪儿，并请他指个路，后来又哄得他陪她一块儿去。

他给她揭开了仙人洞和其他二十个怪地方的奥秘，可是我已经失宠，没有福分听她讲述她见到的那些有趣事物了。

不过，我还是能看出，在她误把他叫作仆人，伤了他的感情，以及希思克利夫的女管家把他称作她的表哥，败了她的兴之前，她的这个向导还是挺讨她喜欢的。

后来，他对她说的那些话又刺痛了她的心。在田庄里，人人都叫她“宝贝”“亲爱的”“小女王”“小天使”，现在却遭到一个陌生人这样骇人的侮辱！这事她怎么也不能理解。我费了好大的劲才使她答应，别把这件委屈的事告到她父亲那儿去。

我对她解释说，她父亲是十分讨厌山庄里那家人家的，要是让他知道她去过那儿，他会非常难过的。不过我最为强调的一点是，要是她把这件事说出来，让她父亲知道我没有遵守他的吩咐，他也许会一怒之下把我打发走的。凯茜可不愿真的发生这样的事。她信守诺言，为我保守了秘密。她毕竟是一个可爱的小姑娘。

第十九章

一封带黑边的信，告知了我家主人回家的日期。伊莎贝拉去世了，他在信中要我给他的女儿准备好丧服，还要我为他的小外甥安排一个房间，并做好其他的准备。

想到就要迎接她父亲回来，凯瑟琳高兴得简直发了狂，而且还肆意做了最乐观的猜测，认定她那位“真正的”表兄弟有着无数的优点。

他们预期到达的那个晚上来临了。打从一清早起，她就忙着吩咐人给她做那些细小的事情，这会儿，换上一件崭新的黑外套后——可怜的小东西！她姑姑的死，并没有使她感到有多大的悲伤——她不住地缠着我，定要我陪她穿过庄园林苑去迎接他们。

“小林敦只比我小六个月，”我们踩着树荫下高低不平、布满苔藓的草地，慢慢地往前走去时，她喋喋不休地说着，“有他做伴一起玩，多开心啊！伊莎贝拉姑姑给过爸爸一绺她的漂亮头发，颜色比我的淡——更加淡黄，很细。我已经小心地把它藏在一个小玻璃盒里了。我时常想，要能见到这绺头发的主人，该有多高兴啊。啊，我真快乐——爸爸，亲爱的，亲爱的爸爸！来呀，艾伦，我们跑吧！来呀，快跑！”

她朝前跑了一会儿，折了回来，又朝前跑去。待我不慌不忙地走到庄园的围墙门口时，她已经这样来来回回跑了好多次了。随后她在路边的草坡上坐了下来，想要耐着性子等待着，可是办不到，她一分钟也静不下来。

“他们要多久才来呀！”她叫道，“啊，我看到大路上有尘土了——他们来啦！不是的！他们什么时候才到这儿呀？我们不能再往前走一点路吗——走半英里，艾伦，就走半英里好不好？你就说声‘行’吧，就到拐弯的地方那丛白桦树那儿。”

我坚决不答应。最后，她终于盼到了：那辆长途马车驶进了我们的视野。

一看到从车窗里向外探望的父亲的脸，凯茜小姐就尖叫一声，伸开了双臂。他急忙下了车，几乎和她一样迫不及待。有好一会儿，这父女俩除了只顾他们自己以外，根本没有想到还有别的人。

在他们拥抱的时候，我偷偷朝车子里的小林敦看了一眼。他在车厢的一角里睡着了，身上裹着一件暖和的、毛皮镶边的披风，就像是冬天似的。一个脸色苍白、瘦小柔弱的小男孩，跟我家主人长得那么像，简直可以看作是他的小弟弟。可是在神色上有一种病态的乖戾，这却是埃德加·林敦所从来没有的。

主人见我正在往车厢里张望，就挥着手要我关上车门，不要去惊扰他，因为旅途劳顿，已经使他疲惫极了。

凯茜也急于想看上一眼，可是她父亲把她叫了过去，他们一起走进了庄园的林苑，我赶紧跑到前头，去吩咐仆人们做好准备。

“哦，宝贝，”他们来到宅子门口的台阶前时，林敦先生对女儿说，“你表弟没有你这么健壮，也不像你这么快活，而且，你别忘了，他不久前刚失去母亲，所以，你别指望他马上就会跟你一起玩，一起东奔西跑的。也别老跟他说话，惹他心烦；至少，今天晚上让他安静一下，好吗？”

“好的，好的，爸爸，”凯瑟琳答道，“可是我想看看他呀，他还没朝外面看过一眼呢。”

马车停了下来。睡着的人被叫醒了，他的舅舅把他抱出车厢，放到地上。

“这是你的表姐凯茜，林敦，”他说着，把他们的小手放在一起，“她已经喜欢上你了，今天晚上你可别哭起来让她伤心啊。现在，你得要让自己高兴起来。旅行已经结束了，你什么事也用不着做，歇着就是了，爱怎么样就怎么样吧。”

“那就让我去睡吧。”那男孩回答说，退缩着，避开凯瑟琳的招呼，又用手指抹掉开始流出的泪水。

“过来，过来，你是个乖孩子，”我轻声说，把他领进屋内，“你要把她也弄哭了——瞧她为你多难过啊！”

我不知道他的表姐是不是为他感到伤心，不过她和他一样哭丧着脸，回到她父亲身边去了。三个人全都进了屋，上楼来到书房里。茶已经摆好在那儿了。

我取下小林敦的帽子和披风，把他安置在桌旁的一张椅子上。可是他刚坐定就又哭了起来。主人问他是怎么回事。

“我不坐椅子嘛。”孩子哭着说。

“那就坐到沙发上去吧，艾伦会把茶给你端过去的。”他的舅舅耐心地回答说。

我相信，这一路上，他肯定被这个体弱烦躁的照顾对象折腾得够受的了。

林敦慢慢地拖着脚步走过去，在沙发上躺了下来。凯茜搬了一张脚凳，拿着自己的茶杯，来到他的跟前。

起初，她默不作声地坐在那儿，可是没能坐多久，她就决定像自己原先盼望的那样，把她的小表弟当成一个宠物。她开始抚摸他的头发，亲他的脸蛋，还用自己的碟子喂他喝茶，像对待一个婴孩似的。这很讨他喜欢，因为他本来就比婴孩好不了多少。他擦干了自己的眼泪，还露出淡淡的一笑。

“啊，他会过得很好的，”主人留心对他们看了一会儿后，对我说，“会很好的，要是我们能留住他，艾伦。有个跟他同年龄的孩子做伴，他很快就会获得新的活力，只要他希望自己身强力壮，他定能成功的。”

“唉，我们要能留住他就好了！”我暗暗思忖，一阵揪心的疑惧涌上我的心头，只怕这一希望太渺茫了。接着我又想到，这个柔弱的小东西在呼啸山庄，在他父亲和哈里顿中间，会生活得怎样呢？他们会是怎样的玩伴和导师啊。

我们的疑虑马上就见了分晓——甚至比我料想的还要早。喝过茶后，我把孩子们带上楼，看着小林敦睡着后——他不让我离开，要我一直陪到他睡着——就走下楼来，正站在客厅的桌子旁，为埃德加先生点亮一支卧室用的蜡烛，这时一个女仆从厨房里出来，告诉我说希思克利夫先生的仆人约瑟夫正在门口，要求跟主人说几句话。

“我要先问问他，他要干什么，”我惊慌失措地说，“这时来打扰人很不是时候，而且他们长途旅行刚回到家。我想主人不能见他。”

就在我说这话时，约瑟夫已经穿过厨房，接着就出现在客厅里。他穿着那套礼拜天穿的衣服，绷着他那张虚伪、冷漠透顶的脸，一手拿着帽子，一手握着手杖，正往垫子上擦他的鞋。

“晚上好，约瑟夫，”我冷冷地说，“你今晚来这儿有什么事？”

“我得跟林敦先生说话，”他回答说，轻蔑地挥挥手要我让开。

“林敦先生要睡了，除非你有什么特别重要的事要说，要不我相信他现在不会见你的。”我接着说，“你最好还是在这儿坐下来，先把你要说的话告诉我。”

“哪一间是他的屋子？”这老家伙追问道，打量着那一排关着的房门。

我看出，他根本就不想让我插手。于是我很不情愿地走进书房，通报了这个不速之客的到来，并且劝主人让他先走，明天再说。

林敦先生还没来得及答应我这么做，约瑟夫就紧随着我闯进了房间。他在桌子的另一边站定，双手紧握住手杖柄，开始提高嗓门说了起来，仿佛预料到会遭到驳斥似的。

“希思克利夫派我来要他的孩子，要不到孩子，我就不回去。”

埃德加·林敦沉默了一会儿，满脸流露出极度的悲伤。要是只为他自己打算，他会为这孩子感到惋惜；可是，想起伊莎贝拉的希望和恐惧，她对儿子的热切期望以及托孤时的嘱咐，现在竟眼看着要把这孩子交出去，他真是心如刀绞，痛苦极了，苦苦思索着怎样才能避免。看来无计可施。只要流露出一点想留住他的愿望，就会使对方索要得更加坚决。除了放他走，没有别的办法了。不过，他决不打算把孩子从睡梦中叫醒。

“告诉希思克利夫先生，”他平静地回答说，“他儿子明天去呼啸山庄。他现在睡了，这会儿已经累得走不动那么多路了。你还可以告诉他，林敦的母亲希望由我来照管他，再说，他目前的健康状况也很让人担心。”

“不行！”约瑟夫说，把他的手杖往地上咚地一戳，摆出一副说一不二的神气，“不行！说这话没用——希思克利夫才不管他母亲，也不管您哩！他要的是自己的孩子。我必须把他带走——这下您该明白了吧！”

“今天晚上你不能带走！”林敦先生斩钉截铁地说，“你给我马上下楼去，把我说的话告诉你家主人。艾伦，带他下去。走——”

他帮着把那愤愤不平的老家伙的胳臂往上一提，就把他弄出房间，随手关上了房门。

“好哇！”约瑟夫一边慢慢地走出去，一边大声嚷嚷道，“明天早上，他会亲自来的，要是您敢，就把他推出门去！”

第二十章

为了不让这种恐吓得以实现，林敦先生要我一早就用凯瑟琳的小马送那孩子回家，他还说：

“既然我们现在没法对这孩子的命运有所影响，不管是好还是坏，你就千万别告诉我女儿他去哪儿了。从今以后，她不能再跟他有任何来往，最好不让她知道他就在邻近，要不她就安不下心来，会急着去呼啸山庄探望——你只消告诉她说，他父亲突然差人来把他接去了，所以他就只好离开了我们。”

早晨五点钟，好不容易把小林敦从床上叫醒，他听说还得准备上路，大吃一惊。我则有意把事情淡化，对他说，他这是要去跟他父亲希思克利夫先生住一段日子，并说他父亲非常想见到他，他等不及他消除旅途的疲劳，不愿再把和他见面的欢乐时刻往后拖延了。

“我的父亲？”他叫了起来，感到莫名其妙，“妈妈从没对我说过我有一个父亲呀。他住在哪儿？我情愿跟舅舅一块儿住。”

“他住在离田庄不远的地方，”我回答说，“就在那些小山的那边，不怎么远。等你精神好些时，你可以步行来这儿。你应该高高兴兴回家去见他。你得努力去爱他，就像爱你妈妈一样，那样他也会爱你的。”

“可为什么以前我没听说过他呢？”小林敦问道，“为什么妈妈不跟他住在一起，像别人家那样呢？”

“他有事情得留在北方，”我回答说，“而你妈妈因为身体不好，必须住在南方。”

“为什么妈妈没跟我说起过他呢？”孩子固执地问道，“她常跟我说起舅舅，我早就懂得爱他了。我怎么去爱爸爸呢？我还不认识他呀。”

“啊，所有的孩子都爱自己的父母，”我说，“也许你妈妈心里想，要是常跟你提起他，你会想要跟他住在一起的。我们得赶紧了，在这样美好的清晨，早早骑马出门，比在床上多睡一个小时要美多了。”

“她也跟我们一起去吗？”他问道，“昨天我见过的那个小姑娘？”

“这回她不去，”我回答说。

“舅舅呢？”他接着问。

“也不去。我陪你去那儿。”我说。

小林敦一头倒回到枕头上，想起心事来。

“舅舅不去，我也不去，”他终于喊了起来，“我不知道你要带我去哪儿。”

我想让他明白，不愿去见自己的父亲，不是一个好孩子，可他还是执拗地不让我为他穿衣服，我只好叫主人来帮忙，一起哄他下床。

我对他许了一些虚假的保证，说他不用去多久就能回来，说埃德加先生和凯茜会去看他，还做了其他一些同样信口胡编的许诺，骗得这可怜的小东西终于上路了。一路上，我还不时向他重复这些保证和许诺。

走了一会儿后，途中那充满石楠花香的清新空气，明媚的阳光，以及明妮那轻缓的脚步，消除了他的沮丧情绪。他显得越来越有兴致，越来越高兴，开始问起他新家的情况和家里有些什么人来。

“呼啸山庄是跟画眉田庄一样好玩的地方吗？”他问道，一边转过头去朝山谷最后望了一眼，一片轻雾正从那儿袅袅升起，在蔚蓝色的天幕边缘形成了一朵轻柔的白云。

“山庄不像这儿隐在树木深处，”我回答，“也没这么大，但是你可以看到周围美丽的山乡景色，那儿的空气更新鲜，更干燥，对你的健康更有好处。一开始，你也许会觉得那儿的房子旧了些，暗了些，可那是一座很有名气的宅院，在这一带是数一数二的。你还可以到荒原上舒舒服服地散步。哈里顿·恩肖——他是凯茜小姐的表哥，因此也可以说是你的表哥——他会带你到所有那些最有趣的地方去玩。天气好的时候，你还可以带上一本书，把青翠的山谷当作你的书房。有时候，你舅舅也会来跟你一起散步，他是常来山上走走的。”

“我父亲长得怎么样？”他问道，“他也像舅舅一样年轻漂亮吗？”

“他也一样年轻，”我说，“不过他的头发、眼睛都是黑的，看上去要严厉一些，他的个子也更高大一些。开始时，也许你会觉得他不那么和气，不那么慈爱，因为他这人生来就是这种性格——可是你得记住，你对他还是要真诚、亲热，那样，他自然会比舅舅更喜欢你的，因为你是他自己的孩子啊。”

“黑头发，黑眼睛！”小林敦若有所思地说，“我想不出他的模样。这么说我长得不像他，是吗？”

“不太像，”我回答说，心里却暗想，一点也不像，并且遗憾地打量着我的同伴那苍白的脸色，瘦弱的身架和那双倦怠的大眼睛——像他母亲的眼睛，只是，除了某种病态的激动使它们偶尔闪亮外，它们丝毫没有她那种炯炯有神的痕迹。

“真奇怪，他怎么从来不来看妈妈，也不来看我！”他咕哝着说，“他见过我吗？要是他见过我，那时我一定还是个婴儿——我一点也不记得他了！”

“啊，林敦少爷，”我说，“三百英里可是个很远的路程哩。而十年对你和对一个成年人来说，在长短上是很不一样的。也许，希思克利夫每年夏天都打算去看你们，可总是找不到合适的机会，现在是太晚了一点了。这件事你就别去问他了，这会让他心里不安的，没有什么好处。”

在这以后，小男孩没有再说话，顾自在马上想着自己的心事，直到我们来到那座住宅的花园门前。我留心地观察他脸上的表情。只见他神色庄重地仔细察看了雕花的门面，低矮的格子窗，杂乱丛生的醋栗和弯腰曲背的枞树，然后摇了摇头。在他的内心，他一点也不喜欢他这个新家的外表，但是他也懂得先别忙着抱怨，也许里面会好些，可以弥补。

没等他下马，我就先去打开了门。这时正好六点半，这家人刚吃完早饭，仆人正在收拾盘碟和抹桌子；约瑟夫站在主人的椅子旁，在讲一匹跛脚马的事；哈里顿正准备去干草地干活。

“哦，内莉！”一见到我，希思克利夫先生就叫了起来，“原来，我怕我还得亲自下坡去取回我的东西哩。你把他给带来了，是吗？让我们去看看，能把他造就成一个什么样的东西。”

他站起身来，大步走到门口。哈里顿和约瑟夫跟在后面，好奇地咧着嘴。可怜的小林敦惊慌地朝他们三人脸上扫了一眼。

“不用说，”约瑟夫认真地细看了一番后说，“他一定跟你调换啦，主人，这是他的女娃。”

希思克利夫盯着自己的儿子，直盯得他惊慌打战，然后发出一声冷笑。

“天哪！好一个美人儿！一个多么可爱迷人的东西！”他叫了起来，“他们是用蜗牛和酸牛奶把他养大的吧，内莉？哦，真该死！比我想象的还要糟——要知道我本来就没抱多大希望！”

我招呼那浑身发抖、不知所措的孩子下了马，走进屋子。他还没有完全听懂他父亲的话是什么意思，是不是针对他；说实话，他还不能肯定，这个样子可怕、发出冷笑的陌生人，到底是不是他的父亲。他紧贴着我，抖得越来越厉害；当希思克利夫坐下来，对他说“过来”时，他把脸伏到我的肩膀上，哭了起来。

“得了，得了！”希思克利夫说着，粗暴地把他拉到自己的两膝之间，然后钩住下巴，托起他的头，“别来这一套了！我们不会伤害你的。林敦——这是不是你的名字？你可真是你母亲的孩子，十足是！我在你身上的那一份到哪儿去了，哭鼻子的小鸡？”

他摘下孩子的帽子，往后捋了捋他那浓密的淡黄鬈发，摸摸他细细的胳臂和小小的手指。在他这样检查的时候，小林敦停止了哭泣，抬起他那双蓝色的大眼睛，也细看起那细看他的人来。

“你认识我吗？”希思克利夫问，他已经弄清这孩子的四肢全都娇嫩脆弱。

“不认识，”小林敦回答，眼神中带着一种茫然的恐惧。

“我敢说，你总听说过我吧？”

“没有，”他又回答。

“没有？你母亲真是太不像话了。从来不提醒你对我应该有孝心！那我来告诉你，你是我的儿子；你母亲是个坏心眼的贱货，竟不让你知道你有这样一个父亲。行啦，别皱眉蹙眼的，也别红起脸来了！不过这倒可以看出，你的血还不是白的。要做个好孩子，我也会帮你的。内莉，要是你累了，你可以坐一会儿；要是不累，你就回去吧。我猜想你会把在这儿听到的、看到的，全都报告给田庄的那个窝囊废听的。你待在这儿不走，这小东西是不会定下心来的。”

“好吧，”我回答说，“我希望你会好好待这孩子，希思克利夫先生，要不，你是留不住他的。在这个偌大的世界上，他是你唯一的亲骨肉了，这你应该知道——记住。”

“我会待他很好的，你不用担心，”他笑着说，“只是不许有别的人待他好，我想的是要独占他的感情。而且，我现在就要开始好好待他。约瑟夫！给这孩子拿点早饭来。哈里顿，你这该死的蠢货，快去干你的活去。是的，内莉，”待他们都走了之后，他接着说，“我的儿子是你们田庄未来的主人，在我有把握成为他的继承人之前，我是不会巴望他死掉的①。再说，他是我的儿子，我要扬扬得意

① 希思克利夫的意思是：小林敦将以母亲伊莎贝拉的继承人名义取得田庄所有权，而明确了子死父继的关系后，小林敦哪怕死了，田庄也能留在自己手中。

地看着我的儿孙，名正言顺地成为他们家那份产业的主人，由我的孩子出钱雇用他们的孩子，来耕种他们父辈的土地。只是因为有了这一想法，才使我能容忍这个小畜生。对他本身来说，我可看不上他，而且还恨他，因为他使我重又回忆起过去的事！不过有了那么个想法，也就足够了。他跟我在一起，同样会平安无事的，我会像你家主人照顾自己的孩子那样细心照顾他。我已在楼上给他布置了一间很漂亮的房间，我还给他请了一个教师，一星期三次从二十英里外赶来，他想学什么，就教他什么。我已吩咐哈里顿，事事都得听从他。事实上，我已经做好了一切安排，一心要培养起他的优越感和绅士气派，做到高人一等。但是我很遗憾，他不值得人家这样为他操心。如果说我希望在这个世界上还有什么幸福的话，那就是让我看到他是一个值得骄傲的孩子，可是这个脸色苍白、哭哭啼啼的可怜虫却太让我失望了！”

在他这么说着的时候，约瑟夫端着一盆牛奶粥回来了，他把粥放在小林敦的面前。小林敦带着厌恶的神色，搅了搅这盆家常食品，声明说他不能吃这样的东西。我看那老仆人也跟他的主人一样，看不起这个孩子，但他不得不把这种情绪藏在心里，因为希思克利夫明白表示过，要他的下人们尊敬这个孩子。

“不能吃这个？”他重复了一句，盯着孩子的脸，压低了声音说，生怕别人听见，“可哈里顿少爷小时候从来不吃别的东西，我想，他能吃的东西，你也能吃的吧！”

“我不吃这个！”小林敦没好气地回答，“把它拿开！”

约瑟夫气呼呼地一下端起奶粥，送到我们跟前。

“这粥有什么不好的？”他问道，把盆子直递到希思克利夫的鼻子底下。

“这粥有什么不好？”他说。

“是啊！”约瑟夫回答，“这挑食的孩子却说他不能吃这个。不过我想这也不奇怪！他的母亲就是这样——我们种出粮食，给她做了面包，她还嫌我们脏哩。”

“别对我提他的母亲了，”主人生气地说，“给他去拿点他能吃的东西来，就这样。他平常吃什么，内莉?”

我建议给他拿杯热牛奶或者茶来。女管家奉命去准备了。

我心里想，这么一来，他父亲的自私目的倒让他过上好日子了。他看出孩子的体质太弱，觉得有必要待他宽容一点。我要把希思克利夫脾气上的这种转变，告诉埃德加先生，也好让他得到一些安慰。

我已经没有理由再待下去，趁着小林敦正怯生生地拒绝一条牧羊狗的友好表示时，悄悄溜了出来。可是他十分警觉，没能瞒过他。我刚一关上门，就听见一声尖叫，和一连串发狂似的反复呼喊：

“别丢下我！我不要待在这儿！我不要待在这儿!”

接着，门闩给抬起又落下了。他们没有让他出来。我骑上明妮，催它快跑。于是，我的短暂的监护使命就此结束了。

第二十一章

那一天，为了小凯茜我们真是伤透了脑筋。她兴冲冲地起了床，就急着要跟表弟在一起。一听说表弟已经走了，立刻就伤心得泪流满面，失声痛哭起来。埃德加先生只好亲自来安慰她，还肯定地说，她的表弟用不了多久就会回来，不过他又加了一句，“如果我能把他要回来的话”，而这是完全不可能的。

这个诺言并没有给她多少安慰，倒是时光的流逝更为有效。虽说有时候她仍问她父亲，小林敦什么时候回来，可是到了真的和他再见面时，他的容貌在她的记忆中已经变得这样模糊，以致她都认不出他来了。

当我有事去吉默屯，偶尔碰到呼啸山庄的女管家时，我总要问起他家小主人的情况；因为他几乎也跟小凯瑟琳一样，过着与世隔绝的生活，旁人从没见过他。我从她那儿知道，他的身体仍很虚弱，是个很难伺候的孩子。她说希思克利夫先生对他好像越来越不喜欢了，虽说他尽量想掩饰住这种感情。他听到这孩子的声音就起反感，跟他在一间屋子里一起多坐几分钟就受不了。

他们之间很少有多谈上几句的时候。小林敦在一间他们叫作客厅的小屋子里做功课，消磨他的晚上时间，要不就整天躺在床上；因为他老是咳嗽啊，感冒啊，这儿疼，那儿痛的。

"我还从没见过这么胆小没用的人，"那女人还说，"也没见过这么会自我保养的人。晚上要是我关窗的时间稍微迟了一点，他就会唠叨个没完。哟！吸一口晚上的空气，就会要他的命似的！哪怕盛夏时节，他也一定要生火；连约瑟夫的烟斗都是有毒的。他老是要吃糖果点心，老是要喝牛奶，永远是牛奶，牛奶——根本不管我们这些人冬天吃得有多苦。他顾自坐在那儿，裹着毛皮斗篷坐在壁炉旁的椅子里，壁炉搁架上放着烤面包片、水，或者别的一口口抿着喝的饮料。要是哈里顿看他可怜，来陪他玩玩——哈里顿虽然粗鲁，但心地并不坏——最后准是不欢而散，一个破口大骂，一个放声大哭。我相信，他要不是主人的儿子，主人还会眼看着哈里顿把他打成肉饼子而高兴哩。而且我敢肯定，要是主人知道了他多么会自我保养，只知道一半，也会把他赶出家门的。不过这种危险是不会有的，主人从不踏进小客厅，而要是小林敦在家里哪个地方当他的面这么做时，他就会立刻叫他上楼去。"

从这番话中，可以猜想到，由于缺少同情，小希思克利夫已经变得既自私又怪僻，如果说他本来不是这样的话；我对他的关心自然也就逐渐减退了，但是我仍然为他的命运感到悲伤，要是当时他能留下来跟我们在一起多好啊。

埃德加先生鼓励我去打听一下消息，看来他也非常想念他，甚至愿意冒些风险去看他。有一次他还叫我去问问那个女管家，小林敦有没有到村子里来过。

女管家告诉我说他只来过两次，是骑马陪他父亲来的。每次过后，他都装出一副精疲力竭的样子，而且一装就是三四天。要是我没记错的话，孩子到山庄两年后，那位女管家就离开了，接替她的人我不认识，她现在还在他们家里。

时光流逝，画眉田庄里的人像以前一样，一直过着舒心的日子，转眼间，凯茜小姐长到了十六岁。每逢她的生日，我们从来都不搞什么欢庆活动，因为这一天也是我家女主人去世的忌日。她父亲在那一天总是独自一人待在书房里，到了黄昏时分，就一直步行到吉默屯教堂，常常在那儿待到深更半夜才回家。因此，凯瑟琳只好想方设法自个儿玩。

这一年的三月二十日是个春光明媚的日子。待她父亲躲进书房后，我家小姐就穿戴好走下楼来，准备外出了。她说她已跟父亲说过，由我陪她去荒原边上走走；说是林敦先生已经答应她，只是要我们不要走得太远，在一个小时内就回来。

"所以得赶快了，艾伦!"她叫道，"我知道我要去哪儿，要去有群松鸡筑窝的地方，看看它们有没有筑好窝。"

"那可得走好远哪!"我回答说，"松鸡不会在荒原边上筑窝下蛋的。"

"不，不远，"她说，"我跟爸爸去过，很近的。"

我戴上帽子，跟她一起出发了，不再去想这件事。她在我前面蹦蹦跳跳的，一会儿跑回到我身旁，一会儿又跑开了，活像一只小猎狗。开始，我觉得乐趣无穷，听着云雀在远远近近歌唱，享受着明媚温暖的阳光，看着我的宝贝，我的欢乐，一头金色的秀发随风飘舞，她那光彩照人的脸蛋像朵盛开的野玫瑰般温柔、纯洁，一对闪亮的眼睛放射出无忧无虑的欢乐光辉。在那些日子里，她真是个幸福的小东西，也是个小天使。可惜的是，她并不感到满足。

"哎，"我说，"你的松鸡在哪儿呢，凯茜小姐?我们应该看到它们了呀，田庄林苑的围栅现在离我们已经很远了。"

"啊，再往前走一点——只有一点点路了，艾伦，"她不断地这样回答，"爬上那座小山，经过那条围堤，你一到了那边，我就会让那些松鸡从窝里出来。"

可是有这么多的小山和围堤要爬，要过。我终于开始感到累了，于是就对她说我们得停止前进，往回走了。

她一直走在前头离我很远，我朝她大声叫喊着。她也许是没有听见，也许是有意不加理睬，顾自朝前蹦跳着，我无奈只好跟着她。最后，她钻进了一个山谷，待我重又看见她时，她离呼啸山庄已经比离自己的家近多了——近了约莫两英里。我看见有两个男人把她抓住了，其中的一个，我深信就是希思克利夫先生本人。

凯茜被抓是因为有偷猎行为，或者说，至少是抄了松鸡的窝。

这儿是希思克利夫的呼啸山庄的领地，他正在训斥那个偷猎者。

“我什么也没拿，什么也没找到，”待我赶到他们跟前时，她正说着，一面还摊开双手，证明自己说的是实话，“我并不想来捡什么，爸爸跟我说，这儿有很多松鸡蛋，我只是想来看看这种蛋。”

希思克利夫朝我瞥了一眼，露出了不怀好意的微笑，这表明他已认出对方是谁，也表明他对她已起了歹意，接着便问她的“爸爸”是谁。

“画眉田庄的林敦先生，”她回答说，“我想你不认识我吧，要不你就不会对我这样说话了。”

“这么说，你以为你爸爸是很受人爱戴，受人尊敬的吗？”他挖苦地说。

“那你是什么人呀？”凯瑟琳问，好奇地注视着说话的人，“那个人我以前见过，他是你的儿子吗？”

她指了指哈里顿，那另一个人。他又长了两岁。可除了长了身架和力气外，什么也没有长进，看来还是跟以前一样笨拙和粗鲁。

“凯茜小姐，”我插进去说，“我们出来已经不是一个小时，而是三个小时了。我们真的该回去了。”

“不，他不是我的儿子，”希思克利夫回答说，一边把我推到一旁，“不过我儿子倒是有一个，你以前也见过。虽说你的保姆急着要回去，我看我们两个还是稍许歇一会儿的好。只要一绕过这个长满石楠的陡坡，就到我家了，你愿不愿意去坐一下？休息一会儿，你还可以早一点回到家里。而且你会受到热情的款待的。”

我悄声对凯瑟琳说，千万不能接受这一提议，这事根本用不着考虑。

“为什么？”她大声问道，“我已经跑累了，这地上又都是露水，我可不能坐在这儿。我们去吧，艾伦。而且，他还说我见过他的儿子。我想，他是搞错了。不过我倒猜得出他住在哪儿；就在那次我从彭尼斯托崖回来时去过的那座农庄里。你是住在那儿吧？”

“没错。来吧，内莉，闭上你的嘴——让她去我们家看看，她一定会很高兴的。哈里顿，你陪这位姑娘前面走。内莉，你跟我一起走吧。”

“不，她不能去那儿，”我叫着，奋力挣脱被他抓住的胳臂。可是她却已飞快地绕过那个陡坡，差不多已经快跑到山庄门前的石阶了。那个被指定陪她的小伙子，并不想陪她，而是闪到了路旁，一会儿就不见了人影。

“希思克利夫先生，你这样做太不应该了。”我接着说，“你自己明白，你是不怀好意的。她到了那儿会见到小林敦的；等我们一回到家里，她会把这一切全都说出来，我就得挨主人的责备了。”

“我就是想要她看看林敦，”他回答说，“这几天他看上去气色好一点，他并不是经常都适合让人见到的。等会儿我们要她对这次访问保密就得了。这有什么害处呢？”

“害处是，要是她父亲发现我竟让她进了你的家，他会恨死我的。我相信你怂恿她这样做，一定有你的坏主意的。”我回答说。

“我的主意是非常光明正大的。我可以全都告诉你，”他说，“我的主意是让这对表兄妹相爱，然后结婚。我这样安排对你家主人是很宽厚的。他的这个小丫头并没有什么可指望，要是她能促成我的心愿，她就可以跟林敦一起成为共同继承人，马上就有了依靠。”

“要是林敦死了，”我回答说，“他的性命很难说呢，那凯瑟琳就成了继承人了。”

“不，她当不了继承人，”他说，“遗嘱里并没有条文做这样的保证。他的财产将归到我名下。不过为了避免日后发生纠纷，我有心要让他们俩结合，而且下决心要促成这件事。”

“我也下决心不让她再跟我来你家了，”我回敬他说。这时我们已经走到了大门口，凯茜小姐正在这儿等着我们。

希思克利夫要我别再作声。他赶到我们前面，连忙去开门。我家小姐连看了他几眼，似乎拿不定主意该怎么对待他才好。可是，当他一接触到她的目光时，就微微一笑，跟她说话也是轻声柔气的。我真是糊涂透顶，居然以为也许是他对她母亲的怀念，使他化解了对她的伤害之心。

林敦站在壁炉跟前。他刚从田野里散步回来，他的头上还戴着帽子，正在吩咐约瑟夫给他拿双干的鞋来。

他还差几个月才满十六岁，可是就他的年龄来说，已经长得够高了。他的容貌还是挺漂亮的，眼睛和气色都比我记忆中的更有光彩，虽说这种光彩不过是从清新的空气和和煦的阳光中暂时借来的。

“看，那是谁？”希思克利夫先生转身问凯茜。“说得出来吗？”

“你的儿子？”她疑惑地把他们两人轮流打量了一番，然后问道。

“是呀，是呀，他回答说，”“难道你这是第一次见到他？仔细想想！唉，你的记性太差了。林敦，你还记得你表姐吗？你不是老跟我们缠着要见她吗？”

“什么，林敦！”凯茜叫了起来，一听到这一名字，她真是又惊又喜，“这就是小林敦？他长得比我还高啦！你是林敦？”

小伙子走上前来，承认自己正是林敦。她热情地吻了他，两人相互凝视着，都为岁月给对方外貌所带来的变化惊讶不已。凯瑟琳已经长高，完全像个大人了，她的体态既丰满又苗条，像钢丝般富有弹性，全身处处都焕发出健康而精神的光彩。林敦的神情举止则显得没精打采，身体非常瘦弱，不过他的风度中有着一种文雅，多少弥补了这些缺点，使他还不至于让人感到讨厌。

跟自己的表弟互相做了种种亲热的表示之后，凯瑟琳走到希思克利夫先生跟前。这时他正站在门口，一面注意着屋内，一面注意着屋外；也就是说，假装着看屋外，其实是只留心屋内的事。

“这么说，你是我的姑父啦！”她大声说着，走上前去向他行礼，“虽说你开始时对我有点凶，可我觉得我还是喜欢你的。你为什么不带林敦去我们田庄玩呢？这么些年了，住得又这么近，却从来不来看看我们，这真是太怪了。你为什么要这样呢？”

“在你出世以前，我去过一两次，这已经太多了啊！”他回答说，“行啦——见鬼！你要是还有多余的吻，全都给林敦吧，给了我可是白糟蹋了！”

“捣蛋的艾伦！”凯瑟琳叫着，带着她那过分丰富的热情，接着朝我扑了过来，“艾伦，你坏！想不让我进来。可以后我天天早上都要散步来这儿。可以吗，姑父？有时候还要带爸爸来。见到我们你高兴吗？”

“那当然！”那位姑父回答说，一面却禁不住露出一副怪相，这是由于对两位说要来访的客人的深深厌恶。“不过等等，”他转身又对小姐说，“这事我想了想，我看还是告诉你的好？林敦先生对我有偏见。有一次，我们吵了一架，吵得非常凶。你要是跟他说你来过这儿，他一定会禁止你再来的。因此，你千万别对他提起这件事，除非你今后不想再见你表弟了。要是你想见他，你自己可以来，可是千万别说出去。”

“你们为什么要吵架呢？”凯瑟琳问道，感到非常沮丧。

“他认为我太穷了，不配娶他的妹妹，”希思克利夫回答说，“我最后得到了她，使他感到很难受。他的自尊心受到了伤害，所以这件事他永远也不会原谅。”

“这就不对了！”小姐说，“我总有一天会对他这么说的。可是林敦和我跟你们的吵架不相干呀。那以后我不来这儿，他来田庄好了。”

“对我来说太远了，”她表弟低声咕哝着，“走四英里路会要了我的命的。不，你来吧，凯瑟琳小姐，常来走走，不用天天早上都来，一星期来一两次吧。”

父亲朝儿子轻蔑地瞥了一眼。

“内莉，我怕是白费工夫了，”他悄声对我说，“凯瑟琳小姐，就像这傻瓜称呼的那样，迟早会发现他一文不值，然后叫他见鬼去。嘿，要是换了哈里顿就好了！——你知道吗？别看哈里顿那么落魄，我一天都要羡慕他二十次哩！这孩子如果是另外一个人，我都要喜欢上他了。不过我尽可放心，他是得不到她的爱情的。我只是要挑动他去跟那个窝囊废斗上一斗，让那不中用的东西赶快振作起来。我们估计他恐怕活不到十八岁。唉，这该死的窝囊废！竟一心只顾擦自己的脚，连看都不朝她看一眼——林敦！”

“啊，父亲。”那孩子答应道。

“你就没有什么可以领你表姐去附近一带看看的吗？像兔子或者鼬鼠窝什么的？先别换鞋子了，带你表姐到花园走走，去马厩看看你的马。”

“你不是情愿坐在这儿吗?”林敦问凯茜,那口气是他根本就不想动。

“我不知道。”她回答说,带着渴望的神情朝门口望了一眼,显然很想活动活动。

小林敦依然坐着,朝火炉挨得更近了。

希思克利夫站起身来,走进厨房,然后又从厨房走进院子,高声喊叫哈里顿。

哈里顿应了一声,两人很快进了屋。这小伙子刚洗过澡,这可以从他通红的脸颊和湿漉漉的头发看出来。

“哦,我要问你一句话,姑父,”凯瑟琳大声说,她想起了那个管家的话,“他不是我的表哥吧,他是吗?”

“是的,”他回答说,“是你母亲的侄儿。你不喜欢他吗?”

凯瑟琳的神情很异样。

“他不是一个英俊的小伙子吗?”他接着又说。

我家那不懂事的小东西踮起脚尖,凑到希思克利夫耳边悄声说了一句什么话。

他大笑起来。哈里顿则沉下了脸。我发现,这小伙子对有看不起他之嫌的话,非常敏感,显然已朦朦胧胧地意识到自己低下的地位,可是他的主人或者说是保护人的一番话,把他的怒气给赶跑了。他大声说:

“你要成为我们这儿的宝贝啦,哈里顿!她说你是一个——一个什么来着?啊,反正是听了让人高兴的话。听着!你陪她到山庄四处转一转。记住!一举一动要像个绅士,别说脏话;不要在小姐没看你时,你老盯着她看,到她看你时,你又打算躲过脸去。还有,讲话时要慢慢讲,别把双手插在口袋里。去吧,你要尽力好好招待她。”

他注视着这一对人从窗前走过。哈里顿背过脸去,完全不去看自己的女伴,他仿佛像个陌生人或者艺术家,正兴致勃勃地观赏着眼前熟悉的景色。

凯瑟琳偷偷地朝他瞟了一眼，并没有表露出一点钦慕神情。随后她便转移了自己的注意力，顾自去寻找能给自己取乐的东西了。她踏着轻快的步子高高兴兴地朝前走去，嘴巴还哼着曲子，以此来弥补没人交谈的缺憾。

“我已经捆扎住他的舌头了，”希思克利夫看着这情景说，“他将始终不敢开口说一个字！内莉，你还记得我在这年纪的时候吧——不，比他还小哩——是不是也这么蠢，或者像约瑟夫说的这么‘不开窍’呢？”

“还不如他，”我回答说，“因为除了蠢，还有一张板着的脸。”

“看到他这样，我高兴极了，”他接着把心里的想法大声说了出来，“他满足了我对他的期望。要是他天生是个傻瓜，这样的乐趣，我就连一半也享受不到了。可是他不是个傻瓜。我能够体会到他的所有感受，因为这些感受我全都亲身体会过。比如说，我清楚地知道，他现在感受着什么痛苦。可是这仅仅是个开始，以后有他痛苦的哩。他永远也别想从他粗野无知的泥潭里爬上来。跟他那恶棍父亲管我比起来，我把他捏得更紧，压得更低，他还为自己的野蛮粗俗感到骄傲哩。我教会他嘲笑兽性以外的一切东西，认为那一切全是愚蠢的，不中用的。你不认为亨德利要是活着，看到他儿子成了这样，会感到骄傲吗？恐怕会像我为我的儿子感到骄傲一样吧。不过区别还是有的：一个是黄金用作铺地的石头，另一个是锡器擦亮了混充银器。我的儿子可以说一钱不值，可我还是有能耐使这个草包尽可能地往前走上几步。他的儿子有着一等的天赋，可是却荒废了，变得比草包还不如。我没有什么可痛心，比任何人都痛心的是他，只有我清楚这一点。最妙的是，哈里顿还死命地喜欢我！你得承认，在这一点上我比亨德利要高明。要是那个死去的无赖能从坟墓里爬出来，骂我虐待他的后代，我倒会有趣地看到，他那个所谓后代会一拳把他打回去哩，因为他竟敢辱骂他在这世界的唯一朋友！”

想到这事，希思克利夫禁不住咯咯咯地发出一阵魔鬼般的狞笑。我没有搭理他，因为我看出他并不指望有人搭理他。

这时候，我们的那位年轻伙伴开始露出不安的迹象，也许是后悔不该为了怕受点累就没有去陪凯瑟琳玩。他坐得离我们太远，没能听到我们的谈话。

他的父亲注意到他那不安的目光老往窗口看，手也犹豫不决地伸向自己的帽子那边。

“站起来吧，你这懒孩子！”他装出一副亲切的样子叫道，“快去追他们呀！他们就在拐角那儿，在蜂箱架子旁边。”

林敦振作起精神，离开了火炉。格子窗正开着。就在他走出去时，我听到凯茜正在问她那不善交际的随从，大门顶上刻的是什么。

哈里顿抬头呆望着，挠着头皮，活像个小丑。

“是些该死的字呗，”他回答说，“我不认识。”

“你不认识？”凯瑟琳惊叫起来，“我认识的，那是英文。可是我想知道为什么刻在那儿。”

在一旁的林敦咯咯地笑了起来——这是他第一次表现出开心的样子。

“他连自己的姓氏都不认识，”他对他的表姐说，“天底下竟有这样的大傻瓜，你能相信吗？”

“他是不是有什么毛病？”凯瑟琳认真地问道，“或者是头脑简单——不正常？我问了他两次话，他每次都是傻乎乎的，我觉得他听不懂我的话，我敢肯定，我也不大能听懂他的话！”

林敦又笑了起来，还带着嘲讽的神情朝哈里顿瞟了一眼。在那会儿，哈里顿显然还没弄清是怎么回事。

“什么毛病也没有，只是懒惰罢了。对不对，恩肖？”他说，“我表姐还以为你是个白痴呢。你老是嘲笑别人‘死啃书本’，这下尝到苦果了吧。凯瑟琳，你有没有注意到他那一口可怕的约克郡土音？”

“哼，认字顶个屁用！”哈里顿气冲冲地说，跟天天见面的伙伴顶起嘴来，口齿伶俐多了。他还想再说下去，可是两个年轻人却突然一齐大笑起来。我家那位轻浮的小姐开心极了，她发现可以拿他那古怪的话当作笑料。

“你那句话里的‘屁’字用处在哪儿呀？”林敦嗤笑说，“爸爸叫你别说脏话的，可你一开口就是脏话。一举一动都要学着像个绅士，现在就给我做起来吧！”

“要不是你不像个小伙，更像个姑娘，我这会儿就一拳把你打得趴下，我会的，你这可怜巴巴的瘦板条！”这气呼呼的粗汉子回敬了一句，走开了。这时，由于既气又羞，他的脸涨得通红，因为他意识到受到了侮辱，可又窘得不知该怎样来泄愤才好。

希思克利夫先生跟我一样，也清清楚楚地听见了这番对话。看到哈里顿走开，他露出了一丝微笑，可是立刻又朝那浅薄的一对投去极端厌恶的一瞥。那两人还站在门口喋喋不休地聊着。那男孩一说起哈里顿的错误和缺点，讲到他种种古怪的行为和笑话，便来了劲，而那姑娘也爱听他那些尖酸刻薄的话，根本没有想到那些话中所表现出来的恶意。我开始不喜欢林敦了，厌恶已经超过了同情，而且多少也有点谅解他父亲对他的看不起了。

我们一直待到下午，在这之前，我没法把凯茜小姐拖走。幸亏我家主人没有离开过自己的屋子，一直不知道我们久出未归。在回家的路上，我本想对我的照顾对象开导一番，让她知道我们刚才离开的是些什么人。谁知她反倒认为我对他们有偏见。

“啊哈！”她叫道，“你站在爸爸一边，艾伦。你有偏心，我知道，要不你就不会这么多年都哄骗我说，小林敦住得离我们家远极了。我真是生气极了，可是我这么高兴，要生气也生不出来了。不过不许你再说我姑父什么了。记住，他是我的姑父。为了跟他吵架的事，我还要骂爸爸一顿哩。”

她就这样滔滔不绝地说个不停，到后来我只好放弃原来的打算，不想再让她明白自己的过错了。

当天晚上，她没有说起这次拜访的事，因为她没有见到林敦先生。可是第二天，她把这一切都说出来了，真让我大为懊恼。不过我并没有感到十分难过，我觉得，由她父亲来负起指点和告诫的责任，效果要比我好得多。不过他太缺少勇气了，没能按自己的意愿说出一个让人信服的理由，来阻止她和山庄那家人家交往；而宠惯了的凯瑟琳，凡是约束她的意愿的嘱咐，总要说出充分的理由她才会遵命。

“爸爸！”她在给父亲问过早安之后叫道，“你猜猜看，昨天我在荒原上散步时见到谁啦。啊，爸爸，你吃惊了吧！现在你知道自己做得不对了，是不是？我见到了——可是听着，我要让你听听我是怎样识破你的，还有艾伦，她跟你串通一气，我一直盼望林敦回来，结果总是失望时，你们还装出一副可怜我的样子哩。”

她把前一天的出游和结果全都如实地说了，我的主人虽然不止一次地向我投来责备的目光，但一直一言不发，直到她把话说完。然后他才把她拉到身边，问她知不知道他为什么要把林敦就在附近的事瞒着她。难道她以为这是存心不让她去享受那有益无害的欢乐吗？

“那是因为你不喜欢希思克利夫先生。”她说。

“那你相信我关心自己胜过关心你啦，凯茜？”他说，“不，这不是因为我不喜欢希思克利夫先生，而是因为希思克利夫先生不喜欢我。而且他是一个最凶恶的人，他喜欢伤害和毁掉他所仇恨的人，只要让他抓到一点机会。我知道，要是你跟你表弟保持来往，你就不能不和他接触；我也知道，他因为我的缘故也就会恨你。因此这完全是为了你好，不是别的原因，我才采取预防措施，不让你再见到林敦。我本想等你长大了再对你解释的，我懊悔不该把这事拖延到今天。”

“可是希思克利大先生挺热情的，爸爸，”凯瑟琳说，一点也没有被说服，“而且他不反对我们见面。他说了，只要我乐意，随时都可以去他家，只是要我千万别告诉你，因为你跟他吵过架，他娶了伊莎贝拉姑妈，你不肯原谅他。是你不肯原谅，那该责怪的是你了。他至少是愿意让我们做朋友的——林敦和我——你却不愿意。”

我的主人眼见她不愿听信他说的关于她姑父为人歹毒的话，便把他对伊莎贝拉的所作所为以及用什么手段把呼啸山庄占为己有的事，匆匆地做了简要的叙述。这些事说多了，他受不了。因为即使稍稍说上几句，他仍然会感到对当年的仇人的那种恐惧和痛恨，打从林敦太太去世后，这种恐惧和痛恨就一直盘踞在他的心头。“要不是因为他，她到现在都还会活着的！”这是他经常有的痛苦的念头。在他的心目中，希思克利夫无异于一个杀人犯。

凯瑟琳小姐对于世间的罪恶行径，可说是一无所知，她所知道的，只是自己的火暴脾气和缺少考虑造成的不听话、不讲理和发脾气之类的小过失，而且往往是当天犯错，当天就能改过，因此对于一个人居然能把邪恶的报复计划在心中盘算和深藏多年，而且无悔地把计划付诸行动，她感到大为震惊。她对人性的这种新的现象，留下的印象是如此深刻，受到的震动是如此之大——完全超出了她迄今为止的所学所思——以致埃德加先生认为这件事已经不必多说。他只是补上这么一句：

“以后你会明白的，亲爱的，为什么我希望你躲开他的宅子和他那家人。现在你还是照旧做你的事，像往常那样玩吧，别再去想这些事情了！”

凯瑟琳吻了吻她父亲，一声不响地坐下来做功课，像往常一样做了两个小时；然后又陪他父亲去庭院，一整天就像平时一样过去了。可是到了晚上当她回房就寝，我去帮她换衣服时，却发现她正跪在床边哭泣。

“哎，你呀，傻孩子！”我叫道，“要是你经受过真正的伤心事，你就会觉得为这么点不顺心的事就浪费眼泪，实在太丢人了。真正的伤心事，你连影子都从没见过呢，凯瑟琳小姐。譬如说吧，要是主人和我一下子都死了，就你独自一人留在这世界上，那你会感到怎么样呢？把你眼下的情况跟那种痛苦比一比，你就会为有了朋友感到欣慰，而不会心存奢望了。”

“我不是在为自己哭，艾伦，”她回答说，“是为他啊！他一心盼望明天能再见到我，可是这样一来，他会多么失望啊。他会一直等我，可我不能去了！”

“胡说！”我说，“你以为他会像你想他那样想着你？他不是有哈里顿给他做伴吗？一百个人里面也找不出一个人，会为了失去一个只见过两次——一共两个下午——的亲戚而掉眼泪的。林敦会猜出这是怎么回事，才不会为你自寻烦恼哩！”

“可我可不可以写个便条，告诉他我为什么不能去了呢？”她站起身来，问道，“把我答应借给他的几本书也一起送去？他的书没我的好；我告诉他我的书有趣多了，他就急着要看呢。行吗，艾伦？”

“不行！说什么也不行！”我断然回答说，“那样他又会回信给你，那就永远没完没了啦。不，凯瑟琳小姐，这种交往必须完全终止。你爸爸这样希望，我想就该这么做。”

“可是一张小便条又有什么——”她又开口说，露出一副恳求的表情。

“别说啦！”我打断她的话，“我们不要再谈什么小便条啦，上床去睡吧。”

她瞪了我一眼，那副赌气的样子，气得我开始都不愿吻她祝晚安了。我心里大为不快地给她盖好被子，关上房门。不过走到半路，我有些后悔了，就轻轻走了回去。可是你瞧！这位大小姐正站在桌子旁边，她面前摊着一张白纸，手里拿着一支铅笔，我一进去，她自知有错，就偷偷把它们藏了起来。

“你就是写了，也找不到人给你送去的，凯瑟琳，”我说，“我现在就要把你的蜡烛灭了。”

当我把熄烛罩往火苗上盖的时候，我的手背上给啪地打了一下，还听到了气呼呼的一声“坏东西！”然后我又离开了她。她立即就闩上了房门，这是她的脾气最坏最乖张的一次。

信还是写了，是由村子里一个来取牛奶的小孩送去的，不过这是过了一段时间以后我才知道的。几个星期过去了，凯茜的情绪渐渐地平复了下来，只是她变得特别喜欢独自一人躲在角落里了。常常是这样，她正在看书时，要是我突然走近，她就会吓一跳，急忙伏在书上，显然是想把书盖住。我看到从书页中露出散张纸页的纸边。

她还有一个新花样，早晨一大早就下楼来，在厨房里走来走去，像是在等待着什么东西的到来。在书房的一个柜子里，有她的一只小抽屉，她经常在那儿翻弄上老半天，离开的时候，总是特别小心地把钥匙带走。

一天，她正在翻弄这个抽屉时，我发现原来放在里面的玩具和小玩意儿，全都变成一张张折好的纸张了。

我产生了好奇心，也起了疑心。我决定要偷看偷看她那神秘的宝藏。到了晚上，一等她和主人都上楼回自己的房间，我就在自己那串管家的钥匙中找来找去，很快就找到了一把可以打开抽屉那把锁的钥匙。打开之后，我把里面的全部东西都倒进自己的围裙里，然后带回自己的卧房细细检查。

虽然我早就起了疑心，可是当我发现那一大堆信件时，我还是大吃一惊。这些信全是林敦·希思克利夫写的——几乎是每天一封——是给她去信的回复。前面几封信写得很短很拘谨，可是渐渐地却发展成一封封滔滔不绝的情书了。信上蠢话连篇，像他这样的年龄，这也很自然，不过其中不时也有一些动人的文句，我看这些全是从更有经验的人写的东西上抄来的。

有几封信，我觉得简直是热情奔放和平淡无味的混合物，开头感情强烈，结尾却只有矫揉造作，文字堆砌了。中学生给想象中虚无缥缈的心上人写情书时，用的就是这种笔调。

这些信是否让凯茜感到满意，我不知道，可是依我看来，它们不过是一堆毫无价值的废物。

看过我认为应该看的一些信件后，我就把这些信件用一块手帕包扎起来，放在一边，重新锁上那只空了的抽屉。

我家小姐按习惯早早下了楼，走进了厨房。我看到有个小男孩到来时，她就走到门口。趁挤奶女工往男孩的罐子里倒牛奶时，她把什么东西塞进了他的上衣口袋，又从里面掏出了什么东西。

我绕过花园，在路旁守候着这位送信人。这孩子奋力保护着他的委托物，两人在争夺中把牛奶都泼翻了。不过我最终还是把那封信抢到了手。我警告他说，要是他再不赶快回家去，后果就严重了。我就站在墙角边，拜读了凯茜小姐的爱情作品。这比他表弟的信要简洁流畅多了，写得很漂亮，也很傻气。我摇着头，满腹心事地回到屋里。

那一天天气很潮湿，她没法去林苑溜达散心，因此早读一结束，她就去抽屉那儿寻找安慰了。她父亲正坐在桌子旁看书，我则有意找了点活儿，理好窗帘上几条缠在一起的流苏，目光却一直盯着她，注意着她的一举一动。

哪怕是一只母鸟离开时窝里充满小雏啾啾欢叫，回窝却见已被劫掠一空时发出的惊叫与悲鸣，也比不上她那“啊!”的一声和大惊失色的面容所表现出来的彻底绝望和悲痛。林敦先生抬起头来望着。

“怎么啦，宝贝？哪儿碰痛了吗？”他问。

他的口气和表情让她确信，他不是发现宝藏的人。

“不是，爸爸——”她喘着气说，“艾伦！艾伦！上楼来——我不舒服!”

我听从她的吩咐，陪她走出书房。

“哦，艾伦！你把那些信都拿走啦，”一进屋，只有我们两人时。她马上跪下来说，“哦，把它们还给我吧！我决不再这样了！别告诉爸爸，你没有告诉爸爸吧，艾伦？说你没有去告诉吧！我真是太淘气了，不过今后我再也不这样啦!”

我神情严肃地叫她站起来。

“好啊，凯瑟琳小姐!”我大声说道，“你好像太不像话了，你应该为这感到害羞！真没想到，你空闲时读的就是这一大堆破烂货！嘿，精彩得可以拿去出版了吧！要是我把它们拿去给主人看，你认为他会怎么想？现在我还没拿去给他看，不过你别指望我会替你保守这种荒唐可笑的秘密。真不害臊！一定是你先写这些荒唐玩意儿的。我敢肯定，他想不出这种花样。”

“我没有！我没有!”凯茜抽抽泣泣地说，心都快碎了，“我从没想到要爱他，直到——”

“爱!”我叫了起来，尽量用嘲讽的口气说出这个字，“爱！有谁听到过这样的事！这么说，对那个一年来买一次麦子的磨坊主，我也可以说什么爱不爱啦。好一个爱啊，真是！你这辈子才见过林敦两次，两次加起来还小到四个小时！喏，这些幼稚可笑的破玩意儿全在这儿，我要把它们拿到书房里去，看看你父亲会对这种爱说点什么。”

她朝她的这些宝贝信件扑了过来，可是我把它们高举过我的头顶，于是她发疯似的进而提出了一连串的恳求，恳求我把信都给烧掉——只要不把信公开，随便怎么处置都可以。我真是又好气又好笑——因为我认为这完全是女孩子的虚荣心——我终于动了几分恻隐之心，就问道：

“如果我同意把信烧掉，你能不能保证今后再也不跟他书信往来？也不再送、不再收书本（我知道你给他送过书），或者头发、戒指、玩具什么的？”

“我们没送过玩具！”凯瑟琳叫了起来，她的自尊心压倒了她的羞耻感。

“反正什么也不许送，我的小姐！”我说，“除非你答应，要不我这就走。”

“我答应，艾伦！”她拉住我的衣服喊道，“哦，把它们扔进火炉吧！扔吧！扔吧！”

可是，当我用火钳拨开一块地方时，这样的牺牲使她痛苦得受不住了，她苦苦哀求我给她留下一两封。

“看在林敦的面上，艾伦，就给我留下一两封吧！”

我解开手帕，开始把信从手帕的一角往火炉里倒，火舌卷起来，直冲烟囱。

“我要留一封，你这狠心的家伙！”她尖叫着，不顾烧着手指，把手伸进火里，抓一些烧掉一半的纸片。

“很好——我也要留几封给你爸爸看看！”我回答说，把剩下的抖回到手帕包中，重又转身朝门口走去。

她把那些烧焦的纸片全都扔回到火里，向我做手势，求我完成这个祭奠仪式。仪式结束，我搅了搅灰烬，又盖上满满一铲子煤。她一句话也没有说，怀着一种深受伤害的心情，回自己的房间去了。我下楼去告诉我家主人，小姐的一阵不适已经过去，不过我觉得还是让她躺一会儿的好。

她不肯吃午饭，下午喝茶时才重新露面。她脸色苍白，眼圈红肿，外表却惊人地冷静。

第二天早上，我用一张字条回复了那封来信，上面写的是：“请希思克利夫先生别再给林敦小姐写信，她不会收受你的来信了。”打这以后，那个小男孩来时，口袋里便空空的了。

第二十二章

夏天已经过去，早秋也跟着接近尾声，米迦勒节①都过了，可那一年的收获季节已经推迟，我们还有一些田没有开镰收割。

林敦先生和女儿常去收割工人中间，在搬最后几捆麦子时，他们一直逗留到黄昏。那天晚上正好碰上天气寒冷潮湿，结果主人得了重感冒，这病一直顽固地积在他肺里久治不愈，使得他整个冬天都待在家里，几乎没有出过一次门。

可怜的凯茜，让那场小小的罗曼史给吓怕了，打那以后就一直郁郁寡欢，闷闷不乐。她父亲再三要她少看书，多活动活动。后来他没法陪她了，我觉得我有责任来补这个缺，尽可能陪陪她。可是我是个不称职的代替人，因为我整天都忙于处理种种家务事，每天只能抽出两三个小时，而且由我陪伴显然不及他那样讨人喜欢。

十月或者是十一月初的一个下午，空气清新，雨意迷茫；潮湿的枯叶，在草皮上和小径上发出簌簌的声响，寒冷的蓝天有一半已被云团遮掩，深灰色的流云从西边迅速蹿上中天，预示着一场大雨即将来临。我劝我家小姐别再出去散步了，因为我能肯定要下大雨。

① 基督教节日，纪念天使长米迦勒，亦为西方民间传统节日，在每年的9月29日。

可是她不听我的话，我无奈只得披上一件斗篷，拿了伞，陪她去林苑深处散一会儿步。每逢她情绪低落时，她总是爱走这一条路——埃德加先生的病情加重，她的情绪就会低落。主人自己虽然从来不承认病情严重，但是凯茜和我都可以从他的越来越沉默以及忧郁的神色上猜出来。

她闷闷不乐地走着，尽管那习习的凉风满可以激起她奔跑的兴致，可是现在她既不跑也不跳了。我还不时地从眼角瞥见她抬手从脸颊上抹掉什么。

我朝四下里张望着，想找个办法岔开她的愁思。路的一旁有一道不平的高坡，坡上的榛树和矮小的橡树半露着根须，一副摇摇欲坠的样子。对于橡树来说，这儿的土质实在过于疏松，强风已经把其中的几棵刮得几乎和地面平行了。夏天的时候，凯瑟琳小姐喜欢爬上这些树干，坐在离地二十英尺高的树杈上摇晃。每次看到她爬得那么高时，虽说见到她那么敏捷轻盈和活泼的童心，我真是满心欢喜，但还是觉得应该骂她几句，可是正因为这样，她也就知道没有爬下来的必要。从午饭后到喝茶的这段时间里，她就躺在那被微风摇动着的“摇篮”里，什么事也不做，独自给自己唱着那些古老的歌——她小时我给她唱的儿歌——或者是看着和她一同栖在枝头的鸟儿喂哺小雏，逗引它们学飞；或者就干脆闭上眼睛，舒舒服服地靠着，半在思索，半在做梦，快活得真是无法形容。

“瞧，小姐!”我喊道，指着一棵扭曲的树的树根下一个凹处，“冬天还没来到这儿哩。那上边有一株小花。七月天这种圆叶风铃花布满了草泥台阶，看上去像一片紫色的云雾，现在只剩下这么一株了。你要不要爬上去，把它折下来给爸爸看看?”

凯瑟琳久久地凝视着那株躲在土坑里颤抖着的孤单的小花，最后回答说：

“不，我不想去碰它。不过它看起来挺忧郁的，不是吗，艾伦?”

“是啊，”我说，“既干瘦又憔悴，就跟你一样。你的脸上一点血色都没有了。来，让我们拉着手跑一阵吧。你这样没精打采，我敢说我准能赶得上你。”

“我不跑，”她又说，继续向前慢慢地走着，不时停下来出神地望着一小片青苔、一丛变白的枯草，或者是一朵在褐色的落叶堆中散发出鲜亮橘黄色的蘑菇。她的一只手还不住地举到她那扭开的脸上。

“凯瑟琳，你为什么要哭呀，宝贝？”我走上前去搂住她的肩膀，问道，“别因为爸爸感冒了你就哭。放心吧，这又不是什么重病。”

这时她不再抑制自己的眼泪，抽泣得连气都喘不过来了。

“哦，要变成重病了，”她说，“爸爸和你都离开我，剩下我一个人时，我怎么办呀？我忘不了你说过的话，艾伦，这些话总是在我耳边响着。到时候爸爸和你都死了，生活会有怎样的变化，这世界会变得多么凄凉啊！”

“谁也说不准你会不会死在我们前头，”我回答说，“去猜测未来的灾祸，是不吉利的。我们盼望我们当中的任何一个都还能活好多好多年哩。主人还年轻，我也身强力壮，还不到四十五岁。我母亲就活到八十岁，直到最后都是一个快快活活的老太太呢。假定林敦先生能活到六十岁，小姐，那剩下的年岁比你现在的年岁还要大哩。提前二十年就为未来的灾祸伤心落泪，这不是很傻吗？”

“可是伊莎贝拉姑妈比爸爸还年轻呀。”她说着，怯生生地抬眼凝望着我，想得到更多的安慰。

“伊莎贝拉姑妈没有你我两人的照顾呀。”我回答说，“她没有主人那么幸福，她的生活也不像主人那么有意义。你现在应该做的是，好好侍候你的父亲，让他看到你高高兴兴的，那样他也就会高兴了。不管什么事情，都要避免惹他生气，记住，凯茜！要是你任意胡来，对一个巴望他早进坟墓的人的儿子依然想入非非，怀着愚蠢的感情，让他发觉他虽叫你和对方断绝往来，而你却仍在为这事苦恼时，我可不是骗你，那你非把他活活气死不可。”

“除了爸爸的病，这世上没有任何事会让我苦恼了。”我的同伴回答说，“没有事能比得上我对爸爸的关心。只要我还有知觉，我永远，永远，啊，永远也不会做一件事，说一句话去惹他烦恼。我爱爸爸胜过爱我自己，艾伦，凭下面这件事就可以知道：每天晚上我都要祈祷，祈求以后我能为他送终，因为我宁可自己忍受痛苦，也不要他伤心。这也证明我爱他胜过爱我自己。”

“说得好，”我回答说，“可是还得用行动来证明啊。等他病好之后，记住，别忘了你在这担惊受怕时所下的决心。”

我们谈着谈着，走到了一扇通向大路的门边。我家小姐又脸露喜色地走进阳光中，爬到墙头上坐下，探身去采摘遮着大路一边的几株野蔷薇顶上的猩红果实。低处枝头的果实已经看不到，而高处的，除了凯茜现在的位置外，只有鸟儿才能啄到了。

就在她伸手去摘这些果实时，不料她的帽子掉下去了。由于门是锁着的，她就打算自己爬下去拾。我嘱咐她多加小心，别摔着，接着，她敏捷地一翻身，便没了踪影。

可是回来却没那么容易了，石头非常光滑，而用水泥糊得很平整。蔷薇丛和黑刺莓的藤蔓又都经不住攀登。我像个傻瓜似的，直到听见她的笑声和叫声，这才明白过来。她叫着：

“艾伦，你得快去拿钥匙来，要不我就得绕墙跑到看门人的小屋那儿啦。我爬不上这边的围墙！”

“你在那儿待着，”我回答，“我口袋里带着我那串钥匙，也许我能设法把门打开。要是打不开，我再去拿。”

凯瑟琳在门外跳来跳去地自个儿玩着，我就用我的所有大钥匙一把一把地试开，试完最后一把，结果发现没有一把能用上。于是我再次嘱咐她待在那儿。正当我打算尽快赶回家时，一阵越来越近的声音使我停住了脚步。那是马蹄声。凯茜不再蹦跳了，不一会儿，那马也停了下来。

“那是谁？”我低声问。

“艾伦，我希望你快把门打开。”我的同伴焦急地低声回答。

“哦，林敦小姐！”一个低沉的声音（骑马人的声音）说，“遇见你真高兴。别急着进去吧，我有一件事要问问你，要求你解释一下。”

“我不跟你说话，希思克利夫先生，”凯瑟琳回答说，“爸爸说你是一个坏人，你恨他，也恨我；艾伦也是这么说的。”

“那跟这事毫无关系，”希思克利夫（正是他）说，“我想我并不恨我的儿子，我要你留心听我说的是有关他的事情。是的！你真该感到脸红。两三个月前，你不是还老给林敦写信吗？玩弄爱情，呃？你们两个都应该为这挨鞭子！特别是你，你年纪比他大，结果是你比他薄情。你的信全在我手里，要是你对我有什么无礼的行为，我就把那些信交给你父亲。我猜想你是在闹着玩的，玩腻了就丢开了，是不是？好啊，你就这样把林敦丢进‘绝望的深渊’。他在爱情上是认真的，真的。就像我现在还活着一样千真万确，为了你他都快要死了；由于你的三心二意，他的心都碎了；我这不是在打比方，而是确实如此。尽管六个星期来哈里顿一直在取笑他，我又采取了比较严肃的措施，想把他的痴情吓走，可他还是一天不如一天，到不了夏天，他就要入土啦，除非你能救他！”

“你怎能对这可怜的孩子撒这种弥天大谎？”我在门内大声叫道，“求你骑马走吧！你怎能故意编造出这种卑鄙的谎话？凯茜小姐，我来用石头砸开门锁，你别听信他这套恶毒的胡说八道。你自己能想到，一个人为爱上一个陌生人去死是不可能的。”

“没想到还有人在偷听呢，”那个被识破的无赖咕哝着，“尊敬的丁恩太太，我喜欢你，”可是我不喜欢你耍两面派，接着他又大声说，“你怎么能这样明目张胆地撒谎，硬说我恨这个‘可怜的孩子’？还编造出一些离奇的故事，吓得她不敢上我家的门？凯瑟琳·林敦（一提到这名字就让我感到温暖），我的好姑娘，这一个星期我都不在家，去看看我说的是不是实话。去吧，那才是个乖孩子！你想想，要是你父亲处在我的地位，林敦换了是你，你再想想，要是你父亲亲自去恳求他，而他却还是不肯移动一步来安慰安慰你，那你又会怎样来看待这个薄情郎呢？别因为完全出于愚蠢，干出这种错事来了。我以救世主的名义起誓，林敦真的快要进坟墓了，除了你，没有人能救他！”

锁给砸开了，我冲了出去。

“我发誓，林敦真的快要死了，”希思克利夫又说，目光狠盯着我，“伤心和失望正在把他往死里赶。内莉，要是你不让她去，那就你自己去看看吧。我可要到下星期的这个时候才回来，我想你家主人自己，也不大会反对你家小姐去看看她的表弟吧!”

“进来!”我说，拉住凯茜的胳臂，半是强迫地把她往门里拉，因为她还犹豫着不想进来，用她疑惑的目光打量着说话人的脸，那张脸绷得紧紧的，掩盖了他内心的奸诈。

他驱马朝前走近一些，弯下腰说：

“凯瑟琳小姐，我得向你承认，我对林敦简直已经失去耐心了，哈里顿和约瑟夫比我还不如。我承认，跟他在一起的是群粗野的人。他渴望体贴，也渴望爱情，你的一句温存的话，对他就会是一帖最好的药。别去听丁恩太太那些狠心的警告，宽厚一点吧，设法去看看他。他日日夜夜都梦见你，可怎么也没法使他相信你并没有恨他，因为你既没给他写信，又不去看他。”

我关上门，又滚过一块大石头来把门顶住，因为门锁已被砸坏。我撑开伞，把我的保护对象拉到伞下，这时，雨点已经开始穿过呜咽着的树枝往下掉落，提醒我们再不走就太晚了。

我们赶紧使劲往家里跑，急得根本顾不上去谈和希思克利夫相遇的事。可是我本能地看出，凯瑟琳的心头如今已布满了双重的阴云。她脸上的表情是那么悲哀，简直都不像她的脸了。她显然以为，她听到的句句都是真话。

我们进屋之前，主人就已经去休息了。凯茜悄悄走进他的房间，想问问他好些了没有，可是他已经睡着了。她转身出来，要我陪她在书房里坐坐。我们一起喝了茶。后来她就在地毯上躺了下来，要我别作声，因为她累了。

我拿了一本书，装出看书的样子。等到她以为我已看得入迷时，就开始默默地流起泪来。这看来是当时她最喜爱的消愁方法。我让她尽情地哭了一会儿，然后才去劝她。我把希思克利夫先生说的有关他儿子的那番话，大大地嘲笑了一番，仿佛肯定她也会赞同似的。唉！我根本没法消除他的话产生的影响，而这正是他的打算啊。

“也许你是对的，艾伦，”她回答说，“可是在我知道真相之前，我的心永远也不会安宁的啊。我一定得告诉林敦，不写信并不是我的过错，我要让他相信，我决不变心。”

对她那种痴情的轻信，我生气也罢，反对也罢，又有什么用呢？那天晚上，我们结果弄得不欢而散。可是第二天，我又踏上了通往呼啸山庄的道路，走在我那位执拗的小姐的小马旁。我不忍心看着她伤心，看着她那张苍白、沮丧的脸和那双忧郁的眼睛。我还是屈服了，心中抱着一线希望：但愿通过林敦对我们的接待，由他本人来证明，希思克利夫说的完全是一个毫无事实根据的故事。

第二十三章

风雨之夜迎来了一个雾气蒙蒙的早晨——半是霜花，半是雨丝——临时形成的一些小溪流，从高地上潺潺而下，横穿过我们走着的小径。我的脚全都湿了。我心中烦恼，情绪低落，这样的心情，正好适合做这种最不愉快的事情。

我们从厨房过道走进那座农舍，为的是想要弄清希思克利夫先生是不是真的不在，因为我不大相信他说的话。

约瑟夫像是独坐在某种极乐世界里，近旁是熊熊燃烧的炉火，身边的桌子上放着一杯麦酒，里面满是大块大块的烤麦饼，嘴里衔着他那支黑乎乎的短烟斗。

凯瑟琳径自跑到火炉跟前去取暖，我就问主人是不是在家。

我的问话很久都没有得到回答，我以为这老头耳朵有点聋了，又大声地问了一遍。

“不——在！”他吼叫道，这叫声更像是从鼻子里发出来的，“不——在！你们从哪儿来，就滚回到哪儿去吧！”

“约瑟夫！”几乎跟我同时，从里屋发出一声带有怒气的叫喊，“我叫过你多少遍了？炉子里只剩下一点红红的煤灰啦。约瑟夫，快来呀！”

老头却顾自一个劲地喷烟，呆呆地望着炉栅，这表明他根本没把那呼喊声听进去。女管家和哈里顿都不见人影，大概一个有事出去了，另一个正忙着干活吧。我们听出是林敦的声音，就走了进去。

“哼，我真巴望你死在阁楼里！让你活活饿死！”那孩子说，听见我们进去，误以为我们是那个怠慢他的仆人。

他发现自己搞错了，就住了口；他的表姐朝他奔了过去。

“是你吗，林敦小姐？”他说着，从他半躺着的大椅子的扶手上抬起头来。“别——别亲我啦。弄得我气都喘不过来了——天呀！爸爸说你会来的。”从凯瑟琳的拥抱中稍微缓过气来后，他接着说。凯瑟琳则站在一旁，一副追悔莫及的样子。“请你把门关上，好吗？你们进来后没关门。那班——那班混账东西，不肯来给炉子添煤。冷死了！”

我搅拨了一下炉火，又亲自去取来一满筐煤。病人却抱怨说我弄了他一身煤灰了。看他咳个不停，好像还在发烧生病，我也就没有跟他的坏脾气多做计较。

“啊，林敦，”等到他紧皱的眉头舒展开时，凯瑟琳低声说，“见到我你高兴吗？我能为你做点什么吗？”

“你以前为什么不来呀？”他说，“你应该亲自来，而不是写写信。那些长信，把我都给累死了。我更想和你谈谈。现在我可是连谈话都受不了啦，什么都受不了啦！奇怪，齐拉上哪儿去了！你(他望着我）能不能去厨房看看？”

刚才我为他做了事，他连谢都不谢一声，所以我也就不愿听他支使跑来跑去了，我回答说：

“外面除了约瑟夫，没别的人。”

“我要喝水，”他说着，烦躁地偏过头去，“爸爸一走，齐拉就老上吉默屯闲逛。好惨哪！所以我只好下楼来待在这儿了——我在楼上喊，他们总是装作没听见。”

“你父亲照顾你好吗，希思克利夫少爷？”我问道，看出凯瑟琳的友好受到了挫折。

“照顾？他至少还叫他们稍许多照顾我一点，”他大声说道，“那班坏蛋！你知道吗，林敦小姐？哈里顿那畜生还嘲笑我哩！我恨透他了！真的，我恨他们所有人，他们全是些可恶的家伙。”

凯茜开始去找水，她在食柜里找到了一罐水，就倒了一大杯，端过来。他要她从桌子上的瓶子里倒一匙酒加进去；他喝了几口后，心情变得比较平静了，这才说她心地真好。

“那见到我你高兴吗？”她把方才的问话又问了一遍，见到他脸上露出了一丝微笑，她高兴了。

“是的，我高兴。听到你说话的这种声音，觉得挺新鲜的！”他回答说，“可是在这以前，因为你不肯来，我心里真是气苦啦。爸爸赌咒说这都得怪我自己。他骂我是一个可怜虫、笨蛋、窝囊废；说你看不起我；还说要是他是我的话，这会儿他就比你父亲更像是画眉田庄的主人了。可你并没有看不起我，是吧，小姐——”

“我盼你叫我凯瑟琳，或者凯茜，”我家小姐打断他的话说，“看不起你？不！除了爸爸，还有艾伦，我爱你超过爱世上任何一个人。不过，我不爱希思克利夫先生，等他一回来，我就不敢来了。他要在外面待很多天吗？”

“不会待很多天，”林敦回答，“不过狩猎的季节来了，他要常去荒原上打猎。他不在的时候，你可以来陪我一两个小时。答应我！就说你一定来！我想我不会对你发脾气的。你不会惹我生气，而且总是想帮助我，对吗？”

“对，”凯瑟琳说，轻抚着他长长的柔发，“要是能得到爸爸的允许，我就分出一半时间来陪你。多俊秀的林敦！真希望你是我亲弟弟啊。”

“那你就会像喜欢你爸爸那样喜欢我了吧？”他说道，比刚才更高兴了，“可是爸爸说，要是你做了我的妻子，你就会爱我胜过爱他，爱全世界；所以我倒宁愿你做我的妻子。”

“不！我绝不会爱别人胜过爱爸爸，”她认真地回答，“人们有时候会恨他们的妻子，可是不会恨他们的兄弟姐妹。要是你是我亲弟弟，你就可以跟我们住在一起，爸爸就会像喜欢我那样喜欢你了。”

林敦不承认有人会恨自己的妻子，可是凯茜坚持认为有这种事，而且一时聪明，举出他自己的父亲恨她姑姑就是一个例子。

我本想封住她那张没遮拦的嘴，可是没能成功，她把她知道的一切都捅了出来。希思克利夫少爷大为恼火，断定她说的全是假话。

“爸爸告诉我的，爸爸绝不会说假话！”她直言不讳地回答说。

“我爸爸就看不起你爸爸！”林敦大声嚷嚷道，“他骂你爸爸是个胆小的傻瓜！”

“你爸爸是个坏蛋，”凯瑟琳回敬他说，“你竟敢重复他说的话，你真是太可恶了。他一定坏透了，才会逼得伊莎贝拉姑妈就那么离开了他！”

“她没有离开他，”那男孩说，“你别来反驳我！”

“她离开了！”我家小姐嚷道。

“好吧，我也来告诉你一点了，”林敦说，“听着，你母亲恨你父亲。”

“啊！”凯瑟琳惊叫了一声，气得说不出话来。

“她爱的是我父亲！”他又加了一句。

“你这个撒谎的小东西！我现在恨你了！”她直喘气，一张脸气得通红。

“她爱的是我父亲！她爱的是我父亲！”林敦有板有眼地大声叫道，身子往椅子里一躺，把头往后一靠，欣赏起站在他身后那位争论对手的气愤模样来。

“住口，希思克利夫少爷！”我说道，“我看这也是你父亲编出来的故事吧。”

“不是的。你给我住口！”他回嘴说，“她是这样，她是这样，凯瑟琳！她是这样，她是这样！”

凯茜气疯了，她猛地推了那椅子一把；林敦一下扑倒在一边扶手上，立即被一阵剧烈的咳嗽呛得喘不过气来，他刚才的胜利也就很快完结了。

他咳得这么久，把我都给吓坏了。至于他那位表姐，已被自己闯的祸吓得不知怎么办才好，什么话也没说，只是放声大哭。

我扶着他，直到他咳嗽够停了下来。接着他一把把我推开，默默地垂下了头。凯瑟琳也止住了哭泣，在对面的椅子上坐了下来，神情严肃地望着炉火。

“你现在觉得怎么样，希思克利夫少爷？”等了十来分钟后，我问道。

“但愿她也能尝尝我受的这种罪，”他回答说，“狠心可恶的东西！哈里顿都从来没碰过我；他从来没打过我。今天我才好一点，可有人——”他的声音消失在一阵呜咽中了。

“我并没有打你呀！”凯茜咕哝了一句，咬住嘴唇，以防再一次感情爆发。

他像是在忍受着极大痛苦似的，又是哼叫，又是呻吟，整整折腾了一刻钟。显然他这是有意让他表姐难受，因为他每次听到她发出哽咽的抽泣，他就在他抑扬顿挫的呻吟中，重新添加一些痛苦和哀伤的声音。

“对不起，林敦，我伤了你了，”凯茜给折磨得受不住了，终于说道，“可是那么轻轻一推，我是不会受伤的，我没想到你会伤着。你伤得不厉害吧，是吗，林敦；别让我回到家里，还想着伤害了你。回答呀！跟我说话呀！”

“我不能跟你说话，”他咕哝着，“你把我伤成这样，我一整夜都会睡不着，咳得喘不过气来。要是你也这样，你就会知道那是什么滋味了。可我在受罪时，你却是在舒舒服服地睡觉——没有一个人在我身边！我倒想知道，如果是你，你会怎样来挨过那些可怕的漫漫长夜啊！”说到这里，他觉得自己太可怜了，便放声大哭起来。

“既然你挨惯了那些可怕的漫漫长夜，”我说，“那就不能怪我家小姐破坏了你的安宁。要是她根本没来，你也会这样的。反正她也不会再来打扰你了；也许我们离开了你，你就会安静了。”

“我一定得走吗？”凯瑟琳朝他俯下身子，伤心地问道。

“你挽回不了你做的好事，”他气呼呼地说，躲着她，“只会越想挽回越糟，把我气得发烧。”

“好吧，那么说我非走不可了？”她再一次问道。

“至少是让我一人待着，”他说，“听到你说话，我就受不了！”

她犹豫着不肯离去，我再三劝她快走，她就是拒不听从。两人折腾了好一阵子。而林敦则既不抬头看一眼，也不开口说一句话。最后她终于朝门口走去，我跟在后面。

一声突然的尖叫又把我们唤了回去，只见林敦从椅子上滑到了壁炉前，躺在那儿翻来滚去地扭动着，完全像一个宠坏了的孩子在耍赖，故意竭力装出痛苦难受的样子。

我一眼就看穿了他来这一套的真正意图，立刻明白，这时候如果去迁就他，那就太傻了。可是我那位同伴却不是这样，她惊慌失措地跑了回去，跪了下来，哭叫着，又是安慰，又是哀求，直到他精疲力竭，才平静下来，这绝不是因为看到她难过而感到懊悔。

“我来把他抱到高背长靠椅上去吧，”我说，“他爱怎么滚就让他怎么滚去，我们可没法留下来守着他。我希望这下你该满意了，凯茜小姐，你并不是能给他带来益处的人，他的健康状况也不是因为思念你而变成这样。现在好了，就让他躺在那儿吧！走啊！他一知道没有人再去理睬他的胡闹，他就会安安静静地躺着了！”

她在他的脑袋下面塞了一只靠垫，又给他端来一些水。但他拒绝喝水，还在那靠垫上翻来覆去很不舒服似的，仿佛那是一块石头，或者是一段木头。

她试着把靠垫放得让他更舒服点。

“我没法躺，”他说，“它不够高！”

凯瑟琳又拿来一只垫在上面。

“太高啦！”这惹人讨厌的东西咕哝说。

“那我得怎么放呢？”她绝望地问。

他扭着身子靠向她，因为她半跪在长椅旁，他就把她的肩膀当作依靠了。

“不行，这样不行！”我说，“你有靠垫枕着就该知足了，希思克利夫少爷！我家小姐已经在你身上浪费掉太多时间，哪怕五分钟，我们也不能多待了。”

“不，不，我们能待的！”凯茜却回答说，“他这会儿好了，安静了。他开始想到，要是我相信我来看他会使他的病情加重，那我今晚就会比他还要痛苦，今后我也就不敢再来了。告诉我实话，林敦，因为要是我伤害了你，我就不该再来了。"

"你一定要来，来治好我，"他回答，"你应该来，因为你伤害了我。你知道，你把我伤害得很厉害！你进来时，我并没有病得像现在这样重——是吧？"

"你又哭又闹的，是你自己把自己弄出病来的。"我说。

"我根本没有伤害过你，"他的表姐说，"不管怎样，现在我们应该是朋友了。而且你需要我；你希望以后还能见到我，是真的吗？"

"我已经跟你说了，我要你来，"他不耐烦地回答说，"坐到长椅上来，让我枕在你的膝上。妈妈总是这样的，一整个下午都是这样。静静坐着，别说话。不过你要是会唱歌，可以唱支歌，也可以念一首好听有趣的长篇歌谣——你答应教我的那些歌谣中的一首；或者讲个故事。不过我更喜欢听歌谣。开始吧！"

凯瑟琳背诵了一首她能记得的最长的歌谣。这样做他们两人都觉得很有趣。林敦听完一首，又要一首，一首完了，还要再来一首，全然不顾我的再三劝阻。他们就这样一直闹到时钟敲响十二点。后来我们听到院子里有哈里顿的声音，他回来吃中饭了。

"明天呢，凯瑟琳，明天你来吗？"在她很不情愿地站起来准备离开时，小希思克利夫拉着她的衣服问道。

"不来！"我回答说，"后天也不来。"

可是她显然给了他不同的回答，因为当她俯身在他耳边悄声说话时，他的前额舒展开了。

"明天你不能来，记住，小姐！"我俩走出房子后，我说，"你不是做梦也想来吧，是吗？"

她微微一笑。

"哦，我可得好好留神，"我接着说，"我得叫人把那锁修好，看你从哪儿溜出去。"

"我可以翻墙呀，"她笑着说，"田庄又不是牢房，艾伦，你也不是我的看守啊。再说，我已经快满十七岁，是个大人了。我能肯定，林敦要是有我照顾，他的病很快就会好起来的。你也知道，我比他大，比他聪明一点，也没他那么多孩子气，是不是？稍微哄他几句，他就马上会乖乖地听我的话了。当他好好听话的时候，他可是个漂亮的小宝贝哩。如果他是我的亲人，我要把他当作宝贝来爱抚，等我们相处惯了，我们就绝不会吵架了，是不是？你不喜欢他吗，艾伦？”

“喜欢他？”我叫了起来，“就这么个脾气恶劣，好不容易才挨到十几岁的瘦长病鬼！幸好像希思克利夫先生预料的那样，他活不到二十岁！我还真怀疑他能不能再见到春天哩。不管他什么时候倒毙了，对他们家来说都算不上是个损失。好在我们还走运，他父亲把他给带走了。你待他越好，他就越找你麻烦，越自私自利！我很高兴，你没有机会让他做你丈夫了，凯瑟琳小姐！”

听到我这番话，我的同伴的神情变得严肃了，这样满不在乎地说到他的死，大大伤了她的感情。

“他比我还小，”她沉思了好一阵子后，回答说，“所以应该活得最长；他会——他应该活得跟我一样长。他现在跟刚来北方时一样结实，这我敢肯定！他只是受了一点凉，就跟爸爸一样。你说爸爸会好起来，那他为什么不能呢？”

“好啦，好啦，”我大声说，“不管怎么说，我们用不着去给自己找麻烦，听着，小姐——记住，我说话可是算数的——要是你再想去呼啸山庄，要我陪着也好，不要我陪着也好，我就去告诉林敦先生。除非他同意，要不你跟你表弟的亲密关系决不能再恢复了。”

“已经恢复啦！”凯茜不快地咕哝说。

“那就不许再继续！”我说。

“我们走着瞧吧！”她回答说，驱马飞驰而去，丢下我在后面赶得好苦。

我们两人都在吃午饭前回到了家里。主人以为我们一直在林苑里散步，因此也就没有问我们这么久不在家到哪儿去了。我一回到房里，赶紧就换下了湿透的鞋袜。可是因为在山庄坐得太久，结果把我给害苦了。第二天早上，我就起不来床了，一连三个星期，我都病得不能料理家务。这样的折磨我以前从没经历过，谢天谢地，以后也从来没有再碰上。

我家的小女主人像天使一般地来侍候我，排遣我的寂寞。卧病在床使得我情绪异常低落，对于一个忙碌好动的人来说，简直是乏味透了，可是相比之下，我有什么理由可以抱怨的呢。凯瑟琳一离开林敦先生的屋子，就出现在我的床前。她一天的时间全分给我们两人了，没有让任何消遣来占用她一分钟，吃饭、看书、玩耍，全都不放在心上，真是一位我见过的最讨人喜欢的看护啊。在她这么爱着父亲的同时，还能这样关心我，她一定有着一颗火热的心！

我说过，她把自己的一天时间全都分给主人和我两人了。不过主人歇息得早，我通常在六点钟后也不需要什么照顾了，因此晚上的时间还是她自己的。

可怜的孩子！我从没想到喝过茶后她独自一人在做些什么。只是在她探身进来和我道晚安时，我往往发现她两颊嫣红，她那纤细的手指也微微泛红。我原以为这是书房里那熊熊的炉火烤的，怎么也没有想到是她冒着严寒骑马奔过荒原的缘故啊。

第二十四章

三个星期已快过去，这时我已经可以离开卧室，在屋子里四处走动走动了。就在我病后第一次到晚上还坐着时，我要凯瑟琳给我念点什么，因为我的眼神还不行。我们是在书房里，主人已经去睡了。她答应了，可是我看她似乎有点不大乐意。我以为是我爱看的那些书不合她的胃口，所以就叫她随意挑一本她看过的来念。

她挑了一本她喜欢的，一口气念了约莫一个小时，接着便老是问我：

"艾伦，你不感到累吗？现在你是不是还是躺下来好一些？你坐这么长时间，又会累病的，艾伦。"

"不，不，亲爱的，我不累。"我一次次地回答她。

眼见劝我不动，她就换了一种方式，表示她对正在做的事已感到厌烦，她打哈欠，伸懒腰，还干脆说：

"艾伦，我累了。"

"那就别念啦，聊一会儿吧，"我回答说。

这一来更糟了。她焦躁不安，唉声叹气，老是看表；到了八点，她终于回房去了。看她那怏怏不乐，疲乏无神的模样，以及不停地揉着眼睛，完全是一副困极欲睡的样子。

第二天晚上，她似乎更不耐烦了。到了第三天晚上，为了避免陪我，她诉说自己头痛，就离开我了。

我觉得她的神态有些奇怪；我独自一人待了好一会儿后，便决定去问问她是不是好一些了，想叫她躺到楼下的沙发上来，别待在楼上的黑暗里。

楼上哪儿也没有找到凯瑟琳，楼下也没有。仆人们都肯定说没有见到她。我又到埃德加先生房门口听了听，里面没有一丝声息。我回到她的房里，熄灭了蜡烛，独自坐在窗前。

天空亮着一轮明月，地上铺着一层轻雪。我想也许是她为了清醒一下头脑，去花园散步了。我真的发现一个人影，沿着林苑围栅的内侧蹑手蹑脚地走着，但那不是我家的小女主人。等那人走进亮处，我认出那是个马夫。

他在那儿站了好一阵子，从林苑里眺望着那条大路；后来好像是发现了什么，飞快地奔了出去，不一会儿，他重又出现，牵着小姐的小马。她就在那儿，刚下了马，走在小马的一侧。

那人牵着马，偷偷地穿过草坪，朝马厩走去。凯茜从客厅的落地窗进来，悄无声息地溜进我正在等着她的地方。

她轻轻关上门，脱下沾着雪的鞋子，解开帽子，没有察觉我正在暗中注视着她，正当她准备脱下斗篷时，我一下站了起来，出现在她的面前。我的突然出现，把她吓得呆住了，她发出一声含糊的惊叫，便一动不动站在那儿了。

“我亲爱的凯瑟琳小姐，”我开口说，她近来的亲切体贴给了我太深的印象，使得我不忍心去责骂她，“这时候你骑马去哪儿了？你为什么要撒谎骗我呢？你去哪儿了？说呀！”

“到林苑的那头去了，”她结结巴巴地说，“我没撒谎。”

“没去别的地方？”我问。

“没有。”她喃喃地回答。

“哦，凯瑟琳！”我伤心地喊了起来，“你知道自己做错了事，要不你也不会硬跟我说假话了。你这样做真让我难过。我宁愿生三个月病，也不愿听你存心撒谎啊！”

她朝前一扑，搂住了我的脖子，哇的一声哭了起来。

“哦，艾伦，我是怕你生气啊，”她说，“答应我，别生气，我就把全部真相都告诉你，我不想瞒着你啊。”

我们在窗座上坐了下来，我向她保证，不管她的秘密是什么，我都不会骂她。当然，我也猜得出来是怎么回事。于是她就开始说：

“我去呼啸山庄了，艾伦，自从你生病以后，我没有一天不去的，只是在你能出房门以前有三次没去，以后又有两次没去，我给马夫迈克尔送了书和图画，要他每天晚上把我的明妮准备好，用后把它牵回到马厩里。记住，你也别去骂他。我六点半到山庄，通常在那儿待到八点半，然后就骑马飞奔回家。我去那儿并不是为了让自己快活，倒是常常感到心烦意乱。偶尔，我也会感到高兴，也许一个星期有那么一次吧。开始，我打算说服你让我遵守对林敦的诺言——因为那天离开时，我答应第二天再去看他——我估计这一定得费好大一番口舌。可是第二天你病倒不能下楼了，我也就免掉了这份麻烦。那天下午，迈克尔给林苑的那扇门重新装锁，我得到了一把钥匙。我告诉他说，我表弟非常希望我去看他，因为他病了，来不了田庄。我又告诉他爸爸如何反对我去，然后我就跟他商量小马的事。他很喜欢看书，而且他想到自己很快就要离开这儿去结婚。所以他提出说，要是我肯从书房里拿出书来借他看，他就可以按我的吩咐办。不过我倒宁愿拿我自己的书送给他，这一来他就更满意了。

“我第二次去时，林敦看上去精神很好。齐拉（他们家的女管家）给我们安排了一间干净的屋子，还把炉火生得旺旺的；还告诉我们说，约瑟夫已去参加祈祷会，哈里顿·恩肖也带着他的狗出去了——后来我听说是来我们的林子里偷猎野鸡——因此我们可以尽情地玩。

“她给我拿来一点暖和身子的酒和姜饼，对我们非常和气；林敦坐在安乐椅里，我坐在壁炉前的一张摇椅上。我们有说有笑的，非常快活，发觉有这么多的话可说。我们还计划夏天要去哪儿，要做什么，这些我就不必一一细说了，因为你会说这是非常无聊可笑的。

“只是有一次，我们差一点吵了起来。他说，消磨七月里酷热天最快乐的方法，就是从早到晚躺在荒原中央的石楠丛中，蜜蜂在四周的花丛中梦幻似的低声嗡鸣，云雀在头顶的高空欢声歌唱，还有万里无云的蔚蓝天空和光华普照的明亮太阳。这就是他心中对天堂般幸福最完美的想法了。而我最快乐的是坐在一棵簌簌作响的绿树上摇荡；西风吹着，明亮的白云在头顶匆匆掠过；不仅是云雀，还有画眉、乌鸦、红雀、杜鹃，全都在四面八方尽情欢唱；遥望起伏的荒原，已裂化成个阴凉的幽谷，近处的芳草在微风中似波涛起伏，还有树林和潺潺的流水，整个世界都苏醒过来，沉浸在疯狂的欢乐中。他要一切都处于恬静的愉悦中，而我要一切都在狂欢喜庆中欢呼雀跃。

“我说他的天堂是半死不活的，他说我的天堂是发酒疯。我说我在他的天堂里一定会昏昏欲睡，他说他在我的天堂里一定会喘不过气来。说着说着他又变得没好声气了。最后，我们一致同意，一旦天气合适，两种都试一试；然后我们互相亲吻，又成了朋友。安安静静地坐了一个小时后，我打量起那间地板光滑，未铺地毯的大房间来。心想要是把桌子移开，在这儿做游戏多好啊。我要林敦把齐拉叫来帮忙，我们可以玩捉迷藏，她来捉我们。你知道，你就常这样的，艾伦。他却不愿意，说是这没有意思。不过他同意和我玩球。我们在一只柜子里找到两只球，那里面还有一大堆旧玩具：陀螺、铁环、板羽球球板和板羽球。有一只球上写着‘C’，另一只写着‘H’，我想要那只写有‘C’的，因为那代表‘凯瑟琳’，而‘H’可以代表他的姓‘希思克利夫’。可是有‘H’的那只里面的糠都漏出来了，林敦不喜欢。

“我一次一次地赢他，他心里又开始不痛快起来，咳嗽着回到自己的椅子上去了。不过，那天晚上，他的脾气很快就又变好，他让两三支动人的歌曲——是你的歌曲，艾伦——给迷住了。当我不得不离开时，他求我第二天晚上再去，我答应了。

“明妮和我飞奔回家，轻快得像一阵风。那天晚上，我梦见呼啸山庄和我那可爱的表弟，那梦一直做到第二天早上。

“第二天，我忧心忡忡，一方面是因为你病得不轻，另一方面是盼望父亲知道，并且赞同我去拜访。可是喝过茶后，只见月光一片皎洁，待我骑马上路时，心头的忧郁已经一扫而光。

“我心中思忖，我又可以度过一个愉快的夜晚了；更让我高兴的是，我那俊秀的林敦也将如此。

“我骑马飞快地奔进他们家的花园，正要绕到屋后去时，突然碰上了恩肖那家伙。他拉住我的缰绳，要我从前门进屋。他拍拍明妮的脖子，夸它是头好牲口，看样子他仿佛想要跟我说话。我只是叫他别碰我的马，要不它会踢他的。

“他用他那乡下土音回答说：

“‘就是踢了，也踢不疼人啊，’他笑着打量了一下它的腿。

“我倒真想让它试上一试，可是他走开去给我开门了。在他抬起门闩时，他抬头望着门顶上刻着的字，带着一种既得意又难为情的傻相说：

“‘凯瑟琳小姐！我这会儿能念了。’

“‘好极了！’我叫道，那就让我们来听听吧——你变得聪明啦！’

“他念着，一个音节一个音节地拖长音调，念出了那个名字：‘哈里顿·恩肖’。

“‘还有那数目字呢？’我用鼓励的口气大声说，却发现他已完全顿住了。

“‘我还念不出来，’他回答说。

“‘哈，你这个笨蛋！’我说，看他念不出，我开心地笑了起来。

“那傻瓜瞪着眼直发愣，嘴角上挂着傻笑，眉头却皱着，好像拿不定主意是不是该跟我一块儿笑，不知道我这笑是表示亲热呢，还是真的表示瞧不起。

“我打消了他的疑惑。我突然恢复了我的尊严，叫他马上走开，因为我是来看林敦的，不是来看他的。

“他的脸红了起来——我就着月光看到的——他的手从门闩上落了下来，悄悄地溜走了，一副虚荣心受损的样子。我猜想，他还以为自己跟林敦一样有才智哩，因为他能念出自己的名字了；可是使他大大狼狈的是我并没有这样想。”

“别说了，凯瑟琳小姐，亲爱的！”我打断她说，“我不骂你，可是我不喜欢你在那儿的作为。要是你还记得哈里顿也是你的表兄弟，跟希思克利夫少爷完全一样，你就会觉得你那样做是多么不恰当了。他渴望和林敦一样有学问，这至少是值得称赞的志气，也许，他学习不仅仅是为了炫耀自己。我毫不怀疑，以前，因为他的无知无识，你曾使他感到羞愧，现在他想要补救这一点，也是为了讨你的欢心。你去嘲笑他这种还没实现的愿望，是非常缺乏教养的行为。要是你在他那种环境中长大，难道你就会比他少一点粗鲁？他本来是个跟你一样聪明伶俐的孩子，现在他却让人看不起，我感到非常难过，这都是那个卑鄙的希思克利夫存心虐待他的结果啊。”

“好了，艾伦，你不会为这事哭一场吧，会吗？”她叫了起来，我这样认真，使她感到很惊奇，“不过你先等着，你马上就会听到他死记住那几个 ABC，是不是为了讨我的欢心，对那个粗野的人客气，是不是值得了。我走进屋子，林敦正躺在高背长椅上，他欠起身来欢迎我。

“‘今晚我病了，凯瑟琳，亲爱的，’他说，‘全得你一个人说话了，我听着。来，坐在我旁边。我知道你是不会失约的，不过在你走之前，我还是要你再答应一遍。’

“因为他病了，我知道今晚我决不取笑他；我说话轻声轻气的，也不问他话，处处小心，免得惹他生气。我给他带来了几本我最有趣的书，他要我选一本念几段给他听。正待我要念时，恩肖突然把门撞开了，他是考虑了一番后起了歹意。他径直走到我们跟前，一把抓住林敦的胳臂，把他从椅子上拖了下来。

“‘回你自己的房间去！’他说，声音激动得几乎含混不清，他的脸好像都涨大了，一脸怒气，‘要是她是来看你的，就把她也带走！你别想老把我关在这屋子外面。滚！两个都滚！’

“他对我们恶声咒骂着，不容林敦回答，几乎把他扔进了厨房。我跟在后面，只见他紧握拳头，好像很想把我也一拳打倒似的。我一时感到害怕，一本书从我手里掉了下来，他一脚将书朝我踢了过来，然后砰的一声把我们关在门外。

“我听到火炉旁传来一声恶意的怪笑，转身一看，只见那个可恶的约瑟夫正站在那儿，一边颤抖着，一边搓着他那双骨瘦如柴的手。

“‘我就知道他会把你们撵出来的！他是个好小子！他有骨气！他知道——是的，跟我一样，他知道，谁应该是这儿的主人——哈，哈，哈！他撵你们撵对啦！哈，哈，哈！’

“‘我们该去哪儿？’我问我表弟说，没有去理睬那个老东西的嘲笑。

“林敦的脸色煞白，浑身颤抖，这一来他一点也不俊秀了，艾伦。哦，不！他看上去简直太可怕了！那张瘦脸和那双大眼睛的表情，就像是发了疯，还有着一种无能为力的愤怒。他抓住门把，死命摇着，那门里面已经闩上了。

“‘你要是不让我进去，我就杀了你！——你要是不让我进去，我就杀了你！’他不是在说话，简直是在尖叫，‘魔鬼！魔鬼！——我要杀了你！——我要杀了你！’

“约瑟夫又发出一阵怪笑。

“瞧，活像他爹！’他叫道，‘活像他爹！咱们身上总是爹娘各半的。别理他，哈里顿，孩子——别怕——他够不着你！’

“我抓住林敦的双手，想把他拖开，可是他尖叫得那么吓人，我不敢再拖他。最后，他的尖叫让一阵剧烈的咳嗽给呛住了，嘴里冒出鲜血，一下扑倒在地。

“我奔进院子，吓昏了，拼命大声喊叫齐拉。她立刻听到了我的叫声。她正在谷仓后面的一个棚子里挤牛奶，急忙丢下手中的活儿，赶来问我叫她什么事。

“我只是直喘气，话都说不出来了，拉住她就往屋子里拖，进屋后四处不见林敦，原来恩肖已从房里出来，看看自己闯下了什么祸，这会儿正抱着那可怜的人往楼上去。我和齐拉也跟着他上楼，可是到了楼梯顶上，他却把我拦住了，说是我不能进去，应该回家。

“我大叫是他害死了林敦，我说什么也要进去。

“约瑟夫锁上了门，要我‘别干蠢事’，还问我是不是‘生来就跟他一样疯’。

“我站在那儿哭着，一直哭到女管家重又出现。她对我肯定地说，他很快就会好起来的，可是我这样大叫大闹会让他受不了。她拖着我，几乎是把我抱到楼下的客厅里。

“艾伦，我都快要把自己的头发揪下了！我又是抽泣，又是痛哭，眼睛都快哭瞎了，可是你那么同情的那个恶棍，却站在我对面，不时要我‘别吵’，居然还拒不承认是他的错。到后来，听说我要去告诉爸爸，还说他一定会给关进牢房，会给吊死，他才吓坏了，开始呜呜咽咽地哭了起来，接着便又急忙跑了出去，为的是想掩盖住自己那怯弱的感情，免得丢脸。

“可是我还是没能摆脱他。到后来他们硬要我回家时，我离开宅子才几百码远，他忽然从路旁的暗处钻了出来，拦住了明妮，拉住我。

“‘凯瑟琳小姐，我很难过，’他开口说，‘可这实在太糟糕了——’

“我狠狠抽了他一鞭，心想也许他也想谋害我呢。他放开了我，吼出了一句他那种可怕的咒骂。我一路飞奔回家，吓得魂都掉了一大半了。

“那天晚上，我没有来向你道晚安，第二天也没有去呼啸山庄。虽说我十分想去，可是我又感到一种莫名的激动，有时候怕听到说林敦死了，有时候想到会碰见哈里顿，又浑身发抖。

“到了第三天，我鼓起了勇气。至少，我再也忍受不了这种提心吊胆的生活，就又再次偷着出去了。我五点钟动身，是走着去的，心想我也许可以设法爬进正屋，悄悄上楼到林敦的房间，不让人发现。可是我刚一走近，那些狗就叫起来了。齐拉把我接了进去，一边说‘这孩子好多了’。她把我带进了一间非常整洁，还铺着地毯的小房间。让我有说不出的高兴的是，林敦正躺在一张小沙发上，在看我的一本书，可是，整整过了一个小时，他既不跟我说话，也不朝我看一眼，艾伦。他竟有这样一股坏脾气。使我感到十分狼狈的是，好不容易等到他开口时，他却胡说什么是我惹起了那场争吵，不能怪哈里顿!

“我不能回答，回答的话就肯定不会有好声气。我站起身来，走出房间。他在我背后轻轻叫一声‘凯瑟琳’，他没有料到我会这样来回答他。可是我没有回头。第二天，我第二次待在家里没去他家，几乎已经拿定主意，以后再也不去看他了。

“可是就这样上床，起身，再也听不到他的一点消息，这有多难受啊！因此在我的决心还没有完全定下来之前，它就已经化为乌有了。以前，去看他好像是错的，现在，不去看他好像是不对了。迈克尔来问我，要不要给明妮上鞍，我说‘要’。当它驮着我翻过座座小山时，我认为自己是在尽一份责任。

“我不得不经过宅子的前窗进入院子，要想隐瞒自己的到来也没有用。

“‘少爷正在屋里，’齐拉看见我朝小客厅走去，说道。

“我走进正屋，恩肖也在那儿，可是他见我进去便顾自走了。林敦坐在那张大扶手椅里，半睡半醒的。我走到火炉跟前，用一种很认真的口气开始说道，这一方面也想以此来表明我说的是真心话：

“‘既然你不喜欢我，林敦，既然你认为我来是存心伤害你，而且还认定我每次来都这样，那么这就是我们最后一次见面了。让我们说一声再见吧。另外请告诉希思克利夫先生，说你不想见我，叫他不要再在这件事情上编造更多的谎言了。’

“坐下吧，把帽子也摘掉，凯瑟琳，’他回答说，‘你比我幸福多了，你应该比我好。爸爸尽说我的缺点，对我是够轻视的了，所以我自己自然也就对自己怀疑起来了。我怀疑我是不是真的像他常骂的那样毫无出息；我感到很恼火，很痛苦，因而恨每一个人！我是没有出息，脾气不好，精神不振，而且几乎总是这样。你要是愿意，你可以跟我说再见，那样你就可以摆脱一个累赘了。可是，凯瑟琳，你应该公平地对待我，你应该相信，要是我像你一样可爱、和气、善良，我会愿意，甚至更愿意做一个像你这样幸福、健康的人。你要相信，你的善良使我对你的爱超过了你对我的爱，如果我也配你爱的话，可是无论过去还是现在，我都没法不向你暴露我的本性，

为这我感到内疚，感到悔恨，我将为这内疚和悔恨终生！’

“我觉得他说的是真心话，所以我应该原谅他。即使过一会儿他又会跟我吵架，我还是应该原谅他。我们言归于好了，可是我们哭了，在我待在那儿的整个时间里，我们两人都哭个不停——不完全是因为悲伤，我还为林敦那被扭曲的天性感到难过。他永远不会让他的朋友们舒心，他也永远不会让他自己舒心！

“自从那天晚上以后，我总是去他的那间小客厅，因为第二天他父亲回来了。大约有三次吧，我想，我们曾像第一个晚上那样快活、乐观。其余我去探访的日子，我们都过得很乏味，很烦恼，有时候是因为他的自私和怨恨，有时候是因为他的病痛。不过我已经学会像容忍他的病痛一样，来容忍他的自私和怨恨，几乎很少有反感了。

“希思克利夫先生有意避开我，我根本没有见到他。就在上个星期天，我比往常去得早了点，听到他正在痛骂可怜的林敦，为的是他头天晚上的行为。我不清楚他是怎么知道的，除非他偷听了。头天晚上林敦的表现确实惹人生气，可那是对我，跟别人无关。我走了进去，打断了希思克利夫先生的训斥，而且把我的这种意见告诉了他。他听后哈哈大笑起来，就走开了，还说他很高兴我对这事有这样的看法。从那以后，我就告诫林敦，他有什么不满的事要说时，一定得小声点。

“好了，艾伦，我把一切全对你说了。我不能不去呼啸山庄，阻拦的话只会使两个人都痛苦。只要你不去告诉爸爸，我去那儿并不妨碍任何人的安宁。你不会去告诉的，你会吗？要是你去告诉了，那你的心也就太狠了。”

“要不要去告诉，我明天会拿定主意，凯瑟琳小姐，”我回答说，“这事得研究研究。所以你还是休息吧，我要去仔细考虑一下。”

结果是我当着主人的面“出声地考虑”了这件事情。走出她的房间，我就径直来到主人的屋子，把事情从头到尾对他说了一遍，不过没说她跟表弟的那些谈话，至于哈里顿，则一句也没提到。

林敦先生听了既惊讶又难过，实际上比在我面前表现出来的要难过得多。第二天早上，凯瑟琳知道我已辜负了她的信任，同时也知道她的秘密探访到此结束了。

她又哭又闹地反对这条禁令，又哀求她父亲可怜可怜林敦，可是全没有用。她得到的唯一安慰是，他答应会写信给林敦，允许他在乐意的时候来画眉田庄做客，但给他说清楚，从今以后，不应该再盼望在呼啸山庄见到凯瑟琳了。如果他知道他外甥的脾气和健康状况，说不定就连这一点小小的安慰，他也会认为不宜给呢。

第二十五章

“这些事都发生在去年冬天，先生，”丁恩太太说，“离现在也不过年把时间。在去年冬天，我怎么会想到，在十二个月以后，我会把这些事讲给一位和这家人家不熟的房客解闷呢！不过谁又知道你当房客会当多久呢？你这么年轻，总不会一直对这种单身生活心满意足吧！不知怎的，我总觉得没有人见到凯瑟琳·林敦会不爱她的。你笑啦。那为什么我一说起她，你就这么兴致勃勃，听得津津有味呢？为什么你又要我把她的画像挂在你房里的壁炉架上方呢？为什么——”

“别说了，我的好朋友！”我叫了起来，“说到我会爱上她，这倒也是很可能的，可是她会爱我吗？我对这一点太没有把握了，我可不敢拿自己的宁静去冒险，动起心来陷进这种诱惑；再说，我的家也不在这儿。我来自那个忙忙碌碌的世界，有一天总得回到它的怀抱中去。说下去吧，凯瑟琳听从他父亲的命令吗？”

“她听从了，”女管家接着说，“她对父亲的爱，依然是在她心中占首位的感情；而且他说这话时并没有生气，而是满怀着深深的柔情，那口气就像是一个他所钟爱的人即将陷入危境，落入敌人的魔掌，他给她的嘱咐和指点，是他所能给予她的唯一帮助了。”

过了几天后，林敦先生对我说：

“但愿我那个外甥会来信，或者来田庄，艾伦。跟我说实话，你觉得他怎么样？他是不是好一些了？长大后有没有希望好起来？”

“他太弱不禁风了，先生，”我回答说，“看来不像能长大成人。有一点我可以肯定，他不像他父亲。要是凯瑟琳不幸嫁给了他，他是不会不听她的话的，除非她愚蠢透顶地一味纵容他。不过，主人，你还有很多时间可以了解他呀，看看他是不是和她相配，还要四年多他才成年呢。”

埃德加叹了一口气，走到窗前，朝外眺望着吉默屯教堂。那是一个雾蒙蒙的下午，但是二月的太阳还在淡淡地照着，我们还能隐约地分辨出墓园里那两棵枞树和那些稀稀落落的墓碑。

“我常常祈祷，”他一半像自言自语，“祈求该来的事就快来，可是现在我开始畏缩了，害怕了。我心里曾经这样想，与其回忆当年做新郎走下山谷迎亲时的情景，还不如想想过不多久——几个月或者也许几个星期——被人抬着放进那孤寂的土坑来得愉快！艾伦，跟我的小凯茜在一起，我一直非常快乐。无论是漫长的冬夜，还是炎热的夏日，她都是我身边的、心头的希望。可是我想到躺在那古老教堂下面的墓碑之间，我也一样感到非常快乐；在那漫长的六月的夜晚，躺在她母亲绿草如茵的坟头上，我就曾满心渴望着长眠在下面的日子早日到来。我能为凯茜做些什么呢？我应该怎样来对她尽我的责任呢？我丝毫也不在乎林敦是希思克利夫的儿子，也不在乎他把她从我身边带走，只要他能在失去我之后安慰她。我不在乎希思克利夫最终达到目的，扬扬得意地夺走了我最后的幸福！但是，要是林敦毫无出息——只是他父亲手里的一个软弱的工具——那我就不能抛开不管，让她落进他的手中！虽说扑灭她的热情是残酷的，但我也决不让步，宁愿在我活着时任凭她去悲伤，在我死了后由着她去挨受孤独。亲爱的！我宁可把她交给上帝，在我死之前把她葬入黄土。”

“就像现在这样，把她交给上帝来安排吧，先生，”我答道，“要是出于天意，我们竟失去了你——但愿这样的事不发生——我就在我的有生之年做她的朋友和顾问。凯瑟琳小姐是个好姑娘，我并不担心她会故意去做错事；再说，好人总是有好报的。”

春意浓了，虽说我家主人重又可以跟女儿一起在院子里散步了，可是他并没有真正恢复体力。而在缺乏经验的凯茜看来，散步本身就是病愈的一种征兆。后来他的脸上又常常泛出红晕，眼睛也变得明亮起来，于是她更加确信他已经康复。

在他女儿十七岁生日那一天，他没有去墓地。天下着雨，我问道：

“今天晚上你想必不出去了吧，先生？”

他回答说：

“是的，今年我要推迟一点了。”

他又给林敦写了一封信，表示他迫切希望能见到他。如果那个病人可以出来见人的话，我毫不怀疑他父亲是会让他来的。结果是他遵嘱回了一封信，暗示说希思克利夫先生反对他来画眉田庄，不过承蒙舅舅这样亲切关怀他，他感到很高兴。他希望能在哪一天散步的时候会遇见他，以便当面向他提出请求，别让他的表姐跟他一直这样长期地断绝往来。

信的这一部分写得很简单，可能是他自己写的吧。希思克利夫知道，他为了要凯瑟琳跟他做伴，他是能写出娓娓动听的求情话来的。

“我并不要求她来这儿，”他说，“可是，就因为我父亲不许我去她家，而你又不许她来我家，我就永远也见不到她了吗？有便时，请你带她骑马来山庄这边吧，让我们当着你的面说几句话！我们并没有做什么不好的事，该受到这样的隔离。你自己也承认，你并没有生我的气——你没有理由讨厌我。亲爱的舅舅！请你明天就给我一封好心的回信，除了画眉田庄，我愿意在你喜欢的任何地方见你们。我相信，见过一次面你就会确信，我父亲的性格并不是我的性格。他总是说，我不像是他的儿子，而更像是你的外甥。虽说我有不少缺点，配不上凯瑟琳，可是她原谅了我的这些缺点，为了她的缘故，你也该原谅了吧。你问及我的健康情况——现在已经好一些了。可是，要是我总是被割断一切希望，注定要生活在孤寂中，或者同那些从来没有、也永远不会喜欢我的人在一起，我又怎么能心情愉快、身体健康呢?”

埃德加虽然同情这孩子,但他不能同意他的请求,因为他不能陪凯瑟琳去。

他说,到夏天,他们也许可以见面,同时希望他时常来信,并且还尽量在信中给他一些劝告和安慰;他很清楚他在那个家中的困难处境。

小林敦听从了。要是他没有让人管着,他完全有可能在来信中大发牢骚,诉怨叹苦,把一切全都搞糟。可是他父亲管他管得很紧,主人给他的信当然一字一句都经他过目,因此他的来信也没有写他特有的个人痛苦和悲伤——这时刻浮现在他脑海中的主题,而是喋喋不休地诉说硬把他跟他的朋友、爱人拆开的禁令是多么残忍。他还婉转地暗示,林敦先生应该尽快允许他们见面,要不他担心林敦先生是存心用空话来哄骗他。

在家里,凯茜是他的一个得力的同谋,他们两人内外夹攻,终于说动了主人,同意在我的监护下,他们两人可以每星期一次,到离田庄最近的荒原上一起骑马或散步。因为到了六月,他发现自己的身体仍旧很虚弱。虽然他每年都从自己的收入中,拨出一部分作为小姐的财产,但他自然也希望她会保留住她先人的房屋,至少过上一段时间就能回去住住。他认为,要实现这个愿望,唯一的指望就是让她和他的继承人结合。可他没有想到,他的继承人几乎跟他一样快地在衰弱卜去。我相信,任何人都没有料到。没有哪个医生去山庄给他看过病,也没有哪个人见过希思克利夫少爷,然后来给我们当中的什么人报告他的病况。

就我来说,我还开始以为我过去的预测错了,既然他提出到荒原骑马和散步,而且在说到要达到这个目的时,态度似乎又这么真挚,那他的身体一定真的在一天天好起来了。

我简直不能想象,为了要叫他硬装出这种表面上的热切,一个做父亲的竟会这样残暴、歹毒地来对待自己快要死去的孩子,像我后来知道的希思克利夫对待小林敦那样。看到他那贪婪无情的计划会因儿子死亡受到失败的威胁,他就更加迫不及待地加倍努力了。

第二十六章

直到盛夏过去了，埃德加才勉强答应了他俩的恳求；于是凯瑟琳和我第一次骑马出发，去跟她的表弟相会。

那天天气闷热，不见阳光，可是天空云块斑驳，雾气蒙蒙，不像要下雨的样子。我们会面的地点约定在十字路口的那块路标石前。可是，等我们到了那儿，一个被派作带信人的牧童却对我们说：

“林敦少爷就在山庄那边，要是你们肯再朝前走一点，他将非常感激。”

“这么说林敦少爷忘了他舅舅的第一道禁令了，”我说，“他吩咐我们不要出田庄的地界，可现在我们眼看就要出界了。”

“这样吧，我们一到他那儿，就掉转马头，”我的同伴说，“然后就一起往我们家这边走。”

可是，当我们到达他那儿时，离他家门口已经不到四分之一英里了。我们发现他没有马，于是我们也只好下马，让马去吃草了。

林敦躺在石楠丛中，等着我们过去，直到我们走到离他只有几米远的地方，他才站起身来。看到他走路这么有气无力，脸色又这么苍白，我一下子惊叫起来：

“哎呀，希思克利夫少爷！今天早上你不宜出来散步的。瞧你的气色多不好啊！”

凯瑟琳打量着他，既吃惊又难过；她那已经到了嘴边的欢呼变成了惊叫。久别重逢的喜悦变成了焦急的询问："是不是比以前病得重了？"

"不——好一些了——好一些了！"他喘着气说，一边哆哆嗦嗦地握住她的手，仿佛急着需要那手的扶持。他的蓝色大眼睛怯生生地望着她，两眼的凹陷，使他往日那种倦怠的神情，变得狂野了。

"可你的病是重了，"他的表姐坚持说，"比我上次见到你时重了——也瘦多了，而且——"

"我累了，"他急忙打断她的话，"这天气散步太热了，我们还是在这儿歇歇吧。再说，我在早上总是不舒服——爸爸说我长得很快呢。"

尽管不乐意，凯瑟琳也只好坐了下来，他也就挨着她斜躺下去。

"这有点像你的天堂了，"她说，竭力想装出高兴的样子，"你还记得吗？我们曾同意按各自最喜欢的地点和方式消磨两天。这差不多就是你的天堂了，只是天上还有云，不过这些云多么轻柔松软，比阳光还美呢。下个星期，要是你行的话，我们就骑马到田庄的林苑里，试试我的天堂吧。"

林敦看来已经不大记得她说的事了。显然，不论要他谈论什么，他都感到十分吃力。他对她提出的话题，根本不感兴趣，要他说点什么让她高兴高兴，他也同样无能为力，这些都是明摆着的，因而她再也无法掩饰自己的失望了。他整个人和所有的言行举止，都有了一种莫名其妙的变化。原先他易怒任性，倒还可以哄得他转怒为喜，现在却变成无精打采和冷漠无情了，少了小孩那种为得到安慰而故意取闹的娇惯脾气，多了身患痼疾的病人那种对自己非常专注的孤僻心情，拒绝别人的安慰，动不动就把别人善意的说笑，当成对他的一种羞辱。

凯瑟琳跟我一样，也看出来了，他把我们陪伴在他身边，看成是一种惩罚，而不是一种喜悦；因此她毫不犹豫地提出就此分手。

出乎意外的是，这个提议却把林敦从昏昏然的状态中唤醒了过来，他一下变得异常激动。他惊恐不安地朝山庄瞥了一眼，央求她至少也得再待半个小时。

“可是我觉得，”凯茜说，“你待在家里要比坐在这儿舒服多了。再说，我看今天我也没法让你高兴起来，讲故事、唱歌、聊天，全都没用。这半年来，你变得比我聪明了，现在我那些消遣时光的小玩意，你已经一点都不感兴趣了；要不是这样，要是能使你高兴，我是乐意留下来的。”

“那你就留下来歇一歇吧，”他回答说，“凯瑟琳，你别以为我身体很不好，也别这么说。是这闷热的天气害得我没精打采的；再说，你们来之前，我已四处走了走，对我来说，可说走了不少路了。告诉舅舅，我的身体很不错，好吗？”

“我会告诉他你是这样说的，林敦。但我不能肯定你的身体是不是这样。”我家小姐说，她感到奇怪，这明明不是事实，为什么他还硬要这么说呢。

“下星期四再来这儿吧，”他接着说，一边避开她那疑惑的目光，“代我谢谢舅舅允许你来——我衷心感谢他，凯瑟琳。还有——还有，要是你真遇见了我父亲，他向你问起我时，别让他以为我笨嘴拙舌的，别像你现在这样看起来一副伤心难过的样子——那样他会生气的。”

“我才不在乎他生不生气哩！”凯茜叫了起来，以为他会生她的气。

“可是我在乎啊，”她表弟战战兢兢地说，“别惹得他生我的气，凯瑟琳，他是很严厉的。”

“他对你凶吗？希思克利夫少爷？”我问道，“他已经不想再姑息纵容你了吗？是不是对你从心里厌恶变成公开憎恨了？”

林敦望着我，但没有回答。凯瑟琳在他身旁又坐了十来分钟。这时候，他的头一直打瞌睡似的耷拉在胸前，一句话也不说，只是发出抑制着的出于疲困或痛苦的呻吟。凯瑟琳为了解闷，开始寻找起越橘来，她把采摘到的越橘分了一些给我。她没有分给他，因为她看出，再去理睬他，只会给他增加疲困和烦恼。

“现在已经到半小时了，艾伦！”她终于凑到我耳边悄声说，“我可说不清我们为什么还得待在这儿。他已经睡着了，爸爸在盼我们回去呢。”

“哎，我们不能丢下他让他睡在这儿呀！”我回答说，“还是等他醒来吧，耐心点。原来你迫不及待地要动身来，可现在你急于要见可怜的林敦那股劲儿这么快就没啦。”

“他为什么想见我呢？”凯瑟琳接过话题说，“他以前脾气那么别扭，我倒还喜欢他，哪像现在这样古里古怪的。这次会面，他就像被迫来完成一项任务似的——为的是怕挨他父亲的骂。可我来这儿并不是为了讨希思克利夫先生的欢心，不管他有什么理由命令林敦来受这份罪。虽说他的身体好一些了，我很高兴，可是他变得这样让人扫兴，对我这样不亲热，我感到很难过。”

“这么说，你认为他的身体是好一些了？”我问道。

“是的，”她回答说，“因为他这人向来是爱夸大自己的病痛的，这你知道。他的身体并不像他要我告诉爸爸那样很不错，不过好像是好一些了。”

“在这一点上，我跟你的看法不一样，凯茜小姐，”我说，“照我看来，他的身体差多了。”

这时，林敦从昏睡中惊醒过来了，问是不是有人叫他的名字。

“没有，”凯瑟琳说，“除非你是在做梦吧。我真不明白，你怎么一大早也会在户外打起瞌睡来。”

“我想我是听到我父亲的叫声了，”他喘着气说，抬头望了望我们头顶那嶙峋的陡坡，“你能肯定没人叫过我？”

“非常肯定，”他表姐回答，“刚才只有艾伦和我在谈论你的健康情况。比起冬天我们分别的时候来，你的身体真的好些了吗，林敦？如果真是这样，我倒可以肯定，有一点你是不如从前了——你对我的感情——说呀，是不是？”

他刚开口回答，泪水就涌出了他的眼眶。

“不，不，我不是这样！”

那幻觉中的叫声依然困扰着他，他睁大眼睛四处张望着，搜寻那叫他的人。

凯茜站了起来。

“今天我们该分手了，”她说道，“我不想瞒你，对我们的这次见面，我感到伤心失望。不过我只是对你这样说，不会告诉别人——这倒不是因为我怕希思克利夫先生！”

“嘘，”林敦轻声咕哝说，“看在上帝的份上，别出声！他来啦！”他一把抓住凯瑟琳的胳臂，想留住她。可是，听到他这么一说，她急忙挣脱开来，朝明妮吹了一声口哨，它像条狗似的应声奔了过来。

“下星期四我再到这儿来，”她喊着，跳上了马鞍，“再见。快点，艾伦！”

我们就这样离他而去了，可他几乎没有意识到我们已经离开，因为他正专心致志地想到他父亲要来了。

还没到家，凯瑟琳的不快便缓和了，渐渐变成了一种怜悯而又内疚的复杂感情，在很大程度上还掺杂着对林敦的事隐约感到的疑虑和不安；他的身体和处境的真实情况到底怎么样？我也有同样感觉。不过我劝她先不要多声张，因为第二次见面可以让我们作出更好的判断。

我家主人要我们讲一讲这次见面的情况。凯茜小姐自然及时地转达了他外甥对他的谢意，至于其他的事，她就轻轻带过了。我也轻描淡写地应付了他的询问，因为我简直就不知道，哪些该说，哪些是不该说的。

第二十七章

七天时间一转眼就过去了，一切都表明埃德加·林敦的病情在急剧变化。先前几个月来折磨着他的严重病势，如今更是每小时都在加剧恶化。

我们还想瞒着凯瑟琳，可是她那份机灵却不让她瞒着自己，她暗暗忧虑着的那种可怕的可能性，已渐渐变成不容怀疑的必然性了。

星期四又到了，她没有勇气再提骑马出游的事，于是我便代她提了出来，并且得到允许，陪她一起出门。书房——她父亲每天还去那儿待一会儿，只有这时候他还能坚持着坐上一会儿——和他的卧室，已经成了她的整个世界。她心甘情愿地每时每刻都俯身在他的枕边，或者坐在他的身旁。由于日夜的守护和悲伤，她的脸变得苍白了。我家主人倒希望她离开到别处走走，以为这样可以让她换换环境和伙伴，在他死后也就不至于落得孤苦伶仃了，他从这一希望中得到了安慰。

从我跟主人的几次谈话中，我猜测出他有一个固执的想法，他认为既然他的外甥长得像他，他的心地一定也像他，因为小林敦的来信很少或者根本没有暴露出他性格上的缺点。而我，出于可以谅解的弱点，不忍心去纠正他的这一错误。我问自己，在他生命的最后时刻，拿这种他既没有能力也没有机会利用的消息去打扰他，又会有什么好处呢。

我们把出门的时间推迟到下午；这是个八月里的金色下午，从小山上拂来的每一丝微风，都充满了生命活力，仿佛无论是谁，哪怕是奄奄一息的人，吸了它也能起死回生。

凯瑟琳的脸恰似眼前的风景——阴影和阳光交替掠过；不过阴影停留的时间较长，阳光则转瞬即逝；即使如此，她那颗可怜的心儿，还因为有一会儿忘了忧虑而责备自己呢。

我们看到林敦仍在他上次选定的地方守着。我家小姐下了马，对我说她决定只待一会儿，我最好牵着她的小马，继续留在马背上。但是我没有同意。我可不想冒这种风险。让我的监护对象离开我的视线。因此我们一起爬上那石楠丛生的斜坡。

这一次，希思克利夫少爷接待我们显得较为热情，这种热情，既不是出于兴奋，也不是因为高兴，而更像是由于恐惧。

"来晚了！"他说道，说话短促、费力，"你父亲不是病得很重吗？我原以为你不会来了。"

"你为什么不有话直说呢？"凯瑟琳大声说，咽下了问候的话，"为什么你不能马上说你不需要我呢？真是奇怪，林敦，这是第二次了，你硬要我到这儿来，分明是为了要我们两人一起受罪，没有别的原因！"

林敦浑身发抖，半是乞求，半是羞愧地朝她瞥了一眼，可是他的表姐却没有这份耐心来忍受他这种暧昧的态度。

"我父亲是病得很重，"她说，"那你为什么还要把我从他床边叫来呢——你希望我不要守约，那你为什么不派人送个信让我免除诺言呢？喂！我要你给我一个解释。我现在可是一点玩耍瞎聊的心思也没有，我也不能再迎合你，给你的装腔作势凑趣了！"

"我装腔作势！"他咕哝着说，"什么装腔作势呀？看在老天爷的份上，凯瑟琳，别这么生气！你有多瞧不起我，就瞧不起我吧。我是一个没出息、没骨气的窝囊废，你怎么嘲笑我都不过分！可是我太不配让你生气了——你尽可以恨我的父亲，可是别恨我，宽恕我，你就瞧不起我吧！"

“胡扯!”凯瑟琳气得大叫，“糊涂的傻瓜！瞧！他在哆嗦，好像我真的要碰他似的！你用不着求别人瞧不起你，林敦；见到你这模样，谁都自然会瞧不起你的。滚吧！我要回家了。把你从壁炉前拖出来实在荒唐，还装作——我们有什么可装的？放开我的衣服！即使我因为看到你哭，你这样害怕而怜悯你，你也应该拒绝这种怜悯。艾伦，你去跟他说，他这种行为是多么不光彩。起来，别使自己退化成一条下贱的爬虫了——别这样!”

林敦泪流满面，表情痛苦万分，他那虚弱无力的身躯一下扑倒在地，好像由于极度的恐惧全身不住地抽搐着。

“啊!”他抽泣着说，“我受不了啦！凯瑟琳，凯瑟琳，我还是一个背信弃义的人，我不敢告诉你！你要是离开我，我就会被杀死的啊！亲爱的凯瑟琳，我这条命全在你手里了；你说过你是爱我的——要是你真是那样，那就不会伤害你的。那么你不走了吧？好心的，亲爱的好凯瑟琳！也许你会答应的——他要我死也跟你在一起啊!”

我家小姐眼看他痛苦到极点，就弯腰把他扶了起来。往日的宽容和温情压倒了眼前的气恼，她完全被感动了，也被吓住了。

“答应什么？”她问道，“答应留下来吗？告诉我你这些奇怪的话是什么意思，我就留下来。你的话自相矛盾，把我也搞糊涂了！镇静下来，如实地说，把压在你心头的事全都马上说出来。你不会伤害我的，林敦，对吗？要是你能阻止住的话，你是不会让任何坏人来伤害我的吧？我相信，对你自己来说，你是个胆小的人，不过总不会胆小到出卖自己最要好的朋友吧？”

“可是我父亲威胁我，”那孩子喘息着说，握紧他那细瘦的手指，“我怕他——我怕他！我不敢说啊!”

“哦，那好吧!”凯瑟琳说，怜悯中带着讥讽，“你就保守你的秘密吧，我可不是懦夫——你自己多保重，我不怕!”

她的宽宏大量，使他感动得淌下了眼泪。他放声大哭起来，没命地吻着她那双扶住他的手，可是还是没能鼓起勇气说出来。

我正在思忖这秘密会是什么，决心凭我的好意，绝不让凯瑟琳为了他或其他人而遭到伤害，突然听到石楠丛中响起一阵簌簌声；我抬头一看，只见希思克利夫先生正从山庄那边下来，快要走到我们近旁。尽管他离我那两个年轻伙伴很近，已经可以听到林敦的哭声，他却连看也不朝他们看一眼，而是用一种从未对旁人用过的几乎很诚恳的声调对我打了招呼，这种诚恳不能不引起我的怀疑。他说：

“在离我家这么近的地方见到你，真让人高兴啊，内莉！你在田庄过得好吗？说给我们听听！外面都在传说，”他压低嗓音接着说，“埃德加·林敦已经病危了，也许是他们夸大了病情了吧？”

“没夸大，我家主人是快要不行了，”我答道，“这事千真万确。这对我们大家来说是件伤心事，可对他倒是种福分呢！”

“照你看他还能拖多久？”他问道。

“我不知道。”我回答。

“因为，”他接着说，望着那两个年轻人，他们在他的注视下一动也没动——林敦好像是不敢动，连头也不敢抬，凯瑟琳则因了他的话给惊呆了，“因为那边那个小子好像存心要跟我过不去；他的舅舅走得快，走在他的前头，我得感谢他哩——喂！这小畜生还一直在玩那套把戏吗？对他眼泪鼻涕的那一套，我已经给过他教训了。他跟林敦小姐在一起时，还算高兴吗？”

“高兴？不——他显得痛苦极了，”我回答说，“瞧他那副模样，我得说，他不该跟他的心上人来这些山上闲逛，而应该在医生的护理下躺在床上。”

“再过一两天，他会躺下的，”希思克利夫咕哝说，“可是现在先得——起来，林敦！起来！”他大声吼着，“别趴在地上，喂——给我立刻起来！”

林敦又在一阵不由自主的恐惧中扑倒在地，这是由于他父亲朝他瞪了一眼的缘故，我想，没有别的原因会使他做出这种丢脸的事来的。他做了几次努力想听从吩咐，可是这会儿他那点体力已经完全耗尽，他呻吟了一声，又扑倒在地。

希思克利夫先生走上前去，一把将他提起，让他靠在一个长满草的土埂上。

“这会儿，”他硬压住凶劲说，“我可要发火了，要是你再不打起你那点可怜巴巴的精神来——你这该死的！起来！快！”

“我就起来，父亲，”他喘着气，“只是，别催我，要不我要昏倒啦！我已经照你的吩咐做了，是真的。凯瑟琳会告诉你，说我——一直很高兴。啊！扶住我，凯瑟琳，扶我一把。”

“扶住我的手，”他的父亲说，“自己站起来！好了——她会伸手让你扶的。这就对啦，看着她。林敦小姐，你大概认为我是魔鬼的化身吧，把他吓成这样。行行好，送他回家吧，好吗？我一碰他，他又要发抖了。”

“林敦，亲爱的！”凯瑟琳低声说，“我不能去呼啸山庄……爸爸不准我去……他不会伤害你的，你为什么这样害怕呢？”

“我永远不能再进那座房子啦，”他回答说，“要是你不陪我去，我也就不能再进去啦！”

“住口！”他父亲喝道，“凯瑟琳出于孝心，有顾虑，我们应该尊重。内莉，你扶他进去吧，我得听你的话去请医生，不能拖延了。”

“还是你自己扶他进去的好，”我回答说，“我可得跟我家小姐在一起，照顾你的儿子不是我的事。”

“你这人很固执，”希思克利夫说，“这我知道。你这是硬逼我先掐疼这孩子，让他尖声大叫，然后才能让你动怜悯心了。那好吧，我的英雄，你愿意由我护送你回家吗？”

他再次走上前去，摆出像要去抓那个虚弱的孩子的架势，可林敦直往后缩，紧紧拉住他的表姐，用一种让人无法拒绝的发狂似的强求，求她陪他回去。

不论我怎样不赞成，我都没能阻止住她。说实在，她自己又怎么能拒绝他呢？是什么使得他满怀恐惧，我们无从知道，可是他就在那儿，在这种恐惧的支配下无能为力，似乎只要再加上任何一点威吓，立刻就会把他吓成白痴。

我们来到门口；凯瑟琳走了进去，我站在门边等着她把病人扶到椅子上，以为她马上就会出来；就在这时，希思克利夫先生却把我往前一推，叫道：

“我屋子里又没有瘟疫，内莉，今天我还想款待款待客人哩。坐下吧，让我来把门关上。”

他关上门，还上了锁。我大吃一惊。

“你们先喝点茶再回去，”他接着说，“家里只我一个人。哈里顿到背风处放牛去了——齐拉和约瑟夫出去玩了；虽说我习惯一个人，不过要是能找到的话，我倒也愿意有几个有趣的人做伴。林敦小姐，在他旁边坐下。我要把归我所有的一件东西送给你。这件礼物不大值得接受，可是我再没有别的东西可以送你了。我说的就是林敦。她干吗要这样瞪起眼睛呀？真奇怪，对任何像是怕我的东西，我会产生一种非常野蛮的想法！如果我是生在法律不怎么严厉，风尚不怎么文雅的地方，我一定会把这两个拿来慢慢做个活体解剖，作为晚上的娱乐。”

他倒抽了一口气，一拳砸向桌子，对自己诅咒道：

“地狱作证！我恨他们！”

“我不怕你！”凯瑟琳叫道，她受不了他说的后半段话。

她走上前去，黑眼睛中闪烁着怒火和决心。

“把钥匙给我，我要！”她说，“我就是饿死，也不会在这儿吃一点东西，喝一口水。”

希思克利夫把放在桌上的钥匙握在手中，他抬头看了看，对她的勇气感到惊奇，或者，可能是她的声音和眼神，使他想起了那个把这些遗传给她的那个女人。

她抓住了那把钥匙，差一点把它从他那松开的手指中夺了过来。可是她的举动把他唤回到现实，他立刻重又把钥匙握到手中。

“听着，凯瑟琳·林敦，”他说，“站开，要不我就打得你趴下，那样会让丁恩太太发疯的。”

她根本不理会他的警告，又去抓他那紧握的手和手里的东西。

“我们一定得走，”她反复大声叫着，使出最大的劲，想把他那握紧的拳头掰开，发现自己的指甲不起作用，她便用上了尖利的牙齿。

希思克利夫把放在桌上的钥匙握在手中，他抬头看了看，对她的勇气感到惊奇，或者，可能是她的声音和眼神，使他想起了那个把这些遗传给她的那个女人。

希思克利夫朝我瞥了一眼，这使得我一时没有上前干预。凯瑟琳全部心思都在他的手上，没有留神他的脸色。他突然松开手指，抛开争夺的东西；可是，没等她把它拿到手，他就用这空出的手一把抓住她，把她按在自己的膝头上，用另一只手朝她的脑袋两侧一阵暴雨般的痛打，要是她没有被抓住，每一下都能打得她趴下，从而证实他的威胁绝非空话。

看到这种穷凶极恶的暴行，我怒不可遏地朝他冲了上去。

“你这恶棍!”我放声大叫，“你这恶棍!”

他猛地朝我当胸一推，立刻使我住了口。我很胖，一下子憋得喘不过气来；这一推，再加气愤，我昏昏沉沉地踉跄倒退着，只觉得马上就要闷死，血管也即将爆裂。

这可怕的场面不到两分钟便结束了。凯瑟琳已被放开，她两手捂着双鬓，那模样就像是她不清楚自己的耳朵是不是还在。她像一根芦苇似的瑟瑟哆嗦着，这可怜的小东西，靠在桌子上，完全吓得不知所措了。

“你瞧，我懂得该怎样惩罚孩子，”这无赖恶狠狠地说，一边弯腰拾起落在地上的钥匙，“现在，照我告诉过你的，到林敦那儿去，去哭个痛快吧！明天我就是你的父亲了——再过几天你就只有这一个父亲了——这种苦头你还有得受哩——你能受得住，你不是个脓包——要是再让我看到你眼睛里露出这种该死的眼神，那你每天都得尝一顿!”

凯茜没有去林敦那儿，而是奔到我的身旁跪下，把她那滚烫的脸埋到我的怀里，放声大哭起来。她的那个表弟缩到了高背长椅的一角，像只小耗子似的不出一声。我敢说，他肯定在暗自庆幸，这回受惩罚的是别人，而不是他。

希思克利夫先生看到我们全都吓得不知所措，就站起身来，动作利索地亲自去沏茶。茶杯和茶盘都已摆好。他斟了茶，递给我一杯。

“把你的火气冲洗掉吧!”他说，“帮个忙，给你我的淘气宝贝都倒上一杯。这茶是我沏的，但保证没下过毒。我要找你们的马去。”

他一离开，我们的第一个念头就是在什么地方能打出个出口。我们试了试厨房的门，门在外面给闩上了。我们看看窗子，窗子太窄，就连凯茜那样的小个儿也钻不出去。

“林敦少爷，”我大叫道，眼看我们已被完全囚禁，“你知道你那狠毒的父亲下一步想干什么，你得告诉我们，要不我就打你的耳光，就像刚才他打你的表姐一样。”

“是啊，林敦，你得告诉我们，”凯瑟琳说，“我是为了你才来的，要是你不肯说，那你就太忘恩负义了。”

“给我来点茶，我渴了，然后我再告诉你们，”他回答说，“丁恩太太，你走开，我不喜欢你站在我跟前。瞧，凯瑟琳，你把眼泪都掉进我的茶杯了！我不要喝这杯，给我换一杯。”

凯瑟琳把另一杯推给了他，又擦了擦自己的脸。对这个小坏蛋那种若无其事的态度，我感到十分厌恶；现在他已经不再为自己感到恐惧，他在荒原上表现出来的那种痛苦，一走进呼啸山庄就消失不见了。所以我猜想，事前他一定受到过父亲的威胁，要是他不能把我们骗进山庄，他就会受到可怕的严厉惩罚。而现在大功已经告成。他也就不用再害怕了。

“爸爸要我们两人结婚，”他喝了几口茶后，接着说，“他知道你爸爸是不会让我们现在就结婚的。可要是我们再等下去，他又怕我会死掉？所以我们明天早上就要结婚，今天晚上你得在这儿过一夜。要是你按他的意见去做，第二天你就可以回家，还可以带我一起去。”

“带你跟她一起去，你这个卑鄙的白痴？”我叫了起来，“你结婚？咳，他疯了！还是把我们看成是傻瓜，人人都是傻瓜了。难道你以为这位漂亮的小姐，这位健康活泼的姑娘，会把自己跟一个像你这样快死的小猴子拴在一起吗？就不说凯瑟琳·林敦小姐吧，难道你还妄想有谁会要你做丈夫？你居然用你那套卑怯的哭哭啼啼的花招，把我们骗到这儿来，真该给你狠狠抽上一顿鞭子——你现在别装出这么傻模傻样的！就因为你这种背信弃义的卑鄙行径和白痴的白日梦，我恨不得狠狠摇你几下。”

我只是轻轻地摇了他一下，他立刻就咳嗽起来，又是呻吟，又是哭泣，还是那老一套。凯瑟琳怪我不该这样。

“在这儿过一夜？不！”她说，缓缓朝四周打量了一下，“艾伦，我要烧了那门，反正我要出去。”

她正要开始把她的威胁付诸行动，可是林敦为了自己那条宝贵的性命，又惊慌失措地爬了起来。他伸出两条瘦弱的胳臂，紧紧抱住她，抽泣着说：

“你不要我了吗？不救我了——不让我去田庄了吗？啊，亲爱的凯瑟琳！你千万别走！别丢下我。你一定得服从我父亲，你一定得服从啊！”

“我得听我自己父亲的，”她回答说，“免得让他担惊受怕。整整一夜！他心里会怎么想？他已经要担忧了。我要砸开或烧出一条路来，从这屋子冲出去。别闹！你又没有危险——可你要是妨碍我的话——林敦，我爱爸爸胜过爱你！”

由于对希思克利夫先生的暴怒极端恐惧，这小子又恢复了他那懦夫的口才。凯瑟琳给弄得心烦意乱，几乎都要发疯了，可她仍然坚持一定要回家。这回轮到她来求他了，她要他别这么自私，只想到自己的痛苦。

他俩正在这样纠缠不清的时候，我们的看守又进来了。

“你们的马都跑掉了，”他说，“而且——哎，林敦！怎么又哭啦？她对你怎么啦？得啦，得啦——哭够了，去睡吧。用不了一两个月，我的孩子，你就可以用一条结实的胳臂，来回报她现在对你的欺侮了。你是为了纯洁的爱情才变得这样憔悴的，不是吗？绝不是为了别的东西。她会要你的！行了，去睡吧！齐拉今晚上不回来，你得自己脱衣服了。嘘！别出声啦！你一进自己的房间，我就不会挨近你了，你用不着害怕。这回你碰巧干得不错，余下的事由我来办好了。”

说了这些话后，他就打开门让儿子出去。后者出去时，活像一只摇尾乞怜的小狗，生怕把门的人存心作恶，夹他一下。

门又重新锁上了。希思克利夫走到壁炉跟前，我家小姐和我正默不作声地站在那儿。凯瑟琳抬头望着他，本能地抬手护住脸。他一走近，她重又感到脸上一阵疼痛。换了别的任何人，看到这种孩子气的举动，心肠都会软下来，可他朝她板起脸咕哝说：

“哼，你不怕我？你的勇敢样子倒装得不错，不过你好像怕得要命呢！”

“我现在是怕了，”她回答说，“因为，要是我待在这里，我爸爸会很难过的，我怎么能忍心让他难过呢——而且是在他——在他——希思克利夫先生，让我回家吧！我答应嫁给林敦，爸爸会乐意我这么做的，而且我是爱他的——我本来就心甘情愿做的事，你为什么还要强迫我呢？”

“看他敢强迫你！”我叫道，“亏得这个国家还有法律，谢天谢地，亏得有法律！尽管我们住在一个偏僻的地方。即使他是我的儿子，这事我也要告他。这是重罪，教士犯了也不能赦免！”

“闭嘴！”那恶棍喝道，“你嚷什么，见鬼去吧！我不要你多嘴。林敦小姐，想到你父亲会很难过，我真是高兴极了，我会高兴得睡不着觉。你告诉我会发生这样的事，那你就更应该在我家待上二十四小时了。至于你答应嫁给林敦，我会注意让你守信用的，因为这事不了结，你也就别想离开这儿。”

“那就打发艾伦走吧，让爸爸知道我没出事！”凯瑟琳痛哭流涕，大声叫嚷着，“要不现在就结婚吧。可怜的爸爸！艾伦，他会以为我们迷路了。我们该怎么办呀？”

“他才不会呢！他会以为你侍候他侍候腻了，顾自跑开玩耍去了，”希思克利夫说，“你不能不承认，你是违背了他的禁令，自愿来我家的。而且在你这样年龄，贪玩是很自然的事，要你服侍一个病人，一定会厌倦的，而那个病人只不过是你的父亲。凯瑟琳，你一出世，他最幸福的日子也就结束了。我敢说，他诅咒你来到这个世界上（至少，我诅咒）。要是他在离开这个世界时，也诅咒你，那正好。我要跟他一起诅咒。我不爱你！我怎么能爱你呢？你哭去吧。依我看来，从今以后哭就是你的主要消遣了，除非林敦对你其他方面的损失有所补偿，你那位深谋远虑的父亲，看来还梦想他会做出补偿哩。他那些充满劝慰的信，让我大为开心。在他最后的一封信里，他要我的宝贝关心他的宝贝；要他娶了她以后待她要温存。又是关心，又是温存——那是父爱。可林敦是要把全部关心和温存留给自己的。林敦扮起一个小暴君来，还是挺行的呢。要是你把猫的牙齿拔了，爪子剪了，不管有多少只猫，他都能把它们折磨死。我向你保证，等你再回到家里，你一定有许多有关他的温存的动人故事，可以讲给他的舅舅听哩。"

"你说得一点没错！"我说，"把你儿子的性格说得一清二楚了。看来他跟你还挺相像哩。这么说，我希望凯茜小姐在接纳这条毒蛇之前，会仔细多想两遍。"

"现在我才不在乎说他那些优秀品质哩，"他回答说，"因为她要么接纳他，要么就得当囚犯，由你陪着，一直到你家主人死去。我可以把你们两个都关起来，关在这儿隐蔽得很。要是你不相信，你可以叫她收回她的话，那样你就有个判断的机会了。"

"我不收回我的话，"凯瑟琳说，"要是嫁他之后就能回画眉田庄，我这会儿就嫁给他。希思克利夫先生，你是一个狠心的人，不过你还不是一个恶魔，不会仅仅出于怨恨，把我一生的幸福都无可挽回地毁了吧？要是爸爸误以为我是故意离开他，要是没等我回去他就去世了，那叫我怎么活？我不哭了，我这就给你跪下，跪在你面前，我要一直跪在这儿不起来，我的眼睛要看着你的脸，直到你也看着我！不，别转过脸去！看着我吧！你不会看到有什么惹你生气的。我并不恨你，你打我，我也不生气。姑父，你这一辈子从来没爱过任何人吗？从来没有？哦，你一定得看我一眼——我是这么可怜——你不会不感到难过，不会不怜悯我的啊！"

"把你那水蛭般的手指拿开，快走开，要不我要踢你啦！"希思克利夫大叫，粗暴地把她推开，"我宁可让蛇缠住我。见鬼！你怎么会想到对我摇尾乞怜？我讨厌你！"

他耸了耸肩，真的哆嗦了一下，好像因为厌恶而感到毛骨悚然，而且把自己的椅子直往后推。这时我站起身来，开口正想给他一顿臭骂，可是第一句话刚说了一半，就被他一下子堵住了，他威胁说，只要我再说出一个字，就把我单独关进一个房间。

天渐渐黑下来了——我们听到花园门口有嘈杂的人声。我们的主人立刻就赶出去了，他的头脑依然很清醒，我们则已经稀里糊涂了。他在外面说了两三分钟的话，便又一个人回来了。

“我以为是你的表哥哈里顿回来了，”我对凯瑟琳说，“我真希望他能回来！他也许会站在我们这一边，谁知道会不会呢？”

“是田庄派来找你们的三个仆人，”希思克利夫已听到我的话，说，“你本该打开一扇窗子，朝外面喊叫的，不过我敢发誓，你没叫，这个小丫头是高兴的。我相信，留在这儿，她高兴得很呢。”

听到失去这么好的机会，我们两人都禁不住放声痛哭起来。他让我们一直哭到了九点钟，然后喝令我们穿过厨房上楼，去齐拉的房间。我悄声要我的同伴服从他。也许我们可以设法从那儿的窗户爬出去，或者可以爬进一间阁楼，从它的天窗逃出去。

可是那房间的窗子跟楼下一样窄，上阁楼的梯子也没有弄到，因为我们跟以前一样，给锁在房里了。

我们两人都没有躺下来，凯瑟琳站在格子窗前，焦急地等待着早晨到来。我再劝她休息一会儿，可是我能得到的回答，只是一声深深的叹息。

我在一张椅子上坐了下来，轻轻摇晃着，心中狠狠责备自己多次失职，当时觉得我的主人和小姐的所有不幸，全是因为我的失职造成的。现在我明白了，事实上并不是这么回事。但是在那个凄惨的夜晚，我就是这么想的。而且我还认为就连希思克利夫，他的罪责也比我轻呢。

早晨七点钟，他来了，问我林敦小姐有没有起来。

她马上奔到门口，回答说：

“起来了。”

“那就出来。”他说，打开门，把她拉了出去。

我站起来要跟着出去，可是他又把门锁上了。我要他放我出去。

“耐心一点吧，”他回答说，“我一会儿就给你送早餐来。”

我使劲捶着门板，气愤地把门闩摇得咯咯作响。凯瑟琳问为什么还要把我关着。他回答说，我还得再忍耐一个小时。接着他们便走了。

我又挨了两三个小时，后来终于听到了脚步声，但来的不是希思克利夫。

“我给你送吃的来了，”一个声音说，“开开门！”

我连忙打开门，发现来的原来是哈里顿，他端着一大堆食物，足足够我吃一天的。

“拿着。”他又说，把托盘塞到我手中。

“等一下。”我开口说。

“不行！”他大声说了一句就走了，我怎么央求也没能留住他。

我就这样被关在那个房间里，关了一整天，又关了一整夜，一天又一天，一夜又一夜，一共给关了四天五夜。除了每天早上见到一次哈里顿，谁也见不着。而他又是一个模范看守，紧板着脸，不吭一声，对于任何想要打动他的正义感和同情心的话，他都一概装聋作哑。

第二十八章

第五天的早上，或者不如说是下午，传来了一阵不同的脚步声——比较轻盈短促。这一次，来人走进了房间，原来是齐拉，她裹着猩红色的围巾，头上戴一顶黑色丝绸软帽，胳臂上挎一个柳条篮子。

“哎哟，丁恩太太！”她大声叫了起来，“哦，吉默屯都在谈论着你们的事哩！我还以为你已经陷进黑马沼泽，你家小姐也跟你一起陷进去了，直到我家主人告诉我说，已经找到你们，把你们安顿在这儿了！怎么，你们一定是爬上一个小岛了，是吧？你们在洞里待了多久？是我家主人救了你们吗，丁恩太太？不过你没见怎么瘦啊——没吃什么苦吧，是吗？”

“你家主人是个十足的恶棍！”我回答说，“不过他会为这得到报应的，他用不着编造那种故事，一切都会真相大白！”

“你这是什么意思？”齐拉问，“这不是他编的故事，村里人都这么说——说你们在沼泽地里迷路了。我一进家门，就对恩肖说：

“‘呃，哈里顿先生，我一出门就出了怪事了。那个漂亮的姑娘真是太可惜了，还有那个能干的内莉·丁恩。’

“他直瞪眼，我以为他没听说过这件事，就把我听说的传闻告诉了他！

“主人听了，自个儿微微一笑，说：

“‘即便她们陷进过沼泽，现在也已经出来了，齐拉。内莉·丁恩这会儿就在你的房间里呢。你上去后，叫她赶快走吧，钥匙在这儿。泥浆水灌进她的脑袋里了，疯疯癫癫地急着想往家里跑，可我留住了她，等她神志正常了再说。要是她能走的话，你这就叫她马上回田庄，再要她给我捎个信去，就说她家小姐随后就到，准能赶上参加那位乡绅先生的葬礼。’”

“埃德加还没死吧？”我直喘气，“啊，齐拉，齐拉！”

“没有，没有。你坐下吧，我的好太太。”她回答说，“我看你还病着呢。他还没死，肯尼斯医生认为他还可以支持一天。我在路上遇见他时问过他。”

我没有坐下来，而是抓起出门穿的衣帽，赶紧往楼下跑，这会儿路已经畅通无阻了。

一进正屋，我就朝四周张望，想找个人打听凯瑟琳的下落。

屋子里充满阳光，门大开着，可是近旁好像见不到一个人影。

我正犹豫着，不知该马上逃走呢，还是回去寻找我家小姐，一声轻轻的咳嗽把我的注意力引向壁炉。

林敦正独自一人躺在高背长椅上，在吸吮一支棒糖，用那双冷淡的眼睛望着我的一举一动。

“凯瑟琳小姐在哪儿？”我厉声喝问道，认为正好撞上他一个人在，我可以吓唬他说出些情况来。

他像个不懂事的娃娃似的顾自吮着糖。

“她走了吗？”我问。

“没有，”他回答，“她在楼上。她走不了，我们不让她走。”

“你们不让她走，小白痴！”我叫了起来，“快告诉我，她的房间在哪儿？要不，我就要你尖叫了。”

“要是你想去她那儿，爸爸会要你尖叫呢。”他回答说，“他说我不能对凯瑟琳和和气气。她是我的妻子，竟想离开我，太可耻了！他说，她恨我，巴望我死掉，那样就可以拿到我的钱。可是她休想，她回不了家！永远也回不了家！要哭要病，随她的便！”

他重又开始吮起糖来，还闭上了眼睛，好像要瞌睡了。

“希思克利夫少爷，”我又说，“难道你把去年冬天凯瑟琳对你的那番情意全忘了吗？当时你满口说你爱她，那些天她送书来给你看，唱歌给你听，还一次次冒着风雪来看你，有一个晚上她没能来，她都哭了，怕你会失望。那时候你觉得她比你好一百倍，现在你却相信起你父亲说的谎话来了，你是明知你父亲恨你们两个的！你竟跟你父亲一起对付她，你这就是衷心的感恩报德，是吗？”

林敦的嘴角撇下来了，他把棒糖从嘴里抽了出来。

“她到呼啸山庄来，是因为恨你吗？”我接着说，“你自己想想吧！至于说你的钱，她连你以后会不会有什么钱也不知道。你说她病了，你却把她一个人扔在楼上一间陌生的屋子里！你也尝过这样被人冷落的滋味的啊！你有痛苦，你能怜悯你自己，她也怜悯你，现在她在受苦，你却一点都不怜悯她！我都流泪了，希思克利夫少爷，你瞧——我是个上了年纪的女人，而且还只是一个仆人呢——可是你，原先装得那么多情，几乎可以说对她崇拜得五体投地，现在却为自己积攒起每一滴眼泪，舒舒服服地躺在这儿！哼！你是个没良心的自私的孩子！”

“我没法跟她待在一起！”他生气地回答说，“我本来不会一个人待着的。她哭得实在让我受不了。尽管我说她再哭我就叫父亲来，可她还是哭个没完。有一次我真的把父亲叫来了，他威胁说，她要是还不停下来，他就掐死她。可是他刚一离开房间，她就又哭开了。虽然我给气得大叫睡不着，她还是一整夜哭哭啼啼的。”

“希思克利夫先生出去了吗？”我看出这坏东西根本就不会同情他表姐所受的精神折磨，于是问道。

“他在院子里，”他回答，“正跟肯尼斯医生在说话呢。医生说舅舅终于真的要死了。我很高兴，因为他一死，我就是画眉田庄的主人啦——凯瑟琳老是说起田庄，好像那是她的房子。不是她的！那是我的，爸爸说她所有的一切都是我的。她那许多有趣的书也都是我的。她求我说，只要我把我们房门的钥匙拿来，放她出去，她就把那些书，她那些漂亮的小鸟，还有她的小马明妮，全都给了我，可是我对她说，那些东西全都是我的了，她什么都没有了，还拿什么送人。我这一说，她又哭了起来。接着便从脖子上取下一张小小的画像，她说她可以给我这个——一只小金盒里嵌有两张画像，一面是她母亲，另一面是舅舅，都是他们年轻时画的。这是昨天发生的事——我说这些也是我的，并想从她手里抢过来。那个坏东西不肯给我，她一把推开了我，把我弄痛了。我大声尖叫起来——这把她给吓坏了——她听到爸爸来了，就拉断铰链，把金盒子掰成两半，把她母亲的画像给了我，另一张她想把它藏起来。可是爸爸追问这是怎么回事，我就对他说了。他拿走了她给我的那张，又要她把她那张给我。她不肯，于是他——他就把她打倒在地，把它从项链上扯了下来，又用脚把它踩得稀烂。"

"看见她挨打，你心里挺高兴吧？"我问道，有意怂恿他说下去。

"我眨巴了眼睛，"他回答说，"看到我父亲打狗或者打马，我就眨巴眼睛。他打起来可狠啦。不过开始时，我是挺高兴的——她推了我，活该受罚。可是等到爸爸走了，她叫我走到窗子跟前，给我看口腔里面被牙齿磕破的伤口，她的嘴里全是血。后来她又一一拾起画像的碎片，走开去，面对墙壁坐着，这以后就再也没跟我说话。有时候我以为她是痛得说不了话了。我不愿意这么想！不过她实在是个烦人的东西，老是哭个不停。她看上去那么苍白，那么吓人，我都怕她了！"

"要是你想拿，你能拿到钥匙吧？"我问。

"对，只要我在楼上，"他回答，"不过这会儿我走不上去。"

"钥匙在哪间屋子里？"我问。

"哦，"他叫了起来，"我才不会告诉你钥匙在哪儿哩！这是我们的秘密。没别的人知道，就连哈里顿、齐拉也不知道。得啦！你把我累坏了——走开，走开！"说完他转过脸去，搁在胳臂上，又闭上了眼睛。

我心里想，我最好还是不见希思克利夫先生先逃走，回田庄带人来救我家小姐。

一回到田庄，我那些仆人伙伴们见了我，真是又惊又喜。他们听说小姐平安无事，有两三个人就急着想到埃德加先生房门口大声报告这一消息，可是我表示这事我要亲自去向他禀报。

才这么短短几天，我发现他竟变得这么厉害！只见他躺在那儿，满脸悲哀，一副听天由命的样子，等待着死期的到来。虽然他实际年龄已三十九岁，但看起来还很年轻，让人看来，至少要年轻十岁。他正在叨念着凯瑟琳，嘴里喃喃地叫着她的名字。我摸了摸他的手，说：

“凯瑟琳就要来了，亲爱的主人！”我轻声说，“她活着，而且活得好好的；她就要来了，我希望就在今天晚上。”

这消息引起的最初效应让我陡然一惊，只见他撑起半个身子，急切地朝屋子里四下打量了一会儿，接着便倒回床上，昏了过去。

等他一苏醒过来，我就把我们怎么被迫进入山庄以及被扣留在那儿的事全说了。我说希思克利夫强迫我进去。这并不完全是事实。我尽可能少说林敦不好的话，也没有把他父亲的兽行全都说出来——我的用意是：只要我能做到，我就不该在主人那杯满溢出的苦酒中再增添苦味了。

他料想他的敌人的目的之一，是要谋取这座田庄以及他的个人私产，全都给他儿子，或者不如说全都据为己有。可是对方为什么不等他死后才下手呢，这事使我家主人深感疑惑不解，因为他不知道，他那位外甥和他几乎要同时离开这个世界了。

不管怎么说，他觉得还是把他的遗嘱修改一下的好——他决定把原来交由凯瑟琳自己支配的财产，改为交到委托人手里，供她生前使用，如果她有孩子，在她死后就供她的孩子使用。这样，要是他死了，这份家产也不会落到希思克利夫先生的手中了。

我按照他的吩咐，派了一个人去请律师，另外我又派了四个人，带上适用的武器，去向她的狱卒索要我家小姐。两路人都拖到很晚才回来。先回来的是那个独自去的仆人。

他说当他赶到律师格林先生家时，格林先生不在家，他只好在那儿等了两个小时，才等到他回来。可格林先生又说他在村子里还有点事情要办，不过他答应天亮以前一定赶到画眉田庄。

那四个人也没能陪着小姐回来。他们只捎话回来说，凯瑟琳病了，病得不能出房间。希思克利夫先生不让他们进去见她。

我把那几个蠢货狠狠地臭骂了一顿，他们怎么能听他那套谎话。我没把这事告诉我的主人，而是决定等天一亮就带领全班人马上山庄，除非他们乖乖地把监禁的人交给我们，要不就毫不客气地闹它个天翻地覆。

我一遍又一遍地发誓，一定要让他们父女见面，要是那魔鬼胆敢阻拦，我就要让他死在他自己的大门前！

幸好，我省去了这趟远征和这桩麻烦事。

三点钟时，我下楼去取壶水，正当我拎着水壶走过门厅时，前门突然响起一阵急促的敲门声，把我吓了一跳。

“哦，是格林！”我说，让自己镇定了下来，“一定是格林。”我继续往前走，想另外叫个人去开门，可是敲门声又响起，声音不大，但仍很急促。

我把水壶放在栏杆上，连忙亲自去给他开门。

门外，秋月洒下一片清辉。原来不是律师。我家可爱的小女主人扑上前来，搂住我的脖子，哭着问：

“艾伦！艾伦！爸爸还活着吗？”

“活着！”我叫道，“是的，我的小天使，他还活着！感谢上帝，你又平平安安跟我们在一起了！”

她上气不接下气，就想上楼去林敦先生房间，我硬要她先在一张椅子上坐下来，给她喝了些水，又给她洗干净那张苍白的脸，用我的围裙把她的脸蛋擦出些许红润。然后我说得由我先上去，告诉他她回来的消息，恳求她对他说，她跟小希思克利夫在一起，会很幸福的。她听了愣住了，但马上就明白过来，我为什么要劝她这样撒谎。她向我保证，她绝不会对父亲哭诉。

我不忍目睹他们父女见面的场面。我在卧室的门外站了有一刻钟，当时简直不敢走近床前。

然而，一切都很安宁。凯瑟琳的悲伤，就跟她父亲的喜悦一样，不露声色。只见她镇定自若地扶着他，他呢，抬起眼睛凝视着她的脸，那眼睛仿佛因为喜悦睁得大大的。

他临终时很幸福，洛克伍德先生。他是这样死的，他亲着女儿的脸蛋，轻声说：

“我要去她那儿了，我的宝贝孩子，以后你也会来我们那儿的！”说完，他就没有再动，也没有再说话，只是一直对她那么凝视着，眼里闪着喜悦的光芒，直到他的脉搏不知不觉地停止了跳动，他的灵魂离开了他的躯体。谁都没有注意到他去世的确切时间，他死得那么安详，丝毫没有艰难和痛苦。

也许是凯瑟琳的泪水已经流干，也许是过分悲伤，以致欲哭无泪，她就那么呆坐在那儿，眼中没有一滴泪水，一直坐到太阳升起，坐到中午；要不是我硬要她离开去休息一下，她还会在灵床前一直这样呆坐下去。

好在我把她劝开了，午饭时律师来了，他已经去过呼啸山庄，得到了如何行事的指示。他把自己出卖给了希思克利夫先生，这也就是我家主人请他他却迟迟不来的原因。幸好，女儿回来之后，我家主人就没有再想起那些烦人的尘世俗事了。

格林先生自行担当起责任，对田庄里的人和事发号施令起来。除了我，他辞退了所有仆人。他本来还想假借行使委托权，坚持不让埃德加·林敦安葬在他妻子的旁边，而要把他葬在教堂里，跟他的家族在一起。幸亏还有遗嘱，上面写得明明白白，不让他那么做，我也大声抗议，反对任何违背遗嘱的做法。

丧事匆匆办完了。凯瑟琳，如今的林敦·希思克利夫太太，被允许暂时留在田庄里，直到他父亲的遗体落葬。

她告诉我说，她的痛苦终于激起了林敦的天良，使得他冒险放走了她。她听到了我派去的那几个人在门口争论，也听出了希思克利夫回答中的意思，这逼得她只好铤而走险了。林敦在我走后不久，就被转移到楼上的小客厅里。他给吓坏了，趁他父亲下楼去还没再上来时，拿到了钥匙。

他使了个诡计：先打开锁，然后又把门锁上，但是不把门关严。到了该睡觉时，他要求跟哈里顿一起睡，他的这个请求破例得到了准许。

凯瑟琳在天亮前偷偷地溜了出来。她不敢去开门，生怕那些狗叫起来把人惊醒。她一间间走进那些空房间，察看里面的窗子；幸运的是，她碰巧进了她母亲的房间。她轻而易举地钻出了那间房的格子窗，借助窗边的那棵枞树，滑落到地面。她的那个同谋，尽管使了那些胆小的诡计，还是因参与这次逃跑事件吃了苦头。

第二十九章

办完丧事的那天晚上，我家小姐和我一起坐在书房里，时而沉痛地默想着我们的损失——小姐真是悲痛欲绝，时而胡乱地猜测着暗淡的未来。

我们都认为，凯瑟琳所能期望的最好命运，就是允许她继续在画眉田庄住下去，至少在林敦活着的时候是这样。也允许他来这儿和她一块儿住。而我则依旧留在这儿做管家。要是那样安排，就太好了，好到简直让人不敢奢望；可我还是抱着一线希望，而且一想到这样的前景：我可以保留我的家，我的差使，最重要的是还有我的可爱的年轻女主人，我就又开始高兴起来了。就在这时候，一个仆人——一个已被遣散但还未离去的仆人——急急忙忙地奔进来说，“那个魔鬼希思克利夫”正穿过院子走来，他要不要当他的面把门闩上。

可是，即使我们气得吩咐他把门闩上，也已经来不及了。他既不顾礼貌先敲一下门，也没有通报自己的姓名。他认为自己就是主人，摆出了主人的架势，径直就那么走了进来，一句话也没说。

向我们报告的仆人的声音，把他引到了书房里。他走了进来，做了一个手势，要那仆人出去，并关上了门。

十八年前，他作为客人被带进来的就是这间房间，透过窗户照进来的还是那同一轮明月，窗外也依然是那一片秋景。我们还没有点上蜡烛，可是房中的一切都清晰可见，就连墙上的那两幅肖像——林敦太太漂亮的头像，还有她丈夫优雅的肖像——也看得一清二楚。

希思克利夫径直走到壁炉前。时光也没有把他这个人改变了多少。还是这么个人，也许他那黝黑的脸稍稍黄了点，显得更加冷峻，他的体重增加了二三十磅，其他就没有什么不同了。

凯瑟琳一看见他，就站起来想冲出去。

"站住！"他说着一把抓住了她的胳臂，"别想再逃跑了！你要去哪儿？我是来领你回家的。我希望你做个孝顺的儿媳妇，别再怂恿我儿子不听话了。我发现在这件事情上也有他的份，我真不知道该怎么处罚他才好。他简直就是个蜘蛛网，一戳就破，不过看见他那副模样，你就知道他已经受到应得的惩罚！有天晚上，就是前天，我把他弄下楼来，让他坐在一张椅子里，以后碰都没碰他一下。我叫哈里顿出去。屋子里就留下我们俩。过了两个小时，我又叫哈里顿把他抱回楼上。打那以后，他一看见我，就像是看见鬼似的心惊肉跳，哪怕我不在他的身旁，我猜想他也会经常见到我的影子。哈里顿说他晚上常常惊醒，尖声直叫，一叫就几个小时，还唤着要你去保护他，免得挨我打。不管你喜不喜欢你那个宝贝伴侣，你都得回去，现在得由你来照顾了，我把我对他的全部关心，都转让给你了。"

"为什么不让凯瑟琳仍旧待在这儿呢？"我恳求道，"把林敦少爷也送到她这儿来好了。既然你恨他们俩，你也就不会少不了他们，他们只会给你那颗冷酷的心每天带来烦恼。"

"我要给田庄找一个房客。"他回答说，"而且我当然也要我的孩子都在我的身边。再说，这丫头吃我的饭，就得给我干活。我可不打算让她在林敦死后娇生惯养，好吃懒做。行了，快准备好，别逼得我来强迫你。"

"我会走的，"凯瑟琳说，"林敦是我在这世界上唯一所爱的人了，尽管你千方百计想要我恨他，也要他恨我，可你决不能使我们互相仇恨！只要我在他身边，我决不让你伤害他，也不怕你吓唬我！”

“你是个吹牛大王，”希思克利夫回答说，“不过我还不至于那么喜欢你，存心去伤害他让你解脱。你会有足够的苦头吃的，要多久有多久。并不是我要让你觉得他可恨——全是因为他自己那副好德行。你抛弃了他，还有那后果，他把你给恨透了；别指望他会感谢你这种高尚的献身精神。我听到他跟齐拉有声有色地说，他要是有我这样强壮，他就要怎么怎么干——心思早就有了，身体的虚弱会促使他动脑筋来寻找替代体力的东西。”

“我知道他性情不好，”凯瑟琳说，“他是你的儿子嘛。不过我很庆幸，我的性情比较好，可以原谅他的坏性子。我知道他爱我，因此我也爱他。希思克利夫先生，你可是没一个人爱你。不管你把我们折磨得多惨，一想到你的残忍源于你更大的痛苦，我们也就等于报仇了！你很悲惨，不是吗？孤零零的，像个魔鬼，也像魔鬼似的有一肚子嫉妒心，是吗？没有人爱你——你死的时候，没有人会为你哭泣！我可不愿意做你这样的人！”

凯瑟琳说着这话时，带着一种凄凉的得意。她似乎已经下定决心，要跨进她那未来的家的精神世界，从她的敌人的悲哀中来获取欢乐。

“你要是再在这儿多待一分钟，你就要懊悔都来不及了，”她的公公说道，“滚吧，妖精，快收拾你的东西去！”

凯瑟琳怀着对他轻蔑的神情离去了。

等她一走，我就求他把齐拉在山庄的位置给我，把我现在的位置换给她，可是遭到他的一口拒绝。他叫我闭上嘴，然后便第一回四下打量起屋子来。他看到了那几幅画像，他仔细地看看林敦太太的那幅说：

“我要把这幅带回家去，不是因为我需要它，而是——”

他突然转身对着炉火，脸上带着一种——我找不出更好的字眼，只好叫作微笑了，接着说：

“我要告诉你昨天我干了些什么来着！我找到了给林敦掘坟的那个教堂司事，叫他扒开她棺盖上的泥土，然后我就打开了她的棺木。

当我又看到她的脸时——还是原来那模样——我心里曾想，我要待在那儿不走了。那个教堂司事费了好大的劲才把我推开，他说要是接触到空气，尸体就会起变化的。于是我就把棺木的一侧撬松，培上土——不是靠林敦的那侧，去他的！我真恨不得把他用铅给焊住——我已买通那个教堂司事，等我下葬到那儿时，就把她棺木的那一侧挪开，把我的棺木一侧也悄悄抽出。我要事先把棺木做成这样。等到林敦来我们这儿时，他就分不清谁是谁了！”

“你太恶毒了，希思克利夫先生！”我叫了起来，“你这样去打扰死者，难道不觉得害臊吗？”

“我并没有打扰什么人，内莉，”他回答说，“我只是让自己得到一点安宁。现在我已经自在多了。等我到了那儿时，你也就有可能让我在地下躺得住了。打扰了她？不！十八年来，是她一直打扰着我，日日夜夜——毫不留情，从不间断——直到昨天晚上。只是到了昨天晚上，我才得到安宁。我梦见我依偎着那个长眠者，睡了我最后的一觉，我的心停止了跳动，我的脸冰冷地紧贴着她的脸。”

“要是她已经化为尘土，或者连尘土都不如，那你又会梦见什么呢？”我问道。

“梦见跟她一起化掉，而且还会更加幸福！”他回答说，“你以为我会害怕那种变化？在我掀开棺盖时，我原以为会看到这种变化，可是让我感到高兴的是，她的这种变化要等我去了才一起开始。而且，除非在我脑海里清晰地印入她冷若冰霜的容貌，要不那种奇异的感觉是很难消除的。事情一开始就很怪。你知道，她一死，我简直发疯了。我每时每刻都祈求她回到我身边——她的灵魂——我深信有鬼魂，相信鬼魂能够而且确实存在于我们中间！

“她安葬那天，下了一场雪。晚上我去了教堂墓地。寒风刺骨，阴冷如冬——四周一片凄凉。我不怕她那个混蛋丈夫，这么晚了还会到那种偏僻地方去游荡，也不会有别的人有事去那儿。

“只有我孤单一人，我想到那两码厚的松土是我们之间的唯一障碍，于是我就对自己说：

“‘我要把她再搂在我的怀里！要是她全身冰冷，我认为这是由

于把我也刮得冰冷的北风，要是她纹丝不动，那是因为她睡着了。’

“我去工具房拿来了一把铁铲，用尽全力挖了起来——铁铲挖到了棺木，我就改用双手来挖。钉子四周的木头开始发出咯咯声，我眼看马上就要达到目的了，突然听到上面好像有人发出一声叹息，就在墓地边上，而且俯下了身子。‘要是我能撬开这盖子，’我咕哝说，‘我盼望他们能铲土把我们俩一起埋住！’说着我更加拼命地撬着。接着又响起一声叹息，而且近在耳边。我几乎感到那叹息的暖气替代了夹着雨雪的寒风。我知道我近旁并没有有血有肉的生灵，可是就像你感到黑暗中确实有人走过来，但又分辨不出一样，我分明感到凯茜就在近旁，不是在我下面，而是在地面上。

“一阵突如其来的轻松感从我的心中涌出，流遍全身四肢。我放弃了我那痛苦的劳作，一下子得到了安慰——说不出的安慰。她和我在一起，守着我填平墓穴，把我领回家中。你要笑我，尽管笑吧，可我敢肯定，我确实在那儿见到了她，我确信她跟我在一起，当然我还跟她说了话。

“一到山庄，我就急不可待地奔到门口。门给闩上了，我记得，那个该死的恩肖和我妻子曾不让我进去。我还记得，我进去后停下来把他踢得直喘气，然后急急忙忙地冲上楼，奔进自己的房间，又奔到她的房间。我迫不及待地朝四周张望——我感到她就在我身边，几乎就要看见她了，可是我还是没能见到她！当时，我急得都快冒出血来了，由于我那苦苦的渴望——由于那想见她一面的狂热祈求！可我一眼也没能见到。正像她生前那样，老是捉弄我！打那以后，我一直时多时少地被这种难以忍受的折磨捉弄着！该死——我的神经总是绷得这样紧紧的，要不然我的神经像羊肠线，早就松弛成林敦那样疲软无力了。

“当我跟哈里顿坐在屋子里时，总好像一出门就能遇到她；等我走在荒原上时，又好像一回去就能跟她见面。我总是刚从家里出来，又急急忙忙赶回家去。我敢肯定，她一定在山庄里的什么地方！我睡在她的卧室里——又非出来不可——我在那儿躺不住。因为只要我一闭上眼睛，她就要么站在窗子外面，要么正在推开窗子护板，要么走进房来，要么甚至把她那可爱的头靠在她儿时睡过的枕头上。而我则非睁开眼来看个明白不可。因此，一个晚上我总要这样睁眼闭眼上百次——结果总是失望！这折磨得我好苦啊！我常常大声呻吟，使得约瑟夫那个老混蛋毫无疑问地认为，这是我的良心在我身体里捣乱哩。

"现在，既然我已见到了她，我的心也就平静下来了——平静了一点。那可是一种奇特的杀人方法啊，不是一寸一寸地，而是头发丝般一丝一丝地宰割着我。十八年来，这幽灵般的希望就这样一直诱惑着我！"

说到这里，希思克利夫停了下来，擦了擦额头。他的头发汗津津的，粘贴在前额上。他的两眼盯着壁炉红红的余烬，眉毛没有皱起，而是扬向两边的太阳穴，这减少了他脸上的几分阴沉，但又现出一种心神非常不定的样子，以及因某件让他专注的事使他心情紧张的痛苦神情。他只是一半在对我说话，而我则一直没有开口——我不喜欢听他说话！

过了一会儿，他又对着那幅肖像沉思冥想起来。为了看起来更方便，他把它取了下来，靠在沙发上。就在他这么全神贯注地凝视着时，凯茜进来了，说是她已经做好准备，只等她的小马备鞍了。

"明天把它送过来。"希思克利夫对我说道。接着他又转身对凯茜说："你不用马也行。今晚天气很好，而且你在呼啸山庄再也用不着什么小马了。无论去哪儿，你的这双腿会伺候你的——跟我走吧！"

"再见，艾伦！"我亲爱的小女主人低声说。当她亲我时，她的嘴唇冰冷。"来看我，艾伦，别忘了。"

"当心，别干这种事，丁恩太太！"她的新父亲说，"我有话要跟你说时，我会来这儿的。我才不要你来我家多管闲事哩！"

他对她打了个手势，要她先走。她回头望了我一眼，望得我心如刀绞，然后就顺从地走了。

我从窗子里看着他们穿过花园。希思克利夫拉住凯瑟琳的胳臂，把它夹到自己的胳臂底下，尽管开头她显然不肯让他这样做。他跨着大步，急匆匆地把她带上小路，消失在那边的树林背后。

第三十章

凯瑟琳走了之后，我曾去过一趟山庄，但是没能见到她。我提出要找她，约瑟夫却用手把着门，不让我进去。他说林敦太太“很忙”，主人也不在家。还是齐拉跟我讲了一些他们过日子的情况，要不我连他们谁死了谁活着都不知道呢。

她认为凯瑟琳很傲慢，从她的话里我能猜出，她不喜欢凯瑟琳。我家小姐刚去那儿时，曾要求她帮助，可是希思克利夫先生吩咐过她，要她管好自己的事，让他的儿媳妇去自己照顾自己。齐拉也就很乐意地听从了，她本来就是个心胸狭窄、自私自利的人。凯瑟琳受到这种冷遇，耍起了孩子气，就以蔑视相回报，把这位向我提供情况的女人，也列入她的敌人之列，始终认为她好像对她做了什么天大的错事似的。

大约在六个星期以前，也就是你来前不久，有一天我们在荒原上相遇，我跟她做了一次长谈。下面就是她告诉我的一些情况。

“林敦太太到达山庄后，”她说，“做的第一件事就是往楼上跑，对我和约瑟夫连声晚安也没说。她把自己关进了林敦的房里，一直待到第二天早上。后来，在主人和恩肖吃早饭时，她进正屋来了，浑身打着哆嗦，问道：‘我的表弟病得厉害，能不能去请个医生来？’

“‘我们知道！’希思克利夫回答，‘他那条命一文不值，我可不

想为他花钱。’

“‘可我不知道该怎么办，’她说，‘要是没人来帮我，他会死掉的！’

“‘走，出去！’主人大声吼道，‘别让我再听到有关他的一个字！这儿谁也不会关心他会怎么样，要是你关心他，你就去看护，要是你也不关心，就把他锁在房里，随他去。’

“于是她就来缠住我。我说我已经让那个烦人的东西折腾够了。我们每个人都有自己的事。她的事就是侍候林敦，是希思克利夫先生吩咐我把这活儿交给她的。

“他们两个怎么相处的，我可说不上来。我猜想他一定老是发脾气，而且日夜哼个不停，弄得她难得歇息一会儿，这从她那苍白的脸色，沉重的眼皮，就可以看出来——有时候她失魂落魄地跑到厨房里来，看样子像是想求人帮助。可是我不想违背主人的吩咐，我从来就不敢违背他，丁恩太太，虽然我也认为不去请肯尼斯医生来是不对的，不过这不关我的事，用不着我去提意见或者抱怨人。我向来是不愿多管闲事的。

“有一两次，一家人都上床睡了，我偶尔打开房门，只见她正坐在楼梯顶上哭。我赶紧关上房门，生怕自己心肠一软去管她的事。我起誓，当时我真的很可怜她。可你知道，我还是不想丢掉自己的饭碗啊！

“最后，在一天晚上，她终于壮着胆子闯进了我的房间，她说的话把我给吓蒙了。她说：

“‘快去告诉希思克利夫先生，他的儿子快要死了——我发誓，这一回他真的要死了。起来，快，去告诉他！’

“说完这几句话，她又不见了。我继续躺着有一刻钟，一边发抖，一边倾听。没有一点儿动静——整个宅子里悄无声息。

“‘她搞错了，’我对自己说，‘他这一回又熬过去了。我用不着去打扰他们了。’于是我又开始瞌睡起来。可是，一阵刺耳的铃声再次把我的睡意惊走了——这是我们家唯一的一只铃，是专为林敦安装的。主人叫我去看看是怎么回事，并要我通知他们，他不想再听到这吵人的声音了。

“我转告了凯瑟琳的话。他自言自语地咒骂着，过了一会儿，他拿着一支点亮的蜡烛走了出来，径直前往他们的房间。我在后面跟着。

“希思克利夫太太坐在床边，双手互握放在膝头。她公公走上前去，用烛光照着林敦的脸，朝他看了看，又摸了摸，然后转身对着她。

“‘哎——凯瑟琳，’他说，‘你觉得怎么样?’

“她默不作声。

“‘你觉得怎么样，凯瑟琳?’他又问。

“‘他安宁了，我也自由了，’她回答说，‘我本该觉得好过——可是，’她接着说，带着一种掩饰不住的悲苦，‘你们丢下我，让我一个人跟死亡搏斗了这么久，我感到的和看到的只有死亡！我觉得自己也像死了一样!’

“她看上去真的也像死了一样！我给她喝了一点酒。哈里顿和约瑟夫被铃声和脚步声吵醒了，站在门外听到了我们的谈话，这时也走了进来。我相信，约瑟夫是高兴这孩子死掉的。哈里顿似乎有点不自在，不过他更多的还是在看着凯瑟琳，而不是在想着林敦。可是主人叫他再回去睡觉，我们用不着他帮忙。接着，他吩咐约瑟夫把尸体搬往他自己的房间，又叫我回房睡觉，留下了希思克利夫太太独自一人。

“到了早上，希思克利夫先生要我去告诉她，她得下楼来吃早饭。可她已经脱了衣服，像是正准备睡觉。她说她身体不舒服，对这我没有感到奇怪。我告诉了希思克利夫先生，他说：

“‘好吧，随她去，等落葬后再说。你经常上去看看，她需要什么，给她拿去。一有好转，就告诉我。’”

据齐拉说，凯茜在楼上整整待了两个星期。她每天去看她两次，本想对她友好一些，可是齐拉的这番好意，却被她傲慢而干脆地拒绝了。

希思克利夫也上去过一次，是给她看林敦的遗嘱。林敦把自己的一切连同她的动产，全都遗赠给了他的父亲。这可怜的东西在他舅舅去世，凯瑟琳离开那个星期里，在威逼或诱骗下，写下了那份遗嘱。至于田产，由于他尚未成年，本来就无权过问。不过希思克利夫先生根据他妻子的权利，还有他自己的权利，早已把它们弄到手了——我想他是有法律根据的，凯瑟琳既无钱又无势，他要占走，她是怎么也奈何不了他的。

“除了这一次，以及我之外，”齐拉说，“谁也没有走近过她的房门；也不曾有人问过她的情况。她第一次下楼来到正屋，是在一个星期天的下午。

“那天，我把中饭送上楼去给她，她哭着说，房里那么冷，她再也受不了啦。于是我告诉她，主人就要去画眉田庄了，她要下楼来，哈里顿和我是不会妨碍她的。因此，一听到希思克利夫的马奔驰而去，她就立刻出现了。只见她穿着一身黑衣服，黄色的鬈发梳到耳后，朴素得像个教友派教徒，可她没能把头发梳顺。

“每逢星期天，约瑟夫和我总是去教堂。”（你知道，现在那座教堂里已经没有牧师了，丁恩太太解释说，他们把吉默屯的美以美会或浸礼会的会址叫作教堂。）“约瑟夫已经走了，”她继续说，“不过我想我还是留在家里比较合适。年轻人通常总是有个上年纪的人看着好些。哈里顿尽管生性腼腆，可也不是品行端正的榜样。我让他知道，他表妹很可能要来跟我们一起坐，而她一向遵守安息日的礼仪，所以当她待在这儿时，他最好还是别顾自摆弄他的枪或者干家里的那些零星活儿。

“他听我这么一说，脸就红了，看看自己的双手和衣服。只一会儿，鲸油和弹药都收拾掉了。我看得出来，他有意要陪陪她；从他那样子，我猜他是想让自己体面一些。我不由得笑了起来，主人在旁时，我是不敢笑的。我说，要是他需要，我倒愿意给他帮点忙，我还取笑了他那副慌乱的样子。他变得不高兴，开始骂起人来。”

“哦，丁恩太太，”她看出我对她的做法不满意，就接着说，“你也许以为你家小姐太高贵了，哈里顿先生配不上她。也许你是对的，可我承认，我很想压一压她的傲气。眼前这种情况，她的那些学问，她的高雅，对她又有什么用呢？她跟你我一样穷——比你我还穷，我敢肯定，你正在攒钱，我也在这条路上一步步走着。”

哈里顿同意齐拉来帮帮他，她把他奉承得脾气也变温和了。所以到了凯瑟琳进来时，据那位女管家说，他多半已经忘掉了从前她对他的侮辱，尽量做出一副讨她欢喜的样子。

“太太进来了，”她说，“冷得像根冰柱，高傲得像位公主。我连忙站起身来，把我坐的扶手椅让给她。不，她根本不把我的殷勤放在眼里，哈里顿也站起来，请她来坐高背长椅，坐到火炉边。他说她一定冻坏了。

“‘我挨冻已经挨了一个多月了。’她答道，尽量轻蔑地拖长那个‘冻’字。

“她自己搬来了一把椅子，摆在离我们两人都有一段距离的地方。

“她一直坐在那儿，直到身子暖和过来了，才开始朝四周打量起来，发现柜子上有几本书。她马上站起来，伸手想去拿，可是书放得太高了，她够不着。她的表哥看到后，犹豫了一会儿，最后终于鼓起勇气前去帮她。她兜起衣服，他拿到第一本书就往她兜里放。

“这对那个小伙子来说，是个很大的进步。她没有谢他，可他还是感到非常高兴，因为她接受了他的帮助。因此在她翻看那些书时，他竟大着胆子站在她的背后，甚至还弯下身子，指指点点书中有几幅曾引得他着迷的古老插图。尽管她把书页猛地一翻而过，挡开他的手指，他也没有因为她的这种无礼态度而气馁。他还是心满意足地后退一两步，干脆就不去看书，只看着她了。

“她继续顾自看书，或者翻找想看的东西。他的注意力则渐渐地集中到她那头又密又亮的鬈发上了。他看不见她的脸，她也看不见他。也许他自己也没意识到在干些什么，而只是像个小孩被点燃的蜡烛吸引住那样，看着看着最后竟伸手去摸了。他伸手轻轻地抚摸着一绺鬈发，仿佛那是一只小鸟似的。凯茜猛地转过头来，快得就像是有人在她脖子上戳了一刀。

“‘滚开，马上给我滚开！你竟敢碰我？你干吗还站在这儿？’她

用厌恶的声调大声说道，‘我受不了你！要是你再走近我，我就回楼上去了。’

“哈里顿先生一直往后缩，那模样要多蠢就有多蠢，他不作一声地坐回到高背长椅上，她则继续翻看着她的那些书，这样又过了半个来小时。后来，哈里顿走到我身边，悄悄地跟我说：

“‘你请她念书给我们听好吗，齐拉？现在我闲着没事干。我很喜欢——很喜欢听她念念书！别说是我要求，就说是你要求她念的。’

“‘哈里顿先生想请你念书给我们听，太太，’我马上就说，‘他会很高兴——也会很感激的。’

“她皱了皱眉头，抬起头，回答说：

“‘哈里顿先生，还有你们大伙，都请放明白点，我绝不会接受你们装出来的这种假情假意！我瞧不起你们，跟你们当中的任何一个人都无话可说！在我舍出性命想听到一句友善的话，甚至只想看看你们当中一个人的脸时，你们都躲开了。不过我不会对你们诉苦！我是因为冷才下楼来这儿的，并不是为了让你们开心，或者是给你们做伴来的。’

“‘我做错什么啦？’哈里顿开口说，‘怎么责怪我呀？’

“‘哦！你倒是个例外，’希思克利夫太太说，‘我从来都没在意你关不关心我。’

“‘可我不止一次提出过，而且还请求过，’他说，被她的无礼弄得有点冒火了，‘我请求希思克利夫先生让我代你守夜——’

“‘住嘴！我宁可到屋外去，到随便什么地方去，也比在这儿听你这讨厌的声音强！’我家太太说。

“哈里顿咕哝说，他觉得，她该下地狱！他从墙上取下挂着的枪，不再约束自己，重又顾自干起星期天的活儿来了。

“他现在说话也相当随便了。她立即看出，她还是回自己的房间独自待着的好，可是已经下霜了，不管她有多傲慢，她还是不得不将就着和我们待在一起，而且越来越不想走了。尽管这样，我还是倍加小心，以免我的一片好意再受到她的奚落。打那以后，我也就一直像她那样板着脸。我们当中没有一个人爱她，也没有一个人喜欢她，而且她也不配；因为不管谁对她说句话，她都掉头不理，不把任何人放在眼里！她连主人也要顶撞，等于是惹得他来打她；而且吃的苦头越多，她就越痛恨。”

听了齐拉的这番话，起初我决定辞掉我的工作，设法弄一间小屋，把凯瑟琳接来跟我一块儿住。可是，希思克利夫先生要是会允许这么做的话，他早就会让哈里顿自立门户了。眼下我还想不出有什么解救的办法，除非她重新嫁人，而筹划这样的大事，我是无能为力的。

丁恩太太的故事到这里就讲完了。尽管有医生的预言，可我还是很快就恢复了体力。现在虽说还只是一月的第二个星期，我却打算一两天内就骑马出门，去一趟呼啸山庄，去通知我的房东，接下来我将去伦敦住上半年；要是他乐意的话，十月份以后他可以另找一位房客来租住——我可是怎么也不想再在这儿过冬了。

第三十一章

昨天风和日丽，有霜冻。我按原定计划去了一趟呼啸山庄。我的女管家求我代她捎封短信给她的小姐，我没有拒绝，因为这位令人尊敬的女士并不觉得她这个请求有什么不妥。

前门开着，可是那个栅栏门却像我上次来时那样紧闩着，唯恐有外人闯入。我敲了敲门，把恩肖从花园的花床中间叫了出来。他解开门链，我走了进去。作为一个乡下人来说，这小子称得上是个英俊的小伙子了。这次我特意仔细看了看他，可是他显然最好是不让人注意到他的优点。

我问他希思克利夫先生是不是在家，他回答说不在，不过到吃中饭时他会回来。这时已十一点，我宣称我要进去等他。他听了这话，连忙放下自己手中的工具，陪我一起进去。他这并不是代表主人，而是在履行看家狗的职责而已。

我们两人一起走了进去。凯瑟琳正在那儿，在帮忙做家务，准备中饭吃的一些蔬菜。她看上去比我第一次看到时更加阴郁，更加没精打采了。她几乎没有抬头看我一眼，顾自继续干着自己的活儿，仍像以前一样，连日常的礼节也不予尊重；我向她点头致意，问候早安，她竟没有一点答谢的表示。

“她似乎并不那么讨人喜欢，”我心里想，“不像丁恩太太要我相信的那样。她是个美人，这没错，但并不是个天使。”

恩肖恶声恶气地要她把手头的东西拿到厨房里去。

“你自己拿吧，”她说，一理完蔬菜，她就把它们一推，顾自到窗前的一张凳子上坐了下来，在那儿用怀中的一些萝卜皮，雕刻起鸟兽的形状来。

我走到她跟前，装出想欣赏一下花园的景色，自认为很灵巧地把丁恩太太的短信丢在她的膝盖上，丝毫没有引起哈里顿的注意——可是她竟大声问道：

“这是什么？”并且一挥手就把它给扔掉了。

“你的老朋友，田庄女管家给你的信。”我回答说，心中颇为不快，我好意给她带信，她却声张开来，我生怕被误会成我给她的私信。

听我这么一说，她正满心欢喜地想去把它拾回来，哈里顿却抢在她前面，一把抓在手中，塞进自己的背心口袋，说是得先让希思克利夫先生看看。

于是，凯瑟琳默默地转过脸去，悄悄摸出手帕，擦起眼泪来。她的表哥经过一番思想斗争，心肠终于软了下来，掏出信，粗暴地把它扔到她脚边的地上。

凯瑟琳捡起信，急忙看了起来。接着又问了我一些她老家的人的情况，时而问得条理清楚，时而问得莫名其妙。接着她遥望着远方的群山，喃喃自语起来：

“我多么想骑上明妮去那儿啊！多么想爬上那些小山！——哦！我腻烦透了——我给关在笼子里了，哈里顿！”

她将自己那漂亮的头仰靠在窗台上，半似打哈欠、半似叹息地长叹一声，接着便陷入一种茫然的悲哀之中，既不觉得，也不在乎我们是否在看着她。

“希思克利夫太太，”我默默地坐了一会儿后说，“你还不知道我是你的一个熟人吧？我对你已经很熟悉了，你不跟我来谈谈，我觉得很奇怪。我的女管家说起你来，称赞起你来，真是从来不知疲倦，要是我没能带一点你的情况或者信息回去，只说你收了她的信，什么也没说，那她会多么失望啊！”

她听了这话显得很惊讶，问道：

“艾伦喜欢你吗？”

“是的，很喜欢。”我毫不犹豫地回答。

“你一定要告诉她，”她接着说，“我本想给她回信的，可我没有写信的东西，连可以撕一页纸的书都没有。”

“没有书！”我叫了起来，“要是我可以冒昧问一句的话，没有书你在这儿的日子还怎么过？我住在田庄里，尽管那儿有一间大书房，我还时常感到闷得慌哩。要是把我的书拿走，那我就别想活了。”

“我有书的时候总是看书，”凯瑟琳说，“可是希思克利夫先生从来不看书，所以他起了念头把我的书都给毁掉了。好几个星期来，我连一本书的影子也没见到。只有一次，我在约瑟夫收藏的宗教书中翻寻了一通，结果惹得他大发雷霆。还有一次是，哈里顿，我发现你房间里有一批秘密收藏……有些是拉丁文和希腊文，还有一些是故事和诗歌，全是老朋友——那些诗集还是我带来的呢——你把它们一本本收集去，就像喜鹊收集银匙似的，只是喜欢偷东西罢了①！它们对你毫无用处，要不就是你起了坏念头，有意把它们藏起来，你自己享受不了这些书，也不让别人享受。也许正是你的妒忌心在作怪，给希思克利夫先生出主意，抢走我的珍藏的吧？可是大多数书都印在我的脑子里，刻在我的心上了，这些你们是抢不走的！”

哈里顿听到他表妹揭露他私下收集文学书，满脸涨得通红，恼怒地结结巴巴矢口否认她的指控。

“这是哈里顿先生一心想增加自己的知识呀，”我出来解围说，“他不是妒忌你的才学，而是想学习你，赶上你——用不了几年，他会成为一个有才华的学者的。”

“同时还要我堕落成一个傻瓜！”凯瑟琳回答说，“是啊，我听到他试着自己在学拼音和朗读，可是弄得错误百出！我倒希望你像昨

---

① 据欧洲民间传说，喜鹊喜欢偷银匙。

天那样，再念一遍追猎谣——真是太可笑了！我听到你……我还听到你在翻字典查生字，一边查一边骂，因为你看不懂那些解释！”

那小伙子显然觉得自己太坍台了，先是因为无知受人嘲笑，继而又因为想摆脱无知而遭人戏弄。我也有同感，而且想起丁恩太太曾经说过，他最初曾试图从他从小造成的愚昧中摆脱出来，于是说：

“不过，希思克利夫太太，我们每个人都得有个开头呀。一开头，每个人都是在门槛上磕磕绊绊过，要是我们的老师只是嘲笑，而不帮助我们，我们还会一直磕磕绊绊下去哩。”

“哦！”她回答说，“我才不想阻碍他上进哩……可是，他也无权霸占我的东西呀，而且还用他那些讨厌的错误和不正确的读音来引我发笑！那些书，不论是散文还是诗歌，由于其他的关系，对我来说都是十分神圣的，我痛恨它们受到他那张嘴的亵渎和败坏！而且他还偏偏从中专挑我最喜欢读的那几篇，仿佛存心要跟我作对似的！”

哈里顿的胸脯默默地起伏了一会儿，他在深深受辱和极度愤怒的感情下苦苦挣扎着，能这样抑制住是一件很不容易的事情。

我站起身来，出于一种为他摆脱尴尬处境的善良愿望，走到门口，站在那儿眺望起外面的景色来。

哈里顿也学我的样，离开了屋子。但是他很快就又出现了，手中捧着五六本书，他把这些书全都扔到凯瑟琳的怀里，大声说：

“拿去吧！从今以后，我再也不要听、不要念、不要想这些书了。”

“我现在也不要这些书了，”她回答，“我一看到这些书，就会联想到你，我讨厌它们了。”

她打开一本显然经常翻阅的书，用初学者那种拖长的声调，念了其中的一段，然后哈哈大笑，把书扔开了。

“再听！”她挑衅似的接着说，又用同样的腔调开始念起一节古代谣曲来。

可是，对方的自尊心再也不能忍受更多的折磨了。我只听见啪的一声，用动手的方法制止住了她那傲慢的舌头——这方法我并非完全不赞成——这小家伙竭尽所能，想伤害她表哥那虽然未经陶冶，却很敏感的感情。动手一巴掌，是他向加害者进行清算和报复的唯一手段。

接着，哈里顿收拾起那些书，把它们全都扔进了火炉。我从他的脸上看出，向怒火献上这一祭品，他的内心有着多大的痛苦。我猜想，当这些书在烈火中焚化时，他一定想起了它们给过他的欢乐，想起了从这些书中预感到的胜利和不断提高的喜悦。我觉得我也猜到了促使他悄悄苦读的动力是什么。他一直以来都满足于吃猪狗食、干牛马活的日子，直到在他的生活道路上遇见了凯瑟琳，使他发生变化。耻于遭她嘲笑，盼望受她赞赏，这就是他追求上进的最初动机。可是他那追求上进的努力，既没能使他免遭嘲笑，也没能使他获得赞赏，而是产生了正好相反的结果。

"是的，像你这样的畜生，能从书本中得到的只有这种好处!"凯瑟琳大声嚷道，吮着她那受伤的嘴唇，怒目注视着这场战火。

"这会儿你最好还是闭上嘴!"他恶狠狠地回答说。

这时，他激动得再也说不下去了，一头冲向门口，我赶紧闪开让他过去。可是，他还没迈过门前的石阶，正碰上希思克利夫先生从石铺路上过来，他一把抓住他的肩膀，问道：

"这会儿干什么去，我的孩子?"

"没什么，没什么!"说着他挣脱身子，独自去品味自己的悲伤和愤怒了。

希思克利夫望着他的背影，叹了口气。

"要是我自己把自己弄垮，那可是怪事了，"他嘟哝着，不知道我就站在他的背后，"可是，当我想在他脸上找到他父亲时，每次找到的多半是她！见鬼！他怎么会这样像她?我一看到他简直就受不了。"

他两眼看着地面，垂头丧气地走进屋子。他的脸上流露出一种焦虑不安的神情，这是我以前从未见到过的。而且他看上去也消瘦了一些。

他的儿媳妇从窗子里一看到他，立刻就逃到厨房里去了，所以屋子里只留下我一个人。

“我很高兴看到你又可以出门了，洛克伍德先生，”他回答我的问候说，“部分是出于自私的动机吧，我觉得我很难补偿你在这荒野之地所蒙受的损失。我曾不止一次地感到纳闷，是什么使得你来这儿的呢？”

“我想，也许是个无聊的怪念头吧，先生，”我回答说，“要不，就是有个无聊的怪念头老想把我带走。下星期我就要去伦敦了，我得预先通知你，在我租赁画眉田庄十二个月期满之后，我就不再续租了。我想我不会再在那儿住下去了。”

“哦，真的？你已经厌倦这种流放尘世之外的生活了吧，是吗？”他说，“不过，如果你来是为了不再住那儿就要求停付租金，那你这一趟算是白跑了。我在索要我应得的东西方面，是从来不讲情面的，不管对方是什么人。”

“我来这儿绝不是为了要求停付房租！”我叫了起来，心中大为不快，“要是你希望这样，我现在就可以跟你结清。”说着我从口袋中掏出记事本。

“不，不，”他冷冷地回答说，“要是你不能回来，你会留下足够的钱来付房租的。我并不急着等钱用——坐下，跟我们一起吃午饭吧。一位不能再次来访的客人，通常总是受欢迎的。凯瑟琳！把饭菜端上来。你在哪儿？”

凯瑟琳又出现了，端来一盘刀叉。

“你可以跟约瑟夫一起吃饭，”希思克利夫对她悄声嘀咕说，“去厨房里待着，等他走了再出来。”

她立即完全听从了他的指示，也许她本来就没有违抗的打算，整天生活在这些乡巴佬和厌世者中间，哪怕她遇上了出身较好的人，恐怕也欣赏不了啦。

坐在我这边的是希思克利夫先生，表情阴郁而冷漠，另一边坐的是哈里顿，始终一声不吭，我吃了一顿可说是索然无味的午饭，因而就早早地告辞了。我本想从后门走，为了能最后看凯瑟琳一眼，还可以气气那个老头约瑟夫。可是哈里顿奉命牵来了我的马，而且我的房东还亲自送我到门口，因此我的希望落了空。

“这家人的日子过得多么枯燥无味啊！”我骑着马上路时，心里这么想，“要是林敦·希思克利夫太太真像她那位好心的保姆所期望的那样，跟我相爱上了，而且双双搬到城里那热闹的环境中去住，那对她来说，将是实现了一件比神话还要浪漫的事情哩！”

第三十二章

一八〇二年。——这年九月，一位北方的朋友邀我去他们那儿的原野旅行。在我去他住地的旅途中，不期来到了离吉默屯不到十五英里的地方。在一家路边客店里，一个店伙计正提着一桶水来给我喂马，这时，一辆满装刚收割的碧绿燕麦的马车，从旁边驶过，那店伙计说：

“你是从吉默屯来的吧。嘿！他们那儿总是比别处迟三个星期才开始收割。”

“吉默屯？”我重复了一声，我对自己在那儿的居留，记忆中已经变得模糊，如同梦幻了，“哦，那地方我知道！离这儿有多远？”

“翻过这些小山，大约还有十四英里吧，路可不好走啊。”他回答说。

我突然产生了要去画眉田庄的想法。这时还不到中午，我想，我可以到我自己租的房子里去过夜，反正这跟住客店也差不多。而且，我还可以很方便地腾出一天时间，跟我那位房东把事情了结掉，省得以后麻烦，又要去打扰这位邻居。

休息了一会儿后，我吩咐仆人去问清了到那个村子的走法。这段路我们走了差不多三个小时，把我们的牲口都累坏了。

我让仆人留在吉默屯，独自一人沿山谷走去。灰色的教堂看上去更加灰暗了，那凄凉的教堂墓地也显得更加凄凉。我看清有只泽地羊正在坟头上啃吃短短的草皮。天气美好、暖和——对于旅行来说，这样的天气似乎太暖和了，不过并没有热得妨碍我欣赏这上上下下的一片美景。要是我在临近八月时看到这片景色，我准会受不住诱惑，在这寂静的环境中消磨上一个月的。那些群山紧锁的溪谷，那些石楠丛生的峭壁和山丘，冬天时，没有什么比它们更荒凉的了，可是在夏天，却比什么都美妙神奇。

我在日落前到达了画眉田庄，敲门要求进去。可是我从厨房烟囱里袅袅升起的一缕青烟判断，这家人都到后院去了，所以没能听到我的敲门声。

我骑马进了院子。门廊下面坐着一个十来岁的女孩，正在编织。一个老妇人靠在台阶上，悠闲地抽着烟斗。

“丁恩太太在里面吗？”我问那老妇。

“丁恩太太？不在！”她回答说，“她不住在这儿，她住到山庄去啦。”

“这么说，你是管家了？”我又问。

“对，我管这个家。”她答道。

“好吧，我是洛克伍德先生，这宅子的主人。不知道这儿有没有房间可以给我住。我想今晚在这儿过一夜。”

“主人！”她惊叫起来，“哟，谁想到你会来呀？你该先捎句话来啊！这儿没一块地方是干净的，什么也没有啊！”

她扔下烟斗就往屋里奔，那小姑娘跟着她，我也进了屋。我立刻就看出她说的是事实，而且，我这个不受欢迎的不速之客的到来，都把她给急得昏了头了。

我叫她不用慌张——我打算先出去走一走。在这段时间里，她得在起居室里收拾出一个角落来，好让我吃晚饭，另外再整理出一间卧室，供我睡觉。用不着扫地掸灰，只要生一炉旺火，铺上干净的床单就行了。

她看来很乐意尽力去办，尽管她还是错把炉帚当成火钳捅进了炉栅，还用错了其他几样工具。我顾自走了出来，相信她一定能为我收拾好一个休息的地方，等我回来。

呼啸山庄是我外出的目的地。我刚走出院子，可想了想，又折了回来。

“山庄里的人都还好吗？”我向那妇人问道。

“是的，我知道都还好！”她回答说，端着一盆热煤渣急急忙忙地走了。

我本想问她丁恩太太为什么离开画眉田庄，可是在她正这样忙着的时候，怎么能跟她去打岔呢，所以我也就转身走了。我一路悠闲地信步走去，我的身后是一片落日的余晖，我的前面是一轮初升明月的光华——一个慢慢阴暗，一个渐渐明亮——这时我走出林苑，拐上了通向希思克利夫先生宅邸的石子路。

我还没能望见山庄，白天留下的就只有两边天空的一抹琥珀色光彩了，但是借着皎洁的月光，我依然可以看清路上的每一颗卵石和每一片草叶。

我没有翻越院门，也不用敲门——门一推就开了。这真是一大改进！我心里想。借助鼻子的帮助，我还注意到了另一件事：从那片普通的果树林中，飘来了一阵紫罗兰和桂竹香的芬芳。

门和窗都敞开着，不过正像煤区人家常见的那样，壁炉的炉火烧得通红，一眼看去就给人一种舒适感，那过多的热量也就变得可以忍受了。而且，呼啸山庄的正屋很大，屋里的人有足够的空间来躲避这种热量的影响，因此他们一个个都在离窗口不远的地方占了位置。还没进屋门，我就看到了他们，听到了他们的谈话，于是我就这样看着，听着，这完全是受好奇心和妒忌心的驱使，而且当我待在那儿时，这种混合的感情变得越来越强烈。

“相——反！”一个如银铃般悦耳的声音说，“这已经是第三遍了，你这个蠢货！我可不想再教你了——记住，要不我要扯你头发了！”

“好吧，相反，”另一个声音回答说，低沉而柔和，“现在，该亲我一下了，瞧我学得多好。”

“不行，先得把这正确地念一遍，一个错误也不许有。”

那个说话的男人开始念起来。他是个年轻人，穿着体面，坐在一张桌子旁边，面前放着一本书。他那俊美的脸庞高兴得容光焕发，他的目光老是不安分地从书页溜到搁在他肩头那只白皙的小手上，可是小手的主人一发现他不专心，就在他脸上轻拍一下来提醒他。

小手的主人就站在他身后，当她俯身指点他学习时，她那轻柔闪亮的鬈发，有时就跟他那棕色的头发缠在一起了。而她那张脸——幸好他看不见她的脸，要不，他就绝不可能这样安心学习了——我能看到。我不由自主地咬住了嘴唇，后悔自己丢掉了本该拥有的机会，现在只落得站在一旁，对这个迷人的美人干瞪眼了。

课业完成了，并不是没有出错，可是学生还是要求奖励，结果至少获得了五个吻，当然，他也慷慨地用吻做了回报。后来，他们来到了门口。我从他们的谈话中听出，他们打算出去，到原野上去散步：我心里想，要是这会儿我这个不幸的人出现在哈里顿·恩肖的面前，他哪怕嘴里不说，心里也会诅咒我下到地狱最底下一层的！我觉得自己的想法很不好，也没有好处，于是便想绕道溜进厨房避一避。

那里也是门户大开，进出无阻。我的老朋友内莉·丁恩正坐在门口做针线，嘴里还唱着歌。歌声不时被里面传出的讥笑嘲讽的粗话所打断，这话声和歌声实在太不合拍了。

“我宁可一天到晚听人咒骂，也不愿听你扯这哑嗓门！”我没听清内莉说了什么，厨房里的人回答她说，“真是太不像话了，弄得我圣书都没法打开啦，你竟把那些荣耀都归给撒旦和世上的一切罪恶！唉，你真是个没救的人！她也是一个。那可怜的孩子落到你俩手里，算是完了。可怜的孩子啊！”他叹了一口气，又接着说，“我敢说，他准是中邪啦！哦，主啊，审判她们吧！我们人世的统治者是不讲公道，没有王法的啊！”

“不会的！要不，我想我们这会儿就该坐在烧着的柴堆上了。”唱歌的人反唇相讥，“你还是得了吧，老头，像个基督徒的样子，读你的《圣经》去吧，别来管我们了。这是《安妮仙子的婚礼》——曲调好听极了——适合于跳舞的。”

丁恩太太正想再唱起来，这时我来到了她跟前。她一眼就认出了我，跳起身来喊道：

“哦，老天保佑你，洛克伍德先生！你怎么会想到回这儿来的？画眉田庄的东西全都收起来了，你应该给我们通知一声的啊！”

“那边我已经安排好了，只是暂时住一下，”我回答说，“明天我又要走了。你怎么搬到这儿来住了，丁恩太太？告诉我。”

“你去伦敦不久，齐拉就走了，希思克利夫先生希望我先来这儿住，等到你回来。哎，请进来呀！你今晚是从吉默屯来吗？”

“从田庄来，”我回答，“趁他们在那边给我收拾房间，我来跟你家主人把事情了结一下，因为我想我以后不会再有机会抽时间来了。”

“什么事情呀，先生？”内莉说，把我引进正屋，“这会儿他出去了，一时恐怕不会回来呢。”

“关于房租的事。”我回答说。

“哦！那你得跟希思克利夫太太谈，”她说，“要不就跟我谈吧。她还没学会怎样处理她的事务呢。我先代她办着，没有别的人了。”

我露出一副吃惊的样子。

“哦！我看你还没有听说希思克利夫的死讯吧！”她接着说。

“希思克利夫死了？”我大为吃惊，叫了起来，“多久了？”

“三个月了。还是先坐下吧，把帽子给我，我会告诉你一切的。等一等，你还没吃过东西吧，吃了吗？”

“我什么也不要，我已经吩咐家里给我准备晚饭了。你也坐下来吧。我做梦也没想到他会死啊！跟我说说事情的经过吧。你说他们一时不会回来——是说那两个年轻人吗？”

“可不——他们闲逛到深更半夜才回来，我每天晚上都不得不责备他们，可他们对我的责备毫不在乎。你至少得喝一杯我们家的陈年麦芽酒吧。这酒会对你有好处的。你看来有点累了。”

我还没来得及拒绝，她就忙着去取酒了。这时我听到约瑟夫说：“都这么大一把年纪了，还要勾引野男人，这还不是件很不要脸的丑事吗？还到主人的地窖里拿酒！人家坐着看看都觉得害臊呢。”

她没有停下来应嘴，不一会儿又进来了，端来满满一银杯酒，我对那酒着实大大夸奖了一番。随后，她就继续给我讲了希思克利夫后来的事。如她所说的那样，他的结局还真有点“离奇”呢。

你离开我们后还不到两星期，我就被召来呼啸山庄。为了凯瑟琳，我满心喜欢地服从了。

第一眼看到她时，我真是既震惊又难过！自从我们分手以后，她的变化真是太大了。希思克利夫先生并没有解释他改变主意召我来这儿的原因，他只对我说他需要我来，他一看到凯瑟琳就心烦，我得把那间小客厅当作我的起居室，让她跟我在一起。哪怕他每天不得不见她一两次，他也都觉得够多了。

她似乎对这样的安排感到很高兴，我又逐渐地偷偷搬来一大批书，以及她在田庄时喜欢的其他一些东西。我自以为往后我们总可以较为舒坦地过日子了。

然而好景不长。凯瑟琳起先还感到满意，可是没过多久，她就渐渐变得烦躁不安起来。一个原因是，她被禁止走出花园；春天来了，却把她囚禁在这样一方小天地里，这使她大为恼火。另一个原因是，我因为要料理家务，就不得不经常离开她，因而她抱怨太寂寞；她宁可到厨房里去跟约瑟夫吵架，也不愿独自一人冷冷清清地坐着。

我倒不在乎他们你一句我一句地拌嘴，可是当主人要独自一人待在正屋里时，哈里顿也就只好跑到厨房里来了。虽然开始时她一见他来就离开，或者是一声不响地帮我做家务，既不跟他说话，也不议论他——他呢，也总是绷着脸，尽可能默不作声——可是过不多久，她的态度就有了改变，变得让他不得安宁了。她对着他大发议论，批评他笨拙懒惰；还说她觉得奇怪，他怎么能忍受他过的这种生活——怎么能整个晚上都坐在那儿，死盯着炉火，或者是打瞌睡。

“他活像一条狗，是不是，艾伦？”有一次她说，“或者像一匹拉车的马吧？他只知道干他的活，吃他的饭，睡他的觉，永远是这样！

他的内心一定是非常空虚、乏味的啊！你做过梦吗，哈里顿？要是做过，梦见什么了呢？不过你不能跟我说啊！”

说到这儿，她便朝他看着，可是他既不开口，也不再看她。

“他现在也许正在做梦吧，”她接着说，“他耸起肩膀来简直就像朱诺①。你问问他，艾伦。”

“要是你再不规矩一点，哈里顿先生要请主人叫你上楼了！”我说。他不仅耸起了肩膀，还握紧了拳头，好像准备使用一番。

“我知道我在厨房里时，哈里顿为什么总不说话。”还有一次她大声说道，“他是怕我笑话他。艾伦，你看是不是？有一回他开始自学读书，我笑了他，他就把自己的书给烧了，再也不学了。他还不是个傻瓜吗？”

“是不是你也太淘气了？”我说，“回答我。”“也许是吧，”她接着说，“不过我没料到他会这么蠢。哈里顿，要是我现在给你一本书，你会要吗？我来试试！”她把她正在看的一本书放到他手上，可是他把它扔到一旁，嘴里还咕哝说，要是她再来纠缠他，他就要拧断她的脖子。“好吧，那我就放在这儿，”她说，“放在桌子的抽屉里。我要去睡了。”

然后她悄声叫我看着，看他来不来碰那本书，说完就走了。可是他根本就没挨近它，所以第二天早上我告诉她时，使她大为失望。我看出，她为他的郁郁寡欢和懒散无为感到难过。她的良心受到了责备，不该把他吓得不想改变自己了。她的做法起了不好的作用。

不过她设法运用她的机灵来弥补这一创伤。在我熨衣服，或者做其他一些不便在小客厅里做的活儿时，她就带一些有趣的书来大声念给我听。遇有哈里顿在场，她常常念到精彩处就停了下来，让书摊在那儿，走开了。她一次又一次地这么做，可是他固执得像头骡子，不但不上她的钩，而且碰上下雨天，他就跟约瑟夫在一起抽烟，像自动玩具似的坐着，壁炉前一旁一个。好在年纪大的一个耳聋，听不见他所说的她的胡说八道；年纪小的一个则竭力装出不屑

① 呼啸山庄的一条母狗名。见第二章。

一听的样子。晚上每当遇上好天气，他就出去打猎。凯瑟琳唉声叹气，老来逗我跟她说话，可是我一开口，她又顾自跑到院子里或者花园里去了。她的最后一招就是哭诉，说什么她都活腻了，她活着毫无意义。

希思克利夫先生变得越来越不喜欢跟人来往了，他几乎已经不许哈里顿进他的房间。由于三月初发生的一个意外事故，这小伙子有好些天成了厨房里的一件摆设。他独自在山上时，他的枪走了火。一块弹片伤了他的胳臂，返到家里时已流了很多血。结果他不得不在火炉边静养，直到康复。

有他在，凯瑟琳倒觉得很自在。不管怎么说，这一来她更不喜欢她楼上的那个房间了，她老是逼着我在楼下找活干，她好陪着我。

到了复活节那个星期的星期一，约瑟夫赶着几头牲口去吉默屯赶集了。下午，我正在厨房里忙着整理床单。哈里顿坐在壁炉的一角，像往常那样沉着脸，我的小女主人则在窗玻璃上画画，以此来消磨无聊的时光。她有时则变换花样，忽然哼上几句歌，轻声叫喊一两声，或者朝她那个老是抽烟和望着炉栅发呆的表哥，投去烦恼和不耐烦的目光。

我对她说，她挡住了我的亮光，我都没法做事了，她就挪到壁炉那边去了。我也就没有去注意她干些什么，可是没过多久，我听到她说：

“我发现，哈里顿，要是你对我脾气不这样坏，不这样粗暴，我是要——很高兴要——很愿意要你做我的表哥的。”

哈里顿没有回答。

“哈里顿！哈里顿！哈里顿！你听见没有？”她继续说。

“去你的吧！”他吼了一声，一副毫不妥协的样子。

“让我来拿掉这烟斗。”她说着，小心翼翼地伸手从他嘴里拔出了烟斗。

他还没来得及夺回来，烟斗已被折断，丢进了火里。他对她恶声咒骂着，顺手又抓起了另一支。

“等等，”她喊道，“你得先听我说几句话。这些烟雾直往我脸上飘，我没法说话。”

“你给我见鬼去吧！”他气势汹汹地嚷道，“别来管我！”

“不行！”她坚持说，“我偏不。我不知道怎样才能让你跟我说话，而你又下决心不肯理解我的意思。我说你蠢，绝没有别的用意，绝没有看不起你的意思。好了，你该理我了，哈里顿，你是我的表哥，你应该认我呀。”

“我对你和你的臭架子，还有你那套作弄人的鬼把戏，没什么可说的！”他回答说，“我宁可肉体和灵魂都下地狱，也不愿再瞟你一眼！滚出去，现在就滚！”

凯瑟琳皱起了眉头，退回到靠窗的座位上，咬着嘴唇，哼起了怪调子，极力想以这来掩饰住自己的即将哭泣。

“你应该跟你的表妹和好嘛，哈里顿先生，”我插嘴说，“既然她已为她的无礼感到后悔了！这对你会有很大好处的，有她给你做伴，会使你变成另一个人的。”

“做伴？”他叫了起来，“她讨厌我，认为我给她擦皮鞋都不配呢。不，就是让我当上国王，我都再也不愿为讨她的好受到取笑了。”

“不是我讨厌你，是你讨厌我呀！”凯瑟琳哭着说，再也掩饰不住心头的痛苦了，“你跟希思克利夫先生一样讨厌我，而且更讨厌。”

“你这个该死的撒谎的人！”哈里顿开口说，“照你这么说，那我干吗为了向着你，惹得他上百次生气呀？可是你却取笑我，看不起我，而且还——继续来烦扰我，我马上到那边去，说你把我赶出了厨房！”

“我不知道你向着我啊，”她回答说，一边擦干眼泪，“那时候我心里难受，对谁都有气。现在，我谢谢你，求你原谅我，可除此之外，我还能做点什么呢？”

她又回到壁炉边，坦率地朝他伸出手。

他脸色阴沉，怒气冲冲，如同雷电交加的乌云，两个拳头握得紧紧的，眼睛直盯着地面。

凯瑟琳本能地意识到，他的这种固执的举止，完全是出于倔强，而不是因为厌恶。她犹豫了一会儿后，突然俯身在他的脸上轻轻吻了一下。

这小淘气以为我没看见，接着便退回到窗边，坐到原先的座位上，装出一副非常正经的样子。

我不以为然地摇了摇头，于是她脸红了，悄声说：

“哦！那我该怎么办呢，艾伦？他不肯跟我握手，也不愿瞧我一眼，我总得设法向他表示我喜欢他——我想跟他做朋友呀。”

是不是这一吻打动了哈里顿，我说不准。有那么几分钟，他小心翼翼地不让人看到他的脸；等到他抬起头来时，他显得心慌意乱，两眼不知该朝哪边看才好。

凯瑟琳忙着用一张白纸整整齐齐地包好一本漂亮的书，又用一条缎带扎好。然后写上送交“哈里顿·恩肖先生”，要我作为她的特使，把这份礼物送交给指定的收礼人手中。

“告诉他，要是他接受这一礼物的话，我就来好好教他读书识字。”她说，“要是不接受，我就上楼去，从今以后再也不打扰他了。”

我在我的委托人的焦急注视下，把书送了过去，并且转达了要我带的口信。哈里顿不肯张开手指，于是我就把书放在他的膝盖上。他也没有把书扔掉，我仍回来干自己的活了。凯瑟琳把头和两臂都靠在桌子上，等到听见撕开包装纸的轻微声音，她就悄悄走过去，默不作声地坐到她表哥的身边。他浑身颤抖，满脸通红——他的所有粗鲁，所有固执，都已弃他而去——一开始，面对她那询问的目光，还有她那低声的恳求，他都鼓不起勇气来说一个字了。

“说你原谅我了，哈里顿，说呀！你只要说这两个字，我就会感到无比幸福！”

他咕哝了一句什么，没能听清。

“那么你愿意跟我做朋友了？”凯瑟琳疑惑地问道。

“不！你今后一辈子每天都会为我感到羞耻的，”他回答说，“你越了解我，你就会越觉得羞耻。这我受不了。”

“这么说，你不愿跟我做朋友了？”

她问道，笑得像蜜一样甜，又朝他靠近了一些。

以下再谈些什么，我就听不清了，但是等我再抬起头时，我看到俯在那本已接受的书上的两张脸，是如此容光焕发。毫无疑问，和约已经签订，两个敌人，从此结成了盟友。

他们俩共同阅读的那本书里，满是精美考究的插图；这些插图，还有他们的位置，都很有吸引力，以致直到约瑟夫回家，他们都没挪动一下。他，这个可怜的老头，看到凯瑟琳和哈里顿坐在同一张凳子上，她还把手搭在他的肩膀上，完全给吓呆了。他所宠爱的人居然容忍她来亲近，他简直不明白这是怎么回事。这对他刺激太深了，使得他那天晚上对这件事一句话也说不出来。直到他郑重地在桌子上打开他那部大《圣经》，又从口袋里掏出白天交易所得的脏兮兮的钞票，放在经书上，这才深深地叹了几口气，流露出他的心情。最后，他把哈里顿从座位上叫了过去。

"把这些拿去给主人，孩子，"他说，"就待在那儿。我也回我的屋子去了。这屋子对咱们不大合适，咱们得出去另找一个地方。"

"过来，凯瑟琳，"我说，"我们也得'出去'了。我已经熨好衣服，你准备走了吗？"

"还没到八点呢！"她回答说，很不情愿地站起身来，"哈里顿，这本书我就放在炉架上了，明天我再多拿几本来。"

"不管你留下什么书，我都要把它拿到正屋里去，"约瑟夫说，"要是你还能再找到。那才是怪事呢。你还是看着办吧！"

凯瑟琳威胁他说，要是他胆敢碰她的书，他就得拿自己的藏书作代价。从哈里顿身旁走过时，她笑了笑，然后唱着歌上楼去了。我敢说，她打从走进这个家门，心情从来没有这样轻松过，也许只有最初来看林敦的那几次除外。

这种亲密的关系就这样开始了，而且迅速地发展着，虽然这中间也遇到过暂时的挫折。哈里顿并不是凭一个愿望就能变得有教养，我家小姐也不是个哲学家，不是个能忍耐的模范。可是两人的心都向着同一个目标——一个是爱着，想着尊重对方，另一个也是爱着，想着对方尊重——双方都尽心尽力，要求最后达到这个目标。

你瞧，洛克伍德先生，要赢得希思克利夫太太的芳心是很容易的啊。不过现在嘛，我很高兴你没有做这种尝试。我所有愿望中最大的愿望，就是看到他们两人的结合。等到他们举行婚礼的那一天，我将不再羡慕任何人，因为到那时候，在整个英国，不会有一个比我更幸福的女人了！

第三十三章

那个星期一过后的第二天，恩肖还是没法干他日常的活儿，因此仍待在家里。我很快就发觉，要把我的照顾对象像以前那样留在我身边，是行不通的了。

她抢在我前面下了楼，跑进花园，她已看到她表哥在那儿干着一些轻活。等我去叫他们进来吃早饭时，我发现她已说服她的表哥，在红醋栗和醋栗丛中清出了一大片空地，两人正一起忙着在商量从田庄移一些花草来栽种。

我吓坏了，在这短短的半小时内，他们竟进行了这么大的破坏。这些醋栗树是约瑟夫眼中的宝贝呀，她却偏偏选中在这些树中间建造她的花圃！

“好呀！这事一被发现，”我叫了起来，“全都会让主人给知道的，你们有什么理由这样自作主张地来摆弄花园呢？这一下可有好戏看了。瞧着吧，没事才怪哩！哈里顿先生，我不明白，你怎么会这样没头脑，竟听她的吩咐，干出这样的糊涂事来！”

“我忘了这是约瑟夫的宝贝了，”恩肖回答说，不知如何是好，“不过我会告诉他这是我干的。”

我们通常总是跟希思克利夫先生一起吃饭的。我担当女主人的职责，做倒茶、切肉的事，因此餐桌上少不了我。凯瑟琳通常都坐在我的旁边，可是今天她却悄悄地挨近哈里顿。我马上看出，她在对待友谊方面比当初对待敌意方面还更不慎重。

“现在，记着，别跟你的表哥多说话，也别老是看他，”我们进屋时，我这样悄悄叮嘱凯瑟琳，“那样一定会惹恼希思克利夫先生，他准会对你们两人大发脾气的。”

“我不会的。”她回答说。

可是才过了一会儿，她就朝他转过身去，还在他的粥盆里插了些樱草花。

他坐在那儿，不敢跟她说话，他几乎看也不敢朝她看一眼，可她还是逗他，弄得他有两次差一点笑了起来。我皱起了眉头，于是她朝主人溜了一眼；主人的心里正在想别的事，没有注意身边的人，这从他的脸上可以看出来。她一时间变得非常严肃，神情庄重地仔细端详着他。在这以后，她又转过脸，开始胡闹起来。哈里顿终于忍不住，扑哧一声笑了出来。

希思克利夫先生吃了一惊，他立刻抬眼迅速地朝我们脸上扫视了一遍。凯瑟琳用她那惯有的紧张而又带有轻蔑的表情迎向他，而这是他所深恶痛绝的。

“好在我够不着你，”他大声嚷道，“你着了什么魔了，老用这种恶毒的眼神瞪着我？低下你的眼睛！别让我想到你还在我眼前。我以为我已经治住你的笑了！”

“笑的是我。”哈里顿喃喃地说。

“你说什么？”主人问。

哈里顿低头看着自己的盘子，没有再重复这句坦白的话。

希思克利夫先生朝他看了看，便又默默地吃起早餐来，继续想着那被打断过的心事。

我们都快吃完了，两个年轻人也谨慎地彼此挪开了一点，因而我估计在这餐饭的饭桌上，不会再出什么麻烦事了。可就在这时候，约瑟夫出现在门口，他那颤抖的嘴唇和冒火的眼睛都表明，他已经发现，他的那些宝贝灌木丛受到了肆无忌惮的破坏。

在前去那儿检查以前，他准是看到凯茜和她表哥在那儿待过。

只见他的下巴像母牛反刍似的动着，连在说些什么都很难听清。他说：

“把我的工钱算给我吧，我得走！我在这儿已经干了六十年，原本打算死在这儿的。我想，我已经把我的书和所有零碎东西，都搬到阁楼上去了，把厨房让给了他们，为的是图个清静。撂下我壁炉前的那个位子，我真舍不得啊，可我想还能受得了！可是，这会儿她不仅占了我炉前的位子，把我的花园也给占了。不行，老爷，这我受不了！你受得了这口气，你就受吧——我可受不惯。一个老头子是没法一下子就受得惯这些新花样的——我宁可拿把榔头到大路上去混口饭吃！”

“行了，行了，你这个老糊涂，”希思克利夫打断他的话说，“说干脆点！你抱怨的是什么？要是你跟内莉吵架，我可不管——她就是把你扔进煤洞，也不关我的事。”

“这不关内莉的事！”约瑟夫回答说，“我不会为了内莉走的，虽说她也不是个好东西。谢天谢地！她还勾不走别人的魂！她还从来没漂亮到让一个男人见了不眨眼。是那边那个该死的不要脸的小骚婆，用她那双放肆的眼睛和不害臊的手段，把我们的孩子给迷住了——迷得——啊，不说啦！我的心都要碎了！他全忘了我为他做的一切，我对他的照顾，竟到花园里去拔掉整整一排长得最好的红醋栗树！”说到这里，他禁不住放声大哭起来。想到自己所受的伤害，想到恩肖的忘恩负义和自己的险恶处境，他完全失去男子汉的气概了。

“这老傻瓜喝醉了吗？”希思克利夫先生问，“哈里顿，他是不是在跟你找碴儿？”

“我拔了两三株灌木，”小伙子回答说，“不过我打算把它们种回去的。”

“那你为什么要拔它们呢？”

凯瑟琳机灵地插了嘴。

“我们想在那儿种点花，”她大声说，“要怪就怪我吧，是我要他那么做的。”

“哪个鬼允许你去动那地方的树枝的？”她的公公问道，他大为震惊。“又是谁叫你去听她的话的？”他又回过头来对哈里顿说。

后者默不作声，他的表妹却回答说：

“你不该连给我几码地美化一下都舍不得的，你把我的地全都给占走了！”

“你的地？你这个不要脸的小荡妇！你哪来的什么土地！”希思克利夫说道。

“还有我的钱。”她接着说，用同样的目光回敬他那愤怒的目光，一边咬着早餐吃剩的一片面包皮。

“住嘴！”他大声吼着，“吃完了就滚！”

“还有哈里顿的地，和他的钱，”这毫无顾忌的小东西紧追不放，“我和哈里顿现在是朋友了，我要把你的事全都告诉他！”

主人好像愣了一下。他的脸色变得煞白，霍地站起身来，两眼死死瞪着她，充满不共戴天的仇恨。

“要是你打我，哈里顿就会打你！”她说，“所以你最好还是坐下来。”

“要是哈里顿不把你撵出这房间，我就把他打进地狱！”希思克利夫大发雷霆，“你这该死的妖精！你竟敢挑动他来反对我？叫她滚！你听到没有？把她扔到厨房里去！艾伦，要是你再让我见到她，我就杀了她！”

哈里顿低声下气地想劝她离开。

“快把她拖走！”他恶狠狠地大吼，“你还待着跟她说话？”说着他走上前去准备自己动手。

“他再也不会听你的吩咐了，你这个狠毒的人，再也不会了！”凯瑟琳说，“他很快就要像我一样恨你啦！”

“嘘！嘘！”年轻小伙带着埋怨的口气低声咕哝说，“我不愿听到你这样对他说话——算了吧。”

“可你总不会让他打我吧？”她叫了起来。

“那就走吧！”他着急地低声说。

可是已经太晚了，希思克利夫一把抓住了她。

“现在你走开！”他对哈里顿说，“该死的妖精！这一回她可把我惹得受不了啦，我要她后悔一辈子！”

他一把揪住她的头发。哈里顿试图要他松开手，求他饶她这一回。他的那对黑眼珠凶光毕露，仿佛要把凯瑟琳撕成碎片。正当我鼓起勇气想冒险上前救她时，他的手指突然松开了，他的手从她的头上移到了她的胳臂上，还目不转睛地凝视着她的脸。接着，他抽回手捂住自己的眼睛，站了一会儿，显然是为了要让自己镇定下来，然后重又转过脸来，故作平静地说：

“你应该学会别把我惹得发火，要不说不定哪一天我真的会杀了你的！跟丁恩太太去吧，跟她待在一起，把你那些傲慢无礼的话都说给她听吧。至于哈里顿·恩肖，要是我断定他听你的，我就打发他走，看他能去哪儿找饭吃！你对他的爱，会使他变成一个流浪汉，一个叫花子。内莉，把她带走，你们全都给我走开！走开！”

我把我家小姐领了出来。得以安全脱身，她感到很高兴，也就乖乖地出来了。另一个也跟了出来。希思克利夫先生独自一人留在那间屋子里，一直到吃午饭。

我已经劝凯瑟琳待在楼上吃午饭，可是希思克利夫先生看到她的座位空着，就要我去叫她。他对我们谁也没有理睬，吃得也很少，一吃完就出去了，还说他要到晚上才回来。

他不在时，这两个新朋友就占据了那间正屋，我听到哈里顿坚决地向她表妹表示，不许她揭露她公公对他父亲的所作所为。

他说他不容许别人对希思克利夫诽谤一个字，哪怕他是个魔鬼，他也不在乎，他还是要站在他一边。他宁愿自己像以前那样挨她的骂，也不愿她去骂希思克利夫先生。

凯瑟琳听他这么说，自然很生气。可是他找到了堵住她的嘴的办法：他问她说，要是他也说她父亲的坏话，她会喜欢吗？这一来，凯瑟琳明白了，哈里顿已把主人的名声看成和自己密切相关，把他们联结在一起的，是一条习惯铸成的坚固锁链，不是理智所能打断的，而且硬要拆开它，也未免过于狠心了。

从此以后，她表现出自己的善良心肠，对希思克利夫既不再抱怨，也不再说对他厌恶之类的话；而且还对我承认说，她很后悔，不该去挑拨他和哈里顿之间的关系。的确，我相信打那以后，她从来没有在哈里顿面前，说过一句反对她的欺压者的话。

这场小小的意见不合过去之后，他们彼此又亲密无间了。一个当老师，一个当学生，两人都忙于自己的一些事。我干完活，就进去跟他们一起坐着，看着他们，心里真是又舒畅又欣慰，连时间怎么过去都不觉得了。你知道，他们两个多少都像是我的孩子，其中一个我一直为之骄傲，而另一个，我确信，现在也同样使我感到满意。他那诚实、热心和聪慧的天性，很快就摆脱掉自小笼罩在他心头的愚昧、堕落的乌云。凯瑟琳真挚的称赞，对于他的勤奋又是一种莫大的鼓舞。他的心智明亮了，他的外貌也有了光彩，从而增添了昂扬、高贵的气质。我几乎很难相信，这就是我家小姐去探访那些悬崖，随后我发现她在呼啸山庄那天见到的那个孩子。

就在我满心赞赏着他们，他们还在用功的时候，夜幕渐渐降临，随着主人也回来了。他从前门进来，突然出现在我们眼前，我们还没来得及抬头看他，他就把我们三人全都看在眼里了。啊，我想再也没有比这更愉快、更温馨的情景了。要是再去斥责他们，那真是太遗憾了。通红的火光映照在他们俩漂亮的头上，显露出两张生机勃勃、带有几分稚气的热情的脸。虽说他已二十三岁，她已十八岁，但两人都还有那么多新鲜事物要去感受和学习，他们既体会不到，也表现不出那种冷静、清醒的成熟的感情。

他们同时抬起眼睛，看着希思克利夫先生。也许你从来没有注意到他们俩的眼睛十分相像，都是凯瑟琳·恩肖的眼睛。现在这个凯瑟琳，别的地方都不大像她的母亲，只有那宽阔的前额和有点拱起的鼻子，这使她显得颇为高傲，不管她是否真的这样。至于哈里顿，相像之处则更多一些。平时看上去就很明显，这会儿更见突出，因为这时他的感觉非常敏捷，他的心智已经觉醒到非常活跃的程度。

我猜想，止是这种相像，使得希思克利夫先生消解了敌意。他走到壁炉跟前，心中显然很激动。但是在他望着那个小伙子时，他的激动很快就平息了。不过，我也可以说，它只是改变了性质，因为它依然存在。

他从哈里顿手里拿过书，朝打开的那页看了看，然后还给了他，什么也没说，只是做手势要凯瑟琳离开。她走后，她的伙伴也没有待上多久。我也正想离开时，他叫我仍旧坐着别动。

“这是个很糟糕的结局，”他对刚刚见到的情景沉思了一会儿后，说道，“我拼死拼活，竟落得这么个荒唐结局，不是吗？我拿了撬杠和鹤嘴锄，要毁掉这两户人家，而且想把自己锻炼得像赫克勒斯①那样能干坚强。可是等到一切安排妥帖，全在我的掌握之中，却发现自己连掀掉一片瓦片的意志都没有了！我往日的敌手并没有把我打败，现在正是我向他们的后代报仇雪恨的时候。我完全可以办到，没人能阻拦住我。可是这又有什么用呢？我不想打人，连抬手都嫌麻烦了啊！这听起来好像是我劳碌了这么些年，为的只是要表现一下自己的宽宏大量。这绝不是那么回事——而是我已经没有欣赏他们灭亡的心情，而且也懒得去干那些无谓的破坏了。

“内莉，有一种奇怪的变化正在临近，眼下我就处在它的阴影里。我对日常生活已经如此不感兴趣，连吃喝都经常忘记了。刚刚离开房间的那两个人，是我唯一还能保持着清晰印象的实体，那印象让我感到痛苦，使我备受折磨。关于她，我不想说什么，也不愿去多想，不过我迫切希望不要见到她；一看到她，就会引起我发疯似的感觉。他对我的影响虽说有所不同，不过哪怕我见了他不像会发疯，我也宁愿永远不再见他！如果我把他唤起的或体现的千百种往日的联想和想法都说出来，你也许会认为我快要疯了。”他勉强笑了笑，又接着说，“不过，我对你说的这些，你别告诉别人。我的想法一直以来都放在心里，可是到头来还是忍不住向另一个人敞开。

“五分钟以前，哈里顿仿佛就是我青春的化身，而不是一个人。我对他的感觉是如此复杂多样，以致不可能通情达理地对待他。

“首先，他和凯瑟琳的惊人相似，使得他跟她可怕地联系在一起了。你也许会认为，这一点最能吸引住我的想象力，可实际上是最

---

① 希腊神话中力大无穷，完成多项业绩的英雄。

微不足道的。因为对我来说，还有什么是不跟她联系在一起的呢？还有什么不使我想起她呢？我哪怕低头看一下这地面，她的面容就印在地面的石板上！在每一朵云里，在每一棵树上——充满在夜晚的空中。白天，在每一件东西上都能看到她，我完全被她的形象所包围！最普通的男人和女人的脸——就连我自己的脸——都像她，都在嘲笑我。这整个世界就是一部可怕的纪念集，处处提醒我她确实存在过，可我失去了她！

“是的，哈里顿的模样是我那不朽的爱情的幻影，是我为了维护自身权利拼死拼活的幻影，也是我的落魄，我的骄傲，我的幸福和我的痛苦的幻影——

“不过，我这样反复跟你说我的这些想法，实在也是疯了，这只会让你明白，为什么我尽管不愿意老是孤独，可有他陪伴又毫无益处，反而更增加了我一直在承受的痛苦，这多少也使得我不再去管他和他表妹如何相处。我没法再去注意他们的事情了。”

“可是你说的‘变化’是什么呀，希思克利夫先生？”我问道。虽然他不像有精神失常的危险，也不至于会死去，可他的那种态度把我给吓着了。照我看来，他挺健壮；至于他的理智，他从小就喜欢思考一些古怪的事情，抱有离奇的幻想。他也许只是想他那死去的偶像想得发了狂，而在其他方面，他的头脑是跟我一样健全的。

“在它到来之前，我也不知道，”他说，“现在我还只是隐约地意识到罢了。”

“你没有感到不舒服吧，你病了吗？”

“没有，内莉，我没有病。”他回答说。

“那么，你怕不怕死呢？”我追问道。

“怕死？不！”他回答说，“我对死既不害怕，没有预感，也没有巴望着死。我为什么要这样呢？我体格强壮，生活有节制，又不去干冒险的工作。我应该，而且也有可能活在这个世界上，直到头上找不出一根黑发——可我不能让这种情况继续下去了！我得不断提醒自己：要呼吸——几乎还得提醒我的心脏：要跳动！这就像要把一串硬弹簧扳直一样，哪怕是最细小的动作，要是没有那个思念在带动，做出来也是被迫的；不管是有生命的，还是无生命的东西，如果跟我那个无时无处不在的思念没有关联，我也是被迫才会注意到的。我只有一个愿望，我的整个身心都渴望着实现它。我已经渴望了这么久，这样毫不动摇，以致我确信它定能达到——而且很快就要达到了——因为它已经耗尽了我的一生，我已经在期望它的实现中被吞没了。

“我的这番自白并没能使我变得轻松，不过这也许表达了我某些平时无法表达的心情。哦，上帝，这是一场漫长的搏斗啊，但愿它快快结束吧！”

他开始在房间里踱起步来，嘴里咕哝着一些可怕的话。这不由得使我相信，像他说的约瑟夫也相信一样，良知已把他的心灵变成一座人间地狱。我真不知道这将如何了结。

虽说他以前极少流露出这种心境，就连神色上也不多见，可他平日的心情确实如此，这一点我毫不怀疑。现在他自己也承认了。可是如果从他平日的举止看，谁会想到有这么一回事呢。洛克伍德先生，你见到他时，你也没想到吧。即使在我说到的那段时间，他也还是和往常一样，只是更喜欢沉浸在绵绵的孤寂之中，也许在人前说话也更少了。

第三十四章

那天晚上以后的几天里，希思克里夫先生总是有意避免在吃饭时遇见我们，可是他又不愿明说他不想见到哈里顿和凯茜。他不喜欢完全听命于自己的感情，因而他宁可自己不来。对他来说，二十四小时内只吃一顿饭，似乎已经绰绰有余了。

一天晚上，全家人都上床睡了，我听到他走下楼来，走出大门。我没有听到他回来，第二天早上，我发现他还没有回来。当时正是四月天，气候温暖宜人，雨水和阳光把绿草滋养得一片青翠，南墙边那两株矮种的苹果树繁花满枝。

早饭后，凯瑟琳缠着要我搬来一张椅子，带着针线活，坐到屋子尽头的枞树底下去。她还哄着要枪伤已经痊愈的哈里顿，帮她挖土布置她的小花圃。由于约瑟夫的抗议，他们的小花圃已经移到一个角落里去了。

我正在尽情地享受着弥漫在四周的春日的芬芳，还有头顶那美丽柔和的蓝天，跑到栅栏门边去拔些连根的樱草花来围花圃的我家小姐，只拔了一半就回来了，她告诉我们说，希思克利夫先生进来了。

“他还跟我说了话呢。”她带着困惑的神色，又加了一句。

“他说了什么？”哈里顿问。

“他叫我尽快走开，”她回答，“不过他看上去和平时大不一样，所以我还停下来看了他一会儿。”

“怎么不一样？”他问。

“嗯，可以说是兴高采烈——不，几乎没别的——只是非常兴奋，非常高兴！”她回答说。

“那是因为夜间的散步使他开心吧！”我装得毫不在意地说，其实我跟她一样吃惊，而且很想去看看她说的到底是不是事实，因为主人脸上并不是每天都能见到喜色的。我找了个借口，走进屋子。

希思克利夫先生正站在打开的门边。他脸色苍白，全身哆嗦，可是他的眼睛中确实有一种奇异的欢乐的光彩，这种光彩改变了他的整个面容。

“你要吃点早餐吗？”我说，“四周逛了一夜，一定饿了吧！”

我想知道他上哪儿去了，但我又不想直截了当地问他。

“不，我不饿，”他回答说，掉过头去，语气里很有一点不屑回答的样子，好像他已经猜到我正想探查他高兴的原因。

我一时拿不定主意，不知道现在是不是对他提出一点忠告的合适时机。

“我觉得睡觉的时候不睡，”我说，“到外面去溜达，这样不好，不管怎么说，在这样潮湿的季节，这样做是不明智的。我敢说你一定会着凉，或者发烧的。你现在就有点不对劲了！”

“没什么，我受得了，”他回答说，“心里还非常开心。只是你们别来打扰我就行。进屋去吧，别惹我生气。”

我服从了。在我从他身旁走过时，我发现他的呼吸急促得像一只猫。

“准是的！”我心里暗想，“要有一场大病了。我想不出他到底去干了什么！”

那天中午，他坐下来跟我们一起吃午饭，还从我手里接过满满一盘吃的，好像是想补偿一下前些日子的少吃少喝似的。

“我既没着凉，也没发烧，内莉，”他说，指的是我早上说的话，“你给我这些吃的，我得领情才是。”

他拿起刀叉，正打算吃起来，可是胃口突然一下子又变得没有了。他把刀叉放到桌上，眼睛急切地望着窗外，接着便站起来出去了。

到我们吃完饭时，还看到他在花园里走来走去，恩肖说他要去问问他，为什么他不吃饭，他认为一定是我们有什么地方得罪了他。

“怎么样，他来吗？”她的表哥回来时，她大声问道。

“不来。”他回答，“不过他也没生气。他好像真的难得有这么高兴。只是我跟他说了两遍之后，才惹得他不耐烦起来。他叫我快走开，来你这儿。他觉得奇怪，我怎么还要找别人做伴。”

我把他那盘食物放到炉栅上热着。过了一两个小时，他又进来了，这时屋子里已经没人，可他并没有平静多少。在他那浓黑的眉毛下面，依然是那副不自然的——的确不自然的——高兴表情。脸色照旧没有血色，不时露出牙齿，算是微笑。他浑身瑟瑟发抖，但不像别人那样因为冷或者虚弱，而是像一根绷紧的弦在颤动——与其说是发抖，还不如说是一种强烈的震颤。

我想，我得问问这是怎么回事。要不谁会问呢？于是我大声问道：

“你听到什么好消息了吗，希思克利夫先生？看你好像格外兴奋似的。”

“我还哪来什么好消息呀？”他回答说，“我这兴奋是饿的，可我又好像什么也吃不下。”

“你的饭就在这儿，”我回答说，“你为什么不拿去吃点呢？”

“我这会儿不想吃，”他急忙喃喃地说，“到吃晚饭时再吃吧。内莉，再次跟你说定了，求你叫哈里顿和另外那个离我远点，我希望谁也别来打扰我，我想一个人待在这儿。”

“你这样把自己隔离起来，有什么新的理由吗？”我问道，“告诉我，你为什么这样古怪呀，希思克利夫先生？昨天晚上你去哪儿啦？我问这话并不是出于无聊的好奇心，而是——”

“你这样问就是出于非常无聊的好奇心，”他笑着打断了我的话，“不过，我还是愿意给你回答。昨天晚上，我是踩在地狱的门槛上，今天，我可看到我的天堂了。我亲眼看到了，离我还不到三尺呢！现在你最好还是走吧——要是你能管住自己，不去打听这打听那，你就不会看到或者听到什么让你害怕的事情了。"

清过壁炉，抹过桌子后，我就离开了，心中有了更多的困惑。

那天下午，他一直没有再走出屋子，也没有人去打扰他的孤寂。到了八点钟，虽然没有听到他的呼唤，我觉得还是应该把蜡烛和晚饭送去给他。

他正靠在一个窗子敞开的窗台上，但是他并没有朝窗外看，他的脸对着屋子里的一片黑暗。炉火已经烧得剩下一点灰烬，屋子里充满阴暗的黄昏那种湿漉漉的暖和空气。四周这般寂静，不仅能听到吉默屯那边小溪的汩汩流水声，就连溪水流过卵石，绕过露出水面的大石头时发出的潺潺声和淙淙声，也清晰可辨。

我一看到奄奄一息的炉子，便禁不住发出一声不满的惊叫，连忙动手一扇扇关上窗子，一直关到他的跟前。

"这扇窗要不要关上？"我问道，为的是想唤醒他，因为他一动也没动。

我这么说着时，烛光照到了他的脸上。哦，洛克伍德先生，突然看到那模样，我真说不出当时有多害怕！那对深陷的黑眼睛！那种笑容，还有那死人般苍白的脸！我只觉得，那不是希思克利夫先生，而是一个魔鬼。我吓坏了，手中的蜡烛也歪倒在墙上，我一下子陷入了黑暗之中。

"好的，关上吧，"他用我熟悉的声音回答说，"哎，怎么这样笨！你干吗要把蜡烛横着拿呢？快点，再去拿一支来！"

我已经吓呆了，这时慌忙跑了出去，对约瑟夫说：

"主人要你送支蜡烛进去，把炉火也生起来。"因为那会儿我再也不敢进去了。

约瑟夫嘎啦嘎啦地铲了一铁锹烧着的煤，进去了。可是他马上又出来了，另一只手里还端着那盘晚餐。他解释说，希思克利夫先生要回房睡觉了，今天晚上他什么也不想吃了，明天早上再说。

我们听到他径直上楼去了，可是他并没有走进他往常睡的那间卧室，而是拐进了那间有围板床的房间。我以前提到过，那个房间的窗子很宽，随便什么人都可以钻过。因而我心里想，他大概还想晚上出去夜游，却又不想让我们生疑心吧。

“他是个食尸鬼，还是个吸血鬼呢?”我心里暗想。我曾在书里读到过这种可怕的化身魔鬼。后来我又回想起，他从小就由我照顾，我看着他长大成人，几乎跟了他一辈子，现在竟被他吓成这样，这是多么荒诞可笑啊！

“这个黑小子，一位好心人到死都一直庇护着他，可他到底是从哪儿来的呢?”我迷迷糊糊地昏昏欲睡，迷信的意识在咕哝着。我半睡半醒地开始想象起他的父母来了，想得我精疲力竭；接着又重复了一遍醒着时想过的东西，重新追溯了他那颇多变故的一生；最后，又想到了他的去世和葬礼。关于这方面，我只记得为了在他的墓碑上刻什么字，让我伤透了脑筋。我还为这去请教了那位教堂司事。因为他没有姓，而且谁也说不出他的年龄，因此我们只好简单地刻上“希思克利夫”几个字。结果我的这个梦应验了，我们就是这么做的。如果你去教堂墓地，你在他墓碑上看到的，就只有这几个字，还有他去世的日子。

黎明时分，我清醒过来了，恢复了常态。一睁开眼睛，我就翻身起床，来到花园里，想要弄清他的窗下到底是否有脚印。结果没有。

“他一直待在家里，”我心里想，“今天他不会有事了。”

像往常一样，我为全家人做好了早饭。我叫哈里顿和凯瑟琳先吃，不必等主人下来，因为他睡得晚。他们俩喜欢到屋外的树下去吃，所以我就给他们在那儿放了一张小桌子。

待我回到屋子里来时，发现希思克利夫先生已经下楼来了。他正和约瑟夫谈着耕作方面的事。他一一做了指示，说得清楚详尽，但是说得很快，而且还不住地把头转向一边，神情还是那么激动，甚至更为过分。约瑟夫离开屋子后，他坐到平时坐的位子上，于是我就端了一碗咖啡放到他的面前。他把碗移近些，然后就把双臂搁到桌子上，一直望着对面的墙。据我猜想，他是在看某个特定的部分；他上上下下打量着，两眼闪闪发光，转个不停，流露出极大的兴趣，以致有那么半分多钟，他连气也没喘一下。

“好啦!”我叫了起来，把面包推到他手边，“趁热吃，趁热喝吧，放了都快一个小时了。”

他没有理睬我，可是笑了笑。我倒宁可看他咬牙切齿，也不愿看他这样的笑。

“希思克利夫先生！我的主人!”我叫道，“看在上帝的份上，别老是这么瞪着眼了，就像见了什么鬼似的。”

“看在上帝的份上，别这么大叫大嚷了，”他回答说，“你朝四周看看，告诉我，这儿是不是只有我们俩?”

“当然，”我回答，“当然只有我们俩!”

可我还是不由自主地服从了他，仿佛我也不能肯定似的。他用手在桌子上一扫，在面前的早饭盘碟中间，清出一块地方，然后更自在地朝前俯着身子，打量起来。

现在我看出来了，他并不是在望着墙；因为我仔细看着他，发现他其实像是在望着两码远的一个什么东西。不管那东西是什么，显然都给了他极大的欢乐和痛苦；至少他脸上那种既悲伤又狂喜的表情，会让人产生这样的联想。

那幻想中的东西也不是固定的。他的眼睛不知疲倦地一直追随着它，就连对我说话时，也没有放松。

我提醒他说，他已经很久没吃东西了，可是白费力气。即使他听了我的话，想去拿点什么，哪怕伸手去拿一片面包，可是还没碰到面包，他的手指就已收拢捏成拳头，搁在桌上，忘记他要做什么了。

我坐在那儿，就像是个有耐心的模范，竭力想把他那全神贯注的注意力，从入神的冥想中吸引过来。后来他变得很不耐烦，站起身来责问我，为什么不让他独自一人吃饭？还说以后用不着我伺候，我可以放下东西就走。

说完这几句话，他就离开了屋子，顺着花园的小径，缓步走去，随后消失在栅栏门外。

时光在焦虑不安中悄悄逝去，又一个晚上来到了。我一直到很晚才去睡，可是睡下后依然睡不着。主人直到半夜过后才回来，他没有去睡，而是把自己关在楼下的屋子里。我留心倾听着，在床上翻来覆去的，最后终于穿上衣服，走下楼来。躺在楼上，太让人心神不定了，各种各样莫名其妙的忧虑困扰着我的头脑。

我听到希思克利夫先生的脚步声响个不停，不时还发出一声呻吟似的叹息，打破了四周的寂静。他还断断续续地咕哝着什么话，我只听出其中有凯瑟琳的名字，加上几声亲昵的或痛苦的呼唤，就像是在跟一个什么人说话，声音轻柔真挚，完全发自肺腑。

我没有勇气径直走进那个房间，可我又很想把他从幻境中拉出来，所以我就有意摆弄起厨房里的炉火来，搅动了一通后，又开始铲起煤渣来。这一来，很快就把他给引出来了，竟比我料想的还要快。只一会儿他就打开了门，说：

“内莉，到这儿来。已经早晨了吗？你把蜡烛拿进来。”

“才敲四点呢，”我回答说，“你要拿蜡烛上楼吧。就用炉火点一支好了。”

“不，我不想上楼，”他说，“进来，给我把炉火生一生，再在这屋子里做点什么。”

“我得先把煤块扇红，才能做别的。”我说，搬来一张椅子和一只风箱。

这时，他还是来来回回走着，一副快要精神错乱的样子。他连声不断地重重唉声叹气，仿佛连正常呼吸的余地都没有了。

“天一亮，我就要派人去把格林请来，”他说，“趁我现在还能想这些事情，还能冷静地处理问题，我要询问他一些法律上的事。我还没有写遗嘱，还没有决定如何处理我的财产！我真想把它们全都从地面上给毁了。”

“我可不想谈这些，希思克利夫先生，”我插话说，“你先把遗嘱的事放一放，还是抽点时间反省一下你做的那许多不公正的事吧！我从未料到你的神经会错乱，可是看你现在确实非常不正常，这可以说全都怪你自己不好。照你最近这三天的生活方式，就连泰坦①也会被弄垮的。吃点东西，休息一下吧。你只需照一照镜子，就知道你多么需要吃喝和休息了。你的双颊深陷，你的两眼布满血丝，都像一个饿得快要死去，失眠得快要变瞎的人了。”

“我吃不下，睡不着，这不能怪我。”他回答说，“我向你保证，我并不是有意要这样。只要我能做到，我就会吃，就会睡。可是，你怎么能叫一个在水中挣扎的人，在离岸只有一臂之遥的地方停下来休息呢？我总得先到岸，然后再休息啊！好吧，不提格林先生了。至于说到反省我做过的不公正的事，我要说，我从来没有做过什么不公正的事，所以也就没有什么可反省的——我太幸福了，不过还是不够。我的灵魂的欢快毁了我的肉体，可是灵魂本身依然没能得到满足。”

“主人，幸福？”我叫了起来，“多奇怪的幸福！要是你能听我说几句，不生气，我可以给你提点忠告，那会使你更加幸福。”

“什么忠告？”他问道，“说吧！”

“你知道，希思克利夫先生，”我说，“你从十三岁起，就过着一种自私自利的、非基督徒的生活；大概自那以后，你手里就从没拿过《圣经》。你一定已经忘了那书的内容，现在你也不会有时间去看它了。能不能去请个什么人来——不管是哪个教派的牧师都行——对你讲解讲解《圣经》，给你指出，你在歧途上已经走了多远，要是你在死前再不洗心革面，你就不配进入天堂。这样做不好吗？”

“我不会生气，而是很感激，内莉，”他说，“因为你让我想到我所希望的安葬方式——要是晚上把我抬到教堂墓地。要是你们乐意，由你跟哈里顿一起陪我去。只是特别要记住，关于两口棺木的安放方法，叫那个教堂司事一定要遵照我的指示做！用不着请牧师来，也不需要为我念什么经文——我告诉你吧，我就要到达我的天堂了，别人的天堂对我毫无价值，我根本不想进！”

“可要是你一味这样固执，坚持绝食，就这么死了，人家会不会

① 希腊神话中的巨神。

拒绝把你埋葬在教堂的墓地呢?”我说,对他竟敢这样漠视上帝,我大为震惊。“那你怎么办?”

“他们不会那么做的,”他回答说,“如果他们那么做了,那你一定得把我偷偷移进去。这事要是你不管,你就会看到,人虽然死了,可实际上阴魂是不灭的!”

一听到家里的其他人已经在走动,他立刻就躲回自己的房间,我也就松了一口气。可是到了下午,约瑟夫和哈里顿正在干活,他又走进了厨房,神色狂野,要我到正屋里去坐着,他需要有个人陪陪他。

我拒绝了。我坦白对他说,他那些古怪的言谈举止让我害怕,我既没有那份胆量,也没有那份意愿,独自一人去跟他做伴。

“我相信,你是把我看成一个魔鬼了!”他说着,惨然一笑,“是个什么非常可怕的东西,不能待在一个体面的人家!”

说完他转身对着凯瑟琳,这时她正好在那儿,看见他走近,连忙躲到我身后,他半带讥讽地补充说:

“你肯过来吗,小宝贝?我不会伤害你的,不!在你看来,我已经变得比魔鬼还坏了。哦,有一个人是不会躲开我,肯跟我做伴的!天啊,她真是太残忍了。哦,真该死!一个血肉之躯怎么受得了啊——连我都受不了啦!”

他不再要求别人来陪他。黄昏时分,他到自己的卧室去了。整个晚上,直到第二天早晨,我们都听到他在唉声叹气,喃喃自语。哈里顿急着想进去,可是我叫他去请肯尼斯医生来,他应该进去看看他。

医生来了,我请求让我们进去,并想把门打开,结果发现门锁上了。希思克利夫要我滚开,说他好好的,只是想独自一人待着,于是医生就走了。

当天晚上下起了雨;真是倾盆大雨,一直下到天亮。早晨,我绕着屋子散步时,发现主人房里的窗子在摇来摆去,雨直往窗子里打。我心里想,他不可能在床上,要不这么大的雨一定把他给淋得湿透了!他要么已经起来,要么就是出去了。不过我也不必再胡乱猜测了，还是大着胆子进去看看吧！

我取来另一把钥匙，终于把门打开了。因为卧室里不见人影，我就跑过去推那张大床的围板；围板很快就给推到一边。我朝里面一看，希思克利夫先生就在里面——仰面躺着。他的两眼朝我瞪着，那么锐利，那么可怕，把我吓了一大跳，跟着他仿佛又在朝我微笑。

我根本没有想到他会死去，可是他的脸上，咽喉上，全都淋满雨水，床单也在滴水，他却一动不动。窗子来回摇摆，刮着了他搁在窗台上的一只手，可是刮破的皮肤上不见渗出血来。我伸手去摸了摸，便不再怀疑，他真的死了，而且已经僵硬！

我扣上窗子；把他挂在额前长长的黑发往上理了理。我想合上他的眼睛；因为要是可能的话，我想在别人看到以前，熄灭他那可怕的、活人似的狂喜目光。可是怎么也没能合上，它们似乎还在嘲笑我的企图。他那张开的嘴唇和尖利的白生生的牙齿，也在嘲笑！我不由得又害怕起来，连声大叫约瑟夫。约瑟夫拖着脚步，慢吞吞地走上楼来，他只“哦”了一声，可是坚决拒绝管他的事。

“魔鬼把他的灵魂给勾走了，”他大声说道，“他的这具臭皮囊也可以一起带走呀，我才不管哩。瞧他多恶毒，死了还这么龇牙咧嘴的！”这个老恶棍也龇牙咧嘴地嘲笑说。

我原以为他还会绕床手舞足蹈一番，可是他突然平静下来，双膝下跪，双手高举，感谢上天使合法的主人和古老的家族又恢复了自己的权利。

这件可怕的事弄得我昏了头。我怀着一种压抑住的悲哀，不可避免地回忆起往昔的时日。但是可怜的哈里顿，虽然受的委屈最大，却是唯一真正伤心的人。他整夜守在遗体旁，真挚地痛哭流涕。他摁住死者的手，吻着那张谁也不敢多看的讥讽、凶暴的脸。他怀着极度的悲痛深切哀悼死者，这种悲痛自然地涌自他那颗宽宏大量的心，尽管这颗心又像回火钢一样坚韧。

肯尼斯医生大伤脑筋，不知该宣布主人死于什么病才好。我隐瞒了他四天没吃东西的事实，为的是怕招来麻烦。不过我认为他并不是有意绝食，这是他生那种怪病的结果，而不是起因。

我们照他的意愿埋葬了他，结果引起四邻议论纷纷。哈里顿和我，还有教堂司事和另外六个人，一起抬的棺木，这也是送葬的全班人马。

那六个人把棺木放进墓穴后就离开了，我们留下来看着盖土。哈里顿满脸是泪，亲自铲起青草皮，铺盖在褐色的坟头上。如今，它已跟附近的坟茔一样平整青绿了——但愿这座坟里的人也睡得一样安稳踏实。可是，要是你去问一问这一带的乡亲，他们定会手按《圣经》发誓说，他仍在东走西走。好些人说碰见过他，在教堂附近，在荒原上，甚至说在这座宅子里。你一定会说，这是无稽之谈，我也这么说。可是厨房火炉旁那个老头却一口咬定，打从主人死后，每逢下雨天的晚上，从他卧室的窗口望出去，总能看到他们俩。

大约一个月前，我也碰上了一件怪事。有天晚上我去田庄——那是个漆黑的夜晚，远处隐约传来了雷声——刚走到山庄的拐弯处，我看到有个小男孩正在哇哇大哭，他的面前站着一头绵羊和两只羊羔。我还以为是羊羔撒野，不听他的话了。

“怎么啦，小家伙？”我问道。

“是希思克利夫，还有一个女人，他们在那边，在那座陡坡脚下。”他哭着说，“我不敢打他们那儿过呀。”

我什么也没看到，可是无论是羊还是他，都不肯往前走。于是我就叫他从下面那条路绕过去。

这孩子也许是独自一人经过荒原时，想起了他父母和小伙伴们经常说起的那些无稽之谈，所以就产生了这种幻觉。不过，现在我不愿天黑出门了，也不想再一个人待在这阴森森的屋子里。可是没有办法。等哪一天他们离开这儿，搬往田庄，那我就高兴了！

“这么说，他们打算搬往田庄？”我问。

“是的，”丁恩太太回答说，“一结婚就搬。日子就定在元旦那天。”

“那谁住在这儿呢？”

“呃，约瑟夫得留下照料这房子，也许还会有个小伙子来跟他做伴。他们就住在厨房里，别的房间全都锁上。”

“这样幽灵就可以随便进去住了。”我说。

“不，洛克伍德先生，”内莉摇了摇头，说，“我相信亡灵已经得到安宁了，用轻薄的口吻议论他们是不对的。”

这时候，花园的门被推开，外出闲游的人回来了。

“他们什么也不怕，”我从窗口看到他们走过来，嘀咕了一句，“他们俩在一起，就连撒旦和他的全部人马，也敢于面对。”

他们俩踏上门阶，停下来朝月亮最后看了一眼——或者，更确切地说，是借助月光互相又看了一眼——我不由自主地又想躲开他们。我往丁恩太太手里塞了一个纪念品，也顾不上她对我的鲁莽行为会提出意见，就在他们打开屋门时，我穿过厨房悄悄溜了出来。要不是多亏我在约瑟夫脚下扔了一个金币，发出一声悦耳的声响，让他认出我是个体面的正派人，他肯定会认为，他那位下人中的伙伴，干出什么轻薄的有失检点的行为了。

我步行回家时，绕道经过教堂，所以路也就远了。走到教堂的墙脚下，我发现只不过隔了七个月时间，这座建筑显得更加衰败了，许多窗户都没有了玻璃，露出一个个黑洞，这儿或者那儿，都有瓦片突出在屋顶的檐线之外，等到秋季的暴风雨一来，逐渐地都要掉落下来了。

我一路寻找，很快就在紧靠荒原的那个斜坡上，找到了那三块墓碑。中间那块是灰色的，半截埋在石楠丛中；埃德加·林敦的墓碑，四周还只长满草皮，它的脚下已爬上苔藓；希思克利夫的那块，依然是光秃秃的。

在那晴朗宜人的天空下，我流连徘徊在这三块墓碑周围。望着飞蛾在石楠和风铃草中间振翅飞舞，听着那和风轻轻拂过草丛，我心里想，谁会想到，在这样一片安宁的土地下，长眠于此的人却并不安宁呢。(全文完)